红罪

刘华◎著

一段血与泪的红色记忆
一部罪与罚的灵魂实录

中国华侨出版社

图书在版编目（CIP）数据

红罪 / 刘华著. —北京：中国华侨出版社，2012.6

ISBN 978-7-5113-2521-1

Ⅰ.红... Ⅱ.刘... Ⅲ.长篇小说—中国—当代 Ⅳ.I247.5

中国版本图书馆 CIP 数据核字（2012）第 123427 号

● **红罪**

作　　者 / 刘　华

责任编辑 / 崔卓力

策划编辑 / 俞　杰

装帧设计 / 袁剑锋

责任校对 / 李江宁

经　　销 / 全国新华书店

开　　本 / 787×1092 毫米　1/16　印张 /21　字数 /320 千字

印　　刷 / 廊坊市华北石油华星印务有限公司

版　　次 / 2012 年 7 月第 1 版·2012 年 7 月第 1 次印刷

书　　号 / ISBN 978-7-5113-2521-1

定　　价 / 35.00 元

中国华侨出版社　北京市朝阳区静安里 26 号　邮编：100028

法律顾问：陈鹰律师事务所

编辑部：(010) 64443056　64443979

发行部：(010) 64443051　传真：(010) 64439708

网　　址：www.oveaschin.com

E-mail：oveaschin@sina.com

目　录

▶ 红罪

引 子

南华山九皇宫的道士择了一个好日子。

这天，果真是个好日子。久雨过后，天放晴了。老红军钟长水的家人终于来为他拣金了。

所谓拣金，指的是登贤客家人的二次葬习俗。亲属故去，先将死者用棺木埋葬，称之为寄金。经过三年脱骨，便要拣金。即开棺拣取骨殖擦净晾干，按人体骨架结构，自下而上叠放在特制的陶瓮等容器内，并在盖内写上死者世系姓名，择日寻龙再行安葬，重新建坟立碑。三年之后为死者拣金，有按五服应斩哀三年之义。

不觉间，老红军在荒岗上的孤坟里躺了六年。因为，他在临死之前做了两件震撼全县、却让家人含恨蒙羞、耿耿于怀的事情。其时，他的三个儿子在画眉坳钨矿合伙开矿，他们不惜血本、出生入死，苦干一年多，非但一无所获，发财心切的长子还被炸断了一条胳臂。闻知长子发旺苏醒后竟令弟弟赊账买了十多箱炸药，准备孤注一掷，钟长水火急火燎地跑去报告县政府，他儿子挖砂的采场旁边有当年红军的藏宝处，红军于长征之前在那里埋藏了很多钨砂。钨砂就是贵如黄金的乌金呢。凭着这条线索，在他儿子的眼皮下，县里派来的卡车拉了一趟又一趟，装走的多半是经过淘洗的钨精矿。除此之外，还在那里找到了大矿脉。而钟长水的儿子儿媳一直傍着巨财做美梦，却不知情！每每忆及此事，他们一个个眼睛血红血红，不知在流泪还是在喷火。尤其令他们恼怒又难堪的是，爹死后，他们从遗物中发现了一本红色塑料皮的烈属抚恤证，内里填写的竟是"烈士夫"三个字！

他是哪个的夫哟？钟长水的老婆叫乌妹子。乌妹子跟他相依为命一辈子，帮他生养了三个崽。乌妹子还健在呢！

因为抚恤证，寄金时，媳妇们抱的抱拖的拖，硬是不让娘去送葬。儿子们则把爹葬得远远的，葬到南华山主峰下，为的是断了娘每年清明去挂青的念想。

然而，这个深深隐藏的红军秘密，迅速成为人们津津乐道的红色传奇。这个普通的红军失散人员，成了英雄传奇的主角。传说中的钟长水，是智取青石寨、血战金鸡堡的铁血英雄，又是为了几个标致妹子捕杀靖匪首、大闹登贤城的多情英雄；是掩护红军撤离矿山身中数弹而不倒、令白军望而却步的无敌英雄，又是凭着大智大勇潜伏矿山十多年、忠诚守护红军宝藏的孤胆英雄。那些传说，有当年铲共团写下的悬赏告示为历史依据，它至今仍留在村口汉帝庙残存的砖墙上："活捉钟长水，赏大洋五十！提来狗头，赏大洋三十块！"

传说也有现实为注脚。据县里多个部门回忆，近两年钟长水屡次通过打匿名电话，欲披露这个秘密，可他总是鬼鬼祟祟的，吞吞吐吐的，一旦要求他通报姓名，他就慌忙扔掉电话。最后一次报告，他竟闯进县政府找到县长。他不停地咳嗽，咳出了一团团的血，终于道出自己姓甚名谁。也许，他情知自己日子不多了；也许，他生怕儿子们点燃最后的疯狂，炸出红军的藏宝处并侵吞它。

但是，且慢。传得邪乎了，便有人提出了质疑：钟长水怎么晓得红军在撤退前藏下那么多钨砂？红军走后直到解放，南华山区始终有游击队活动，他如果真是受命潜伏画眉坳，怎会不跟游击队发生任何联系呢？而且，新中国成立后，他为何不报告组织，反而隐匿在海拔一千米的山巅上，做了默默无闻的护林员？行为诡秘的他，将这秘密一直隐瞒到如今，究竟为什么？

这些质疑，也成了独臂长子心中的悬念。有一阵子，发旺连天缠着娘，探究爹的命运之谜，见娘总是气得泪水涟涟却牙关紧锁，发旺更是释疑心切。仿佛走火入魔，六年来，他挥舞着一只空空的袖筒，进城串乡，到处搜寻关于爹的民间记忆。

发旺正在接近历史的真相。他又开始纠缠娘了："娘，那个女烈士叫九皇女是啵，她早就死了，爹为何还恋着她？红军撤离画眉坳，爹怎么不跟到部队？红军走后，他去了哪里，在做何事？听党史办的干部说，当年有一支红军劳役队在画眉坳挖砂，我爹能道出藏宝的确切地点，只有两种可能，他要么是犯人，要么是看押犯人的红军！"

总是忙着编织棕毛箱的乌妹子一怔，接着，怒斥道："牙黄口臭！那个干部上门来问事，我懒得搭理，他就诬人清白！发旺，你爹是没跟上长征队伍，才成了红军失散人员，要不，他当得将军！"

可是，发旺随后的追问，语气更是咄咄逼人："娘，我还到县钨业公司去问过，他们说，要搞清爹到底是红军还是劳改犯，也不难。爹不是经常咳嗽吗，说明他吸多了粉尘，可能得了烧锅痨，也就是矽肺病。得没得，拣金的时候看得出，得了，两块肺就变得石头样梆硬。犯人整天在窿子里就会得，红军看押犯人是守在窿口边……"

乌妹子埋下头去，继续编织，可双手却哆嗦不已。她手上的棕毛箱，做骨架的藤子经过精挑细选，一根根闪烁着金属的光泽，一张张棕毛更是讲究，刮了再沤，晾干又刮，剖出棕丝后，她不肯使用搅绳机，而是放在大腿上搓成细细的绳子。搓出来的细绳更紧扎。然而，棕丝不比棉线，棕丝发硬，如此搓绳，皮肉受苦呢。

发旺晓得，这只箱子是为爹拣金用的。凭此，他断定娘心里藏着更大更多的秘密。他急得吼起来："娘，你不说，我也猜得到！爹过去犯了罪，难怪他躲到山上当野人！历史上有污点，他见不得人嘞！被红军判刑的，不是叛徒就是奸细反革命！"

满头白发之下，一张瘪嘴之上，乌妹子的眼里饱含屈辱，却又闪烁着倔强的泪光："天收的崽咄，你不让地下的爹安生哟！你听到来，你爹不是白狗子，你家不是黑户头，你家是红属。你爷爷，你姑姑姑爹都是烈士。你爹也是红军。没错，他犯了罪。那叫什么罪哟？我不服呢。是罪，也是红罪！他受罪，一心为的是对得起红军。犯了罪，更见他心红、心忠。天底下顶倒霉的红军英雄就是你爹哟，他要用一辈子来证明自己是红军，晓得啵？"

发旺盯住娘手里的棕毛箱，沉思片刻后，突然问道："山上田边的棕榈树，年年被你割尽了棕毛，你打棕毛箱给爹装衣衫棉被。可爹的遗物里，为何没有一只棕毛箱。"

娘猛地将怀抱着的棕毛箱摔在发旺脚下，怒喝一声："问你爹去，问那死鬼去！"

为钟长水拣金的这天，正是叩问他的最好时机。没想到，除了家人和宗亲，县乡干部也来了不少。钟长水到底是红军英雄还是红军的犯人，就要见分晓了。

荒岗上，男丁们依次在刚刚为这座孤坟搭起的不见天面的棚子里跪下来。乌妹子也想下跪，却被长老一把搀住了，她满脸的皱纹都在打战。她使劲挣开长老，弯腰扶膝，硬是把自己的双腿摁在了潮湿的地上。

这时，吹打班子吹奏的竟是《妹妹找哥泪花流》。这是谴责钟长水，为乌妹子叫屈呢。点燃的鞭炮似乎也带着某种情绪，噼噼啪啪的爆炸声中不时蹿起冲天炮的轰鸣，显得格外火爆。腾腾青烟中，长子发旺跪着挪向墓碑，抓起菜刀，对着献于碑前的公鸡扬臂一挥，不闻声响，但见血光四溅。眨眼之间，他弃刀提起断头的公鸡。殷红的鸡血淋淋漓漓地洒在碑上，洒在钟长水的名字上。

人们轮番上香祭拜之后，发旺把右边的空袖筒往衣袋里一塞，用左手费力地挺起锄头，在坟上挖了第一下。以长幼为序，锄头在钟家儿孙手中传递。待男丁们象征性地依次动土后，掘土开棺的活计便交给了由村坊担当的八仙。

松软鲜湿的红土堆成了新的土丘，渐渐埋没了厮守在孤坟边的几株岗柏，受惊的山蚂蚁仓皇蹿出巢穴，像一股狼烟喷突着弥漫开来。腐朽的棺木被一块块撬起来，儿孙们围着墓坑又跪下了。不知是谁领头干嚎几声，儿孙们这才记起该有的程序，一起放声大哭。族中长老赶紧抱来几刀草纸，放在他们身边。所有的眼睛都没有泪水，都怯怯地盯着坑中不断扩大的黑洞。

他们看见那个英雄传奇的主角了，看见那个被判红罪的犯人了，看见那个属于别人的烈士夫了！人啊，原来就是这一抔可作肥料的黑土，几根不如干柴的骨殖！

然而，人们瞪圆眼睛，目光齐刷刷地投向钟长水的胸脯。只剩下骨架子的人，居然还有胸脯，他的胸脯在肋骨下面。那是什么啊？像两片飘落的树叶，像两块石头。他的肺居然没有烂，居然完整地与骨头同在。人们惊呆了，唢呐也沉默了，一片死寂般的沉默。那些干部们面面相觑，接着，相互咬起耳朵来。

当坟将被八仙掘开时，族中长老就把乌妹子架到棚子外边去了。此刻，她颤巍巍地撩起衣襟，擦了擦双眼。仿佛她凝望着的南华山主峰变成了一粒砂，她迷眼了。

三个儿子，一个个目光呆滞，脸色灰白。长子发旺哧溜滑下墓坑，俯身小心翼翼地拾起爹的骸骨，一块块地递给跪在墓坑边的弟弟。两个弟弟则轻轻地用草纸逐一擦拭，轻轻地放入棕毛箱。由脚到头地拣，由脚到头地放。这是取坐姿。钟长水威严地端坐在儿孙面前呢。他的眼睛逼视着儿孙的表情，他的耳朵捕捉着儿孙的心跳。随风飘荡的缕缕青烟，就像他们对话的语言。

小小的棕毛箱是放不下那两叶肺的，儿孙们大眼瞪小眼，八仙们不知所措，连族中长老也无可奈何。这也是死者的一部分啊！多么惊人的部分！

钟长水果然是个烧锅痨，果然是个红军犯人！

猛然醒神的发旺嘶声呼喊娘。娘并不搭理，也不动弹。娘只是在阳光下随风摇曳的一蓬白发。

发旺用左手抓起空袖筒，对着石头般的肺叶和棕毛箱，疯狂挥舞着，嘶声嚎啕着："钟长水！我是你的崽啵？你要是早点报告县里，县里就会控制那片矿山，叫我们走人，我的胳臂就不会丢！你当真是劳改犯呀，难怪这多年你人不人鬼不鬼！娘说你犯的是红罪，好笑，天下有这个罪名？娘护着你呢。你倒好，一心在地下做烈士夫。你叫娘，叫你的崽，怎么做人哟！"

这时，乌妹子踉踉跄跄扑了过来，她一头栽在发旺怀里，发旺用独臂托住了她。她攥住那只空袖筒，泪流满面："我的崽吔，等归家告诉你什么叫红罪。记得娘交代的事啵？取站姿，要叫你爹站起来！这辈子他不敢抬头，来生要叫他顶天立地！"

第一章　鬼子膏

　　枫岗号称千烟之村。在那里，谁都晓得，钟长水是被自己的爹绑去当红军的。他爹是乡苏维埃政府主席。可是，乡苏的几个干部，偏偏拿他家当钉子户来羞辱，竟把"猛烈扩大红军"的标语刷在了主席家的屋墙上。

　　然而，乡苏主席钟龙兴连连出招，把扩红搞得轰轰烈烈，不仅为自己挽回了面子，还为枫岗赢得了荣誉。枫岗上了《红色中华报》呢。钟龙兴瞪起牛眼，从一篇题为《猛烈地扩大红军》的文章中，抠出一行关于枫岗的文字。他捧着报纸到处示人，报纸在他手里抖抖的，欣喜在他眼里湿湿的，委屈在他嘴边撇撇的。仿佛忍辱含屈，终于扬眉吐气一般。

　　那篇由县苏主席署名的文章这样说："现在不仅在模范的兴国和瑞金，在任何县都有革命情绪非常高涨的劳动妇女，为了自己的解放，为了自己的土地自由和苏维埃，热烈鼓动老公父子兄弟加入红军，有些是把全乡全村全家精壮勇敢的男子都宣传鼓动上前线，瑞金的'八兄弟'、太雷的'五父子'、会昌的'四房之独子'，我们登贤县南华区枫岗的'抢打轿众后生'，这样的例子举不胜举，而且已发展成为广大的群众潮流了……"

　　钟长水就是"抢打轿众后生"中的一个。钟长水是独子，有长娇、长好、长妙一长串姐妹。打十五岁起，他就跟着同宗的三个兄弟跑出去搞钱。登贤一带乡村，历来田少人多，男丁不得不外出挣钱，每年忙完春耕就把田里山上的活计交给女人，结伴闯世界去，直到农忙时节再回来。所以，这一带的女人几乎都是大脚婆。赣南山歌《过山溜》这样唱道——

阿哥出门过广东，
打支山歌显威风；

隔山老虎跟我走，

搞到钱来敬祖宗。

　　四五年了，钟长水他们每年只回家两趟，过年，还有就是赶九月十三的福主庙会。农忙时节，偶尔的，也有人回来栽禾割禾。每次回来，脱下鞋子找，解开裤带掏，攒下来的几块银元要么带着脚臭味，要么带着尿骚味。大年三十，乡苏主席钟龙兴厉声训斥儿子："作孽！这几块大洋敬祖宗？修得宗祠，还是娶得老婆？你们后生子是偷奸耍滑！说，在外面吃喝嫖赌是啵？"钟长水委屈极了，也不做声，愤愤地把自己扒个精光。从肩头到脚掌，他身上尽是伤。伤处抹过各色的药膏且没有洗净，更显得惨不忍睹。于是，整个正月里，钟龙兴气鼓鼓地走东家串西家，警告后生子不许再出门，动员他们统统去参加红军。出了元宵，他还派赤少队、妇女会像蚂蟥似地叮牢他们。结果，他们拍落蚂蟥，还是撒腿跑了。

　　后生子声称，他们是在三省交界的筲门岭当挑夫营生，每天把盐挑送到江西这边来，再把粮食、烟叶运往闽粤境。可是，有人传言，他们其实是为人所雇佣偷运私钨。世界钨砂三分之二产自中国，中国的钨砂三分之二在赣南，而赣南钨砂以品质著称于世。南华山区的画眉坳就是二十多年前发现的钨矿山。赣南毗邻广东的多个县份，走水路输运广东十分便利。专事钨砂走私的广东大老板为了对付查缉，甚至买来枪支，武装押运。至于途中有多凶险，一个挑夫的浑身伤痕便可以解释了。

　　乡苏主席钟龙兴为此耿耿于怀。也是，钟龙兴争强好胜，样样工作走在全县各乡前面，就是扩红遇到了不小的麻烦。儿子他们长年在外，逮不住，更要命的是，枫岗剩下的后生，有好些受影响，也想下广东搞钱呢，为动员他们参加红军，乡苏干部磨破了嘴皮受够了气，便迁怒于乡苏主席了。钟家屋墙上那行用猪血涂抹的红字，对于钟龙兴，就像一块贴在脸面上的狗皮膏药。

　　割了晚禾后，一连好些天，钟龙兴一趟趟地往后龙山脚下的福主庙里钻，嘴里喃喃道："哼，等到九月十三来！"

　　古历九月十三，是枫岗一年中最热闹的日子。一大早，每条街巷都喜气洋洋的，家家门前都插着三根红烛，摆着供桌，供品是米饭、柿饼子和自家酿的米酒。随着鞭炮骤然炸响，一抬大轿出现街巷里，端坐在上面的福主菩萨着锦袍戴官帽，面色如金，神情威严。八人抬的大轿，前有神旗万民伞引路，后有吹打班子护送，步履匆匆。神轿经过谁家门口，那家便赶紧放炮。鞭炮依次炸响，随神轿渐行渐远。可是，未及硝烟散尽，又一尊福主菩萨出巡了。那是红脸的菩萨，接着，是黑脸菩萨。先后出场的三尊福主菩萨，路线相同，都要游遍全村的大街小巷，光顾所有的门户，以护佑全村平安。

此俗自古沿袭。这是人神同宴乐的一天，村中钟、赖、曾三姓，无论是在外读书谋生的男子，还是远嫁他乡的女人，都必须回家。当日昼饭，胜过大年三十的团圆饭，且家家以宾客盈门为荣耀。钟长水他们四个是头天夜晚赶回村的，此刻，他们共同抬着一只神轿。

到昼边，游神结束了。三尊菩萨班师回到福主庙，一放下神轿，钟长水便惊奇，今年游神人多得蛮古怪，敬香的善男信女起哄一般，把福主庙围了个水泄不通。这时，随着扁鼓急骤的鼓点，唢呐和锣钹一起振奋起来，用的是坐吹曲牌《十堂花》和《扬州调》。有人上前为菩萨整理衣冠，再把菩萨请出神轿，依次安座在神龛上。穿梭忙碌的人们，纷纷拥过去燃香叩拜。可是，那些眼睛却鬼鬼地瞟向长水他们。钟长水脸色陡变，惊叫一声"快跑"，可是迟了。

钟龙兴振臂一呼，敬香的男女分别扑向各自盯紧的目标，就像一群群蚂蚁缠住了四只小虫。小虫拼命挣扎，却是逃不掉，甩不脱，尽管缠紧他们的多为老人和妇女。四个后生的长辈、亲人用一根根麻绳棕绳，很快制服了他们。拿下钟长水的，是他的妹妹们。

钟长水对着父亲吼道："你发邪呀！"

钟龙兴瞪着他，带着几分得意说："不来邪的，捉得到没穿鼻的水牯？今天我就穿鼻缚上缰绳，送你们去三营。你们是豹虎子，蛮巧，那个赖营长是打铳佬！"

四个后生都冒火了。想不到，钟龙兴如此设计，竟是为了抓丁。他们大骂他是国民党是白匪军。白军几次进占苏区，也是这样抓丁呢。

钟龙兴哈哈大笑："爷老子在大革命时期就当了共产党！早啵，民国十八年！爷老子要是牺牲掉，你们要记得给我建庙哟，爷老子也当得福主菩萨，保佑枫岗人民万万年！晓得啵？这三个福主菩萨，本是老百姓，是我们枫岗三姓的先人。明朝的时候，有一伙土匪来犯，他们三个站出来，带领全村青壮男丁拿起武器保卫家园。后来他们战死了，百姓建庙纪念他们，拿他们当枫岗的村坊神，在他们的忌日做会，杀猪宰鸡，烧香祭祀，还要接连唱三天大戏。看看，当英雄几光荣，死掉都有人请你们看戏！"

被捆绑着的后生暴跳如雷。他们使劲挣扎着，嘶声怒骂着。有个学过功夫的，叫长根，飞起一腿就把钟龙兴扫倒在地。长根是孤儿，捆绑他的是叔伯及其儿女。

钟龙兴骂骂咧咧地爬起来，顺手捡起地上的棕绳。他瞟瞟空着的神轿，真想把长根绑在神轿上送走。一个愣怔之间，又觉不妥，便招呼几个老人揪住长根，把他的双腿捆得结结实实。

九月十三的枫岗村到处米酒飘香。九月十三的枫岗人注定要被自家的米酒灌醉。眼看该食昼了，当然不能亏待这四个后生。钟龙兴便吩咐人们拿酒来。酒早已备好，一大缸呢。大碗的米酒，把被五花大绑的后生灌得酩酊大醉，四个人的身子都瘫软了。

他们被戴上用红布扎成的红花，由家人搀着拖着扛着，送往三营。刚才为游神吹奏的那三个吹打班子，正好用得上，他们汇聚成一套人马跟在这支队伍后面，却是各吹各的调，各敲各的鼓点子。有《将军下马》《下山虎》，也有《百凤朝阳》和《春景天》，都是欢快热烈的路行吹奏曲牌。枫岗唢呐远近有名，有民谣唱道："七寸吹打拿在手，五音六律里边有。婚丧嫁娶没有我，无声无息蛮难过。送子参加红军是喜事，理当热闹一番。"

可是，这支喜气洋洋的队伍竟遭到三营营长赖全福的当头棒喝。赖全福是吃野兽肉长大的，脸上一棱一棱的是老虎肉，臂上一团一团的是豹子肉，腿上大约就是野猪肉了。在偌大个南华山区，可能连飞来飞去的野鸡都认识他。传说，去年冬天他腿上负了伤，先后有三只野兔蹦蹦跳跳上门来慰问，下了山，过了墩，闯进迷宫般的枫岗村，找到营部所在的赖氏宗祠，竟撵不走了。野兔不是跑得快吗，吃什么补什么。所以，伤好以后赖全福依然疾走如飞。

赖全福站在街中央大喝一声，迎着钟龙兴走上前，冷笑道："上级号召扩红，你就这样扩红？这和国民党有什么区别？"

钟龙兴却是理直气壮："全福，我不借游神的机会把他们拢到福主庙一起拿下，哪里捉得到哟！都是豹虎子嘞。我把他们交给你。调教好，个个都是好兵。我敢打赌。"

赖全福脸一沉，命令道："把人放下，松绑！"

好笑！放掉他们，我们乡的扩红指标怎么完成？钟龙兴瞪着他。

赖全福反唇相讥："你把指标捆绑给我？指标能扛枪打仗？到了战场上，像木头一样戳在那里，不就是给敌人当靶子？再说，指标不肯上战场，当逃兵，怎么办？让我崩掉他们，让我来做恶人？"

赖全福平时说话就像放铳，闷了好一阵子才点着，一声炸响，带着一团硝烟。要是喝了酒，他的口舌就能打机关枪。今天，他一定是多灌了几碗米酒。钟龙兴说："全福，你喝了几家的酒呀，你喝醉啰。你看看，绑送他们的，不是我们革命干部，是他们的父母亲属。枫岗群众的无产阶级革命觉悟高得很嘞。"

赖全福火了："要去打仗的是这帮后生！"

钟龙兴也梗起脖子："今天不锁住他们，明天就会跑！"

赖全福成了一座不可逾越的堡垒。僵持了一会儿，钟龙兴眼看今天难以把人送往赖氏宗祠，便令大家回头，目标钟氏宗祠。他要把这四个后生关在宗祠里，同时报告区苏，让上级来裁决。

米酒香醇，却是醉人，而且一醉难醒。钟长水他们被关在钟氏宗祠里，直到第二天天亮，一个个才先后醒来。大家醒来便咒钟龙兴。咒得口干舌燥时，赖全福带了几个战士来给他们松绑。赖全福对他们说："我把钟龙兴告了，他刚刚被区里押走。"

揉着胳臂的钟长水急了，吼道："爹绑崽，没得说。你是营长，我爹是乡苏主席，你莫狗管猫事！"

赖全福沉着脸说："他的罪行有两条。乡苏主席对群众要粗动蛮，特别是采取反动派抓壮丁的办法来扩红，绝对不能允许，这表面上是扩红，实际上是破坏扩红，晓得啵？还有，更严重的，他大搞封建迷信，停了两三年的游神活动在他手里死灰复燃，这是妨碍革命战争利益的。搞一次禳菩萨，买鞭炮香烛供品，群众要花蛮多钱。这实际上是破坏苏维埃政府发行革命战争公债！"

叫赖全福这么一说，钟龙兴的罪过就不小了，判个一年监禁也不冤。一时间，钟长水吓得面如土色，别的后生也都慌了神，大眼瞪小眼的。钟龙兴毕竟是他们的宗亲，论辈分该叫叔伯。

钟长水怯怯地问："要是我们都去当兵，就不算我爹破坏扩红啵？"

赖全福说："那要看你们是不是真心实意。要依到我，不管怎样，他都要受到惩戒。这种做法影响太恶劣，惹得穷苦群众憎恨，肯定对扩红有抵触。"

钟长水对着那三个后生，哀求一般："长根、长贵、长发，我们真心实意好啵？我们一起去当红军好啵？"

又矮又黑的长贵，外号脚板薯。脚板薯家里养了个捡来的童养媳，人称薯包子，憨憨傻傻的，是个结巴子，十二岁了，还会尿床。长贵嘟哝道："我早就想真心实意，可我不搞到钱来，就讨不起刀子嘴豆腐心身上没臊臭的老婆……"

赖全福一愣，接着笑道："想寻个刀子嘴做老婆，你皮厚肉痒骨头贱？当真是萝卜青菜各有所爱！那好办。听到妇女都在唱恋哥要恋红军哥啵？当红军上前线，你到蓝衫团去寻，那些妹子在阵地上对白军喊话，相骂起来才泼嘞。自古美女爱英雄，只要你打仗勇敢，莫说辣婆子，嫦娥妹子也会打跳脚跟到你。"

细长个子的长发也斜着眼，讥嘲道："他是檐老鼠想食天鹅肉。"

檐老鼠就是蝙蝠。长贵生得既像脚板薯，也像檐老鼠。长发为自己看穿了长贵的心思而得意，忍不住故意提高嗓门叫道："龙兴伯伯是老革命，敢办他的人还没出世！"

"没出世？你看到来！"赖全福哼哼着，一挥手，领着那几个攥着绳子的战士走了。

当后生们忙不迭地跑出祠堂时，一个个都变得呆呆傻傻的。街巷里那个出东家进西家的身影，既熟悉又陌生。那是曾九皇女呢。十八岁的曾九皇女熟透了，像柿子可以摘了，像番薯可以挖了，像甘蔗可以砍了。

真是女大十八变。曾九皇女好像是一夜之间长成的。又小又黑的蚕蚁子，忽然出落成一条大白蚕。瘦楞楞且灰不溜秋的秧鸡，忽然变成了一只金凤凰。该发的地方都发了起来，胸前挺挺的，屁股圆圆的，脸上桃红水色，眼里顾盼生波。正月里见她，好像还是花蕾子，怎么一下子就开放了？

　　九皇女的爹是和钟龙兴一道参加大革命时期的老党员，在枫岗建立红色政权以前，他担任乡农民协会主席，领导了分田运动。当时，因为整个根据地局势还不稳定，对分田心怀不满的土豪水蛇崽，勾结进犯的白军设计杀害了他和好几个农会干部。爹入土的那天，九皇女的哥哥操起一把大砍刀，去当了红军。一走几年，是死是活，无人知晓。九皇女和娘相依为命。钟龙兴对她们母女特别照顾，砍柴、作田这些重活都交代了人帮工，并把九皇女认作干女儿。说是干女儿，等于没过门的儿媳呢。只是因为他当着乡苏主席，不敢造次而已。苏维埃政府的婚姻条例有规定："确定男女婚姻以自由为原则，废除一切封建的包办强迫和买卖的婚姻制度，禁止童养媳。"

　　既然当了钟龙兴的干女儿，钟氏长字辈的后生，便成了九皇女的哥哥。从前放牛呀打柴呀讨猪草呀割松脂呀，她常跟着，四个后生子都喜欢她疼爱她。原先的九皇女长得并不起眼，背后拖着一条粗粗的长辫子，从后背看，只见辫子不见人。后来，她把长辫子剪去一大截，变成了马尾巴。后生们私下里又笑话她是拿掉嘴就寻不到脸。意思是说，她长相一般，却是爱说爱笑爱唱，伶牙俐齿的。后生们喜欢的都是那张嘴。孤儿长根说那张嘴甜，他喜欢听她问寒问暖，几个堂兄弟堂姐妹躲他就像躲虱婆呢。长贵说那张嘴辣，跟人相骂不吃亏，他喜欢她跟人吵嘴的样子。阴坏的长发说那张嘴酸，酸得像杨梅，食起来倒牙，想起来流涎。长水却说她嘴是咸的，没盐难下饭，没盐腿发软。为了那张嘴，下广东的后生一个个都长了小心眼，每年春种夏收时节总有人借故独自回村，其实是牵挂着九皇女家分得的一亩三分田。

　　而眼前的九皇女不只是一张嘴了，她成了一朵盛开的花。是春天的杜鹃花，红得惹人眼。是夏天的黄栀子，香得醉人心。是秋天漫山遍野的野菊花油茶花，美得迷人魂呢。

　　食昼前，九皇女把早上放出去的后生们约到钟氏宗祠里。她跟着干爹当上了乡苏干部，还是扩红队的队长。正要说事，她又被人叫走了。钟长水一个劲地叨念："要我们去当红军，我们真心实意好啵？我们四个一起去好啵？"

　　脚板薯长贵喃喃道："要是讨得到九皇女这样的辣婆子，我就去。我怕两个嫂子欺负娘。我娘食斋信佛心几善哟，嫂子要赶走薯包子，日日吵翻天，骂我娘搞封建压迫。没错，政府禁止童养媳，叫她做老婆我也嫌。可我娘不养，她怎么活命？"人家薯包子也蛮可怜。

长根感叹道："你屋里就像田头树上的鸦雀窝，天亮吵，夜边吵，吵得人死。还是我好，一人食饱全家不饿。没牵没挂的，倒是自由自在，去当兵也当得。可没个牵挂，心里也没着落，就怕死掉连个嚎丧的都没有嘞。"

"共产党会办自己人？"长发接住长水哀求般的眼神，冷笑一声。长发就是这样，阴阳怪气的。这会儿，他岔开话题，说到九皇女身上去了。他说："我说九皇女是杨梅没错，落一场雨，就转红啦。老早我说她蛮土。可现在看她，也忍不住流涎水嘞！依我说，摸一下她，当得食一头猪。跟她打个啵，当得喝一缸米酒。"

学过功夫的长根果然吞下涎水，插话道："要是让我搂一夜，明早天亮把我拉去枪毙也值得，莫说当红军！"

后生们一起哈哈大笑。钟长水却恼了，一把揪住长根的领口，使劲绞着，勒得长根颈脖上青筋鼓突，脸上憋得发紫。长根冷笑着喝令他松手。长根说她又不是你老婆，你发什么躁！长根说皇妹子八成有了男人，男人是卤水，卤水一点，就做成了白白嫩嫩的豆腐。

钟长水奈何不得长根，只好松手。他根本不是长根的对手。何况长根的话，点中了他的穴位。他手足僵硬，脸上的肌肉也发木了。九皇女不会真的有了男人吧？每次劝阻长水下广东，长水爹少不了威胁着告诉他，好些红军首长看中了九皇女。

九皇女是攥着几页纸回来的。九皇女说："你们先过来印个手模。这是担保书，全村贫苦农民都印了手模，马上要送到区里去。我们把钟主席保出来。"

担保书上没写几行字，手模却是密密麻麻，用了几页纸。钟长水他们一一过去，蘸蘸印泥摁个指头印。

九皇女攥着搭在肩头上的马尾辫，说："长根、长水你们听到来，现在苏区越来越大，农民分到田地，生活一年比一年丰足，过去经常吃糠吃野菜野果，现在有粮食做酒啦。你们昨天灌了蛮多酒嘞。昨天禳菩萨，全村杀掉五头猪！以往过年才食到一点点肉。"

便有人傻傻地笑。九皇女问："何事作乐吗？"

长根道："长发说，摸你一下当得食一头猪。"

九皇女一愣，继而，咯咯地笑起来："我做梦都想搞到几头猪来，去慰问前方将士。昨天把赖营长拖到我家喝酒，他说两年都没嗅到肉香，红军过得蛮苦，勒紧裤带在跟白军打仗。长发，摸我能变出猪来，我让你放胆摸。长根你们去寻杀猪刀！"

九皇女的目光就是刀子呢。长发红着脸躲开，并伸手指向长根，不知嘴里嘟哝些什么。九皇女收敛笑容，继续说："红军来了，我们打倒土豪分得田。土豪地主反革命不让我们贫苦群众翻身，他们组织靖卫团经常袭扰苏区。白军更加猖狂，又要大举进攻。我是扩红队长，我向区里保证这次要当扩红模范。你们食苦受累下广东搞钱，指望讨个老婆过好日子。可你们跑出去更受罪！把命吊在裤带上，到头来搞到几个钱呀？你们的命还不抵那几块银元？好铁要打钉，好男要当兵，我要你们现在就报名。长水，你先报，你开口！"

钟长水扫视着那三张脸，依然是用哀求的口吻："长根、长贵、长发，一起报好啵？"

见大家都不表态，他回答九皇女："要去一起去，他们有一个不去，我也不去。我还是独子嘞。我家三代单传。"

九皇女说："好笑！他们的爹没被捉嘞，人家告你爹破坏扩红，你还不带头当兵救他？我刚才去把赖营长骂了个狗血淋头。人家绑偷奸躲懒的崽，怎么是破坏扩红？人家用游神教育群众去做保卫苏区的英雄，怎么是搞封建迷信？我骂他打击群众的革命热情，破坏苏维埃政府的威信。我给他扣帽子，他声都不敢做。我摁牢赖营长，再把保书送上去，你们踊跃报名，钟主席也就没事啦。这个道理还不懂？"

哪晓得，钟长水愣头愣脑地发问："你敢骂赖营长？那个打铳佬恋到了你是啵？"

后生们都盯住九皇女。那些目光是失望的，醋意的，甚至是愤愤的。九皇女看得出来，都眼馋呢。下广东的他们，在栽禾割禾时回村，不光是惦记她的田地，一个个总要鬼鬼祟祟约她去个僻静处，就为了送礼物，针头、线脑呀，梳子、发夹、头绳呀，东西并不起眼，却是心意呢。更重要的是，每个人都在私下里向她发誓，下次送她的，一定是金钗子、玉镯子、银簪、银梳、银颈箍。可见，此刻他们所关切的问题，决定了她扩红动员的成败。

九皇女用山歌来激将了——

嫁人就要嫁老郎，

嫁得老郎味道长；

半夜起来亲个嘴，

好似蓑衣盖酒缸。

　　九皇女嗓子好，画眉子一样。可这支歌，却让后生们听得酸酸的。唱罢，她说："老祖辈留下的话蛮有道理。老郎就是比你们后生子有味，后生子清汤寡水没料。赖营长也就比你们大七八岁，可人家才有男人气呢。说当红军，扛起铳来就上了战场，一下子当到营长。想想就晓得，他有勇有谋。要不是人家恋上读过书的红军妹子呀，我就跳进他的酒缸里，让米酒浸透来。"

　　赖全福不是枫岗人，却和枫岗赖氏血脉相连。枫岗是周边几个赖氏村庄的祖居地。每年元宵节，所有赖姓人家都要到坐落在枫岗的赖氏总祠来祭祖。所以，枫岗三姓中有不少人认识赖全福。钟长水认识他，是在赖全福当红军之前。当时，赖家托媒上门提亲，想娶钟长水的姐姐长娇。按照三茶六礼的习俗，经过纳彩、问名、纳吉、纳征、请期，就该迎亲归门了。赖家送来的彩礼有用好几张皮子卖得的十块银元，还有衣衫、食物等。没想到，迎娶那天，新郎官赖全福带着那支欢天喜地的队伍，在半道上遇见了丈人公钟龙兴，他的游击队正狼狈地往南华山深处撤。钟龙兴一把抓住虎背熊腰的赖全福，告诉他枫岗已被进犯的白军占领，全村群众都躲山去了，硬要赖全福扛着铳跟自己走。赖全福正是来给他当女婿的，自然就把随身带来应付迎娶的辞神礼、插花礼、鼓乐礼、剃面礼、开剪礼、开门礼等一干彩礼悉数交给他，参加了游击队。然而，翁婿二人在游击队里，一个举着卷了刃的大刀，性子也像那把大刀，专拣硬骨头砍；一个扛着铁铳，脾气就是那杆填满铁砂和硝磺的铳，谁敢点火，佢就敢放铳。钟龙兴夺回枫岗心切，屡次要蛮干，都被赖全福挡住了。赖全福总是这样嘲笑他："你们扛着烧火棍，你当白狗子是野猪呀！野猪发躁，也雪难对付嘞。没脑水，捉只兔子也休想！"钟龙兴勃然大怒，他岂能容忍女婿五次三番地当众顶撞乃至羞辱自己，他喝令赖全福滚蛋。也是怕游击队鸡蛋碰石头，赖全福毫不犹豫地离队去找红军，在南华山里找到的正是三营。几天后，三营夺回枫岗，钟龙兴却失去了这个女婿。赖全福跟着三营走了，连个招呼也不打。钟龙兴更拗烈，竟掏出赖全福先后送的全部礼金，为游击队买了两枝汉阳造。红军打下画眉坳钨矿后，钟龙兴便把女儿长娇嫁到了矿山上，女婿是打锤佬里面的党员呢。他一心想叫女婿拿钨砂换把驳壳枪，气死那个扛铳的。

这时，长根嬉皮笑脸道："皇妹子，我比他们大，可以算个老郎。你肯跳到我的酒缸里，我就报名。"

"好，只要你带头参加红军，打仗又勇敢，我就答应嫁给你。"

九皇女说得斩钉截铁，眼睛却瞟向心事重重的长水。

长根说："光答应没用。打仗要死人的，枪子不长眼。今天夜晚拜堂成亲，我明天一早就当兵。我刚刚说过，恋到你，马上死掉也值得。你敢答应啵？"

"敢啵？"长根的气势咄咄逼人。他的嘴角边泛起了讥嘲的冷笑。冷笑意味着他认真了。

九皇女满脸绯红。这时，她心里紧张起来。如果是长水这样逼她，她一定毫不犹豫给他一个响亮的回答。偏偏，长水蔫蔫的。九皇女只好沉默。

长根说："你哄我们是啵？把我们哄走，你就完成了任务。"

九皇女灵机一动，忽然笑起来："鬼哄你！你蛮会想好事嘞！没有三茶六礼，就想归亲？再说，你长根做人哪个不晓得！你老说送我金钗子，不晓得等我当了尼姑，戴不戴得上。空口打白话，敢信你？"

几个后生都惊讶，都暗暗发慌。他们一个个都曾这样讨好九皇女，她其实是在指戳大家呢。长根却梗着脖子叫道："哼！我一定会把金钗子搞到来，让你看看我做人！"

九皇女说："我不稀罕！轮到我开口要，什么插钗戴环的宝贝都不值钱啦。反正我是打硬心肝嫁红军，红军队伍里好后生几多哟，有个打单身的政委在等我回话呢。我正好要送担保书到区里，我就顺便给人家回个话。你们哪个也不要对我存一点念想啦！"

九皇女一甩马尾辫，转身就走。钟长水醒过神来，猛冲到祠堂门口，拦住了她。钟长水轻轻地说："我去。"

长根他们也拥了过来。长根耸起肩头一拱，就把长水撞到一边去了。长根盯住九皇女的眼睛："当红军，打仗勇敢，你就嫁他？"

"我刚刚说过。"

"空口无凭。哪个报名，你就割一撮头发给他，好啵？"长根伸手就抓过了她的辫子。那乌黑油亮的秀发，松开来像一匹缎子，扎起来像一道钨砂的矿脉。

九皇女使劲一拽，嗔怒道："你巴不得我当尼姑是啵？看样子，金钗子我是盼不到啦。"

长根盯着她的辫子，嘴角边挂着挑战般的坏笑。九皇女被他这副神情激怒了，头一晃，马尾辫抽在他脸上："割呀，反正今生谋不到你们的金钗子！"

没想到，每个后生都想得到她的头发，就是说，他们都同意报名了。他们有的跑出祠堂去借剪刀，有的就在祠堂里找工具。祠堂的边厢有灶房，找来的只能是锈蚀的菜刀和柴刀。九皇女见状，哈哈大笑："你们哪里是要头发，要我脑壳嘞！"

钟长水用借来的剪刀，咬住她的辫子。那一剪刀剪下去，将是大大的一口。仿佛他听到了头发喊痛，心有不忍，剪刀朝辫梢的末端下移。期期艾艾的，只剪下小小的一撮。

长贵抢过剪刀，剪得更少。长贵捏着那绺头发说："皇妹子，我哪里敢做梦食天鹅肉哟！有它，就吓得住我屋里那两个恶婆子。她们蛮怕你的嘴嘞。"

九皇女心里一热，爽声应允："好，从今天起，你娘就是我娘！"

长发也剪了一小绺。长发眼里湿湿的："皇妹子，我们从小在一起嬉，我晓得，你嫌我。可看到你对他们好，我心里发酸蛮难过⋯⋯"

九皇女怔怔的，还是冲他微微一笑。长根就是在她微笑时动的剪刀。长根说："剩下的都是我的啦！"

剪刀到了长根手里，就变得贪婪了。长根在她后脑勺那儿攥住辫子，要在根底上下手。那把剪刀大张着嘴猛地咬下去。可能是头发太厚，或是楔入两片刀刃眼里的轴太松，两片刀刃丫开了。九皇女大惊失色，叫起来："当真想让我变成秃毛鸡呀！"

长贵、长发面面相觑。而钟长水扑上去，就要夺剪刀。他握住了长根的手腕，长根一挣一抽，刀尖正好戳在钟长水的掌心里。血汩汩地涌了出来。

九皇女气呼呼地用劲推了长根一把。那一刻，站在天井池边的长根没有防备，往后一退，一脚踏空，摔了下去。枫岗三姓建有多座宗祠，总祠分祠支祠，都是天井式建筑。天井池里铺的石板，喜好雕刻成门锁状或棺材状，意在关锁风水，以保财运文运不致外泄。长根结结实实地摔落在棺材上。所以，爬上来的长根满脸沮丧。他瞟一眼九皇女，悻悻地说："背时！我会为你死掉。我逃不脱的！"

九皇女不理睬他，从背包里掏出一块巾子，裹缠在钟长水手上。接着，她扭头朝外走。

长根说："我还没割呢。"

剪刀又一次咬住了她的秀发。这回，他手里的剪刀不敢放肆，仍然是只剪一小绺，那绺黑发却带着血。

九皇女仔细端详着、轻轻爱抚着被采撷过的辫梢，不觉间，眼里噙满了泪水。

钟长水盼着天黑，天却老是不肯黑。当九皇女把钟龙兴领回来时，夜色忽然铺满了村巷，一轮浅浅的圆月，也悄然从东边的山林里钻了出来。

下午把担保书送到区里后，区委书记说："钟龙兴同志，你革命热情高涨，工作蛮积极，要是作风不改良，照样会犯错误的。这次你回去，要向枫岗群众道歉。希望你吸取教训，不要再叫人押来见我哟！"

九皇女在钟家门口对钟龙兴说："夜晚开大会道歉好啵，我去通知。拖不得嘞，夜晚就要落实。"

钟龙兴憨憨地一笑："那不成了斗争我，要不得！我宁愿上门道歉。皇妹子，测八字不准，赖全福硬是跟长娇相克嘞，还跟我结仇啦。是哟，我欠他的，我没把礼金还他。"

九皇女说："别人告你没错！扩红要宣传鼓动。五次围剿决战近在眼前，我们要号召群众扩大和巩固苏区，为苏维埃流最后一滴血，讲清道理，刚刚得到土地的贫苦群众就会觉悟。有些后生不积极，是有困难，有顾虑。"

夜色遮蔽了用猪血刷下的标语，钟龙兴用松明指着那面墙，叹道："我哪里还有脸面跟别人讲道理哟！"

九皇女说："你急我也急，岗下乡的赖花香在跟我斗狠嘞。不过，赖花香当真有脑水。她成立妇女帮工队，担心家里荒田的后生就打消了顾虑。还有，她宣传婚姻自由，当童养媳的妹子，受父母之命已经定亲、自家不情愿的妹子，都进了扩红突击队，跟扩红对象对上了眼。妇女身体比男人劳苦，命更苦，没有人身自由。现在妹子自由嫁掉啦，后生也高高兴兴当了红军。赖花香也嫁给了想老婆的后生，那个后生小她四岁。"

钟龙兴说："皇妹子，你也学学赖花香，赶紧跟长水成亲。他去搞钱，是为了你。你们成了亲，我心里也踏实。我只有这个崽嘞。"

九皇女瞟着闻声出门来的钟长水，说："我答应了四个后生。想成亲，要看哪个打仗顶勇敢。你看看我的辫子，狗啃的一样。"

钟龙兴举起松明一照，果然。他立即明白这是怎么一回事了，因为他听说过类似的故事。他憋忍着，长叹一声。叹的是儿子的无能，蓄在自家园中的鲜花竟叫别人分享了。

九皇女走时给长水丢去一个眼色。那个眼色是他心知肚明的约定。食夜后，他来到村口汉帝庙边的大樟树下，等着九皇女。

夜色渐浓，圆月渐亮。月华如水，把村舍田园树林都漂白了。刚才，钟长水饱食了爹的冷眼。爹是一旦有气就整天戳戳骂骂的脾气，可是今天他一直憋着。区委书记不是希望他改良作风吗？所以，他只是怒冲冲地对儿子吼了一句："爷老子接受教训，不操板凳劈你，不劈你就算道歉！"

钟长水背靠鼓突起来的蟠龙状树苑，已经睡了一觉。村中的狗吠惊醒了他。他支棱着耳朵。今夜的狗很奇怪，吠得很凶，很齐心。属于三姓屋堂的狗，从来不曾如此同仇敌忾。而且，枫岗的狗一直是儒善的，见到生人吠几声，主人一喝，它们就乖乖打住，一般不会追着人狂吠，更不喜欢跟帮欺负人。钟龙兴有句名言说，我的崽就像枫岗的狗呢。可是，今夜却例外，不晓得谁惹恼了狗们。

禁不住好奇，钟长水循着狗吠回到了村里。狗吠在曲里拐弯的长巷尽头，在后龙山的脚下，在九皇女家门前。长水也像那几条狗一样，怒视着她家屋后的竹林。竹林里显然有什么邪祟或野物。那邪祟或野物显然是不怕狗的，它既不动弹，也不逃跑，在暗中与狗对峙着。也许狗眼和它的眼正针锋相对，而人眼却看不到。九皇女的娘耳聋眼也不好，九皇女呢？她好像在洗澡，屋后的澡屋子透出油灯的光亮。很微弱的光亮，融化在月光里。

钟长水观察了一阵，见没有什么异常，便一跺脚喝退了狗。这边的狗一噤声，全村帮腔的狗立即哑默了。钟长水走到大门边，举手敲门的瞬间，一转念，鬼使神差似地绕着屋旁蹑手蹑脚朝后山爬去。

屋后的高坎上长满芦箕，很滑，他得手足并用。这时，上面竹林里的邪崇或野物沉不住气了，它哧溜蹿出来，朝向另一侧逃走了。尽管它始终是连滚带爬，借着月光，长水还是认了出来，那是一个人呢。

爬上高坎，钻进竹林，找到正对澡屋子的地方，长水惊呆了。不仅仅是这块坡地上充满后生子的气息，更让他震撼的是，用杉树皮子搭起来的澡屋子，竟露出一道宽宽的缝。长水认识那道缝，它从前被挂在里面的蓑衣遮挡着。长水曾帮她家补过几次漏，他不能容忍一片有裂缝的瓦，却放过了澡屋子的板缝。此刻，他终于如愿以偿，看见缝里的景象了。

他周身血涌，满脸滚烫，手脚竟奇怪地颤抖不已。不晓得是激动，还是愤怒。因为，铺着厚厚一层竹叶的地上，被践踏得恍若砖窑上炼泥的坑，看样子潜到这里偷窥的，不只是刚才逃跑的那个人。而且，板缝里的九皇女没有身子，只见一张脸，她的身子裹在河里涨水才看得到的大团大团的泡泡里。无疑，她用上了鬼子膏！别人已经抢先把礼物送给了九皇女！

而钟长水却在刚才过来时，随手把自己买的鬼子膏藏进了那棵古樟的树洞里。他本来准备在今夜送她时，哄她啃一口。鬼子膏是稀罕物呢，是洋货。像从前一样，他每次回来送给九皇女的都是枫岗人没见过的稀罕物。他想，贪嘴的九皇女接过鬼子膏，一定会张口就咬。从前每次帮她家砍柴，她跟着去就是为了嘴，见了什么野果都往嘴里填，所以，她总是捂着肚子流着泪回家的。他想象，咬下一块鬼子膏的九皇女一定会囫囵吞下肚，等她呸呸吐口水时，已经来不及了，她会屙出好多白泡泡。她一定会捶打着他，骂道："什么鬼膏！是闹药吧？你想害我？"那时，他才会告诉她："哪个叫你贪嘴！这是洗衣衫用的，像皂角和枯饼。蛮好用呢，涂一点点，就能把衣衫洗得干干净净。"

可是，已经有别的鬼子膏抢先跟九皇女幽会过了。难道，下广东的后生这回不约而同都选中了鬼子膏？眼前，点着油灯的澡屋子里，鬼子膏的泡沫那么张狂地膨胀着，那么得意地闪亮着。那是亮得刺眼的雪白！

九皇女成了一团泡沫。她陶醉在泡沫里，搓个没完没了。她莫非刚从画眉坳钨矿的窿子里钻出来，怎么会洗不净自己呢？画眉坳在南华山的大山深处，距离枫岗三十里。传说，那个钨矿还是九皇女的爹发现的。画眉坳是九皇女母亲的娘家，二十多年前她爹去迎亲，拣了几块又黑又亮的石头，只是看个稀奇罢了，随后便扔在屋门口。后来，被村里一个在赣州读书的后生发现，他说这是某种矿石。果然，他再从赣州回来，就请九皇女她爹带路去了画眉坳。随后，枫岗有好多男丁都跑去画眉坳挖钨砂。可在村人眼里，那些打锤佬都是在家不愿做田、出外生怕受累的懒汉。其实，打锤佬很苦，虽然能搞到钱，可那钱是用命换来的，以后，枫岗农民去挖砂的越来越少。尤其是，前几年枫岗人在那里丢掉两条命，吓得活着的人都跑了回来。钟长水看过那两具抬回村的尸体，恍若从土里刨出来的，他恶心得作呕。第二天，他就跟人下了广东。

许久之后，也许是故意等到夜深人静之后，九皇女开始舀水冲洗自己。水勺是长柄的竹筒。水从她的脖颈处一勺勺倾倒下去，像山涧里的溪流，一点点地把她身上的泡沫裹夹了去。她慢慢地敞开自己。她在旋转，她的前后左右渐次祖露在板缝里。

钟长水瞪圆眼睛，紧紧咬住自己的手指，像打了个寒噤似的，浑身又是一阵颤抖。接着，他全身莫名地燥热起来，火灼一般。

三指宽的板缝，把她整个人都投映在长水的眼里。可贪婪的眼睛仍不满足，他眼里也长着两只手。他用目光把板缝越扒越宽。九皇女好像看见了外面的眼睛，她冲着月光和斑驳的竹影莞尔一笑。羞赧的，却又是坦然的。

那个笑让钟长水震惊。九皇女应该晓得外面有人，她是故意期期艾艾的！她要敞开自己给哪个看！显然，就是送鬼子膏的那个人，那人才是该死的鬼子！

鬼子膏别是迷魂药吧？九皇女丢了魂呢。钟长水怒不可遏，竟从那两三人高的崖壁上跳下去。他重重地摔在水沟里，溅起来的泥水中当然有鬼子膏的泡沫。那塌方般的轰响，吓得九皇女失声尖叫，全村的狗也受惊了，又是一阵狂吠。邻近的几条狗凶猛地冲到澡屋子后边，一见长水，却不好意思了，用低沉的吼声边打招呼边退去。

钟长水一脚端开了澡屋子。他猛扑过去，把个水淋淋的九皇女紧紧地搂在怀里。那是滑溜溜的身子，像一条刚出水的鲤鱼，圆圆的鱼嘴还会说话呢。他晓得自己把她吓傻了，便一边抚摸一边喃喃道："皇妹子，莫怕，是我，是我长水呢。我怕你发邪，你洗澡洗得这久，你忘记我在等你。你肯定是发邪啦。"

她把洗净的秀发盘在头上，身上却仍然粘着好多碎发。他替她把那些碎发一根根摘掉，从肩头到后背，从胸前到脚上。可是，当他站起来的时候，九皇女已大梦初醒。她狠狠地推倒他，抱着衣服躲进黑暗的旮旯里，不停地痛骂长水。她说你看了女人，眼里会生疔晓得啵。她说你摸了女人，手气不好要走时背运晓得啵。

被推倒的瞬间，钟长水心中升腾起一种罪恶感，随后九皇女若是哭了，他就害怕了。而此刻，他得到竟是咒骂，多么熟悉的咒骂，九皇女自己贪嘴吃了野果闹肚子总是骂他呢。那熟悉而亲切的咒骂令长水胆气顿生。

他指着那道板缝呵斥道："哼，把蓑衣拿掉，把油灯挑得这么亮，你巴不得别人眼里生疔是啵？"

九皇女说："你管不到！你捡到便宜还卖乖！我恨你！"

钟长水一脚踢飞了地上的鬼子膏："鬼子膏里有蒙药吧，一抹上，你不晓得事啦，人家把你看了个够！"

九皇女突然扬起脸来，用讥嘲的口吻说："我好贱嘞。我故意让长根看的！他求到我，说他一辈子没见过女人。他说今天跌到棺材上，不是好兆头，上了战场，肯定会死掉。他不怕死，就怕死掉香火会断，地下的爹娘会一脚把他踢落十八层地狱，他怕下到地狱，连野鬼都会笑他不懂事，女野鬼也看不起他。他逼我跟他成亲，我不肯。他就说要看我身上，我又不肯。他哭起来。几时见过他哭哟！我就说，我去洗澡啦。"

钟长水冷笑道："何止长根一个！他们一个个都爬到屋脊崖上偷看。你不晓得？"

"我晓得。是狗吠把他们招来的，狗也晓得他们的心思呢。一听我家这边狗吠，他们就先后赶来，他们牵挂我呢。你们都剪了我的头发，我就是你们的人啦，不，我会嫁给你们中的一个。你们愿意舍命去当红军，我还舍不得让你们看？看看又不会少一块肉！"

九皇女松开盘在头上的黑发，一挂黑色瀑布流泻下来。洗了头后，被剪的痕迹消失了。钟长水懊恼地说："我太儒善啦，我应该发狠把你的辫子齐根剪掉！"

"那不叫儒善，你是胆小鬼！我老早就叫你去当红军，听我说，我早就嫁给你啦。你怕死。你们帮人偷运私钨，才是把命吊在裤袋上嘞。你们后生子不当红军，先人跟福主菩萨都不保佑你们！八月十五夜晚，你们行船走在盘龙河里，不涨水不刮风，怎么会被大浪掀翻了船？那是菩萨在警告你们莫作孽！"

那件事的确蹊跷得很。藏有私钨的船行至乌龙峡口，明明是绕开崖壁下的漩涡走的，不晓得有什么邪祟，死死拽住它。钟长水他们几个划的划撑的撑，怎么也挣不脱那股力量。于是，大家纷纷弃船跳水，相帮着爬上对岸，就见漩涡处狂浪汹涌，那条船旋转着撞向崖壁，顷刻之间就沉没了。他们在庆幸之余是发了毒誓的，回村后要守口如瓶，免得屋里担心，再也出不了远门。哪晓得，竟有人为了讨好九皇女，把他们之间的秘密也出卖了。

钟长水憋着一肚子火，不愿追问那人是谁。其实，他心里也有数。九皇女已经用上了鬼子膏！鬼子膏已经让一朵鲜花怒放在秋天的月夜里！他心里充满悲凉，他用虚弱的声音说："我会怕死？我说过，要去一起去，有一个留下来，我都不走。我们几个人没有怕死的，就怕别人搞到你来。后生子都走掉，最后肯定是不走的捡便宜。田不作要荒，你肯让自己荒田？"

九皇女扑哧一声竟笑了，笑容里不无几分得意。她和别的女子不同，喜欢和后生子搞笑，惹得他们一个个动了心思，她也不在乎。她就像机灵的画眉子，在山林飞来飞去，没有一棵树能挽留她的翅膀和歌声，但每棵树都珍藏着她栖息其中的记忆，每棵翘望着她的树，时时能真切地感觉到她的气息，她的距离。或者，她就像多情的月光，穿透后龙山的竹林，每一竿翠竹都感受到了她的摩挲。九皇女说："你今天的鬼样子，气死我啦。要是只有一个人听我的，我夜晚就跟他成亲，哪怕是脚板薯长贵，哪怕是阴坏的长发。现在你高兴啵？我都不晓得该嫁哪个啦。"

钟长水再次紧紧地抱住了她。这次，他成了凶猛的豹子，张开血盆大口，想把她囫囵吞掉。他撕扯着她的衣衫，想把她整个儿扒开。她扭转头，躲开他的嘴，抽出双手来，捶他掐他拧他。她也变成了刚烈的豹子。但她的声音却是哀伤的："长水，你发疯呀。你看过呢。"

长水说："我要搞到你来，再走！"

九皇女不再反抗，却是热泪双流，滴滴答答，落在长水的脸上手上。她喃喃道："我迟早是你的，你不懂？长根他们都喜欢我，我动员他们去当兵，哪个牺牲我心里都难过嘞。我能帮他们做何事呀？我身上有的，哪个女人都有。这个要求也蛮可怜呢。"

长水心里一阵阵冲动，越抱越紧，几乎勒得她喘不过气来。也许，她感受到了他身体内部那股不可遏制的力量，她闭上眼睛，身子也瘫软了。可是，长水突然放开了她。

不过，接下去，他的举动很奇怪。他将澡屋子里外巡视一番，把屋里的桶呀盆呀蓑衣呀，全部拎了出去。最后，对着屋子四角的木柱各踹了几脚，杉皮为墙又当瓦的澡屋子再经他用力一推，就倒塌了。倒得那么轻易，那响动甚至没被狗发觉。

钟长水说："你困觉去，我夜晚就搭起来。我家有上好的杉木板和杉皮子。我给你搭一座不透光的澡屋子。要是春天能回来，我在四围栽上爬墙虎牵牛花，让屋子上爬满藤藤蔓蔓，气死他们来。"

九皇女揉揉泪眼，忽然嘟起嘴来，对着他的脸颊啄了一下。那一下，很真实，烫烫的，湿湿的，麻麻酥酥的，还带着响呢。

九皇女说："你爹说得好，你像枫岗的狗。你就是一条狗！"

第二章　抢打轿

九皇女家的澡屋子变得密不透风了。四角栽了四根碗口粗的杉木段子，板壁是一寸厚的杉木板，顶上铺两层杉皮，脚下还垫了一层地板。四面的板壁严丝合缝，就连下水洞也是精心处理的，不是贴着地面出水，而是从地板下斜插着出水。就是说，哪怕长根趴在地上通过下水洞偷窥，也看不到里面的脚趾头。大白天进去关上门，澡屋子里面黑咕隆咚的。

钟长水搭好澡屋子后，便去取藏在树洞里的鬼子膏。岂料，他伸手进去摸不到，猫着身子钻进树洞，把里面的枯枝败叶全掏出来，还是找不到。他能留给九皇女的，只有这座小木屋。可是，后生们都要走了，年轻的眼睛都不在了。

锣鼓声中，钟长水瞄着同样披红戴花的长根，禁不住暗自冷笑。长根从人群里挤过来，轻声问："你笑什么笑？"

"我觉得好笑就笑呗。昨天夜晚，也不晓得哪个讨狗嫌。"

长根也说："是哟！那么老实的狗，全都发了火。怕是有什么邪物。"

长水说："人才是最邪的。人发明鬼子膏，就是要洗干净自家身上的邪气。也不晓得鬼子膏的泡泡有没有毒，天井下面放养的乌龟吃了泡泡，会闹死啵？"

长根说："放乌龟是靠它疏通水道，乌龟天天在下水道里爬，什么脏东西没吃过哟，人还说千年的王八万年的龟呢。"

长水讥嘲道："水道下面的龟蛮可怜，成天不见天面，就怕连别人的脚板也看不到啰。"

这时，钟姓子弟齐聚在钟氏宗祠里。这是一个融合了正月里祭祖、敬神仪式的欢送大会。享堂上方的条案上，红烛如柱，线香如林，还供着家家户户奉上的米酒、米饭和供果。侧边的土地神位前，一位老人躬身杀了鸡，将鸡血淋淋漓漓地洒在一堆纸钱上。一阵吹打之后，钟龙兴宣布鸣炮。门外三声铳响之后，呛人的硝烟随着震耳欲聋的鞭炮声弥漫开来，涌进祠堂。

钟龙兴换上士林蓝大巴衫，戴的却是一顶红军的八角帽，模样蛮好笑。人们忍俊不禁，他也不管不顾，顾自面对开基祖先瑞公的神位肃立着。待鞭炮声息，他高喊一声"开始"，吹打班子马上停了下来。二十多个将要去当兵的后生，在钟龙兴身后站成了两排。闻声赶来看热闹的三姓老幼妇女，把个宽敞的祠堂塞得满满当当。

钟龙兴摘下帽子，持香合掌，唱赞般念道："日值使者，一请拜请。"

他躬身叩首，却瞄见后生们毫无反应，便扭头喝令："叩首！"

九皇女是听到铳响赶来的。一见这场面，她急了。干爹又要惹事啦。明明议定，所有当兵青年集中在乡苏开个欢送大会，他怎么又自行其是，另行为钟姓后生搞这样的仪式呢？她分开众人，挤到钟龙兴面前，轻声警告他："刚换板子你就忘掉了痛是啵？这不光是搞封建迷信，还是宗派主义！"

钟龙兴嘿嘿一笑，说："走到哪里敬祖宗总没错！到了共产主义更要拜祖宗。马克思就是我们共产党的老祖宗。你靠边，你到女人那边去。好戏在后头，你等到来。"

他马上严肃起来，继续吆喝："一焚心香，敬心拜请。拜请马克思、恩格斯、列宁、斯大林四位革命导师大老爷。再焚心香，敬心拜请，拜请远祖、始祖、开基祖诸公，左穆右昭列位先公，钟氏散居他乡列祖列宗；三焚心香，敬心拜请本县城隍，本坊福主，汉帝、三圣、山神、土地，南华山众寺庙列位菩萨，众道观列位神仙，拜请前五里、后五里、左五里、右五里、五五二十五里，天地上下，一切过往神明依次排座。先来先坐，后来后坐，老者上座，少者两边排座。敬茶，敬酒，敬请尽情笑纳。江西省登贤县南华区枫岗乡枫岗钟氏众子弟今日从军扛枪保卫红色政权，保卫人民幸福万万年。敬请众神护佑众子弟，平安吉庆，毫发无损，刀枪不入，威武不屈，旗开得胜，马到成功；护佑枫岗钟、赖、曾三姓风调雨顺，禾田大熟，丁财两盛。还有，保佑红军捉到那个该杀的水蛇崽来……"

这时，钟龙兴忽然想起了水蛇崽的本名，他几乎是仰天长啸："历代祖先在上，水蛇崽叫钟龙祥，是你们的裔孙，是我钟家的败类仇敌！你们要保佑我们早日灭掉他嘞。叩首——"

钟龙兴率先垂范，跪下便拜。后生们也齐刷刷地跪下去。大家起身再次敬香之后，钟龙兴转身对两侧围观的女子高喊道："这多妹子喂，钟家列祖列宗在上，你们动员后生子说得蛮好听，光说不作数，今天你们要给他们吃一颗定心丸！心定，打枪才不会落靶，砍水蛇崽的脑壳才不会砍偏斜。说到婚姻自由，你们蛮起劲，反对买卖包办婚姻，反对老公打老婆，要实行妇女经济独立，标语贴得到处是。嫁给红军几好哟，有自由，有光荣，有田分，有优待。中意哪个，上前打个啵。我们钟氏祖先也放心啦。他们在上面看得到呢。"

话音落地，后生们一起欢呼，欢呼之后是眼巴巴的期盼，每双眼睛都长出了钩子，每张嘴都是垂涎欲滴。那些妹子却红着脸，缩成一团，一边嘀咕着，一边瞟向各自的目标。

钟龙兴说："敌人一百万，我们怎么办？我们要动员一百万铁的红军！我屋里两个女是扩红队员，长好答应了曾家后生，长妙许给了赖家人。要不是闹红解放了妇女，她们有这好的命？嫁个拐子瞎子都难说。长好自由啦，一高兴，昨夜跟曾家后生喝过交杯酒，生米做成了熟饭。你们莫叫我们钟家光出不进哟！"

他笑眯眯地望着九皇女。而这时，最难为的就是九皇女。四个后生的目光都粘在她脸上。那是饥渴而充满妒意的目光！九皇女又羞又恼，赶紧上前制止钟龙兴。她贴着他的耳朵说："妹子们掖着鞋子鞋垫来送行，被你一起哄，人家着吓，不好意思呢。到三不着两！刚才你说斯大林，斯大林还在世，你就把他当先人呀！明天又该帮你寻人写担保书啦，我懒得管！"

钟龙兴戴上红军帽，一把推开九皇女，说："随便哪个告。这次我们钟家二十多个后生子当红军，我脸上有光嘞！我决不作后生子食亏！桃妹子，你带头，我屋里长妙许给你哥哥，你动员长旺怎么说的？"

那个叫桃妹子的，在人群中忸怩了一阵，突然冲向长水身边的长旺，在他脸上亲了一下，再把草鞋往他怀里一扔，钻回人群。顿时，满堂哄笑，连唢呐和鼓锣钹也闲不住了，这回它们吹奏的是《结心草》和《洞房》。

喜庆的伴奏怂恿着好几个妹子，大大方方上前去，跟各自相中的后生打了个啵。乐得钟龙兴对着儿子高声说："长水，九皇女等于我的半个女，横直都是你老婆，她不好意思就算啰。我会告诉赖营长，叫他这次打败进犯的国民党，放你回来拜堂。"

钟长水得意洋洋，竟翘起一只脚来。他穿的是草鞋，这双鞋是九皇女打的，紧紧扎扎，襻子上缠着红布，翘翘的鞋尖上，嵌着绣成的并蒂莲。凭着这双鞋，他敢告诉大家，九皇女已是他的人啦。

然而，他错了。长根他们三个也有同样的草鞋。他们没有穿在脚上，而是掖在怀里。他们纷纷撩起衣衫，拔出插在腰间的草鞋，对着九皇女高举着，异口同声喊道："皇妹子，过来啵一个。"

钟长水死盯着他们手里的草鞋，不觉间，眼里潮湿了。他默默地脱掉鞋，也学着他们把草鞋掖进了腰间。他也该留着，和九皇女的头发一起留着，留到娶她的那天。

唢呐吹得更起劲了。所有要当兵的后生，一起跟着长根他们大叫："九皇女，啵一个！"

钟龙兴望着长根他们手里的草鞋，心里便明白了几分。他狠狠地剜了九皇女一眼，嘟哝道："想超指标完成任务，你把自家许给这么多人？起锣好办，我看你怎么收场！"

九皇女站了出来，祠堂里突然安静下来，人们等着她的啵，好像那个啵会落在所有的脸上似的。

九皇女把搭在肩上的辫子甩到后面，扬起脸来："长水、长根、长贵、长发，你们听到来，我为何许给你们四个人，我是把扩红动员跟反逃兵工作一起做！我说过，哪个当红军，打仗又勇敢，我就嫁给哪个！今天，你们都当了红军，就看你们在战场上如何啦！屋里的事莫挂牵，从今天起，我先给你们四家当媳妇。我已经成立妇女帮工队，帮助全村红属作田砍柴！"

长根又叫道："九皇女，跟我打个啵。等我有了枪，帮你捉到水蛇崽来，替你爹报仇。"

九皇女走到他面前，夺下他手里的草鞋，举起草鞋就朝他脸上搧了一下，问："还要啵不？"

长根笑着摸摸脸："这个啵不要。不打啵算啦，反正我也划得来，就是上战场死掉也值得，当真死而无憾。"

九皇女替他把草鞋塞进腰间后，挪到了长贵面前。脚板薯长贵连忙攥紧手里的鞋说："你等到来，等我当英雄来。我把头发和鞋给嫂子看，吓得她们翻白眼嘞。你对我这么好，我死掉也甘心情愿。"

九皇女说："你放宽心。等我有闲，捉到你嫂子的把柄，去骂她们个狗血淋头！我晓得，那是两块猪婆肉，三担柴炆不烂，批评教育没用，要拿盐腌拿火烤拿刀剁！"

细长个子的长发也不敢要啵。钟长水却要。九皇女本该是他的女人呀。不等她来到自己身边，他扑上前去紧紧地抱住她，他说你快跟我打个啵也许明天我就会死掉，我身板宽目标大容易挨子弹，我跑不快会被白狗子追上。他嘟起的嘴，却找不到她的脸。他被九皇女使劲推出几步远。

九皇女生气了："长水，没想到你顶怕死！反逃兵要反的就是你！"

我不是怕死！我是怕自家死掉，你会嫁给别人。跟上当官的做娘子，跟上杀猪的翻肠子。我怕你翻肠子！

钟龙兴听不下去了，对着儿子骂道："牙黄口臭！还没出征就死字不离口，不吉利，晓得啵？从今往后，全村人不许说死字，不许说谢花谢苗的那个谢字！就像钨矿上的打锤佬那样忌口，从今往后全村老少屙屎都叫打堆子！哪个嘴贱，就叫他做狗舔堆子。"

又是一阵哄笑过后，钟龙兴继续说："你们后生子听到来，别人批评我搞封建迷信，我不怕。福主菩萨哪里是封建迷信！他们是英雄！要是你们哪个光荣了，够英雄，我钟龙兴给你建庙塑金身，每年在你生日那天禳神，用鸡鸭鱼肉供奉你，让你年年看三天大戏。我说到做到！就是莫让我死到了你前面。"

"吃堆子去！吃堆子去！"有几个后生叫起来。钟龙兴这才晓得自己犯了刚刚宣布的禁忌，他呸呸两口，接着，又抓起地上的脏稻草抹了抹自己的臭嘴。

然而，一言既出，驷马难追。从此刻起，直到送走全乡应征青年之后，他时时地神情恍惚。

枫岗乡的后生全部编入了赖全福的三营。在枫岗休整的三营，这一年战斗减员不少。这一年，国民党军队利用各苏区不易联系的弱点，采取逐次转移重点、实施各个击破的策略，对革命根据地和工农红军发动了第四次围剿。而中央苏区的红军则针锋相对，通过发动军事进攻行动，相继取得一系列重大胜利。今年年初，蒋介石重新布置对中央苏区的围剿计划，并亲任江西省"剿匪"总司令，采取分进合击战术，企图围歼红军主力。红军为先发制人，攻打苏区北线的南丰城，与守敌激战一夜，三营伤亡惨重，却未能攻进城去，而周边的数路白军火速扑来，意在内外夹击。于是，三营随其他主力部队一道撤出战斗，秘密西移，化被动为主动，在运动中连续重创进犯之敌，经黄陂、草台冈两役，彻底粉碎了白军的第四次围剿。

赖全福要对新兵炫耀的，就是三营的光荣。在赖氏宗祠门前，他一句一句像放铳一样，先填硝再点火。这才听得一声铳响，他说的是为什么当兵的大道理。可能他自己也觉得累吧，他一声命令，让在场的十多个战士都把自己扒开来。他也不例外。他们赤裸上身，把枪伤刀伤和形形色色的疤痕都展露在众人面前。

赖全福指着身上的伤疤告诉新兵："四次反围剿，我都有纪念呢。一二三四。看到啵，离心越来越远啰！子弹怕我啦！这说明什么？越怕死就越死得快！第一次上战场心里发虚，子弹就对着心口来。这次打南丰，好笑啵，子弹从我胳膊窝里穿过去，我还当哪个骚妹子勾引我，嬉我的痒呢。"

新兵哈哈大笑，坪地周围看热闹的老幼妇女也乐。赖全福身后有个战士笑着叫道："是李双凤嬉你的痒！"

赖全福一愣，顿时脸色铁青，猛然一把揪住那战士，将他扯到前面来。赖全福又告诫道："新兵同志们，苏区妹子喜欢红军英雄，当上英雄就不怕找不到老婆。我的三营是英雄营，他们个个都有妹子喜欢。白狗子的子弹也有情呢，从他裆里钻进大腿，倒是帮他把寿留到了。脱裤子，让大家看看。"

后生们更是兴奋，一起哇哇乱叫。围观的妇女轰地四散奔逃，也有悄悄藏在人后偷看的。九皇女就是其中之一。九皇女觉得蛮好笑，红军有纪律，连洗澡都要避女人，赖全福怎么敢在光天化日之下逼战士脱裤子？

那战士期期艾艾，终是拗不过营长的命令，只得背转身把自己脱得精光，然后，双手捂严他的寿，挪转身来，朝向众多圆瞪着的眼睛。人们看到的，不是大腿根处的枪眼，而是剌在大腿上的三个红字。歪歪斜斜而又不甚分明的字迹，没人能辨识出来。

赖全福说："这三个字，是用弹片在肉上戳出眼，再点上道士用矿土泡的颜料写下的。为什么要红色？红色政权的意思。用血肉保卫红色政权！三个字，是一个名字，代表苏区人民，也代表他喜欢的妹子。这个妹子是哪个？是青石寨的罗九皇女！不是我们枫岗的曾九皇女。那个妹子去年配合我们攻打反动派盘踞的青石寨，被反动派捉到杀害了。这三个字就是九皇女！"

人群中的曾九皇女一激动，振臂高呼："打倒国民党反动派！誓死保卫苏维埃！"

全场群情激昂，一片如林的拳头。不断有人领呼口号，在口号声中，九皇女领着几个妹子，疾步走上前，簇拥着那个已穿着整齐的战士，为他唱了一支山歌。那支歌也是唱给所有新兵的——

> 对河一蔸幸福桃，
> 要想摘桃先搭桥；
> 受苦穷人要翻身，
> 快当红军打土豪。
>
> 不当红军狗都嫌，
> 当得红军人人亲；
> 革命莫念嫩娇莲，
> 娇莲十年不变心。

唱到后来，所有的女人都跟着哼哼了，包括掉光牙齿的婆婆。连豹虎子一般的赖全福，也感动得抹泪。

可是，钟长水却紧紧盯住九皇女。长水看见她边唱边替那个战士整了整领口，看见她把一块士林蓝的巾子送给了他，看见她还送给他一个亲亲的微笑，看见她一转身甩得马尾辫轻轻拂在他脸上。九皇女的名字早已刻在那个战士的身上了。虽然，她们是两个人，却是同一个属于嫩娇莲的名字！

歌声一落，九皇女高声对大家说："赖营长的兵是英雄，枫岗的后生也都是好汉！前年正月间，进攻苏区的白狗子溃退下来，有一个连驻扎在枫岗，那些残兵败将对老百姓就是一帮土匪，欺男霸女，劫掠民财。正好碰巧，大年初十夜，枫岗三姓敬神祭祖迎彩灯，看到后生子抢打轿的凶猛劲，白狗子心惊肉跳，第二天不等天亮就溜之大吉了。赖营长，让我们枫岗新兵抢一个给你看看，好啵？"

赖全福从前在赖氏总祠祭祖时参与过这一活动。他转身就从祠堂里扛出一只井字形的粗大木架，这便是所谓的打轿。按照风俗，抢打轿是在枫岗三姓分别敬神祭祖迎彩灯后进行的。三姓的剽悍后生，先在各姓的宗祠里点烛焚香，然后，打赤膊着短裤，簇拥着各自的打轿，到村口汉帝庙前会合，以拈阄的方式选中一只打轿。这时，三眼铳轰鸣，鼓乐喧天，三姓代表高擎打轿，重重击地三下，雷爆般怒吼三声："发！发！发！"周围的百十号青壮男丁，应声上前争抢那只打轿。这时的争抢几乎就是一场肉搏，鼻青脸肿的，皮开肉绽的，一个个毫不在乎，因为抢回家去，就是一年的好运。据说，此俗跟枫岗三姓同居一村共畈作田有关，以此满足人们的斗勇之欲，平时就能睦邻友好了。

赖全福把打轿扔在祠堂门前的坪地上，说："你们听到来，哪个抢到，放回祠堂，就算赢。我奖给他一枝汉阳造！开始！"

哪晓得，没有一个后生动桩。他们一个个大眼瞪小眼，呆呆的。好像不知汉阳造意味什么似的。

赖全福嘿嘿一笑："汉阳造都看不上眼？告诉你们，我能发给你们的是土枪土炮和大刀片，顶多再给几个手榴弹。好枪要跟白狗子要！想扛汉阳造的，上！"

这下，呼啦扑过去二十多个人，而更多的后生却是犹犹豫豫，也不知是疼惜脚上的新草鞋呢，还是顾忌着揣在怀里的荷包或巾子。赖全福吼起来："枫岗后生就是这个德性？我记得你们剥了皮也会跳！没被阉吧？给我去抢！哪个不上前看我怎么收拾他！"

他暴怒的时候，全身每块肌肉都在发抖。那副咬牙切齿的模样，把人吓坏了。于是，后生们一起拥过去。打轿在许多大手里争来夺去，而不断往前扑的后生把争抢的中心围了个水泄不通。谁要抢得打轿再冲出重围，真不容易。

渐渐，争抢激烈起来，气氛也就上来了。赖全福也起劲了，绕着人堆一圈圈地跑，嘴里哇啦哇啦嚷个不停。他在火上浇油，他吆喝道："后生子，搏命抢！我奖他汉阳造，扩红队长奖他一个啵！"

九皇女说："好嘞，一个啵就是嘴上的两块肉。奖就奖！"

顿时，外面的后生扒着人墙往里扑，里面的人拳打脚踢，拽着打轿往外冲。一倒，就是一大片。爬起来，就是一座山。一个个都凶凶喝喝的。震天的怒吼，惊得枫岗的狗狂吠不止。

钟长水终于抓到了打轿。他使出全身力气，晃动肩头和手臂，去撞身边的对手，他还暗暗踹了长根一脚。一道抓住打轿的长根大概感觉到了，大吼一声，突然发力，端起打轿扫倒了一堆人。长水也倒下了，但他没有松手。长水像一头斗架斗红眼的牛牯，已经杀得性起，他索性钻进打轿的方框中，用整个身体护卫着，搏杀着。长水仿佛已把生死置之度外，疯了似的左冲右突，把那些抓住打轿的手全都甩脱了。那些后生见他这般凶猛，竟不敢近身，连学过武功的长根也退缩了。后来，长水其实是扛着打轿从容不迫地走向祠堂的。

汉阳造属于钟长水。九皇女的那个啵也属于钟长水。赖全福当胸给了他一拳，便夺过一个战士手里的汉阳造。可是，钟长水却被后生们簇拥着靠近了九皇女，她的啵已经准备好了，甜甜的啵近在咫尺。长水站在她面前，揉着额头，那里鼓起一个大包。而他的脸上，竟被谁的长指甲生生抠下一道皮来，血滴滴落在衣领上。

"你们哪个的爪子！"九皇女掏出巾子递给长水，自己却依次抓起身边后生的手一一仔细验看。后生们则急切地催促着："快打啵快打啵！"

她满脸绯红，眼里却闪烁着明亮的笑意。那道光芒才是最真实的心意！长水看到了。他激动地抓住她的手，说："皇妹子，我有汉阳造，就可以给你爹报仇啦。我会千方百计寻到水蛇崽来，他在你爹身上捅了十多刀，我要捅他一百刀，再开膛剖肚拿他的心肝喂狗！我还要帮你寻到哥哥来。你放心，他肯定活着，我这两天夜晚梦到他，梦到他跟蛮多红军首长在一起，挎的是驳壳枪。他不认得我啦，我认得他的浓眉大眼，还有那个蒜脑鼻子。现在他满脸络腮胡子，我照样认得出。再有，我要送你银颈箍，水蛇崽老婆的银颈箍。"

泪水在九皇女眼里打转。她端详着他脸上的那道血痕，突然，挣出手来，分开众人，跑进祠堂。她从祠堂的香炉里取来一小撮香灰，她捏着香灰涂抹着他的伤处。祖祠里的香灰烛泪，都是灵丹妙药呢。

钟长水让那些期望看他俩打啵的观众等得心焦，他们一个劲地起哄。可是，这时长水的嘴唇忙着呢。他告诉九皇女，几个妹妹会相帮照顾好她娘，他爹照样是她的干爹，还有，就是那块不翼而飞的鬼子膏。他说："奇了怪，传说树洞里有神蛇，哪个敢钻进去呀？我藏在伸手够得到的地方。去取时，一摸，没有。我急得不管不顾，壮起胆爬进去，翻了个底朝天，也没寻到。鬼子膏会被神蛇食掉？"

九皇女笑了："你莫老念到来，我还有两块没用。洗衣衫还是用槌洗得干净，鬼子膏哪里算得上什么好东西！"

钟长水点点头，神情庄严得像发誓："九皇女，你等着来！我一定要送你银颈箍金钗子！我要把水蛇崽两个老婆的金银首饰一起缴到来送给你！我要是做不到，就不回来见你！"

一旁的长发勾下脑壳驼起背，正往人堆里钻。他怕九皇女训斥自己。他黑黑的指甲帽上粘着一块带血的皮，刚才被九皇女悄悄摘掉了。她只是跺了他一脚，他脚趾头还生疼呢。

岗下乡的赖花香一直藏在人群中。这个不服输的泼妹子，长得又黑又壮，像头水牤似的，犁田耙田，男人的活计样样能做。要斗架，恐怕没有几个后生敢近她的身。岗下有几个后生硬是被她揪着耳朵去报的名。她教训道，县苏眼镜子主席都写诗表扬我们妇女呢，他说，战争对于男人是短暂的，对于女人是漫长的，说得好嘞，我们女人几伟大，帮你们作田养家续香火，白军打进苏区做了几多坏事没听到说呀？你们还不该扛枪保卫我们呀？那几个后生乖乖报了名。只有一个小她四岁的后生，很是拗烈，任她手段使尽，非要她嫁给自己不可。赖花香说："你像我的崽呢，你不怕别人笑话？"那后生说不怕。赖花香又说："你个子这么小，爬到我身上像条蚂蟥。"那后生说我就是想喝你的血。赖花香哈哈大笑道："你喝得到我的血，我就嫁你，就怕你近不得我身嘞。"那后生也是机灵，瞄见她手指被镰刀割破了，正裹着嚼烂的含羞草。他猛然抓过她的手，一口叼住了那伤指，草药被他吞下了肚，吸出来的血却沾在嘴唇上。赖花香望着他血红的嘴唇，心里竟有几分感动。她晓得他的心思，他家人口多，分得的田也多，可他爹早年曾去画眉坳挖砂，钱没有搞到，却得了烧锅痨，面黄寡瘦的，完全丧失了劳动力，几个弟弟都小。他是担心今后全家人的生计。当晚，赖花香当真做了他老婆。赖花香曾挤眉弄眼地对九皇女说："吹了灯，他着吓呢。自家心虚，反倒诬我心里恋到眼镜子主席，男人蛮坏嘞。我说，上来呀，你就把自家当做眼镜子呗。他没胆嘞。跑到外面抽烟，眼看快要天亮，想想舍不得浪费，才发起狠来，好笑啵？男人呀，都是嘴上好佬。"

言辞之间，充满自豪。九皇女素来对她颇有几分敬意，虽然，两个乡的妇女工作一直你追我赶，各不示弱。尤其在号召枫岗妇女努力超额完成扩红任务时，她没少举赖花香的事例。九皇女说："为了壮大红军，她情愿一辈子当牛做马，这才叫革命觉悟呢。"

九皇女是在散去的人群里遇到赖花香的。九皇女说："花香吧，你是探子啵？偷偷来侦察我们扩红的情况？"

赖花香毫不讳言："是嘞。区里说，枫岗乡报名的后生超过了岗下，我倒要看看你们动员的是何人，莫拿傻子瞎子拐子凑数哟。"

九皇女笑起来："我就晓得你会派探子来。没想到，你亲自当探子。告诉你，我搞抢打轿，就是演戏给你看。刚才你怎么不去抢？后生子怕是抵不上你嘞。"

赖花香说："今天上山帮几家红属砍柴，扭到了腰。要不，我当真会冲上去。九皇女，算你有本事，一个女许给四个郎。我蛮后悔嘞，去年的剪发运动，把你的长辫子连根拔掉就好！看你还舍得让那多后生割头发啵！"

登贤县的妇女剪发运动是赖花香率先在岗下乡发起的。她跟几位妇女拼凑起来的《剪发歌》，正好道出了剪发的意义——

　　妇女剪发要时兴，

　　翻身不怕反动军；

　　出门逢得同志到，

　　不识我们是男女，

　　说你思想蛮开通。

　　剪了头发较排场，

　　妇女解放笑嘻嘻；

　　一来省得人工到，

　　二来省得生虱婆，

　　三来省得配银器……

　　赖花香之所以要编这支曲子，为的是对付九皇女。县苏眼镜子主席闻知岗下妇女剪发的事迹，除了开会、写文章表扬外，还授权赖花香成立宣传队，到四乡去现身说法，动员全县妇女剪发。赖花香倍加振奋，她本来就崇拜眼镜子呢。她曾当着好多妇女干部的面，跟在台上宣讲婚姻条例的眼镜子主席叫阵："结婚离婚自由，我黄花女想跟你自由，你敢跟老婆自由啵？"吓得眼镜子主席一抹汗，眼镜跌到台下来了。不过，赖花香对他的崇拜一如既往。为了迅速推广眼镜子大加赞赏的剪发运动，赖花香必须把九皇女当做土围子来打，当做眼中钉来拔。九皇女拖到腰臀间的长辫子碍眼呢。然而，这并不容易。那是人家蓄了多年的辫子，格外珍惜的辫子。九皇女是枫岗的乡苏干部，赖花香管不到，辩不过，吵不赢。谁不怕九皇女的那张嘴哟！赖花香拼命挤脑水，终于想出了好办法。编出《剪发歌》后，她要求岗下妇女儿童人人学唱，而且要曲不离口。岗下与枫岗相邻，枫岗终日被《剪发歌》紧紧包围着。更绝的是，有一阵子，回枫岗娘家的媳妇特别多特别勤，拖儿带女的，给娘家带去的是没完没了的歌声。《剪发歌》竟然很快在枫岗流行起来。九皇女晓得这是赖花香的计谋，一气之下，操起剪刀，将长辫子剪去了一大截。她愤愤地把那截辫子扔到赖花香怀里，泪水哗哗地流下来。可是，赖花香却盯住她的后脑勺笑道："你革命不彻底呢。看你蛮心痛，算啦。别人要是说闲话，我就说你剪掉的头发比哪个都多。"

提起剪发，九皇女心里憋气。她讥嘲道："听到说，你们编歌编到不识我们是男女，后面一句本来是，串了耳朵做记号。你怎么没串耳朵呀？不识男女就革命是哦？你怎么不把奶子割掉去？"

赖花香嘿嘿地笑，大大咧咧地一挥手："莫翻老账！九皇女，这下我服了你！你是又扩红又反逃兵。有些后生一上战场，就吓得逃转来，我们反逃兵任务也蛮重嘞。想到有这么标致的妹子站在后背，哪个愿当逃兵哟！这个抢打轿更让我开了眼，眼镜子主席晓得，肯定又要写诗做文章啦。我嫁了人，反悔不得。你等到来，岗下还有妹子，我有办法叫眼镜子再激动一下，写写我。"

九皇女乐了："眼镜子是嚼不烂的精肉，长在你牙缝里啦。多多扩红好呀，红军队伍壮大，白狗子就着吓。这次就怕你我都当不到登贤县的扩红模范，听到说，有几个乡超过任务蛮多，有蛮多地主富农的崽也要求当红军呢。"

赖花香顿时就急了。因为在岗下乡，几乎家家都有报名的，其中有一家去了三兄弟。剩下的后生掰指头也数得过来，要想更多地超额完成任务，却不容易了。她说："逼急了我，我也报名当红军。就怕肚子里有了他的种。我答应他，要帮他生个崽。对啦，崽长大也要当红军，这也算扩红！"

赖花香一个劲地轻揉肚子，好像种子已经落地发芽，好像孩子在里面哭着喊着要跑出来似的。

九皇女笑得咯咯的。那笑声穿过曲曲弯弯的村巷，或者是飞过层层叠叠的土砖墙、火砖墙，一直飘进了长根的耳廓边。部队马上就要开饭了，赖氏宗祠门前的坪地上，摆放着几只大饭甑。揭开甑盖，热气香味扑面而来。菜盛在桶里，一桶老南瓜，一桶秋茄子。新兵们排着长队，敲打用竹筒做成的竹碗，为九皇女的笑声伴奏。

长根被九皇女的笑声勾走了魂。他茫然四顾，寻找着九皇女的身影。赖全福走过去，怒喝一声："钭长根，鬼捉是哦？赶紧打饭，食完饭困下子。半夜要出发。"

"今天就出发？我还不会打枪嘞。"

赖全福冷笑道："莫说枪的事。说你练过武，要是你师傅看到抢打轿，会气得吐血。没用的货！"

长水当时的凶猛是长根始料未及的。当时，他看见九皇女为长水抹香灰，眼睛都出血了。此刻，他眼里仍有燃烧的妒火。他说："营长，到战场上你看到来。抢打轿是嬉！真刀真枪是要本事的！"

赖全福嘴角边的笑意深深地刻在他心里。那是一种轻蔑的、怀疑的讥嘲。

"赖营长，我要回家一趟，马上就转来好啵？"

见赖全福不予理睬，长根叫起来："我去爹娘坟上烧炷香要得啵？我是孤儿，我托个亲戚清明帮我挂青，也要不得？"

赖全福说："你已经是红军战士。你要是不回来，就是逃兵。逃兵被抓住是要枪毙的，记到来！"

长根胡乱扒了几口饭，忙不迭地往后龙山方向跑。长根的爹娘是在他九岁那年相继病故的，三个叔伯把他养到十四岁，一心想让他学门手艺，就把他送到登贤县城去学木匠。哪晓得，到了县城，还没学一个月，他就独自下广东去了。气得三个叔伯从此不愿多管他的事。回来了，加双筷子加个碗，却没个好脸色，就跟邻里的狗呀鸡呀来串门似的。在枫岗，他哪里还有亲戚哟！

九皇女该是他最亲的亲人了。也怪，她跟长水都没有几多话说，对他却不同。每次从广东回来，她总是数落个不停，她成了婆婆嘴，千叮咛万嘱咐的，难怪他认为九皇女的嘴甜。

长根果然是直奔她家去的。他一头闯进九皇女的歌声里。她的歌声挟着滚滚柴烟，从厨房里涌出来。

正在忙着做饭的九皇女一见他，失声惊叫道："长根你个胆小鬼，还没上战场，就逃跑呀！"

长根慌忙说明来意。九皇女依然生气，说："你像这没晒干的松毛柴呢，就会冒烟，不见明火。我说过，我组织了帮工队，所有红属田里山上的活计我们妇女包，你们只管放心去打白狗子。"

长根问："你们也管清明挂青挽纸？我一人吃饱全家不饿，我放心不下的，就是这一件事。"

　　九皇女往灶里又塞了一把柴，说："我早就想到啦，还去寻了你爹娘的坟呢。怕你自家都寻不到。"

　　这是真的。长根只晓得钟氏的祖坟山在后龙山的老虎脑那儿，却难以从累累坟丘中辨认出爹娘的坟茔。那儿，许多的坟没有墓碑，许多的碑只是一丛山竹、一棵岗柏。每年清明，几乎都是叔叔伯伯顺带着替他去挂青。他是不孝之子呢。

　　长根几乎带着哭腔央求道："皇妹子，带我去坟上磕个头好啵？这多年，我在广东，清明也赶不转来。要是去见爹娘，怕他们不肯认我做崽。到了阴间，我还是孤儿。"

　　九皇女不忍心了，便把聋子娘牵过来看火，自己领着长根朝后山攀去。归林的山雀，叽喳叽喳的，正在激动地述说着白天的见闻，好像它们也看到抢打轿似的。为了赶在天黑前回头，他们没走山道，而是趟着茅草和荆棘直插老虎脑。长根一次次把手递给她。长根终于忍不住内心的感叹，说："你跟我们男人一样做事，手这么嫩呀。"

　　九皇女猛地挣脱他，骂道："长根你要死呀！"

　　长根爹娘的坟紧挨着。两个坟头几乎就是两丛小山竹，如果不是坟前还残留着一把把线香，很难相信地下安葬着一对夫妻的筋骨。长根依稀记得，当年自己是在叔叔伯伯的指点下，为爹娘拣的金。叔叔把他抱下墓坑时，他吓哭了，还尿了裤子。他还记得为爹娘寄金时，没有棺木，用的是篾席。他记得十二岁那年为爹娘拣金，却是盛在陶罐子里。这两丛山竹下面，就是那两个陶罐。

　　长根跪倒在坟前。长根说："爹，娘，我当了红军。要是那时有红色政权，你们就不会被水蛇崽的爹逼死。交不起田租，他们打断了爹的腿。我当红军，第一件事就是要杀掉水蛇崽。你们等到来，夜晚红军就去攻打青石寨，水蛇崽躲在那里嘞。"

　　接着，便是默默地祷告。那祷告一定感动了地下的亡灵，幽闭的山坳里竟然有一阵轻风掠过。

　　天很快暗下来。九皇女拉起长根，说："部队有纪律，你快点回去吧。你爹娘会保佑你的。"

下山，他们选择了穿过竹林的山道。长根说："皇妹子，我把我们的事告诉爹娘啦。那阵风，就是他们显灵呢。"

九皇女说："莫吓我，我胆子比你大。我们有什么事？你莫胡思乱想，我明人不做暗事，当面锣对面鼓跟你们说清楚的，你们哪个勇敢我嫁哪个。"

长根欲言又止，少顷，他鼓起勇气大声说："我说，我们屋里香火不会断！"

话音才落，长根疯狂地扑倒了九皇女。密密的竹林里，就像有两匹野兽在厮打，撞得一竿竿竹子东倒西歪，一片哗哗的响声。长根死死地摁住九皇女的胳膊，任凭她拼命踢蹬，还是爬到她身上去了。他哭着哀求道："皇妹子，我是孤儿，我不怕死，你帮我留到香火来好啵？我屋里香火断了，我怎么去见爹娘呀？"

九皇女侧转脸，避开了他的嘴，低沉地呵斥道："长根，你莫发邪，快放开我！"

长根的泪水扑簌簌地落在她的脸上脖颈上："你快答应我。我要走啦。往后你再见不到我啦。你号召妇女学习赖花香，我还不如赖花香的男人是啵？"

九皇女咬牙切齿喝道："钟长根，你放开我！"

"你已经答应嫁给我，今天你就要做我的女人！不答应，你莫想走！我就这样扑在你身上，等到赖营长来捉！"

又是一阵徒劳的挣扎之后，九皇女喘着粗气说："钟长根，你敢强蛮，我就吊颈死掉去！你为哪个当红军？为我吗？为你自己！年年下广东，差点丢掉命，还养不活自家。这是万恶的社会造成的。红军就是要推翻这个旧世界，让劳苦大众翻身做主人。我们妇女把你们当兄弟，来爱护，来珍惜，就怕你们流血牺牲。可你把我们当什么？你不怕雷打天收？"

趁着长根双手一软，九皇女弹起来，狠狠地踹了他一脚后，赶紧逃出了竹林。可是，一阵号啕抓住了她仓皇的背影，她猛然收住脚步，仿佛不知所措一般，痴痴地倾听着从竹林里传出的哭声。那是一个男子汉的悲痛欲绝。一种彻底失却希望的痛切。

他像痛悼自己，痛悼那一缕秀发。撕心裂肺的哭声，在竹林里久久回荡，在枫岗的夜空中回荡。哭声像水，也是有气势有力量的。

九皇女感到了它的力量。她慢慢扭转身子，呆立着迟疑许久之后，竟然沿着那条山道，一步步，复又走进刚才逃离的竹林。她说："长根你莫哭好啵，天黑了呢。再不回转，赖营长当真会拿你当逃兵枪毙掉！他的脾气我晓得。"

蹲着的长根，猛然给她下跪了，也不说话，只是仰着洒满泪水的脸。泪水中浸泡着他可怜巴巴的哀求。

九皇女给了他一巴掌，可是，他紧紧抱着她的双腿，又痛哭起来，边嚎边诉："我晓得，你哄我们！你喜欢的是胆小鬼长水！长水就是一个胆小鬼！连他爹都说他是枫岗的狗！我打硬心肝上战场拼命，你不信，那好，去叫赖营长捉我枪毙！我眨一下眼都是你的崽！"

天已断黑，他执意不肯走，也不肯放过她。咚的一声，村里传来铳响。那是三营鸣炮为号，该困觉了。应着那声铳响，长根使出浑身力气猛拖她的双腿。九皇女轰然倒在铺满竹叶的地上。他用双手死死摁住她的胳臂，用双脚牢牢锁住她的双腿，而眼神里却充满哀怜："九皇女，莫怪，帮我留到香火好啵？等我死掉，你就晓得我几勇敢……我会对得起你……"

他不停地叨念着一个死字。这时，他身体的重量仿佛就是死亡的重量，压得九皇女动弹不得。她只能愤愤地骂道："作孽的！你是牛嘴马嘴，当真不怕雷打天收？你等到来！"

长贵的娘、长发的娘都曾说过，女人是大路上栽的菜，不过牛嘴过马嘴。九皇女忽然想起这句话。她将脸侧向山下，泪水悄悄地流淌。在她的视野里，那是一竿竿竹子在流泪。

这个夜晚，注定是个不平静的夜晚。没有月光，也没有星光。月亮远去了，星辰也远去了吗？何况，白天还是阳光灿烂，怎么会突然失去所有的星光？

第三章　银颈箍

三营是在夜半时分带上新兵悄悄开拔的。三营要秘密地接近青石寨，乘敌不备，彻底拔掉那颗楔入红区的钉子。

随着革命战争形势的迅猛发展，赣南苏区和闽西苏区连成一片。可是，由于主力红军忙于应对接二连三的反围剿战争，来不及扫除苏区内部的残余反动势力，以致苏区边界处于赤白拉锯状态，苏区腹地也很不巩固。未及逃往白区的国民党反动官吏、土豪劣绅及其反动武装骨干，或占山为王，或藏身于防御坚固的土楼山寨伺机反扑。红军不得不分兵打土围拔白点。

青石寨是坐落在半山腰的村庄，背靠壁立的山崖，前有青石垒砌的高墙，墙下是深深的林莽深深的峡谷，只有一条古驿道贴着崖壁蜿蜒而上，穿村而去。打蛇打七寸，村庄的七寸是两头的入口，而村口正是敌靖卫团重兵扼守的关隘。那条古驿道贯通闽粤赣三省，古往今来，青石寨因商贾云集而发达，其中住着不少世家大户。几年前红军拿下登贤县城，城里和四乡的土豪乃至邻近两个县的靖卫团都逃窜到这里，这里既是土豪劣绅藏身的窝巢，也是反动派觊觎红区的顽固据点。上次三营从正面攻打青石寨，结果无功而返。这成了赖全福的一块心病。

现在，报仇雪恨的机会来了。三营昼伏夜行，翻山越岭跋涉好几十里地，绕到青石寨的后背，潜伏至此，连续两天端着刺刀举着砍刀，只等着今天下半夜瞄准它的要害出手。

水蛇崽躲在青石寨里呢。长水长根他们兴奋不已。这个消息是赖全福告诉钟长水的，他说："看你面善，想不到你蛮狠嘞，把所有的后生子全镇住啦。对敌人要比抢打轿更狠，你狠过他，他才着吓。现在，水蛇崽就在我们后背搂着两个老婆困觉呢。你说要送金银首饰给九皇女？告诉你，红军有纪律，一切缴获要归公。打土豪得到的东西也一样！不过，这次就像抢打轿，哪个抢到头功，我也要奖他！奖一件金银首饰。快说，想要什么？"

钟长水抱着汉阳造，而长根他们的武器是长铳和大刀。黑黢黢的山林里，他眼里闪烁着自豪的光芒："玉镯子吧，不，金钗子。嗯……我还是要银颈箍，颈箍子大，老远就看得到。"

显然，赖全福喜欢上他了："要大的好办，到水蛇崽屋里剥个桶箍子送她，那个大。"

想想赖全福差点成了自己的姐夫，钟长水怯怯地问："营长，你告我爹破坏扩红，是为礼金的事啵？"

"我是共产党的营长！心眼这么小？他拿礼金买枪也是武装游击队。再说，我没留话就跟部队走，对不起你姐姐嘞，幸亏她嫁得蛮好。我为何不留话？你姐姐嫌我长相凶，本来就不情愿，也是爹娘逼的。难怪那多妹子要嫁红军，她们要证明自家完全是独立自由的人，再也不相信道士和尚尼姑说的命运啦！你爹叫我滚出游击队，还会让我进你家门？你爹是条蛮牯，脑壳里一锅粥。现在，苏区有苏维埃政府，政府有宪法法律，他这样乱来一气，就怕人民革命还没有彻底胜利，他自家先被人民打倒啦。"

钟长水不经意地笑笑，这番话是他所不能理解的。他岔开了这个话题："我姐夫是个打锤佬，蛮难寻老婆。他用驳壳枪哄得我爹对我姐姐动蛮，硬是把长娇嫁到了画眉坳矿上。女人嫁人是赌博呢，长娇还算命好，已经生了两个崽。我姐夫现在帮红军卖钨砂，红军的衣被药品和弹药，都是用钨砂从白区换来的，可我爹蛮恼火他，驳壳枪还没影嘞。赖营长，九皇女说，你的相好是读过书的女红军，叫李双凤。她在哪里呀？"

赖全福没有回答，只是低沉地喝道："快困一下，天亮前行动！"他自己却离开了部队宿营的山林，走向更黑的崖边。崖畔，一只惊惶的夜鸟飞来飞去，好像找不到家似的，声声凄厉的呼号，不知是在叩打自己的家门，还是呼喊伴侣的游魂。也许，它的伴侣已经被无边的黑暗吞噬了。

钟长水忍不住问身边的老战士。一一问过，都摇头无语。然而，他们都抬起头来，望着背后隐隐约约的峰巅。他似乎感觉到什么不祥。他怎么睡得着哟！这么巧，刚刚扛起枪，他就得到了实现诺言的机会。他竟像一个指挥员，开始盘算起来。他的盘算很快就有了结果，他兴奋得跳起来，狂呼乱叫地寻找营长。

赖全福正心急火燎地盼着侦察员回来。他从垭口边闪出来，劈手给了钟长水一个大耳光："混蛋！你给敌人通风报信是哦？"

钟长水捂着脸，仍然很激动地说："青石寨是我外婆家，小时候我常来，对里面的情况蛮熟。中间一条长街，两边是店铺，店铺后面就是有钱人家的大屋，九井十八厅的大屋就有好几座，大屋的墙蛮厚，还开着枪眼，就像一座座碉堡。夜晚就算攻进青石寨，大屋关牢门，还是没法子。"

赖全福冷冷地说："你就告诉我这个？上次，我们就是靠那个罗九皇女里应外合冲进村里，结果把敌人赶进几座大屋，我们倒是束手无策了。为避免伤亡过大，只好放弃。"

那就白天攻，先掏它的心，冲进水蛇崽的钟家大屋。水蛇崽是大土豪，福建那边都有他的田。

赖全福讥嘲道："你梦到水蛇崽老婆的银颈箍是哦？快去做梦，马上就可以娶九皇女归门啦。我也赶快困，好到梦里讨碗喜酒喝。"

钟长水却是认真的："白天大屋不会关门，可以猛地冲进去。钟家大屋地势最高，拿下它，就控制住了别的大屋。"

赖全福想了想，问："青光白日怎么冲进村？从村后的崖上跳下去？变成鸟飞进去？"

"从排水沟钻进去！"

赖全福一振。黑暗中，他的眼睛闪闪放光："莫慌。拉顺口条，好好说。"

原来，长水幼时很顽皮，每每来外婆家，由当地的孩子领着到处钻。青石寨建筑在半山腰的一片坪地上，背靠大山，上半年雨水多，为防避山水从崖壁直泻入村，村中的排水系统十分完整。环村靠山的那半圈，开有又宽又深的水沟，走西边村口关隘外出水。而村中街巷两侧和大屋门前也都有水道相连，形成一个纵横交错的排水网络。这个网络的出水口，对着村子南边的山谷，水道有半人高，猫着身子可以一直钻到想去的任何地方。虽然水道上面铺着青石板，可是，因为年久失修，石板多有残缺，出其不意地从地下冒出来，并非难事。困难在于，要神不知鬼不觉地贴着崖壁找到那个出水口。

最好的办法是，摸黑潜至出水口附近或钻入水道，待天亮后伺机突然发起攻击，分别占领几座大屋，再迅速扑向村口关隘的守敌。

赖全福哈哈一笑，说："水蛇崽老婆的颈箍子是你的啦！大小两个婆子的颈箍子随你拣。拣大的拿！"

钟长水犹豫片刻，终是憋忍不住，说："再奖我一个金钗子，好啵？我娘原先有只金钗子，想传给儿媳妇的，被我爹偷去换了一枝老套筒。连我娘的几个私房钱也被他偷走啦。"

赖全福说："你爹是巧取豪夺呢。记到来，那礼金我迟早要讨回来。你还想要金钗子？长水，好好干，你的脑壳比你爹有料，你是当连长的料。"

我不想当官，就想再奖得个金钗子。

你敢跟我讨价还价？看样子，拿下青石寨你还会要玉镯子。我们为何要坚决拔这颗钉子，不光是要消灭这些顽匪，这里大土豪多，金银财宝多，马上就要过冬，红军的被服给养和武器弹药就靠这一仗呢。奖你个颈箍子，我还舍不得呢，好比割我的肉．晓得啵？

钟长水无奈了："颈箍子就颈箍子。你快点下命令，我来带路。"

赖全福却往地上一躺："困一下再说。离天亮还早，黑咕隆咚的，这么多人贴着崖壁攀爬，碰落一块石头就会被敌人发现，还不得手，藏不得身，那不是寻死？"

钟长水抱枪靠着树干坐下来。他依然念着颈箍子。他记得水蛇崽老婆有着不同的颈箍子，都是银的。大老婆的，上面吊着云锦牌，牌上坠着几个小铃铛，蛮气派。小老婆的，颈箍很细，但上面缀着好多小小的吉兽，很是精致。论好看，该是这个了。不过，长水也喜欢带铃铛的，款款地扭动腰身，带着响呢。听人说，水蛇崽小老婆的银饰出自赣州城里最有名的银匠之手，上面的吉兽都有讲究呢。那个女人三年不曾生养，于是便指定在颈箍子上饰以送子麒麟、多子鲤鱼和不会空肚的兔子，还有象征福禄寿喜的蝙蝠、猴子、寿桃、凤凰图案。钟长水家可是几代单传，无疑，他该拣水蛇崽小老婆的。

钟长水一激灵，摇醒已经在打呼的赖全福："营长，把水蛇崽小婆子的奖给我！"

赖全福刷地坐起来，一把揪住了他的领口，吼道："抓住那个恶婆娘，我剁烂她拿她炸丸子的心都有，晓得啵！你看到来！我也要用钻子钻得她浑身稀烂，再撒上石灰。我也要把她的头发一把把拔掉。我也要给她灌屎尿。你们到时候都给我看到来！"

这是怎样的仇恨哟！钟长水大惊失色。他恍恍惚惚地觉得，营长的仇恨跟那个叫李双凤的女红军有关。莫非，李双凤被捕了，眼下就在青石寨？他怯怯的，想问营长。

赖全福松开他，努力让自己镇静下来后，说："钟长水，你是新兵，你为相好的妹子当红军，为她报仇来打仗，我相信上了战场你会很勇敢。记到来，革命不是个人报仇，是为整个无产阶级翻身解放。敌人是穷凶极恶的，不把他们连根挖掉，他们还会卷土重来。青石寨的反动派就是这样，你以为他们会老老实实躲在这里？他们经常下山袭扰我红色政权！我们有三个红军战士被抓到，就关在青石寨的钟家大屋里，里面有李双凤。也不晓得他们是死是活。"

钟长水说："那我多带些人，冲进钟家大屋先寻他们。"

赖全福的声音哽咽着，喃喃道："水蛇崽逼双凤给他做小，他的小婆子是帮凶，每天变着法子折磨双凤。他们猖狂啵？先是叫青石寨群众下山给登贤县所有钟姓村庄下喜帖子，后来竟敢把喜帖子送到了区苏县苏和红军部队，希望红军打枪放炮去贺喜，说他水蛇崽要认红军做丈人公丈人婆。"

水蛇崽是向红军挑战！

"钟长水，你记到来，这是两个阶级的生死搏斗！我们要对付的，是所有的土豪劣绅靖卫团和白狗子，所有的反动派！"

钟长水忽然有些感动，一个营长竟然把内心的痛苦和仇恨，袒露在自己面前，而在此之前，营长把自己的牵挂包裹得严严实实。

钟长水一直惦记着颈箍子。直到东天微微露出曦色，他依然在怀想那只带吉兽的颈箍子。

大天亮之前，三营的一个连由钟长水带路，悄悄从寨子南面绝壁缝中长满荆棘的小道横插到出水口处，钻进其中再沿着排水道深入村中，分兵潜藏在长街两旁和各座大屋附近。另外两个连，则从后山翻过来，在两头村口的山林里设伏，防止敌人弃村逃窜。

　　已是深秋，水道里流淌的是浅浅的污水，却是臭不可闻。水道里面不像钟长水说的那样，从前他进来时是个孩子，当然觉得还算宽敞。实际上，战士们得在污水中匍匐前进。藏在水道里，能听到上面的声音，透过石板间的缝隙，也能看到上面的身影。而在石板残缺处，探出头伸出手，碰巧了，真能拽下水蛇崽老婆戴的颈箍子。

　　钟长水领着营长他们几个，爬到了钟家大屋侧面。哪晓得，前面是紧贴高墙的明沟，窄窄的，深深的，瘦小的人侧身挤过去，也会被沟壁突出的石棱划得血肉模糊。长水说，这样的明沟为的是防贼，夜晚盗贼潜入村中行窃，一慌张，就会踩到沟里卡住身子或腿，即使不乖乖束手就擒，也得拗断一条腿。就是说，他们根本不可能接近大屋正门前潜藏下来，只能从此刻停留的位置发起攻击。而虎背熊腰的赖全福是难以从这里爬上去的，钟长水自己也难说。

　　爬在长水后面的长根笑了。长根伸手去夺那枝汉阳造，那意思再明确不过了，杀水蛇崽只能靠他，他身体细瘦且身手敏捷。

　　钟长水不肯撒手，并用枪托往后狠狠捅了长根一下。赖全福抓了把污泥甩向长水，示意他，发起攻击时，让长根和另外几个小个子先冲上去。

　　三营在等待着各座大屋开门的时刻。盘踞在青石寨的靖卫团和土豪的武装有三百多人，水蛇崽就是登贤县靖卫团的团长。擒贼先擒王，能否迅速攻占钟家大屋无疑是此役胜败之关键。既然这里的出口这么困难，那就必须让附近的伏兵从各个口子冲出后，集中力量攻打钟家大屋。赖全福命令钟长水去传令，长水却说："这么多人堵在我后面，我怎么过去？你叫后面的。"

　　"从我们身上爬过去！"赖全福火了，压低嗓门命令道，甚至举起驳壳枪对准了他。长水只得遵命。

　　青石寨的大屋，一般都具有防御功能。外墙高达数丈，墙裙是厚厚的青石，上部垒砌火砖。一圈走马楼，也是开有射击孔的碉楼。正门两片门扇足有两寸厚，门背插有三根粗粗的门杠，门头上可从内里倒水出来，以防火攻。由此可见，若是不能迅速夺门而入，事情就麻烦了。清早开门的那一瞬间，一个个还懵懵懂懂的，有的恐怕还在梦里，理当是最好的进攻时机。

终于听到了门响。长根他们几个从水沟里爬上去，直扑大门。随着赖全福一声枪响，其他各处的伏兵也跟着往钟家大屋冲。敞开的大屋，迎进了一群天降的神兵。紧接着，寨子里外枪声大作。

钟家大屋里的二十多个团丁还蒙在鼓里，就一命呜呼或缴械投降了。长根和长水都急着去寻找水蛇崽，他们声嘶力竭地狂呼着："水蛇崽，给爷老子滚出来！"

钟长水连续闯进几间厢房，把水蛇崽的两个老婆从各自的雕花大床上揪了下来，还顺手把她们的首饰盒一起搜来了。他把她们押到祖厅里，用枪口顶住水蛇崽小老婆的脑门，喝道："水蛇崽在哪里？快说，不说我毙了你！"

长根则把滴血的大刀片，架在那个大老婆的脖子上。两个女人都吓得不会讲话了，只是胡乱比划着。

赖全福晚到一步。他卡在水沟里，不顾一切往上挣，好不容易才爬出来，他的胸前后背，不仅衣衫扯得稀烂，皮肉也被磨得割得鲜血淋淋。赖全福一见钟长水怀抱的几只首饰盒，飞起一脚将它们踢落了："混蛋！去寻被俘战士！去捉水蛇崽！你们几个上屋，占领制高点！"

占领各处大屋的行动非常顺利，这等于是在敌人心脏里捅了几刀。这时，再里应外合夹击扼守村口关隘的敌人，就易如反掌了。其实，一听到寨中枪声，村口的守敌便开始突围。除了少数团丁逃跑外，这场战斗最大的遗憾就是让水蛇崽溜掉了。水蛇崽是从钟家大屋的后门出去，钻入外围的水道只身逃走的。

长水在大屋上面的走马楼里找到了那三个被俘的红军。两男一女，分别关在两间屋里。确切地说，他们是被塞在三口红漆的棺材里。女的，应该就是李双凤。他呼喊着她的名字，她毫无反应。长水便冲到栏杆边对着楼下喊："营长，寻到了他们！李双凤牺牲啦！"

血肉模糊的赖全福冲上楼，直扑李双凤。他看见了躺在棺材里的脸，再揭开胡乱塞进去遮住她身体的稻草。他惊呆了。那是一具血肉模糊的身体，赤裸着，所有的部位都在流血。他跪下来，哭喊着她的名字，去试她的鼻息。那微弱的呼吸也喷着血。

李双凤仍活着。她流泪了。泪水融入血水，也变红了。赖全福大吼一声：

"你们滚开！"接着，便蘸着自己的热泪，为她擦拭身体。一点点的，在她胸前擦，在她腿上擦。依稀可见，那是钻出来的一个个洞眼。被纳鞋底的锥子来钻，被生石灰来螫，那该是钻心的疼痛吧？那样的洞眼遍布她的全身。

钟长水从门口扔进来一包衣物，都是绫罗绸缎。赖全福接过便狠狠抛下了楼，并吼道："把你的脱下来！"

赖全福用长水的衣裤包裹住李双凤，抱着她下了楼。只穿着短裤衩的长水几次上前要背她，却被赖全福喝退了。赖全福一直喃喃道："凤妹子，你看我怎么替你报仇，你睁开眼看到来。"

赖全福抱着她来到祖厅，轻轻地把她放在太师椅上。祖厅的旮旯里，集中着水蛇崽的家眷，老的少的，有三十多口，告饶声、哭嚎声乱作一团。赖全福问那两个被救的战士："告诉我，水蛇崽是怎么折磨你们的？"

一个战士说："部队经过山下的村子，我们刷标语落在后面，碰到水蛇崽的靖卫团。我们被关了十多天，他们说要留到我们，只要有红军攻打青石寨，就杀我们祭刀，掏我们的心肝下酒。他们对李双凤更狠，每天都要钻她，钻得她死去活来。我们在隔壁听到惨叫声，就骂。他们就往我们嘴里灌粪便。"

赖全福急切地追问："你给我说清楚，哪个钻她？是不是水蛇崽的小婆子？"

"是她。她几狠毒哟，天下也寻不到这么狠毒的女人！不光钻，还那样搞她，我都张不开口。"

"叫你说清楚你快说！"

"我当真张不开口。我们就听到李双凤不停地惨叫，听到那个毒蛇说你莫想留给红军搞，你留不到给红军啦，给我老公你死也不肯，我叫你尝尝男人的味道你就肯啦。"

赖全福扑过去，从人堆里把那个早已软瘫如泥的女人揪了出来，狠狠搧了她两个耳光。哪晓得，他的耳光竟把那夹了一裤裆屎尿的女人打醒了。她眼里射出了两道凶光，那种凶光不属于女人，而属于仇敌。她咬牙切齿地说："是我钻她的！我恨你们！你们杀了我爹，分掉我娘家的田地财产，还抢走了我们钟家在四乡的田地屋产，把我全家逼上山还不放过。红军，我要叫你断子绝孙！你的女人没用啦，我用这么粗的柴棍子。这么粗嘞。"

这是个丧心病狂的女人。她像疯了似的，一直用双手比划着。而她眼里的凶光，嘴边的冷笑，又是那么清醒，那么得意。套上团丁衣裤的钟长水大叫一声："营长，你站开，我来毙掉她！"

赖全福恨得全身发抖，抖得泪水一串串往下掉。他掏出了枪。颤抖的枪口就要咆哮了。

他回头望望李双凤，嘴唇颤抖着，似在告诉她，自己要替她报仇了。可是，李双凤微微睁开眼睛。她有话要说呢。她在提醒一个红军指挥员呢。

赖全福顾不得那么多了。他忍无可忍，就在他把枪口顶在水蛇崽小婆子脑门上的那一刻，瑟缩在旮旯里的女人孩子大声惊叫起来。他收回了枪，喝令战士把几个孩子拖走。

眼看孩子被拖着抱着离开了祖厅，他一抬头，却见祖厅上方的神位，竟和枫岗钟氏宗祠里的完全一样，雕花的神位上写的也是"开基祖先瑞公之位"。钟氏列祖列宗的神灵在上方俯瞰着他。他感觉到了他们的目光，忽然不知所措了。

水蛇崽的小老婆竟挑衅道："你动手吧。我钟家祖宗看清了你的面相。他们在地下也是富家大户嘞，等到你们红军变成野鬼，讨饭莫讨到他们门前。他们会让你们下油锅！记到来，我叫曾翠华，我也在下面等到你们来。"

赖全福拖着她，出了钟家大屋祖厅。不多时，从大屋后背传来一声铳响。让她一枪毙命，太便宜她了，塞满铁砂的铳，才能打得她浑身窟窿。即便如此，也解不了赖全福和所有战士的心头之恨。

那杆长铳是脚板薯长贵填好铁砂后递给营长的，长根递上去的是大刀片。而放铳的，却是钟长水。钟长水从营长手里抢过铳来时的狠劲，一点也不亚于抢打轿。他竟把豹虎子一般的营长给放倒了。他说："你堂堂大营长杀她？好笑！你是打老虎的，踩死一只蝎子的事，让我来。"说着，他就点了火。

钟长水忘了在放铳之前摘下那只银颈箍。等他记起银颈箍时，上面已经粘有血污，粘有死亡的气息。

赖全福铁青着脸说："我们总算拿下了青石寨。说到做到，这个箍子奖给你！"

钟长水用稻草把颈箍子擦拭干净，擦得锃亮，再仔细看着上面的吉兽，说："这个狠毒婆子，怕是嫉妒别人会生崽，才这么狠心狗肺吧？"

赖全福一个耳光甩过去，搧得他眼冒金星，耳鸣不止。钟长水捂着脸愣了好一会儿，才恍然顿悟。

李双凤遭受了怎样的摧残哟！钟长水不敢要这只箍子，水蛇崽大小婆子的首饰盒里，宝贝还多着呢。可是，他哪里还敢跟营长开口？不时看看摸摸那些小小的吉兽，犹豫了好一阵子，他还是默默地把箍子掖进了怀里。

拿下青石寨，不仅拔掉了白色据点，还缴获了大量武器粮食布匹，没收了十多家土豪地主的浮财。这是个重大胜利，可赖全福却成天阴沉着脸，时不时地带上长水长根，闯进钟家大屋搜寻一番。他好像不相信水蛇崽能够脱身似的。

钟家大屋已经数度被翻得底朝天。一大早，赖全福又瞄上了那里。水蛇崽的大老婆一见他们进门，就鬼哭狼嚎地嚷嚷："红军又要杀人啦！红军没本事杀男人，只有杀女人的野本事！"赖全福也不理睬，顾自依次在各间厢房里翻箱倒柜地寻找，茫无目标地寻找。长水和长根不敢多问，也跟着胡乱翻寻。

女人心眼多呢。她们挖空心思把宝贝四下藏了去，神龛里、香炉中、梳妆台镜子后面、床底下的坛坛罐罐和鞋子里，甚至夜壶里。所以，每次来抄家，多少都会有斩获。这次也不例外。长水先是在水蛇崽大老婆屋里发现藤编的书箱有一夹层，其中藏着好些首饰。长水端到营长面前，问他要找的是不是这个。赖全福瞥了一眼，没有做声，又自个儿忙去了。接着，长水无意间踢到一块微微起翘的地板，用力一扳，发现地板下竟藏有一坛银元。他端着那坛银元又去告诉营长。赖全福不耐烦了，猛然一挥手，坛子落地摔成碎片，银元撒了一地。

那个女人冲过来，扑倒在地上，一边哀求着，一边死死护住那些银元。

钟长水说："营长，你到底想寻什么，我把大家叫到来，把大屋拆掉来寻，好啵？"

赖全福一个愣怔，眼里也是一片茫然。上级令三营驻扎青石寨，帮助县苏在此建立红色政权，并随时准备迎击水蛇崽的反扑。也许，他想得到的，是能够判断水蛇崽逃匿地点的蛛丝马迹？

这时，长根跑来报告营长，说大屋走马楼上藏有许多药材。顿时，赖全福双眼炯炯放光，忙不迭地上了楼。钟长水恍然大悟。营长需要药呢，能够彻底治好李双凤的药！可是，水蛇崽囤积的，应是医治刀伤枪伤的红伤药，对李双凤的那些伤能管用吗？

李双凤被安排在钟长水的外公家。那个老人是青石寨最好的土郎中，可他已经七十多岁，走路都要人搀扶，哪里还能上山采草药？长水只能自己去。他记不住草药名，更记不住草药的形状特征，一趟趟地攀悬崖涉深涧，他扛回一篓篓草木和藤子，再由外公从中挑拣出管用的草药来。他把一架大山扛了回来，却无法治好李双凤的伤。外公给长水的回答是，皮肉伤好治，但她作为女人却是不能生养了。李双凤自己心里也有数。所以，赖全福每次来看望，她总是把自己裹得严严实实，不让他看见身上那些结痂的洞眼，甚至不让他抚摸她。

下得楼来，赖全福竟然很兴奋，他说水蛇崽藏着一个药栈呢，比登贤县城的安仁栈还大。

那些药材全被搬到了长水外公家里。可是，老郎中看也不看，只是摇头。赖全福急了，说："我们客家人哪个不懂草药哟！从小生病，在路边讨把草药回去煎汤，一灌就好。百样草治百样病，我就不相信天底下没有能治好她的药！"

老郎中捻着银白色的山羊胡子，手指寨后山上的一片古树林，说："你去拜拜仙娘，仙娘菩萨蛮灵呢。"

赖全福沉默了。他晓得青石寨的仙娘阁。仙娘阁是登贤乡村所有女人心目中的圣地。那座庙里供奉的主神都是女性，有天妃，有麻姑，有七姑，还有金霄、银霄、碧霄三姐妹。三霄姐妹来自《封神演义》。她们与姜子牙大战，依靠法宝混元金斗和金蛟剪打败了周军。姜子牙请来元始天尊等神收取了三姐妹的法宝，杀死了她们。后来，姜子牙封神，把她们封为感应随世仙姑，执掌混元金斗，主管所有仙凡人转世生育的大权。所谓混元金斗，实为马桶，故而，被尊为花神的三霄姐妹，又是厕神。登贤乡村，凡小孩出花、收花，妇女求子，都得来仙娘阁敬香叩首，祈求保佑。

赖全福不禁苦笑起来。他信奉的是共产主义，他甚至把搞封建迷信的钟龙兴告了。他怎会去拜仙娘呢？

其实，现在他最需要的，不是结婚的内容，而是一个仪式，一个向世界宣告李双凤是他的女人的形式。恶毒的水蛇崽，到处散发自己要娶女红军做小的喜帖子。赖全福现在也得到了好几张，就在腰包里掖着。这是区苏县苏干部带来交给他的，而且他们还提供了一个重要的情况。几年前，在赣州城里开着几家商号的水蛇崽，看中了当时正在二女师念书的李双凤，他俩有过多次接触，也不知什么原因，李双凤脱离资本家家庭，跑到苏区参加红军来了。

一连几天，赖全福心事重重的。在这几天里，他一见钟长水就怒目圆瞪，硬说水蛇崽逃跑是长水导致的，并要索回那只银颈箍。钟长水喊冤不迭，只得躲着营长。直到乡苏成立那天。

在庆贺乡苏维埃政府成立的鞭炮声中，赖全福站在钟家大屋里的戏台上宣布，今天他要向李双凤求婚。他说，他和李双凤是在瑞金苏维埃大学认识的，她虽然出身商贩家庭，但革命意志坚强，坚信共产党和苏维埃。她是师部宣传队最出色的队员，经常冒着枪林弹雨向白军喊话打山歌："可怜白军众弟兄，本来就是受苦人，无奈捉丁当白军，长官数钱你卖命。"有次在摩罗嶂，两军对峙了几天，每天喊话打歌到夜边，白军士兵舍不得她走，哇哇乱叫，叫她再打支歌子，叫她明早一定要来。她鼓动得白军一个班一个排地反水，她的山歌当得最有杀伤力的武器，当得红军的一个连一个营。

他下得台来，对钟长水说："跟我去提亲！我亲自去提亲，不，我拜请马克思做媒人！"

钟长水紧跟上他急切的步子，问："提亲要送茶呢，我去寻茶叶来。"

赖全福却掏出了那几张喜帖子。那正是水蛇崽广为散发的喜帖子。赖全福要告诉红军告诉苏区的干部群众：被俘的女红军依然是不屈的战士，她被敌人所侮辱所摧残的经历，应该唤醒的是我们对敌人的刻骨仇恨，对同志的真诚热爱。他要用自己的爱，去回答质疑的或是麻木的眼神。

赖全福竟手握着那样的喜帖子，来到了李双凤的床边。李双凤撩撩散乱的短发，凄然一笑："求婚？好笑！你拿这个跟我求婚？"

她一把夺过，将那喜帖子撕得粉碎。她的眼里没有泪水，只有仇恨："赖全福，以后再也不要把我当女人！我只是红军战士！所以，你再也不要碰我，碰手也不行。"

"凤妹子，去年中秋夜，我在师部开完会，全村妇女正在迎月光姐姐，人人手里提着灯，有花篮灯观音灯兔子灯鲤鱼灯石榴灯姜公背姜婆灯。你提的是猪八戒招亲灯。我说我想当猪八戒，你马上就扑到我背上。躲到队伍后面，我背上你去迎月光姐姐。我看你才是传说中眉清目秀的月光姐姐呢，现在还是，不，更是！"

"莫说啦。再过两天，我就回部队。以后我们莫见面。"李双凤冷冷地说。

哪晓得，赖全福强蛮起来："放你走可以，我们结了婚再走！我们现在就结婚。钟长水，去搞米酒来。我们喝碗交杯酒就算成亲！"

米酒是现成的。米酒有几坛子，就放在厨下。钟长水抱了一坛来，剥开封口的泥巴，整个屋子里酒香弥漫。长水倒出两碗，分别递给营长和李双凤。

李双凤的双手颤抖着，晃得酒都溢了出来。当赖全福把酒碗举到她的面前时，她竟然一泼，将满满一大碗酒浇在他脸上头上。黏稠的米酒，像黏稠的泪和血。

赖全福也不抹脸，把自己碗中的酒一饮而尽，接着，他抱起坛子，仰着脖子往肚里倒。只灌了几大口，他被呛到了，呛得咳了老半天，咳得颈脖上青筋鼓暴，腰也直不起来了。

后来，赖全福偷偷去了仙娘阁。古樟古枫荫蔽下的仙娘阁，有三进大殿，正殿供奉着金霄银霄碧霄三位仙姑，中殿有天妃和麻姑，后殿则是七姑。这里从来香火旺盛，如今却是门庭冷落了，三座大殿的神案上，只有残留的一丛丛线香，成堆的烛泪，而无缭绕的青烟，燃烧的烛火。

赖全福一一端详着那些仙姑的神像。她们是慈眉善目的，多情怜爱的，而且她们都蛮标致。在一个个美丽的传说里，在她们得道成仙以前，谁是谁的娇莲呢？他流连在庙里，犹豫了好久，最后还是在那些女神面前，一一跪拜。他闭上眼睛，双手合十，喃喃祷告。不为求子，只为爱着。只为他的爱，依然是那月光姐姐，在月圆时分款款走进他的心里。

没有香烛，却有盛开在崖畔的野菊花。出了仙娘阁，赖全福心里忐忑起来。未敬香火，他的祈愿哪能灵验哟！多亏野菊花，随风朝着他摇曳。那些女神依然是年轻俊俏的妹子呢，他把野菊花献到她们面前时，她们都笑了呢。

打算送给李双凤的那束花，却没有博得她的笑。李双凤毫无表情地说："县苏同志食昼后就下山，我跟他们一起走。我该回部队啦。"

"不行！你还要养一阵。有三十多里路，你走不动！"

"那你就叫长水、长根跟到我。走不动，让他们抬。反正，今天我必须离开青石寨！再住在这里我会死掉，你晓得啵？"

赖全福久久地闻着花香，哀求般的眼神久久滞留在她脸上。直到那只无奈的手，把一朵朵黄花捏碎了。一地的花瓣。

唯一能让他欣慰的是，她收下了他的挎包。那只绣着红五星的挎包，记得他俩在瑞金的相识，在战场上的屡次邂逅，记得她强蛮地塞入其中的鸡蛋番薯和心意。挎包上还留有赖全福的血迹呢，怎么洗都洗不干净。

钟长水悄悄地把那只银颈箍塞进了挎包里。他是在发现仙娘阁里的那一束束野菊花后，决定这么做的。箍子上的各种吉兽，也能辟邪纳吉，它们将跟女神们一道保佑这个女红军。她比九皇女更标致。九皇女才是路边崖畔的野菊花，而她应是庭院里一树石榴花，红红火火的，耀眼夺目的。

在护送李双凤下山的路上，在深秋的暖阳里，钟长水想象着盛开在五月里的石榴花。路经一匝村庄时，钟长水还顺手摘了个黄澄澄的柚子，剖了壳撕开来，一瓣瓣地塞进那只挎包里。柚子很酸，但柚子也是吉祥的祈愿。

第四章　喜帖子

钟家大屋里的那声铳响，竟是惊天动地，震撼了整个登贤县。这是赖全福始料未及的。

红军在青石寨杀了土豪婆子的消息，不胫而走，而且传得很蝎虎，红军被妖魔化了。于是，在全县乃至邻近诸县的地主富农中引起了强烈反响，一些对苏区分田运动怀恨在心的反革命分子，借此大肆攻击苏维埃血腥残暴，并造谣生事，吓得不少地主富农如惊弓之鸟，要么携家带口藏进深山，要么索性逃亡白区。更糟糕的是，一些惶惶不安的中农听信谣言，竟去投靠地主富农阶级的阵营。青石寨里也不例外。一夜之间，地主富农跑掉了一多半，其中年轻的，竟追随水蛇崽去当了团丁。

赖全福晓得自己惹了祸。他向钟长水伸出手，命令长水把那只颈箍子交出来。

钟长水叫起来："营长你说事不作数！军中无戏言，是你说的。把颈箍子奖给我，也是你说的。我不交！"

赖全福神情威严，只是伸着手。钟长水说："逼我交，我也拿不出。我托人送给九皇女啦，你派人去寻她要。"

赖全福冷冷一笑，说："我毙了水蛇崽的小婆子，你得了她的银颈箍。不交出来归公，怕你我革命没有到头，先做了红军和共产党的罪人。你懂不懂？"

钟长水当然不懂："好笑！我晓得一切缴获要归公，可箍子是你奖给我的！你是营长！再说，杀个女反革命还有罪？"

"你晓得形势啵？水蛇崽和他的爪牙潜入各地，在地主富农中搧阴风点鬼火，拿他小婆子的死大做文章，污蔑苏维埃政权。这对革命形势有影响呢，上级会来追究的。把箍子给我，下次我再奖你。再加一个金钗子！"

钟长水反唇相讥："没下次！打青石寨几艰难哟，一拿下来，你就改口。再信你，我就是你的寿！由得你拨呀？"

赖全福见说服无效，丢了一个眼色，两个战士立即扑向钟长水，把他扒了个精光，也没有搜出箍子来。长水却捂着腿裆呜呜地哭了。一个男子汉的哭声，像鬼子膏的泡沫越搓越大，弥散开来，流淌而去。他仿佛在哀悼那不翼而飞的鬼子膏。

赖全福踹了他一脚，不再追索颈箍子的下落。也是，既然那是为了爱，何不成全一个战士的心意呢？眼前这些生龙活虎的后生，也许，明天就会变成一堆堆红土，变成胜利路上的一座座掩体。

赖全福为承担枪毙土豪婆的后果做好了准备。果不其然，政治保卫局的科长领着一队人马，突然出现在青石寨。他们是天断黑后闯进三营营部的，不由分说就把赖全福的驳壳枪给下掉了。确切地说，是赖全福见来者不善，主动把枪放在八仙桌上的。

科长是个络腮胡子，姓曾，叫曾泰和。正是曾九皇女的哥哥。登贤地方，为保佑后代平安吉祥，有在给儿女取名时表达寄养意思的习俗。这样的寄养，往往寄在神灵名下，九皇女便是寄给了九皇宫的众神仙。还有以地名作人名的，比如泰和子，表示寄在某处膏腴之地，哪怕那个地方远在天边，跟宗族跟自己毫无干系。

曾泰和端起桌上的油灯，对着赖全福的脸照了照，说："我见过你。你是打铳佬。听说，从前你打野兽也是有讲究的，只打凶兽，豹虎子呀豺狗子呀野猪呀，鹿呀麂呀兔子呀你都不打。可是，这次攻打青石寨，你为什么杀女人？"

赖全福朝身边的战士伸出手去："把我绑起来再问。不绑起来，我不晓得怎么回话。"

"也好。我晓得你蛮拗烈。"曾泰和点点头，便示意战士把赖全福的双手拧到背后，施以五花大绑。

曾泰和平静地说："看样子，你已经认识到小资产阶级极左主义的疯狂与昏乱了。"

赖全福问："你说什么，我怎么听不懂？"

曾泰和说："我说的你听不懂，首长讲话你应该懂吧？首长说，我们提出坚决镇压反革命，巩固新生的工农民主专政，来对付地主富农的反革命活动，特别是对于战区的反革命活动，必须采取最迅速的处置，但我们说的处置并不是杀尽他们。只有对那些顽固进行反革命活动的，企图推翻苏维埃的，我们才要坚决把他们拘捕起来，包括在肉体上消灭他们。"

赖全福说："首长说得对。首长还说，前线上的战争紧张，党必须严厉镇压地主富农的反革命活动，最坚决地打击右倾机会主义的张皇失措和投降妥协。"

曾泰和补充道："对于极左主义的疯狂与昏乱，我们也是一刻也不能容忍的，必须消灭在这个问题上的'左倾'错误。"

赖全福哈哈大笑："我疯狂昏乱？要消灭我？你晓得我们三营啵，跟三营交过手的所有白军做梦都想消灭我们嘞！"

曾泰和想拍桌子，抬起来的手却又收了回去："赖全福同志，革命战争的紧张，反革命活动的猖獗，导致我们党内一些不坚定分子狂乱起来。他们要用严厉镇压的手段去对付所有的地主富农反革命分子，甚至于把他们的女人杀掉，更是莫名其妙！"

"女人？你说土豪婆曾翠华是女人？她是真正的反革命分子！她迫害我们被俘的战士不该杀？好笑！我还想剐掉她嘞。"

这时，两个战士冲上前去，摁住了激动起来的赖全福。曾泰和继续说："赖全福同志，这些话不是我说的，是首长说的。首长说，这种极'左'的倾向不但不能压倒地主富农的反革命活动，相反促使所有的反革命分子团结起来，同苏维埃政权进行拼死决斗，因为在他们面前除了死没有别的出路。而且，这也给了他们欺骗群众的理由，造成群众恐慌，现在登贤县就出现了一部分中农群众逃跑去躲山的情况。客观上，这等于帮助反革命。"

显然，登贤县的形势把上级激怒了。土豪婆曾翠华正是导火索，而点燃它的，却是水蛇崽。面对兜头泼来的首长讲话，赖全福口舌更加笨拙了，他只能冷笑着，笑得脸上的肌肉像冻僵了似的。

曾泰和拨了拨灯芯，火光一跳，屋里稍稍亮了一些："现在，你交代问题好啵？在战斗最激烈的时候，你为什么迫不及待把那个女人杀掉？我们听到反映，整个青石寨还没有拿下，你的部队就开始放抢啦。你公然号召战士去抢土豪婆的金银首饰，这才寻致水蛇崽的逃跑。后来，你还亲自领着几个亲信，五次三番去钟家大屋搜宝。哪个都晓得，水蛇崽是登贤县的首富，他家的财宝多得很嘞。你们没收上缴的，倒是有数哟。"

"哪个牙黄口臭！混蛋！我来告诉为何杀曾翠华！我来告诉你！"

赖全福怒目圆瞪，全身发抖，抖得嘴唇直打战。他实在张不开口。李双凤被一个女人摧残得再也不肯做女人啦！

面对这些指控，他的回答还是冷笑。他想告诉曾泰和，这一切是水蛇崽的阴谋呢，水蛇崽像鬼魂一样纠缠住了自己。丢失了白色据点，水蛇崽只能这样反扑。多么狠毒的反扑计划，无需一兵一卒，水蛇崽就能轻易地打倒对手！

曾泰和一直逼视着他。大概是等得不耐烦了，曾泰和命令战士把赖全福押走，接着，他要讯问的是赖全福的亲信。第一个被带进屋的，是钟长水。两人相见，都大吃一惊。钟长水激动地说："泰和子，你怎么没死呀？我还当你死掉了嘞！你娘耳朵聋，现在眼也快瞎啦。你怎么也不打个信给屋里哟？"

曾泰和说："我一直在瑞金，刚刚才派过来。等办完这个案子，我就回屋里看看。我妹子怎样？"

钟长水从裤兜里掏出了那绺秀发。告诉他，正是这一绺绺秀发，鼓动得枫岗村好多后生都当了红军。曾泰和连忙把包着头发的巾子接过去，捻着一根根发丝，眼里潮湿了。

长水说："你怕是认不得九皇女了嘞。你怎么没变？她变啦，越长越标致啦。长根见到她就流涎，好笑啵？脚板薯长贵还有长发也想她做老婆。皇妹子一心想当扩红模范，让我跟他们相争，你要帮我！"

曾泰和包好妹妹的头发，还给长水，脸一沉，问道："晓得我们来做何啵？"

"你们绑起营长，把三个连长也关起来，还不晓得呀？告诉你，你们是带不走赖营长的，我们不会答应！好笑，闹革命还杀不得一个土豪婆子？你爹就是被水蛇崽杀的呢。红军还帮到敌人抓自己人，水蛇崽会窃笑呢。告诉你，要抓应该抓我，是我用铳打死她的！"

曾泰和指着他，怒斥道："莫乱说！赖全福是极左主义的疯狂与昏乱，这在客观上是帮助反革命分子。你晓得，杀了个女人，给苏维埃政府惹了几多祸啵?"

"那个女人不是女人！她是罪大恶极的反革命。她是蛇蝎心肠，心比三步倒竹叶青还毒。那样的人，不管男人女人都该杀！"

曾泰和说："我们是消灭地主富农阶级，不是消灭这个阶级每个人的肉体！晓得啵?"

钟长水再也忍不住了："泰和子，是我放的铳，我告诉你为何杀她！那个土豪婆子拿钻子钻李双凤，全身剥光了钻，再撒上石灰。更可恨的是，她毫无人性，她比水蛇崽还恶！她毁掉了李双凤，李双凤一辈子也不会生崽啦！"

也许是年轻的曾泰和无法想象那个女人的手段吧，他愣愣地盯着满眼杀气的长水。

钟长水憋不住了，叫起来："那个叫曾翠华的恶婆子用柴棍子捅她下身，晓得啵！你摸到良心说，我的铳放得放不得?"

曾泰和终于震惊了。沉默了一阵后，他刷地站起来，带起的风竟把油灯吹灭了。

黑暗中，他厉声问道："你们是不是几次去搜钟家大屋?"

"搜过。赖营长要寻药。他发疯一样寻，那是急疯啦。"

"你敢保证没收的浮财都上缴了啵?"

钟长水说："我拿了个颈箍子。那是赖营长事先说好的，拿下青石寨奖给我的。我要送给九皇女。我下广东买的鬼子膏不见了，长根他们送她鬼子膏，我就要送她颈箍子。"

油灯复又点燃。曾泰和也向他伸出了手："归公！这个赖全福当真是惹祸的精！"

钟长水说："不管你们怎么处罚我，我死都不会拿出来！不是我，你们再派几个营，也攻不下青石寨。"

曾泰和说："你是战士，你要懂得红军的纪律。不讲纪律的军队，就跟土匪一样，希望你提高无产阶级觉悟。"

"那就等我觉悟提高了再说。"

当晚，曾泰和与随行的同志商量到深夜，最后，他毅然拍板，把赖全福放了。他说："赖营长，我们不晓得李双凤同志受到那么狠毒的残害。我认为，土豪婆曾翠华的行为是严重的反革命行为。因此，理应坚决镇压。你为何不跟组织说清楚嘛？幸好，我们讯问了钟长水。要不然，明早我们就把你带走啦。"

赖全福对着茫茫夜色大喝一声："钟长水！"

钟长水忙不迭地冲进屋去，却是被赖全福一把揪住衣领。钟长水真是没眼力，还当人家是激动的，他边挣扎边笑着说："营长，泰和子蛮想当我大舅子，要不，怎么会给我这个面子？泰和子，是啵？"

赖全福赏给他的，是一脸的唾沫："你口条上生疗是啵？你过够了嘴瘾是啵？让他们抓我去会怎样？现在好啦，他们一定会大肆宣传那个土豪婆的恶行，用来揭穿水蛇崽的欺骗！人家李双凤怎么办？你叫她作为敌人的牺牲品，活在我们的队伍里？"

这个结果是赖全福不能接受的。它牺牲的将是一个女人的尊严。他几乎用哀求般的口吻对曾泰和说："泰和子，千万莫乱来。你们还是把我抓去好啵？我情愿让你们抓去。"

山风一阵紧似一阵，仿佛满山的马尾松在呜咽。在这个陡然变凉的深夜，赖全福隐隐约约地觉得，无边的黑暗中有一双眼睛觊觎着自己。一颗星的陨落，一个孩子的夜啼，一种莫名的声响，在他看来都是不祥之兆。水蛇崽和他摽上劲了。也许，他跟水蛇崽的较量才刚刚开始……

红三师的师部驻扎在登贤城外的牛吼河边。那条河，河面很宽，河水却浅，河床两边都是亮得晃眼的沙滩。李双凤被抬回去的当天夜里，她挣扎着爬起来，独自来到沙滩上，用双手刨呀刨，刨出一个深深的坑，深得沁出了水。她把换下来的衣服，头上的发绳，钟长水给的柚子，乃至赖全福的那只挎包，全都埋进了沙坑里。青石寨的记忆成了牛吼河河床上的一座坟茔。

师部宣传队只有两个女战士。除了李双凤，就是矮矮胖胖的余红英。她俩亲姐妹似的。余红英写得一手好文章，是红军里少有的女秀才。可是，要上台演话剧，她只能演土豪婆子。去年，李双凤去瑞金学习期间，宣传队要排一个小话剧，也是无奈，便叫余红英扮扩红队长。哪晓得，战士们使劲喝倒彩，登贤的贫苦农民更是山呼海喝。他们说，水蛇崽的大婆子长得就是那样的薯包脸。气得余红英再也不肯登台了。余红英甘愿绿叶扶红花，在她眼里，李双凤就是人见人爱的一枝花。

现在，最心疼李双凤的，就是余红英。每天完成了任务，她就坐在李双凤的身边，絮絮叨叨地劝慰着。她无数次重复的语言无非就是："双凤姐，你好好养伤！勇敢点，你会好的！大家都盼到你赶快好起来。他们想看到你的笑容，听到你的歌声。那个徐营长又在向我打听你的情况，人家想来慰问你呢。"

一连好些天，李双凤都不肯出门，藏在一间黑黢黢的柴屋子里，三餐饭是余红英送来，早晚的用水也是她打来。每天晚上，李双凤都要把余红英撵出屋，闩上门窗，再用一根粗粗的杠子顶住门，吹熄油灯，在一片黑暗中狠狠地擦洗自己，擦得脖颈和胸口尽是一道道血痕。余红英看见那些血痕，便忍不住呜呜地哭。

余红英的哭声终于把徐营长召了来。徐营长也是赣州城里人。他早就当众放话说，他在三十岁以前有两大任务要完成。一是毙他一个国民党的匪军长，二是抓他一个共产党的女秀才。为了俘虏李双凤，每次战斗一结束，他就把她约出去，找个僻静处，撩起衣服展示他身上大大小小的伤疤。

这次，他却是端了一砵鸡汤上门来。不仅如此，他掏呀掏，从上衣和裤子口袋里掏出了好多东西，有鸡蛋、栗子、花生、红瓜子和削皮柿子。他颠来倒去反复说："双凤呀，你真坚强！你要更加坚强一点。我问过卫生队，你伤好多啦。你要站起来，走出去，把满腔仇恨化作斗争力量。同志们都牵挂着你呢，这些就是他们的心意，他们想看到你。看到你，行军不累，打仗不怕，受伤不痛，艰苦不苦。"

鸡汤热气腾腾的。这是登贤有名的三黄鸡。白嫩的肉，金黄的汤，大约还放了当归什么的，鲜味中弥散出一股药味。李双凤眼里潮湿了："老徐，你帮我谢谢大家。"

徐营长见她不肯接过砵子，便一屁股坐在她身边，很执拗地要亲自喂她。他舀起一木勺鸡汤，送到她紧闭的嘴唇边。李双凤嘟哝着说："放下，我自己来。"

他却不依。那木勺撬开了她的嘴唇，又开始进攻她的牙齿。她的牙关是坚固的防线。木勺里的鸡汤经不住这么强蛮的动作，滴滴答答，洒落在她的下巴上脖子上。

徐营长放下汤砵，斩钉截铁地说："好，你自己来。今天我就坐在这里看到来。你不喝掉，我就不走。我要等到把碎子还掉去。"

余红英故意打着哈欠，笑道："双凤姐，他的脾气你是晓得的。快喝吧，我都困死啦。"

李双凤苦笑着，慢慢喝起来。鸡汤很香很鲜，到了嘴里却苦。那是怎样的滋味哟。

为了证明赖全福所杀的曾翠华是彻头彻尾的反革命，保卫局科长曾泰和不仅向上级汇报了李双凤的悲惨遭遇，还把情况通报给了红三师。为了教育登贤苏区广大贫苦群众识破水蛇崽的险恶用心，特别是要向地主富农及中农揭穿水蛇崽的谎言，只能用事实来说话。每每提及水蛇崽老婆的罪行，被俘女红军的遭遇，老百姓和红军指战员都是义愤填膺，口号如雷，拳头如林。那是自然。

女红军的遭遇震撼了登贤县城乡乃至周边各县，一时间，可谓家喻户晓。既然如此，李双凤的名字难免不胫而走。那个女红军叫李双凤呢。李双凤就是红三师的宣传员呢。尤其在登贤县城里，见过李双凤的人真不少。人们记得她刷的标语，记得她打的山歌，记得她扮演的角色，更记得她那白白净净带着一对笑涡的脸盘子。

而她赢得的，是闪烁在每个人眼里的同情和悲悯，就像这碎大补的鸡汤，就像堆放在她铺上的那些干果和鸡蛋。

也许是喝热汤喝的，李双凤放下碎子后，提出想去河边洗个澡。徐营长说："秋天水凉，我去叫伙房烧水。"

李双凤执意要下河去，而且，她希望徐营长通知村里村外的岗哨，每天夜晚都别拦住她。李双凤说："你不是希望我更加坚强吗？洗冷水澡就是锻炼意志，我从小就跟着男孩子在贡江浮桥边游泳。你说过，从前好像在浮桥上见过我。"

徐营长和余红英一直陪着她走到岸边。李双凤不让他俩再跟着自己。她独自走下河岸后，在沙滩上奔跑起来。牛吼河的沙，很细。余红英相信她一定大把大把地抓着沙，朝着风刮来的方向扬去。余红英感觉到了风里裹挟着的沙子。

然后，余红英感觉到了风里的水雾或水珠。那也是李双凤扬起来，被风刮过来的呢。茫茫无边的漆黑中，河道两边的沙滩是白的，李双凤的身体是白的。朦朦胧胧的一团白，有时沉没在黑暗中，有时与沙滩那长长的两溜白亮融为一体。

余红英哭了。她对徐营长说："双凤姐真的蛮可怜。她遭的罪太大啦，换成我，死的心都有了。徐营长，我晓得你一直爱她，虽说她心里有人，你也不肯罢休。你看，你的爱多伟大，这些天她不肯出门，你一砵鸡汤就唤醒了她。我敢打赌，她当真从噩梦中醒来了，明天你就会看到从前的双凤姐。"

徐营长目不转睛地望着前方，喃喃道："不管她怎么想，我都会对她好。我见不得她的眼睛，她的眼睛是个埋人的窟。现在更是。"

那双眼睛不再清澈，眼神却是丰富了。它是悲凉的，却又是坚韧的。它是哀戚的，却又是刚强的。它是敏感的，却又是坦然的。

余红英感动地望着徐营长，说："敌人这样摧残她的身心，爱才能疗伤呢。要是你不嫌她将来可能不会生养，你就多关心她。她总有一天会答应你。晓得啵？她从青石寨回来，把所有的东西都扔掉了。里面还有那个相好的送给她的挎包。"

徐营长说："以后她要下河洗澡，我就天天送她过来。"

当李双凤上岸后，徐营长向她复述了自己的决心。李双凤甩着水淋淋的头发，说："好嘞，有你送，哨兵就放心啦。"

第二天，李双凤出现在村中的祠堂里。齐整的军装，齐耳的短发，眼皮虽还有些水肿，目光却是平静得很。她对着祠堂戏台上轻轻点头，淡淡一笑。

宣传队正在赶排一台活报剧。主题是，动员群众积极购买苏区发行的革命战争债券和建设债券，支援红军粉碎国民党反动派的五次围剿。这出戏是有生活原型的，主角是一对分得田地的贫苦农民夫妻。因为余红英不肯登台，妻子只好男扮女装。那对夫妻正在唇枪舌剑，一见李双凤，马上打住，纷纷跳下台来。

扮妻子的战士立即摘掉头巾，脱掉衫子，把个塞在肚皮上的枕头也掏了出来。毫无疑问，这本该是李双凤的角色。

几个演员和在场看热闹的老人，团团围住了李双凤。演员们问寒问暖的，几个白发苍苍的婆婆则攥着她的手，摸摸她的脸，要么泪眼汪汪地哆嗦着掉光了牙的嘴，要么咬牙切齿地诅咒那个恶婆子。

李双凤果然是家喻户晓呢。那一刻，她周身血涌，满面通红，不知是羞恼还是仇恨。她一把夺过头巾和衫子，迅速穿戴好。接着，她把枕头塞进了自己怀里。此刻，她怀孕了。她即将成为一个孩子的母亲，一个士兵的母亲！

活报剧的本子是余红英写的。李双凤记得那个故事，记得那个年轻的母亲是怎样劝说丈夫去购买公债的。那个母亲紧紧地搂抱着腹中的胎儿，以儿子的名义，以子孙万代的名义，苦口婆心，动员丈夫拿出了卖猪的钱，去支援革命战争。她相信，那些债券就是迈向共产主义的通行证，就是子孙万代幸福的保证书。

李双凤上了台。她缓缓地移动着步子，笨笨地扭动着腰臀。她双手叉腰，数落着丈夫。她幸福地抚摸自己鼓突的肚皮，陶醉在唱给孩子的童谣中——

墙上挂面鼓，

鼓上画只虎，

老鼠咬破了鼓，

剪块布来补，

你说是布补鼓，

还是布补虎，

请问裁缝老师傅。

余红英和场下所有的眼睛都圆瞪着，呆呆地注视着那属于孕妇的一举一动，一颦一笑。多么逼真啊！那就是一个孕妇呀。然而，谁都晓得，这一切，对于李双凤，可能永远是梦想。

余红英情不自禁地鼓起掌来。连宣传队的战士加歇闲的百姓，怕只有二三十个人。那些巴掌并没有响应。那些诧异而充满同情的眼睛，齐刷刷地转向余红英，似乎对她的举动大感不解。也是，此时此地，此情此景，任何掌声都是可疑的，任何喝彩都是可笑的。掌声在空旷的祠堂里，显得那么粗鲁而荒唐。

徐营长悄悄地站在祠堂门口。这座祠堂的戏台是过路台，即戏台在大门之上，正对着祠堂上方祖先的神位。祖灵才是戏迷呢，在祠堂里演戏，为的是娱神。那么，谁是她的神呢？

徐营长一招手，把余红英召了出去。他激动地表示，正式演出时，希望宣传队先到他的营里演一场，他要亲自率领全营指战员振臂高呼：为李双凤报仇！

排练到中午，走出祠堂大门时，李双凤顿时愣住了。眼前是一条墨色浓重的标语："无产阶级要龌龊，生了疥疮才是真革命。"标语写在祠堂门前的照壁上，也不知是从前哪支部队刷下的。整个苏区大张旗鼓地开展卫生运动，这样一条标语居然如此醒目地留存着，实在是件很奇怪的事情。

照壁是砖砌的，刷了一层白灰。那么浓的墨汁涂在上面，只有彻底铲掉石灰层，再刷白灰浆，才能覆盖住标语。事实上，那石灰层很薄，墨汁甚至浸到了青砖上。随后的两天里，李双凤跟这条标语斗起劲来，她铲净石灰层，再用刷子蘸着水，没完没了地刷，不厌其烦地冲，青砖上的墨迹依然是清晰可辨。

最后，还是徐营长叫来一个泥匠，在照壁上糊一层砂浆，再抹上白灰。接着，李双凤在上面写道："红军万岁！"

让徐营长意外的是，那台活报剧的演出效果并不好。尽管，李双凤演得很投入，几百双眼睛一刻不离开她，然而，粘在她身上的尽是同情的目光。多么奇怪的同情哟！再也没有了对她的欣赏，对她的仰慕，对她的想入非非。再也没有了从前的亲密，从前的率真，从前那种从心底里往外涌，有时甚至难以抑制的冲动。

同情是冷静的，有距离的，就像台上和台下的关系，戏里和戏外的关系。当李双凤把那个孕妇妻子演得惟妙惟肖时，所有的眼睛都骚动起来，徐营长的心也骚动起来。它们都是为那个残酷的事实而痛苦不安。徐营长还记得自己要领呼口号的承诺，可是，他几次站起来又默默地坐下。这是撕扯人家的伤口呢。

演出是在一片唏嘘之声中结束的。显然，所有观众，包括战士和百姓，都游离在剧情之外。宣传队的队长不得不作出决定，那个女主角还是男扮女装吧。

李双凤的一对笑涡里盛满了苦笑："我想忘掉那件事，别人反倒忘不掉呢。"

到了夜晚，她仍然要下河洗澡，仍然是徐营长和余红英跟着。她好像要永远浸泡自己，冲刷自己，而她越来越不晓得，能否真正洗刷干净自己了。因为，她敏感地发现，同情开始变得远远的，淡淡的，有时甚至是慌慌张张的。

宣传队里的战友，已经不再喊她凤妹子，而是叫李双凤同志。从前一旦有任务，每个人都巴不得跟她在一起，而现在那几个后生子，更喜欢和余红英搭档。余红英呢，则忽然变得嘴馋了，口袋里总能掏出不少茶点，米糖呀炒花生呀红瓜子呀野栗子呀，成天像只小老鼠似的。无疑，那些茶点都是男人送的。那些茶点从前属于李双凤，余红英只有分享的份儿，那时，余红英老是满脸醋意，一再声称自己不爱吃零嘴。

牛吼河里的水，一天比一天凉了。徐营长是在刮北风的夜晚，强蛮地拦住了李双凤。他说："李双凤，你真是要洗澡吗？你别是想不开吧？同志，你要振作起来，现在敌人正在发动五次围剿，我们要抓紧战争准备，你不能老是沉浸在个人痛苦中。"

李双凤惊愕地瞪大了眼睛。眼里一半是愤怒，一半是委屈。这双眼睛让徐营长心里发慌，徐营长虚弱地嘟哝道："双凤，你莫这样看我，我是为你好嘞。这个天气下水会受凉。万一发高烧，药都没有，明天我要上前线，我不放心你。晓得啵？"

几天以后，徐营长回来了，他是身负重伤被抬回来的。余红英哭得哇哇的，她一把鼻涕一把泪地告诉李双凤，当时一颗炮弹把他炸飞了，肠子流了一地，他硬是自己把肠子塞回肚子里。李双凤拉着余红英就往卫生队跑。她俩守在手术室门外，听得他骂骂咧咧的，直到做完手术。余红英抢先一步进去，他强打精神送给她一个微笑。可是瞄见随后紧跟着的李双凤，他竟装作昏死过去。李双凤却看清了他嘴角边那来不及回收干净的笑纹，看清了那藏在眼皮之下的眼球，是怎样的惊惶不安。连爱慕也变得冷漠了，为什么啊？

她的疑惑很快就有了答案。县苏召集全县区苏、乡苏主席开会，研究如何彻底消灭以水蛇崽为代表的反革命势力，保卫局科长曾泰和却把李双凤带了去，要她在会上控诉水蛇崽的罪恶。李双凤怎么开口哟？刚刮净络腮胡子的曾泰和，满脸铁青。他说："如果你对敌人满怀深仇大恨，那就不会有任何顾忌！好些惨遭敌人蹂躏的贫苦妇女，都敢在群众大会上控诉反动派的罪行，她们用血的事实，唤醒了群众的革命热情，她们自家也成为最坚定的革命者。

你是读书人，脸皮薄，可要是你把自家的不幸说出来，会更有号召力。赖全福杀土豪婆的事，弄得我们工作很被动，所以，你一定要现身说法揭穿水蛇崽来。还有，你是红军宣传员，动员群众本来就是你的任务。"

会议安排在登贤中学的教室里。李双凤几乎是被曾泰和拽上台的。她冲着一排排瞪圆了的眼睛，敬了个军礼。她忘记收回自己敬礼的右手了。她久久地向那些同情的目光致敬。那些眼睛紧盯着她，就像辨认着一件失而复得的宝贝，惋惜着一片被牛牯啃噬的青苗，或者，凭吊着某一个战场、某一座孤坟。也许，正因为她忘了收回敬礼的手吧，有人终是憋忍不住，扑哧一声，捂着嘴笑了。李双凤逃也似的跑出了会场。

曾泰和追上她后，将脸扭向一边，轻叹一声，说："李双凤，你错失机会，将来会后悔的。揭发水蛇崽的暴行，就是澄清你自家。我们一直在怀疑你和水蛇崽的关系，晓得啵？你在赣州读二女师时，水蛇崽就热烈地追求你，只是因为你家庭反对，而没有成功。这次他抓你的目的，是要你做小，他把喜帖子到处送。这个影响太恶劣啦！"

李双凤欲哭无泪。她说："水蛇崽这样摧残我，摧残我的身体，我的心灵，你们还有什么理由怀疑我？喜帖子？好笑！太好笑啦！"

她嘴角边果然泛起了冷冷的笑意，疼痛而辛酸，愤怒却无奈。

曾泰和瞄了她一眼，说："你莫笑！我是严肃的！我们当然可以认为喜帖子是水蛇崽的阴谋，可你跟他曾是恋人，怎么向组织上解释？你们过去仅仅是恋人的关系吗？"

李双凤咬着嘴唇，唇上都流血了。好一会儿，她又是一声冷笑："寻个地方，我向你解释吧。你看看我身上，浑身上下你仔细看！我已经不是女人啦！你们是不是想看个清楚，才肯放过我？看吧，反正我活着也是一件牺牲品，像一丘被牛打过浆的秧田，已经没有丝毫尊严。"

什么意思？曾泰和竟有些紧张。他本能地警觉起来，和她拉开了距离，仿佛要躲开她的呼吸，躲开从她身边掠过的风。空气中，她的气息似乎都有一股能叫人迷醉的香风毒雾。

他只能把她带进保卫局。在那儿，他就不怕她的眼睛、她的气息了。那儿的空气是凝滞的，那儿的目光是尖利的，所有的表情都是阴沉的，正所谓铁面无情。

"李双凤同志！我现在还叫你同志。你要正确对待组织的审查。国民党反动派的五次围剿开始了，苏区内部的反革命势力蠢蠢欲动，不，可以说是猖狂得很嘞。在革命斗争形势非常复杂的情况下，我们一定要肃清反革命阶级异己分子，保证我们工农红军在前线的胜利！"

李双凤怔怔地瞄着他。可在曾泰和看来，那仍然是一对笑眼。天底下怎会有这样的眼睛哟！难怪红五团的营长老徐，竟敢违反部队纪律，半夜三更领着她离开部队驻地。那双眼睛当真是老徐所说的埋人的窟呢。

曾泰和从案卷里抽出了几张喜帖子，递到李双凤面前，并喝令她仔细看清楚上面的日期。那个日期是明年的七夕节。一个未来的日子，遥远的日子，一个叫人费解的日子。就是说，这批喜帖子不是水蛇崽在抓住她后所散发的那些，而是他新近散发的。

李双凤说："他想借刀杀人，难道你们看不出吗？"

曾泰和说："我们的眼睛当然是雪亮的，当然晓得这是水蛇崽的鬼花招。问题是，他为何纠缠你不放？你们之间到底有什么复杂的关系？过去在赣州究竟发生了什么事情？整个事件的症结就在这里！你必须向组织老老实实说清楚！"

要说清楚，十分容易。她和水蛇崽之间的故事，也非常简单。那时，李双凤在几个同学的影响下，一道参加了赣州城里的进步青年组织。他们经常秘密聚会的地点，就在水蛇崽家所开的绸布店旁边。水蛇崽注意到经常出入这一带的女学生后，为李双凤的漂亮垂涎三尺，一直心存邪念伺机下手。每每见了她，他便诡秘地笑笑，提示她注意前后的警察和特务。涉世未深的姑娘，只当那家绸布店是地下党的眼线，或者是红军设在赣州城里的秘密联络站。在当局一次搜捕共产党的大行动中，水蛇崽从二女师校园里找到李双凤，不由分说地领着她东躲西藏，沿着曲里拐弯的小巷，一直钻进绸布店的后院。水蛇崽在自己的密室里，终于露出奸险的本相。他把李双凤强奸了。此后，他一再地纠缠她，扬言要同当局告发她和所有的同学。这样，李双凤才来到了苏区。

可是，故事虽然简单，李双凤却难以启齿。因为那是一种深刻的创痛。那种创痛被她深深地埋在心底，她用坚定的信仰、用革命的热情埋葬了它，她在深埋它的厚土上种下了叫做爱情的植物，爱情本来已经长得蓬蓬勃勃了，却不料，有人要为被她深埋的创痛拣金嘞。创痛的遗骨是什么呢？

那是连赖全福也不晓得的内心隐秘。她一直没有勇气告诉他，因为其中她的单纯和轻信，简直不可思议。那时，她是多么年轻多么狂热呀。仿佛仅仅凭着苏区一带的方言，就可以轻易地让她信任一个人，她竟糊里糊涂地相信，水蛇崽是共产党派来的。

曾泰和等得不耐烦了，逼视着她："看样子，你不打算交代？"

"我要交代的，你们已经晓得。他要追我，我躲他逃到了苏区。"

"那好。我正式通知你，现在就回去收拾一下，离开部队，到洗衣队去，接受组织审查。你还笑，等到来，有你哭的时候！"曾泰和不禁有些恼怒了。

"我笑了吗？你也觉得这些喜帖子蛮好笑吗？"

"你一直在笑！你眼里有笑！"

李双凤果然忍不住笑了。赖全福也是这样呢。赖全福就是带着类似的疑问走进她心里的：上课时你对着我笑什么？我的模样蛮好笑是啵？李双凤矢口否认。赖全福却说："你眼里藏着笑，有时冷冷的，像嘲笑，也像月光。有时尖尖的，像钩子，也像射穿云层的阳光。"

此刻，李双凤的笑容就是射穿云层的阳光，曾泰和不再躲避，而是迎着她的笑，不无惋惜地端详着她的脸。

"李双凤，你拿一张喜帖子去。也许，它会帮助你记到什么事。记到来，想明白了，赶快向组织坦白。要快！"

李双凤带走了一张喜帖子。在离开部队之前，她要让余红英看看。她俩是无话不谈的好姐妹。余红英深信李双凤一定能治好，将来一定能为赖营长生养一个排的兵力，让他的三营成为加强营。她想象着，余红英一定会气得跺脚，然后，整夜大睁着眼，等到天亮再激动地告诉自己，一个新的剧本构思出来了。那台新戏将揭露反革命势力的歹毒和猖狂。

然而，李双凤没有机会跟余红英说话。余红英正忙着排戏呢。她扮演的正是那个大肚皮妻子。现在没有人嫌余红英难看了，相反，男人挺赞赏她的屁股和奶盘。在台上，她扭动着腰肢，浑身上下都是抖抖的，蛮叫人眼馋呢。余红英能够勇敢地重新登台，正是因为李双凤的黯然下台。现在，余红英出落成为一朵娇艳的红花。

在一阵阵热烈的掌声中，李双凤撕碎了那张喜帖子。

第五章　黑老虎

赖全福也收到了水蛇崽派人送来的喜帖子。这分明就是一纸挑战书！水蛇崽真是个亡命之徒，他的大老婆和孩子还在三营手里呢。

来人姓钟，和水蛇崽同宗，是个烟叶贩子，经常往来于登贤和赣州之间。登贤一带，打明清时期起，就喜种晒烟，烟叶大而肥厚，色泽金黄，品质优良，香气醇厚，俗称黑老虎。大约也有烟凶劲大的意思。钟老板在登贤收购烟叶，再通过红白交界处的苏区主要对外贸易地江口，贩运到赣州城里。

钟老板不愧是个生意人，海阔天空，谈笑风生的。从赣州说到苏州杭州，又从南京北京说到瑞金。正在兴头上，他拿出一包烟丝，硬要赖全福品品。这烟丝来自枫岗，登贤的黑老虎，数枫岗的最地道。枫岗的芋头枫岗的薯，枫岗的萝卜枫岗的猪，枫岗的女子枫岗的屋。他好像认定了枫岗钟氏就是自己的老祖宗。

赖全福捏了一小撮烟丝，嗅了嗅，放在薄薄的烟纸上，卷做喇叭状，嘴一叼，凑近黄麻秆的火媒子深深一吸，烟点着了，可他也呛到了。他猛咳一阵后，赞道："这烟过瘾。"

让赖全福感到过瘾的是，钟老板话里有话呢。赖全福问："枫岗的出产是有名，可是，枫岗的女子枫岗的屋，作何解呀？"

钟老板卷好烟，吸了一口才说："枫岗的女子不用拣，都蛮好看，又勤快，还是大脚婆，娶个枫岗妹子当得雇了个终身的长工呢。屋里有能人，屋基就牢靠。"

"你怕是说枫岗的屋做得最好吧？枫岗的好屋当真蛮多。光是水蛇崽家的大屋，就占了枫岗的半边天。"

"也是也是。不过，他家的好屋到处都有，赣州城里有，青石寨有，福建那边也有，登贤县城里有好几处嘞。县城里有的庙宇都是他出资做的，你们怕是不晓得。"

赖全福猛地扔掉烟屁股跳起来，激动地问："哪座庙？"

但是，他立即冷静下来，自嘲般笑道："地主土豪做多了孽，想靠讨好神仙菩萨来保佑自己，出资做庙的多得是。"

钟老板似乎有所警觉了，便只顾吸烟，不再言语。赖全福告诉他，他可以回去啦。钟老板有些意外，嘟哝道："我以为你们会扣押我，等捉到水蛇崽再放人。红军好，红军心明眼亮，看得出好人坏人。"

钟老板丢下了一大包黑老虎，怕有一斤呢。赖全福望着他的背影哈哈大笑。钟长水却站在营长面前请战了："营长，快派人去跟到他来，他肯定要去见水蛇崽交差。"

"水蛇崽这么傻，钟龙祥这么傻？人家可是洋学生出身，脑水不比我们少。要不是他家有这多财产要人管理，他恐怕就是国民党的旅长团长。可这次他犯了个错误，看到五次围剿的形势，他猖狂得头脑发了昏。他给我送喜帖子，为何，激怒我吗？不是，是送这个钟老板来，让钟老板牵着我们的鼻子，他好调虎离山，或者声东击西。晓得啵？"

"长水，你要学到来，学会用脑水。你脑水不用，留到把九皇女喝呀？人家九皇女才不喜欢喝它呢。脑水生不了崽。人家喜欢那个水，那个水你留好来，千万莫跑马。"

赖营长的这番兴奋劲，是钟长水从未见识过的。原来他也说粗呀。这时，更让长水好奇的，是营长做出的分析判断。

赖全福决定，留下一个连以防备水蛇崽突袭青石寨，他亲自带领一个排赶往登贤县城，在县游击大队的配合下，突击搜查县城里的所有庙宇，其余部队由教导员率领，立即赶赴枫岗村。

赖营长在召集干部做部署时，在门前站岗的钟长水听得明明白白。水蛇崽要袭击枫岗村了，真的吗？就凭着那个烟贩子的胡言乱语？当干部们散去后，钟长水趁着为营长收拾行装的机会，再三刨根问底。赖营长心情好极了。

为了这份好心情，赖全福忍不住连着卷了几枝黑老虎。他说："长水，言多必失呢。其实，我怀疑钟老板未必是擦枪走火，他是故意透露的。俗话说，无商不奸。我最讨厌的就是这些贩子。从前我卖皮毛，被他们坑苦啦。不说从前，说现在。你想想，敢在苏区白区之间做生意的，该有几奸猾哟，这是在刺刀尖上赚钱呢。他想两头讨好，两头不得罪。他一直说枫岗的事，什么意思？枫岗是水蛇崽的老巢，水蛇崽要报仇，肯定在那里下手！还有，水蛇崽在县城里出资做的庙，灯下黑嘞。最危险的地方最安全！难怪我们到处搜不到他。钟老板其实在暗示我们。你看看，人家什么也没说，反倒把水蛇崽的事全都兜了出来。"

钟长水说："那他是白皮红心啰！"

"白皮红心怕难说。见水蛇崽气数已尽，他敢不巴结红军？可是，两个儿子跟着他贩烟，儿子落在水蛇崽手里，他又有顾虑。特别是，国民党大兵压境，他更要留后路。人家也难嘞，不透露一点水蛇崽的消息，到了红军手上，他的命也悬。长水，记到来，这种人哪天也会把我们卖掉，这叫逐利忘义，晓得啵？"

赖全福变得深沉起来，很有学问似的。从这一刻起，钟长水真正崇拜他了。但是，他没有跟着赖全福去县城，他那个连要迅速赶赴枫岗，以对付水蛇崽的偷袭。

部队是抄近路去的。并不知水蛇崽偷袭的具体时间具体路线，哪晓得，水蛇崽抢在了前面。急如星火的三营部队还没进村，就望见映红了夜空的火光。情知不好，部队迅速分兵围堵进出村庄的各个要道，然而，水蛇崽纠集的一伙散兵游勇已经撤离。三营立即沿着靖匪撤离的方向紧追不舍，终于追赶上了水蛇崽一伙，那些爪牙几乎都被击毙或俘虏了，还追回了十多担黑老虎烟叶，不过，水蛇崽本人却是下落不明。钟长水很确定地说，他击中了水蛇崽，他看见水蛇崽轰然倒下，像倒了一堵墙似的，响声闷闷的。然而，部队在那座山上搜索了一阵，却是死不见尸。

枫岗村又一次遭受了劫难。五位住在水蛇崽大屋里的红属被杀，遇难的还有九皇女的娘。存放有二百担公谷的曾氏祠堂，被水蛇崽放了一把火。祠堂的木构架已被熊熊大火炼成了炭，只剩下依然冒着烟的四周砖墙，稻谷的余烬闷闷地燃烧，村中到处弥漫着浓烈的焦糊味。

水蛇崽的大屋里，一片哭天抢地。乡苏主席钟龙兴跪在那六具尸体旁边，频频磕头，频频抹泪。钟长水扑过去，把爹抱了起来。钟龙兴哭诉道："崽呀崽，你们来晚了吧。你们跑快点就好啦。他们前脚走，你们后脚就到！作孽啵？怪就怪我嘞。前些时日，赖姓屋里有个中农报告，水蛇崽要偷袭枫岗，我不信。我怎么会相信？水蛇崽几个人毛，这大的胆？我要是相信就好了吧。凭我乡里的武装捉稳了消灭他！我没上心嘞，等水蛇崽偷袭进村，来不及啦。罪过哟！毛主席硬是说得好嘞，要团结中农，我硬是没团结中农。不听毛主席的话，当真会害死人！天收的水蛇崽，逃得了和尚逃不了庙，捉不到你，老子去挖你的祖坟！"

这时的钟龙兴，一点也不像那个梦想着百年之后坐在庙里看大戏的英雄了，而像一头斗红了眼的水牯。他拿脑袋当犄角，乱顶乱撞，把儿子拱翻在地。他跑到大屋门边，抓起一把锄头，就要上山去挖水蛇崽的祖坟。

钟氏四个在三营当兵的后生，一起拥过去，箍头抱腿的，硬是把他手里的锄头夺了下来。长水说："爹，我把水蛇崽打死啦，打到胸口上，他不死有鬼！怎么就没寻到尸呢？等天亮，我去寻到来。"

长根则对钟龙兴吼道："水蛇崽祖坟也是你祖坟！你发癫是啵？"

不错，他们是宗亲呢。一个叫钟龙兴，一个叫钟龙祥，都是龙字辈。他俩共同祀奉着远祖始祖以及开基祖，却是不共戴天。这声当头棒喝，让钟龙兴顿时瘫软下来。

举着松明、端着灯盏的乡亲们，七嘴八舌地述说着刚刚发生的一切。当时，水蛇崽举着火把，差点要把他自家的大屋烧掉。一转念，他说："红军兔子尾巴长不了，蒋总司令请了外国军事专家，在一百多架飞机的掩护下，带着一百万大军就要打过来啦，分得我家屋产田产的，赶紧退出来。等我来收就晚啦，我连你们的老命小命一起收！"

从人们声泪俱下的控诉中，钟长水明白了。爹又犯事了。水蛇崽能够得逞，和爹有关呢。难怪他痛心疾首地念叨着毛主席说的话。那位中农群众的报告，非但没有得到他的重视，他不分析也不向上报告敌情，反而认为人家是妖言惑众，目的在于响应国民党反动派的五次围剿。作为乡苏主席，他竟把人家抓起来吊打了一顿。结果，在水蛇崽真的来袭时毫无防范，手足无措。

在场的群众怒火中烧。群众自然要迁怒于钟龙兴，毕竟他是有责任的。看来，这回他是凶多吉少了。这也应了赖营长早先的断言，他头脑里一锅粥，一味乱来，人民革命没有彻底胜利，他自己要先被人民打倒。

九皇女的娘死在水蛇崽大屋里，是件很奇怪的事情。莫非九皇女外出了？

即使外出，九皇女也只能把娘托付给长水家呀。钟长水问了好几个人，都说没见九皇女。她娘是昨天被另一个被害的婆婆接过来的。那个婆婆经常去九皇女家串门，和九皇女的娘蛮投缘，她俩到阴间也要做伴呢。人们越说越蹊跷。

县苏主席眼镜子和区委书记领着区中队也来晚了。县苏主席眼镜子恰好也姓苏，苏联的苏，苏维埃的苏，苏醒的苏。眼镜子苏主席说："钟龙兴同志，你何时才能苏醒啊？你这个瞌困打得危害革命危害党啊！上次你令应征青年到祠堂里敬祖宗，搞封建宗派主义，也有人告你嘞。好在你当时蛮聪明，马上组织群众到钟氏几座祠堂里刮金粉，把鎏金的槅扇门窗神龛刮得像剥了皮，刮下一担金粉捐给了县苏印刷厂做油墨。为了保你，我又开会又写稿子，表扬枫岗的抢打轿和刮金粉。哪晓得，你是孙悟空变二郎庙，那根尾巴会翘！这下子，我再不能辛苦区亖的同志押送你去县里了，我亲自来带你！你了不得嘞！你嫌官小，老想往上跑。我直接把你带到县里去，好啵？"

钟龙兴又给死者跪下了。他狠狠地搧着自己，啪啪作响的耳光，惊得大屋院内的所有火光一跳一跳的。

枫岗的狗真是奇怪。这会儿安安静静的，据说，水蛇崽他们摸进村子时，只有几声犬吠。也许是因为没有得到响应吧，那几只狗也就懒得再叫了。

钟龙兴被区中队带走的时候，猛然记起狗来，对着巷口高声呼喊，他的喊声沿着长长的村巷，一直灌向幽深而漆黑的尽头："你们大家记到来，明早把这些没用的狗打掉！到李渡买过狗种，那里狗恶！"

登贤县城并不大。旧时的民谣一直流传至今："小小登贤县，三家豆腐店；县官打老婆，全县听得见。"可是，县城及周边，庙宇却不少。有青莲寺、海莲寺、永宁寺、城隍庙、关帝庙、药王庙、老官庙、杨公庙、汉帝庙、三皇宫、万寿宫、真君阁、五贤祠，等等。大大小小加起来，怕有上百座呢，各路菩萨神仙齐聚此地，却是各择风水，独处一隅。

赖全福是半下午赶到县城的。登贤县委、县苏几位领导十分赞同赖全福的分析，确信水蛇崽就藏在自己的眼皮子底下。事不宜迟，必须马上行动。为避免打草惊蛇，他们几位决定亲自前往侦察，与此同时，三营的这个排和县游击大队以班为单位，迅速分兵潜伏在那些重点庙宇周围。所谓重点庙宇，是指内有僧尼、道人或庙祝居住，且在近些年重修或扩建过的庙宇。这里庙宇虽多，大多为破烂不堪的小庙，并无专人守庙。

县委书记和赖全福搭档，一女一男，他俩扒掉军装，化装为一对香客，循着飘荡在街巷里的缕缕香烟，直奔城东的菩萨神仙而去。城西那一片，归县苏军事部长他们。

从城中往东走，依次有城隍庙、药王庙、青莲寺，最后是坐落在牛吼河边的真君阁。在阴森可怖的城隍庙里，眉清目秀的女书记望着面目狰狞的城隍神，轻声对赖全福说："他不会藏到这里。他会着吓。"

也是，这里充满了肃杀气氛。此庙的三进大殿，分别祀有城隍神的马夫马堂菩萨塑像、城隍神塑像和城隍夫人塑像。第二进的城隍神大殿最为高大气派。殿中摆设如人间官府，有各式各样的刀戟棍棒等刑具。城隍神官帽朝服，神态威严，判官、牛头马面、黑白无常等伺候于其左右。面对城隍神的高墙上，悬挂着一把硕大的算盘，上书"不由人算"四个大字，此处对联云："你的算计非凡得一步进一步谁知满盘都是空，我却诸事糊涂有多少记多少从来结账总无差。"声色俱厉或触目惊心的楹联，举目皆是。如："地狱即在眼前莫到犯了罪时方才醒悟，明镜高悬台上只要过得意去也肯慈悲"，"城市乡村极恶巨奸难逃油锅刀山，隍镇山庄慈善广布易脱苦海血河"，等等。然而，这些关于善恶、忠奸、报应的警诫，真能吓住水蛇崽吗？

赖全福没有做声。此刻，他俩是虔诚的信士，一一叩拜着每尊神像。当然，他俩也仔细地观察了每进大殿两侧的厢房，审视了内中的每张脸。除了几位道士，这里平时还有信士常住。

城隍庙里没有水蛇崽的蛛丝马迹。药王庙和青莲寺里也没有。然而，沿着河岸走向真君阁时，赖全福凭着直觉判断，水蛇崽很可能就躲藏在那里。也许，因为它背山面水，山上林木蓊郁，便于逃匿；也许，因为它三层高阁，临江耸立，水路旱路，尽收眼底。或者，因为那座楼阁靠山的后院，正是新砌的院墙吧，高高的墙遮住了里面的一切。恍惚间，赖全福甚至觉得楼阁顶层有个晃动的人影，说不定那就是水蛇崽。

女书记哈哈一笑，说："我眼睛蛮光，怎么没见人影？"

赖全福一愣。接着，他认真起来："没错，就是他。我嗅到了他的气味。黑老虎的气味。快！"

赖全福迎着烟叶的气味奔跑起来。那浓郁的烟叶气味是从真君阁里飘溢出来的，仗剑布阵、擒斩孽蛟的许真君居然成了烟叶贩子！毫无疑问，真君阁里有鬼。等到他俩迈过真君阁大门时，奉命潜伏在这里的十多个战士，已经从后院挑出了几十担烟叶。原来，他们也凭着烟叶的气味，怀疑这里可能是水蛇崽藏身的地方，一个个激动得按捺不住，端着枪就往里面冲。频频出入的两个道士，顿时露出了马脚，拔腿就逃。那是假道士呢。一审问，才晓得水蛇崽领着他的爪牙去偷袭枫岗了。

赖全福脸色铁青，听完战士的报告，揪住假道士又审问了一番。他估算着时间，暗暗叫声不好。此刻，只能寄希望于从青石寨赶往枫岗的部队，但愿他们能抢在水蛇崽前面。女书记其实是个急性子，一急，就唠叨个不停。她在抱怨赖全福呢。她说："老赖呀，刚才你没把情况说清楚。既然水蛇崽要偷袭枫岗，我们应该首先去保护群众。枫岗乡万一毫无准备，百姓就要遭殃啦！这两头，孰重孰轻，你不晓得呀！你看看，我们犯了一个错误！可怕的错误！"

赖全福作了一番解释，年轻的女书记只是在他面前踱来踱去，像只钟摆似的，晃得人焦躁不安。而她嘴里的唠叨，则像一头牛拉着碾子，转呀转，周而复始，没完没了，尤其叫人心烦。赖全福有些恼了："同志，我不是水蛇崽肚子里的蛔虫嘞！我没有确切的情报！晓得啵？"

女书记毫不示弱，紧盯着他，反唇相讥："刚才你蛮自信蛮得意，我还以为你是能掐会算的诸葛亮，是这里供奉的许真君呢。看看，那里写着有求必应！我求求你算算，今晚水蛇崽会不会得逞。"

赖全福也为此捏了一把汗。然而，此刻已是远水救不了近火，只能在真君阁周围设下伏兵，等着水蛇崽归巢。他若回来，不外乎两种情况，或偷袭得逞，或遭遇三营部队而再次逃脱。

赖全福不再理会女书记的唠叨，顾自走进后院。后院内，两侧各有一排屋，像是为善男信女准备的客房。这座真君阁已有数百年历史。传说，很久很久以前，一个孩子在牛吼河里玩水，捡到一根圆木，就把它插在河边的山坡上。孩子经常来此叩拜，儿戏一般。不想，路过的大人们见了，也不管那根圆木是何方神圣，便跟着孩子一道跪下，朝拜许愿。居然灵验呢。于是，百姓为供奉圆木而建起一座小庙。以后，小庙演变为主祀水神许真君的真君阁，几经重修，规模不断扩大，香火鼎盛。每年八月间的真君庙会，更是香客如潮。

天色已暮，赖全福端着一盏油灯，在那些客房里搜寻起来。女书记则举着火把跟着他，不停地唠唠哝哝。她的意思是说，我们守株待兔吗？狡兔三窟呢。跑得了和尚跑不了庙，庙在我们手里，我们能这么傻傻地等和尚吗？

赖全福被她的语言逗笑了："书记妹子，你才二十几哟！遇事莫着慌。县城到枫岗有几条路，要走半天，水蛇崽等到你去捉呀？你们女人家，就是头发长见识短！"

"赖营长，不许你侮辱妇女！"

县委书记邱冬梅愤怒了。也许是有火光映照，她愤怒的样子，比唠叨时好看。唠叨时，眼显小，嘴有点瘪。这时，那些缺陷没有了，圆脸红彤彤的，双目火辣辣的，却惹人怜呢。

赖全福歉意地一笑。邱冬梅逼视着他："你还笑？"

赖全福又尴尬地一笑。他马上意识到了，连忙转身，躲过她的目光。这是个辣婆子呢。

无疑，水蛇崽的确曾藏身此处。赖全福不仅找到了他的衣物，还发现了几张喜帖子，以及一本账簿。这本账簿并非真君阁的香火账，封面上竟公然注明是登贤各界捐助县靖卫团铲共功德簿。里面登记着一些富家捐赠给县靖卫团的财物，捐赠者何方人氏、姓甚名谁、身份年龄，记得清清楚楚。烟叶贩子钟老板也榜上有名，他捐赠的是烟叶。这几乎就是一份通敌分子或暗藏反革命的名单，老奸巨猾的水蛇崽怎会随便塞在铺盖下面呢？一经红军发现，已经落荒而逃的他，等于断了自己的后路。赖全福相信，如果那些财物是真实的，也应是水蛇崽掠夺来的，他记录下来，目的在于要挟那些所谓"捐赠者"，以防止他们向红军通风报信并牢牢掌控他们。

赖全福不晓得，就在他翻阅那本所谓功德簿的时候，邱书记发现墙上有一块松动的火砖。拔出火砖，里面竟藏有一封信。她瞟了一眼，便悄悄把信塞进了衣袋里。打那之后，她就不再唠叨了。仿佛受了赖营长那句话的刺激，她顿时成熟起来，稳重起来，长见识了。

安排好伏兵，在赶回县城的路上，赖全福说："冬梅书记莫生气，我哪里敢侮辱妇女哟！我脑子里在想事，那句话没经过脑子，莫怪。"

女书记悻悻地瞪了他一眼，一把夺过他手里的账簿。赖全福连忙说："邱书记，这么轻易就搜出这本账簿，很可能是水蛇崽的花招嘞。对上面提到的人，你们县委要冷静分析，慎重处置，千万莫中了水蛇崽的圈套！"

邱冬梅回敬道："放心，登贤县没有诸葛亮，臭皮匠要几多有几多！"

说罢，她急急地走，被鹅卵骨子一绊，打了个趔趄。赖全福急忙伸手搀扶她，却被她狠狠甩脱了。

这个动作令他联想到另一个妹子。李双凤也是这么狠心嘞。此刻离李双凤这么近，他却看不到她。甚至，顾不得想她。他在心里呼喊着："双凤，水蛇崽的窠巢被我寻到了，他的阴谋被我识破了，今晚可能就是他的末日呢，你等到来。明早就晓得结果啦。"

县城中心有块坪地，本是红军和县游击大队操练的地方，县苏政府索性为之命名叫红军广场。今晚，师部宣传队在这里演戏。主席台上吊几盏马灯，就成了戏台。演的还是那出活报剧。观众人头攒动，好些大人孩子扒着戏台，把个脑袋搁在台沿上。有些孩子干脆爬到台上去，蹲在演员脚下，蹲在那个年轻孕妇的故事里。

赖全福心里一热，扑向广场，可是，他绕场一周，也找不到能钻进人墙的空当。踮起脚尖，撑着别人的肩膀不断往上蹿，他好不容易才看清，那个女演员不是李双凤。

顿时，他心头涌起一股酸涩。不晓得是失望，是担心，还是什么不祥的预感。台上那得意的大肚皮，令他不忍再看下去，然而，却一直晃动在他眼前，怎么也甩不脱。也许，双凤是不愿演孕妇，才没有登台吧？

用了整夜的时间，抽完了随身带来的一包黑老虎，等到大天亮，一切答案都揭晓了。水蛇崽偷袭枫岗村得逞了。他的爪牙虽被消灭，但他下落不明。枫岗乡苏主席钟龙兴被押到县里来了。李双凤正在接受组织审查。

赖全福向县委书记邱冬梅打听洗衣队。邱冬梅冷冷地说："问保卫局去。我见识短，哪里晓得这多事。你们三营几乎全歼敌靖卫团的残余势力，有功呢。可是，枫岗遭袭，群众损失惨重，而我们却没有及时赶去，倒被你哄得到处烧香磕头，好笑啵？我们当真是见识短嘞！"

赖全福是沿着河边离开县城的，河岸下，长长的一溜青石上，挤挤挨挨的，蹲满了露出腰臀的女人。女人的姿影和笑脸为牛吼河镶了一道花边。她们嘻嘻哈哈，边洗衣，边嬉闹。只有一个人弯腰立在水中，默默地劳动。河水淹没了她的双膝，她连裤腿也没卷。河水应该很凉了吧？

赖全福望着李双凤，犹豫了片刻，可是，当她猛然直起身子时，他迅速闪到了身边的一棵大樟树后面。

天蒙蒙亮，部队又在十里亭一带的山林里展开了搜索。而搜索的重点，是十里陈家村的后龙山，作为风水林，那座山上古木参天，林子格外茂密。传说，早些年，陈姓族长曾亲自下令，杀死了擅自砍伐风水树的儿子，因而，这座山又名罪山。

钟长水指着天捶着胸，发起了毒誓。他说，昨天夜晚部队在十里亭那里穿田野直插过去，一下子截住了水蛇崽他们。靖匪便往山上四散逃命。他看清了水蛇崽的背影，紧追不舍，一直追到罪山的山背，水蛇崽回头向他开了一枪，子弹从他耳边掠过。不等水蛇崽开第二枪，他眼疾手快，扣动扳机。他看见水蛇崽是捂着胸口倒下去的。他相信，水蛇崽必死无疑。他赌咒道，要是打乱说，要是水蛇崽没倒下，他愿遭天打五雷轰。

从昨夜起，罪山就被围了个水泄不通。天亮后，营教导员一声令下，部队开始了拉网式的搜山。长水则领着几个战士，直插山背，去寻找昨夜的现场。罪山并不大，只是依偎在一起的几个山包，可是，这里高大的槠树、枫树、樟树、锥栗树挤挤挨挨，藤蔓如网，落叶似被，穿过遮天蔽日的乔木林，是无从下脚的灌木林和竹林。长水转了几圈，把自己转晕了。看着哪儿都像，却又都不是。地上没见血呢。

脚板薯长贵说："你莫非夜游撞见了鬼啵？老实说，昨夜战斗打响时，我还在打瞌困呢。"

长水很是自信："水蛇崽肯定死掉啦！我听到他倒地，轰的一声，像倒了一棵树，一堵墙。没死，他也只剩下一口气。"

长贵侧耳听了听，兴奋起来："那边有水响，有溪涧呢。水蛇崽可能掉到溪涧里了。从高处掉下去，才会让你听到响声。这山林里一地树叶像棉絮。"

溪涧在一片灌木丛的前方，他们行走在刺藤上叶刃上，艰难挪动。长水很纳闷，昨夜自己是怎么追过去的？等到长水他们找到了夹在两座山包之间的溪涧，有一拨战士正从山下沿着溪涧搜索上来。

灌木林的边缘，是裸露的山岩，光光的，湿漉漉的，很滑。裸岩上的一摊血迹，顿时令大家振奋起来。血迹被从灌木林里渗出的水稀释了，却是依稀可辨。长水自豪地对着溪涧里的战士高呼："水蛇崽当真被我打到了嘞！我说了没错！你们上来看。这里有一大摊血。出了这多血，水蛇崽死定啦！你们好生找到他的死尸来！"

山坡上的人，又往灌木林里去。洞底的战士，则仔细搜索着溪涧中的每一块巨石，两侧岩壁脚下被水冲刷出来的每个岩洞，被洞水串连起来的每一口水潭。那些水潭犹如长藤结瓜，大小不一，深浅有异。浅者，浅如杯盏。深者，深不可测。当罪山被细细地篦了一遍之后，悬念就在一口深潭里了。这口潭叫孽龙潭，传说枫岗古樟里的神蛇常在这里出没。神蛇到了这里变成了孽龙。

分析起来，水蛇崽中弹倒地之后，很可能滑下山崖，坠落此潭中。即便仅仅受伤，从留有血迹的地方，他再往前跑，也极可能失足。那片裸岩，白天小心翼翼地走都很危险。

长水也下到洞底去了。他在溪涧里的乱石丛中爬来爬去，围着水潭转了好几圈。他说："水蛇崽肯定死掉啦。没被我打死，也会摔死淹死，被神蛇吞掉！他一下子死了三次！老天有眼嘞。叫他尝尝三种死法。我要告诉九皇女，她会乐癫来。"

长贵说："人淹死，灌饱水会浮上来。这么久了，他怎么没浮呢？还有，没见他的枪。他莫不是跳崖逃跑了啵？"

长水瞪着他说："这么高，他跳下来？落到潭里是淹死呛死！落到石头上是摔死撞死！横竖一个死！喝饱了水，人才会浮尸。他被我打死掉下潭，死人还会喝水？好笑！"

反正，钟长水认定水蛇崽已经死了，被他亲手毙掉了。此刻，他想立即回枫岗，打听九皇女的下落。也许，九皇女已经回来了。他得赶快告诉她，自己已经为她爹她娘报了仇。

然而，教导员仍在同两个连长勘察着分析着。好些战士也挺深沉的，投向钟长水的目光似乎都有些怀疑、嘲讽的意味。毕竟死不见尸，毕竟那血迹不足为证。天晓得那是什么血，说不定，是豺狗子叼来一只下蛋的老母鸡呢。

这话是长贵说的。长水火了，立马把自己扒了个精赤条条，就要往水里跳。教导员喝住了他："乱来！你说过不会水，不要命是啵？这样的水潭，看见底也蛮深，这口还不见底嘞。下面的水冰冷，水性再好怕也打不到底。"

教导员的判断，被几个水性好的战士证实了。他们一道下水试了试，果然不敢再下潜了。不仅水深水冷，下面还有漩涡，潭水好像在往哪里漏似的。不过，有人从较浅处摸到了一只布鞋。

长水又兴奋起来："水蛇崽喜欢布鞋！他有蛮多牛皮鞋，只有跟到白狗子时才穿。鞋是他的。被我打到，他掉进潭里喂了鱼。"

于是，长贵为潭里是否有鱼，跟长水争执起来。

"潭里水冷水瘦，鱼怎么活命？俗话说，水清无鱼。再说，溪涧这么陡这么高，鱼秧子会爬山吗？"

"春天的鱼秧子喜欢斗水呀，一跃一跃，就能上山。再说，娃娃鱼不是在山上吗？山上还有石斑鱼、石花鱼、沙鳅和石鸡。"

"石鸡是鱼吗，是蛙！"

"鳅鱼、鳝鱼都是鱼，蛙倒不是鱼啦，好笑！"

当长水一下子数出那么多生长在山涧里的鱼类，长贵就觉得理屈了，他嘟哝道："那就让它们好生过个年。"

食昼前，搜索部队回到了枫岗，与留在村中帮助红属的战士会合，准备尽快赶回青石寨。长根和几个战士负责料理九皇女她娘的后事。九皇女和哥哥曾泰和最快也要傍晚才能赶到。长根他们能做的，就是替老人钉一口棺材。死者入棺，却要等儿女赶到。

杉木板的棺材已经架在九皇女家的门口。老人躺在一扇门板上，脸上蒙着白巾子，白巾子下面的眼睛，一定饱含着复仇的希望，在翘望着儿女。钟长水跟跟跄跄地扑过去，跪倒在地，便是不住地磕头。接着，他把那只布鞋放在地上，哽咽着告诉老人："曾家婶婆，水蛇崽被我打死了吧。看到来，这是他穿的鞋！我为你，为曾家伯伯，报了仇嘞。水蛇崽的狗腿子也全部消灭光啦，现在你可以闭到眼睛来。你们在地下要保佑红军天天打胜仗，保佑泰和子、九皇女和我们刀枪不入，好跟国民党反动派战斗到底。九皇女去了县城，是啵？你等到来，我去打信。我见到了泰和子，他当了科长嘞……"

长根告诉长水，九皇女去了画眉坳。从前，画眉坳有数千打锤佬在那里挖砂。前几年，因为红军白军拉锯一般在那一带打仗，窿主和打锤佬丢弃满山的窿子，作鸟兽散。除了战事的原因外，那时钨砂出口也相当艰难，处处关卡，步步凶险。而现在，红军把钨砂当做苏区和部队的经济支柱，在画眉坳成立了钨砂公司，并动员离开矿山的农民回去挖砂。与此同时，红军也派出部队，组成了五个挖砂中队。九皇女就是被挖砂中队的一个副队长看中了。她不是登贤县的扩红模范吗？挖砂中队希望她动员更多懂技术的打锤佬回矿山。

长水一惊："那她不回来啦？挖砂蛮苦嘞！没听到说过，妹子也跑去挖砂！要叫她莫去。水蛇崽已经被我打了靶，她更不能去！"

长根的眼泡都哭肿了。这半天，他几乎把自己浸在泪水里。他的目光从两道眼缝里挤出来，便有了一种无可捉摸的意味。

长水很敏感，他认为那是怀疑，就像教导员也不敢确定水蛇崽已死一样。他抓起布鞋，朝长根晃了晃。

长水终于注意到那口简陋的棺材了。其实，那就是一只长方形的木箱子。杉木板子窄窄的，想来杉树只有碌口粗，倒是蛮厚，怕有一寸厚。尤其是，一块块拼得严丝合缝，就像长水为九皇女搭的澡屋子那么精细。

长水一激灵，跑到屋后一看，果然，钉做棺材的杉木板，来自澡屋子。长根把澡屋子拆掉了。面对这悲怆的场面，揪心的哭嚎，长水无可奈何。也是，一时半会的，去哪儿找能做寿材的木料呢？

九皇女家的好些亲戚来哭丧了。也许是受那气氛的感染，长根又一次跪倒在老人身边，哭得嗷嗷的，就像某天夜晚后龙山上的野兽嘶吼。哭着哭着，他竟像那些妇女一样，哭丧了，用的正是枫岗一带的哭丧调："娘哪娘，千年松树没脱叶，万年骨肉莫分别，你今日怎么舍得走死得心啊，丢下崽女和我长根。天杀的水蛇崽，你要记到他来，记到他的脑壳他的脸，变鬼成仙你也要把他捉到来！娘哪，你是黄金落地事事休，我是肝肠寸断神魂丢。天哪，千条路也有转，万条路也有通，你到了那边没回转嘞……"

从小听得多了，好些调皮的孩子平日里也常学着它，当歌唱呢。而此刻，长根却是情到真处。

长水过去踹了长根一脚，纠正道："水蛇崽被我打死啦，被神蛇吞掉啦！你叫九皇女的娘放心去吧。"

部队离开时，长根想留下为老人守灵，等到她儿女赶回。教导员没有同意。长水暗自嘟哝道："长根何时做了她的干崽哟，我都不晓得。"

第六章　炆萝卜

　　三营在年边上奉命离开青石寨，奔赴苏区北大门南城、黎川一线的金鸡堡，构筑堡垒工事，以阵地防御结合短促突击的战略，阻击步步为营向苏区腹地推进、准备进攻广昌的国民党军队。

　　敌我力量悬殊，固守在金鸡堡的三营，面对着白军的两个团。头几天，两军对峙着，白军一直按兵不动。随后，白军突然连续发起进攻，势如拍岸惊涛，一阵阵的，汹涌而来，又狼狈退去。这该是三营遭遇的最严酷的战斗了。激战三天，打退白军数十次进攻，阵地前尸横遍野，而三营同样伤亡惨重。更糟糕的是，兵员弹药得不到补充，粮食也送不上来，指战员们是勒紧裤袋拼命。已经被炮火深翻过的山冈上，能够充饥的大约只有葛根了。

　　赖全福决定派出两支敢死队，在天黑之后，分别从两翼迂回包抄。一支虎口拔牙，偷袭敌人的指挥部。一支虎口夺食，冲敌人的给养去，以改变战场上的被动局面。然而，敌人虎视眈眈的，在金鸡堡北边筑起一座座地堡，那些射击孔就是一只只醒着的眼睛，潜至敌军后背不易，突出重围更难。

　　赖全福要点将了。他的目光落在钟长水脸上，却是一掠而过。他点到的姓名都是老战士，而长根和长贵竟自告奋勇站了出来。他俩坚决要求上阵的理由很简单。长根豪爽地叫道："营长，我见过女人，死了也值！算我一个。"长贵则瞥了钟长水一眼，有些不好意思地说："我也去。水蛇崽没死嘞，我要捉到水蛇崽来，我看到水蛇崽啦，是他把白狗子引来的。"

　　于是，战士们又为水蛇崽的生死问题争执起来。全歼了县靖卫团，本该庆贺一番，可赖营长一直郁郁寡欢。究竟他是为死难的红属哀伤，还是为水蛇崽的下落不明而抱憾，谁也猜不透。钟长水老说水蛇崽肯定做了鬼，赖营长曾把他痛斥了一番。现在，长贵不仅相信水蛇崽还活着，甚至声称自己是千里眼，这些天他清楚地看到，水蛇崽就在阵地对面，常陪在敌团长身边比划着的那个瘦高个儿，就是水蛇崽。水蛇崽长着鹰钩鼻子蛤蟆眼，长着塌肩膀水蛇腰，把他烧成灰，长贵也认得那堆骨头炼成的炭。

在等待天黑的时候，长根和长贵蜷在战壕里，都闭上了眼睛，像是打瞌困。然而，长根却问长贵："那天夜晚你也见过九皇女，是啵？没见过你就舍不得去。"

长贵顾自喃喃道："这次回枫岗，我见到了娘，还有薯包子。娘说，皇妹子跟我嫂子相骂了好几次，嫂子起先嘴蛮犟嘞。嫂子说你们妇女会天天喊口号，反对带童养媳，我们起来反对有罪呀？九皇女说，我要嫁长贵，薯包子不是童养媳啦，是阶级姐妹，你们的婆婆也是我婆婆。后来皇妹子蛮恼火，在我家屋墙上刷了一条标语，说坚决打击虐待红属的言论行为，把我嫂子吓得整天不敢出门，躲在屋里也没了声气，再也不敢欺负我娘啦。"

长根叹道："还是我好，没牵没挂。你屋里的男丁个个是秕谷是耷糠，当柴烧都不起明火。难怪你要寻个会相骂的老婆！你拿皇妹子来镇宅是啵？就怕那块石敢当已经嵌在别家的屋墙上啦！"

长贵仍然闭着眼睛："我晓得檐老鼠配不上画眉子。不过，也难说嘞。等我捉到水蛇崽来！"

在长水看来，他俩的神情像是很陶醉的样子，两张嘴都嘀嘀咕咕的，嘴角边似有涎水流淌。长水挪过去，轻声说："长根长贵，赖营长没点到我……你们要小心嘞。"

长根、长贵刷地坐起来，几乎同时掏出九皇女的秀发，分别交到了钟长水的手里。长根轻轻一笑，说："我好贪，剪了她这多头发。要是她当真做了你的嫩娇莲，你们记到来，过了三年，帮我拣金。我屋里没亲人，就靠你们啦。"

"长水你也帮我收到来。等我捉到水蛇崽回来，再还给我。"

长贵说得很自信，泪水却忍不住掉了出来。

钟长水攥着两个巾子的包包，又是激动又是羞愧。他知道，营长在扫视自己的那一瞬间，之所以没有点将，不是念及他是独子，而是窥破了他眼里的恐惧。是的，在那一瞬间，钟长水心里突然充满莫名的恐惧。攻打青石寨时，他仿佛初生牛犊不怕虎，勇敢得很。这几天面对敌人的轮番进攻，他也杀红了眼。而即将开始的偷袭，对他来说，就像赴死。他着慌了，他还念着送给九皇女的银颈箍呢。

钟长水猫着腰，从战壕这头钻到那头，找到营长，对他说："营长，要是把箍子送给了九皇女，我也会参加敢死队。当真。"

赖全福顾自端着望远镜观察敌情，没有理睬他。夜色渐渐浓了，敌军阵地上开饭了。白军士兵边吃饭边高呼："红军弟兄们，想吃罐头的，快过来呀。罐头蛮香嘞。不过来，就把罐头盒送给你们，拿去给你们老姐老妹当夜壶！"

喊着喊着，污言秽语都上来了。红军阵地上，也有战士破口大骂，骂得也很粗俗，其中不乏不堪入耳的言辞。赖全福将一个骂得极其投入的战士，从壕沟外面拖了回来，斥道："不要命是啵？你再拿女人开骂我撕烂你的狗嘴！"

显然，那声咒骂触动了营长敏感的神经。钟长水再次接近营长，把那句话重复了一遍。赖全福冷冷地望着他："没送？那好，等我打乱敌人的阵脚，下半夜你从后山下去，拿箍子给我换头猪来！"

这是一道死命令。不容解释，不容推脱。赖全福也没有给他一丁点儿时间。因为，这时敢死队出发了。为了掩护敢死队，最好的办法就是骂阵。刚才还制止战士们臭骂的赖全福，灵机一动，命令全营一起破口大骂，骂得越难听越能刺激敌人越好，让敌人把注意力都集中到对骂上来。

"白军弟兄们，你们在前方卖命，你们老婆姐妹都被猪狗不如的长官霸占啦！不愿当乌龟的，就赶快调转枪口！"

"白军弟兄们，反水吧！打死你们的狗团长，我把妹子许给你！我妹子是登贤县的一枝花嘞！"

如此等等。这时，赖全福却觉得不过瘾，他在战壕里跑来跑去，逼着战士们要真正相骂，不是宣传鼓动，是骂娘，要骂得狠骂得恶，拣他们的伤心处戳骂，骂得他们发躁起跳。战士们使劲挤脑水，猛然想到这支白军是从北方调来的，正闹水土不服，于是，随后的骂声就有了股屎臭味。

"白军老弟，你们又屙痢了是啵？臭味都飘到北方去啦！屙痢会死人嘞！死掉不要紧，就怕北方的野狗都来啃你的骨头。啃骨头也不要紧，就怕啃掉了你们的寿！没了寿，你们来世怎么做人哟！"

"北方佬，你们半年没见女人是啵？你们北方佬人高马大，你过来，我帮你寻人高马大的！我们登贤自古出美女出娘娘，有好多花妹子嘞，她们屁股大奶盘大，会气死你老婆吓死你的娘！要啵？"

赖全福听着，扑哧笑道："听到说登贤一枝花在我三营战士屋里，我蛮恼火，我堂堂大营长怎么没得见？介绍给钟家后生蛮好，免得为一个九皇女相争。哪晓得是登贤花猪呀！没错，花猪是叫花妹子。"

营长一高兴，战士们更加兴致勃勃。他们对着山下，把白狗子的十八辈子都骂到了。当然，白军阵营不甘示弱，实际上，他们人多势众，叫骂声更加响亮。他们也骂红军的老婆姐妹红军的娘，乃至红军的老祖宗。

双方骂得性起，便有动手打冷枪的。三三两两的冷枪，最终引发了枪声大作。这是敢死队在直捣白军指挥部呢。被臭骂和冷枪所麻痹的白军，猛然醒过神来，慌忙去对付偷袭的红军。赖全福立刻命令全营开火，掩护敢死队撤回。

可是，抢夺粮食的那支队伍没有回来。钟长贵没有回来。而偷袭白军指挥部，好比是在敌人头上砸了个窟窿，让其慌乱了一阵，并不能置人于死地。三营惯用的招数失灵了。这回他们面对的，再也不是不经揍的纸老虎，而是不可一世的强敌。

长根是被两个战友架着撤回来的。他满脸血污，一块弹片扎进了他的右眼。他一边哇哇喊痛，一边骂骂咧咧："爷老子眼瞎啦，回来撑饭是啵？爷老子今天不要命啦！爷老子跟白狗子博命去！我吊，爷老子打算下阴间，那些鳖崽子还让我摸黑！"

赖全福拍拍他的肩膀，算是褒奖了。钟长水仍然跟在赖全福左右，仍然执著于向他袒露心迹。他说："营长，我当真不怕死。等到我把箍子交给九皇女，你让我去死八回好啵？"

赖全福讥嘲道："不怕死你慌什么？你眼里六神无主晓得啵？世界上真正不怕死的人，我只见过一个。只有一个。是李双凤。你看看，她被塞在寿材里，她遭受的折磨比法西斯更法西斯。可是她呢？她闭上眼睛。好像她没有身体，没有属于一个女人的一切，只有信念！她只剩下一个信念！她为了这个信念活下来，等到来。你晓得啵？我抱起她的时候，她的身子蛮轻，很轻，就像她蘸着石灰水刷在墙上的标语。那是一句口号啊。我们可以漫不经心高举手臂呼喊口号，也可以撕裂喉咙，用带血的声音呼喊。她是带血呼喊嘞。"

山风从北边刮过来，从山下刮上来，带着黏稠的血腥气和焦土味。山风中，一定也渗透了赖全福的泪水气息。片刻的沉寂之后，山下忽然又骚动起来。白军再次撕开喉咙哇哇大叫。

白军燃起了几堆篝火。火光里，但见一根根竹篙直立起来，上面高挑着一颗颗头颅。白军士兵晃动着竹篙，那些高悬的头颅像风中的灯。那些就是刚刚牺牲的敢死队员，残暴的白狗子以此威吓红军呢。三营阵地上的所有眼睛都瞪圆了。

钟长水望着山下的火光，默默垂泪。他和三营都看得分明，长贵也在其中。长贵死不瞑目，而且，他的双眼炯炯有神。钟长水甚至觉得，长贵眼里脉脉含情，长贵大概一直在心里巴望着九皇女，或者像九皇女那样能够镇住嫂子的女人。

长水紧紧捏着那包在巾子里的秀发，长贵所珍藏的秀发。长贵才是最儒善的人，割九皇女的头发，他竟然那么小心，只割了一小绺。怕是只有几十根。

钟长水掏出了长贵的那块巾子，暗暗数起来。

长根捂着半边脸，面对山下跪下来，跪在战壕边连连叩首："长贵，你该让我替你去死。你还没有见过女人。怪我嘞，我吓到你啦，把你吓跑啦。那时九皇女还没有脱衫子，你怎么这么胆小哟！我早就在澡屋子后面等。我看到你溜进竹林里，听到狗叫，你就着吓了。枫岗的狗就是没人性。狗不如我呢。晓得你会死，我就该喝住狗来。你没见过女人，那就是打短命嘞，打短命是进不得祖坟山的。长贵，三年后，我要是活到，我帮你拣金，请兴国三僚的风水先生来寻龙捉脉，帮你寻一块风水宝地。"

长根就这么语无伦次地哭诉着。钟长水发现，远处那高悬的头颅似乎落泪了。泪水滴在火光里，溅起一团团白烟。

赖全福命令钟长水下山买猪，表现的是一种决死的勇气。眼下的阵势，令他很是无奈。如今，中央革命根据地的军事决策者，摒弃了毛泽东提出并在历次反围剿中成功运用的诱敌深入、在运动中歼敌的制胜法宝，盲目执行共产国际东方部负责人在上海洋房子里制定的脱离实际的作战方针，什么两个拳头作战呀，御敌于国门之外呀，建立正规军打阵地战呀，一句话，就是在誓死保卫苏区每一寸土地的响亮口号下，死守硬拼。此役，三营只能正面跟强大的敌军相抗衡。然而，毕竟寡不敌众啊。

钟长水也傻了眼。营长命令他用银颈箍去换猪肉，他身上哪里还有银颈箍哟？他不得不道出箍子的下落。

赖全福听罢他的解释，没有做声，悄然消失在黑暗中。没过多久，一个战士给钟长水送来了五块银元。

天亮时，沿着后山一条溪涧下山的钟长水，已经出现在山脚下一个叫岭底的圩镇上。这里从前是红军的游击区，今天红军占着，明天白军夺去，不长的一条圩街，两边店铺的板墙上层层叠叠地刷着双方的标语，就像阵地上的对骂一样。因此，老百姓对山那边隐隐传来的枪炮声早已麻木。

让钟长水惊喜的是，岭底三六九当圩。今天正是圩日。晨雾还未散尽，圩街上就开始热闹起来。一些店铺卸去了门板。一些商贩摆开了地摊。圩镇两头，是三五成群前来赶圩的山民。

钟长水在豆腐店里尝了一勺水豆腐，说是卤水味太重，走开了。蹲在卖黄烟的地摊前，捏了一撮烟丝，卷了一枝黑老虎，贪婪地猛吸几口，又走开了。随后，他一一光顾的是街两旁排列成行的箩筐和菜篮，他像一个替大老板来采买的伙计，渐次验看了稻谷、荞麦、花生、黄豆和土糖，连腌菜也不放过，他甚至还抓了几根干笋丝填进嘴里。结果，他被一双满是老茧的大手紧紧捉住了。

此人竟是钟长水的姐夫，画眉坳钨矿上的打锤佬。打锤佬用低沉的声音说："蹲下来，装作跟我讨价，这里探子多。"说着，他拿出一包烟丝和一小叠卷烟纸，放在面前，他俩各自卷了一枝。

原来，这个圩镇也是红区和白区的秘密交易场所。画眉坳的钨砂有一小部分通过这里，辗转卖给暗中同红军做生意的白军军官，而他们则偷偷把布匹、药品和食盐卖给红军。打锤佬经常运送钨砂来这里，对这里的情况自然十分熟悉。听长水说明来意，打锤佬不由地倒吸了一口冷气，说："你胆子蛮大，竟敢跑到圩街上来买肉！哪个屋里一下买这多肉？讨亲嫁女呀？被白军探子发现，就会暴露你们部队的兵力。等下，我帮你寻个白皮红心的群众来。你饿坏了啵？"

长水点点头。尽管进村前他在石桥下捡了一些薯根菜叶充饥，可是满[...]的吃食，还是勾起了他的馋虫。

打锤佬递给他一个烤番薯，眼看着他囫囵吞掉，说："你腰包有银元，倒去沾别人的便宜，掊几粒米叼几颗谷，你拿自家当鸡崽子是哦？"

钟长水憨憨地笑了笑，接着，迫不及待地问："姐夫，爹放回转了哦，他没事吧？见到九皇女哦？她也在画眉坳呢。"

打锤佬心头一沉，默默地卷了一根黑老虎，塞向长水唇边，并用火镰替他点着了。犹豫片刻后，告诉长水两件事。其一，他爹钟龙兴被关在县里，枫岗群众闹翻了天，一拨三天两头递状子，另一拨则写保书。听到在保卫局的泰和子说，他可能要被县革命法庭判刑呢，要是定私擅逮捕监禁罪，一年监禁怕是少不了的。看来，这回他是凶多吉少；其二，九皇女蛮能干呢。她去画眉坳没多久，跑掉的打锤佬大多被她动员回来挖砂了。她现在是钨砂公司的干部，红军钨砂中队也把她当做宝。有个副队长好像看上了她，他俩天天在一起说说笑笑的。九皇女从前跟长娇几亲哟，也不晓得为何，到画眉坳这么久，她都没来看看长娇。长娇去见她，她就躲。

钟长水激动起来："她当真留在那里呀？她能做什么！叫她挖砂是哦？好笑！她的头发还在我身上呢，我还没死呢，那个当官的就想叫她做娘子？我吊！姐夫你回去告诉那个吊队长，她是钟长水、钟长贵、钟长根、钟长发的妹子！她早就许给了我们四个人中的一个，晓得哦！他要动歪心，带上线香、纸钱到金鸡堡来，问问我们同不同意！"

打锤佬说："人家看中了九皇女的嗓子，叫她去打歌，做宣传鼓动工作，没说要娶她。矿山上尽是后生，有个妹子在，挖砂不累呢。她的一个笑，当得一条大矿脉，一支山歌，当得雇了几十个打锤佬。"

钟长水抹着一嘴番薯屑站起来，气呼呼地说："姐夫，你回去告诉九皇女，我打死了水蛇崽！当真，是我打的。我一枪放倒他，他滚落到潭里！我发誓，要帮他爹报仇，杀掉水蛇崽。我做到啦。"

他姐夫笑了："说不得嘞。九皇女安葬娘后，听到说没见水蛇崽的死尸，那几天她每天去孽龙潭寻一遍，没见浮尸呢。人泡了几天，肯定要浮上来。"

这是长水不能接受的结果。他说："热天会浮，冷天没那么快。对啦，孽龙潭里有神蛇，他被神蛇食掉啦。还有漩涡，漩涡也会把他卷进去。"

他姐夫摇摇头："枫岗人都说，水蛇崽没死。"

"那是反革命造谣。白狗子要发动五次围剿，那些乌龟王八在造谣生事，晓得啵？姐夫，这个仗打得蛮凶。要过年啦，我们也不晓得能不能过这个年，也许，食上这顿肉，就是最后一餐年夜饭。"

长水想到了银颈箍。如果水蛇崽真的又逃脱了，银颈箍对于去了画眉的九皇女就更重要了。趁着姐夫在抽烟，长水神情恍惚地在圩街上走了一个来回，也没有找到银器店。客家女人作兴穿金戴银，只要家境过得去的人家，都会有呢。果然，他一头钻进了南货店，经过凶凶喝喝的讨价还价，花了三块银元，硬是把老板娘的箍子从那干瘦打褶的颈脖上摘了下来。这是普通常见的银箍子，只是在银环上吊了个小铃铛而已。然而，此时此刻，它太重要了，它也许就是诀别的遗言，来世的信物。

长水托姐夫把箍子交给九皇女，可是，打锤佬摸摸自己的衣袋怎么也不肯接。他说："长水，快去退掉来。部队要你下山来买肉，你把银元花掉回去怎么交代呀，打铳佬赖全福会拿你的肉去炆萝卜！"

长水蛮横地说："你借给我！要是我今生还不掉，来生一定还你！"

打锤佬掏出几张纸币，怕是只能再买几个烤番薯。长水冷笑起来："我就不相信，你是来卖钨砂的，身上会没有钱？你怕我死掉，讨债寻不到主是啵？你寻我爹要啊。讨了老婆生了崽女，莫忘记，你还欠丈人公一把驳壳枪嘞。放心，我爹没事！共产党还能办共产党呀，他是大革命时期入的党，资格老。他又不是没做过糊涂事，每次都乖乖把他放回来。共产党有时还需要他这样的蛮牯嘞。"

打锤佬尴尬地笑了笑："我替红军做事，又不是替红军掌柜！就是替红军掌柜，也不敢乱花钱啊！你不识字，没念过《红色中华》报，上面登过几个案子，说红军和苏维埃干部贪污的事，有的判刑，有的被枪毙。依到我说，快去退掉箍子来。我回到屋里，借钱帮你买个箍子送给九皇女好啵？"

这番话启发了钟长水，他叫起来："好说，现在你帮我借到钱来！你刚才说，寻个白皮红心的群众帮我买肉。你把这两块银元拿去，叫他买半边猪，放点萝卜，来个萝卜炆肉。炆好来，跟我一起挑上山去。不够的钱，你下次来还给他。"

圩街上，人越来越漾。再迟疑下去，仅有的一家肉铺里，砧板上就该只剩下骨头渣子了。打锤佬说："我去试试看。要是他不肯，你赶快退掉箍子好啵？"

这时，长水反而教训起姐夫来："牙齿硬有虫蛀，舌头软没虫咬。你多说几句好话嘛。"

没想到，事情比想象的更顺利。那个白皮红心的群众姓温，叫温火生，是个四十多岁的结巴子，靠上山割松脂谋生，就在肉铺隔壁住着。钟长水被姐夫领到他家时，萝卜炆肉已是满屋飘香。温火生叫老婆盛了一碗端出来，说让他俩尝尝。长水抓起筷子一戳，根本戳不动，肉还没熟透呢。

又炆了一阵，温火生说："你你你先食，食一碗好啵？你饿饿伤啦。"

长水笑道："快盛到桶里去。肉香把我灌饱了，我占了大便宜，还好意思食呀？"

打锤佬将身上的一包烟丝送给长水，不觉间，眼里有泪了："长水，我要回转啦。等下你跟着老温从后门上山，挑担桶，就像去收松脂，别人不会注意。他路熟。你要小心，你欠老温三块银元嘞，元宵节前你要还他。还给我也行，我帮你给他。"

这是平安的祈愿呢。长水眼里也潮湿了，他哽咽着说："告诉九皇女，告诉姐姐，告诉我爹，赖营长是常胜将军，跟到赖营长，我们不会食亏。我们要回枫岗过年！叫九皇女也转去过年，过年还要挖砂还要打歌吗？我好久没听到她的歌啦。"

圆圆的颈箍子，一定能套牢九皇女的心。九皇女的心，一定被关在澡屋子里了，谁也夺不去。那个澡屋子虽被拆掉了木板，他心里还有间澡屋子呢。他想。

钟长水便要写张借据留给下来。温火生却拒绝。他结结巴巴的，说得倒是坦率。他怕留着红军的借据，给自己惹祸。白军不是马上就要打过来了吗？

钟长水说："你藏好来嘛。就算白狗子打过来，他们能猖狂几天？我们一个反围剿，马上就能把他们赶回老家去。前几次围剿，都被红军打败了。"

温火生说："打败就好，就就好。这这这次有点难，我到到山上庙里抽了签，是是，下下下签。"

"牙黄口臭！你信红军，还是信菩萨？"

温火生眼神乱了："信信，红军菩萨，我我我都信。"

　　可是，他借故称没有纸笔，依然不肯让钟长水留借据。当打锤佬掏出纸笔时，他激动地扑过去，死活不让打锤佬写字据。他说："你们记记得就还，不记记得就算了，好啵？"

　　显然，那种激动不仅仅是恐慌，还潜藏着更为复杂的情绪。像是舍弃的慷慨，更像了断的决绝。钟长水丢给姐夫一个眼色，打锤佬大约是看懂了，会意地一笑。他用掏出来的纸笔，为长水写下了送给九皇女的话。长水这样说："九皇女，等到我来，你拿到箍子的时候，打支山歌好啵，就唱对河一蔸幸福桃，我会听到的。你晓得我是枫岗的狗，我有一对狗耳朵。还有，长贵蛮勇敢，可他作古啦。长根也勇敢，可长根打瞎了一只眼。"

　　在令人垂涎的肉香中，钟长水和姐夫分了手。而他和温长水则各挑着一担桶，各挑着一担肉香，迎着隐隐约约的枪炮声攀爬金鸡堡。上山的路上，借着歇脚换肩的机会，温火生一再问："这这这红军顶顶得住？白军人人人更多嘞，就怕怕红军顶不住嘞。我把你送到，就就就下来好啵？"

　　钟长水说："你不下来，跟到我们一起打仗呀？"

　　温火生脸憋得通红，好不容易才理顺口条讲清楚。他是说，到了山上，他不能等着挑空桶下山，放下担子就得往回赶。他屋里一下子买了半边猪，炆肉的香味满世界飘溢，又没见其大宴宾客，恐怕经常出没在圩街上的白军探子，正满腹狐疑地盯着他家呢。

　　钟长水答应了。但他紧接着告诉老温，红军有神助，红军一定会胜利的！这会儿，他左眼皮直跳，左眼跳福呢，听听，这一路上都有鸦雀跟着喳喳叫，抬头看看，东天上祥云缭绕，一切都预示着红军就要打大胜仗啦！

　　从大天亮到昼边，三营又击溃了敌人的两次进攻。可是，至此，整个营的兵力加起来也凑不足一个连，营长赖全福心头更加沉重了。显然，继续被动地死守这座山头，他的部队将拼光老本。战士们把血的誓言写在旗帜上：人在阵地在。一旦人拼光了呢？要保全剩余的兵力也容易，迅速从后山撤离阵地，放弃金鸡堡。可这意味着逃跑，意味敞开了苏区的北大门。这个责任是他承受不起的。他骂骂咧咧发了一通无名火之后，冷静下来。他隐约感到，敌人的第二次进攻似乎没有投入应有的兵力，敌人在策划着什么阴谋呢。

　　远处，莲花峰的枪炮声却是越来越激烈了。也许，敌人认准红军主力在那里，调集兵力去猛攻莲花峰了吧？赖全福端着望远镜观察许久，终于确信了自己的判断。既然不能后撤，那就往前冲吧，冲上前拼个鱼死网破也比这样消耗自己痛快。

两担喷香的萝卜炆肉，促使他下定了决心。因为饥肠辘辘、疲乏不堪的战士们欢呼起来，那热烈的欢呼声就是所向披靡的士气，就是摧枯拉朽的战斗力。

赖全福走到桶边，俯身贴着桶沿闻了闻。那是久违的肉香啊。肉是酱红色的，萝卜是酱红色的，香味也是酱红色的。那香味油光闪闪，又黏又稠，沾在鼻子上就抹不干净了。赖全福禁不住用沾满血污的手指拈了一小块，扔进嘴里，油渍竟从他嘴角边流出来。他舔舔嘴，骂道："钟长水你这小子蛮有本事嘞，也不晓得是把萝卜炆成了肉，还是把肉炆成了萝卜！"

钟长水嘿嘿地傻笑着说："萝卜炆肉嘛，两种味道都有。买了半边猪呢，你看肉比萝卜多。依到我，我就要多放萝卜。晓得啵，萝卜炆肉，要食萝卜，萝卜就像肥肉一样，更香，还不腻。"

赖全福高喊一声："同志们，党考验我们的时候到啦！大家注意到啵？战场上的形势瞬息万变。我们面前的敌人是虚张声势，他们大部分兵力悄悄被抽去攻打莲花峰了，我们要利用这个机会进攻，大家注意，是进攻而不是突围，是主动出击而不是被动挨打。我们几个月没食肉。食了肉，就要以一当十！开食！"

刚才为萝卜炆肉欢呼雀跃的战士，一个个面面相觑。几经殊死搏斗，他们非常明确自己的处境和责任，而此刻，放在面前的萝卜炆肉，分明是一个号召，一个抚慰。有人竟憋忍不住，呜呜地哭出声来。在血腥的空气里，哭声迅速洇散开来，好些战士的眼睛都红了湿了。战士们用嘶哑的声音喊道："营长，你不能拼掉三营啊！"

赖全福说："好笑！拼掉三营，我当光杆司令是啵？给你们食肉，你们不领情？人家钟长水用五块银元买了这多肉，炆好来，让你们解解馋，你们不领情？那好，莫怪哟！长水，我们自家食。晓得啵？我从前跟别人打赌，一餐食掉半头野猪！哪个有种敢跟我打赌，食掉一桶肉来？敢啵？"

用绷带包住半边脑壳的长根，冲着大家吆喝道："食肉！食肉比打啵过瘾，比搞到妹子更有味！食了营长的肉，做鬼都是三营的鬼！"

长水则夺下身边战士手里的竹碗，逐个替他们盛起来。他把肉碗端给每个人时，都忘不了嘟哝一句："食饱来好啵？"好像是央求人家似的。但是，即使端着肉碗，闻着肉香，嘴上涎水滴滴落，人们仍不肯张嘴。都等着营长的一句话。他们不怕死，可他们谁也不甘心就这样拼掉整个三营。

赖全福不得不把话说明白："同志们，昨天下半夜我命令钟长水下山买肉，是从最坏处打算的，老实说，是想大家做鬼也该打着饱嗝！可眼前形势变了，三营的生路在前方，而不是后背。我们不能后撤，只能前进，撕破敌人的网来。晓得啵？不怕死的，就食饱来往前冲。哪个牺牲掉，我一定会拿红烧肉来祭他！记到来，一个萝卜都不掺，是两寸见方的红烧肉！是我们登贤花妹子的肉！"

仗打到这个份上，真是太窝囊了。然而，战士们终于明白了营长的用心。眼下，唯有如此，才能留下三营的旗帜。当然，它得踏过惨烈的牺牲。四只木桶立即被战士们团团围住，一只只用竹筒锯成的碗里，盛满了视死如归的豪情。

都饿坏了，可每个人性略不同，吃法有异。性急的，三下五除二，眨眼工夫，就把一碗萝卜炆肉倾倒进肚子里，之后便懊悔，怎么不品品猪肉的味道呢。沉稳的，一块块地往嘴里填，不时地舔着油嘴，直夸这猪肉炆得烂，一到嘴里就化了。讲究的，则是先挑肥肉和萝卜吃掉，把碗中一二疑似精肉的部分，拨拉到一边，留待最后来细嚼慢咽。钟长根就是最讲究的一个。他吃着碗里的，忽然生疑了，走到木桶边，把剩余的萝卜炆肉一勺勺舀起来，再倒回去。他歪着脑壳，在用他的独眼仔细检查其中的肉呢。四只木桶都被他搜罗了一番，他得出了结论。他的结论就是愤怒地踢翻了所有的木桶。

所谓萝卜炆肉，里面的肉极少，不过是在猪油和槽头肉母猪肉里，掺着大块大块的肥肉一般的萝卜！

赖全福大吃一惊，但他很快反应过来，也不去验看木桶，却一把揪住钟长根，怒斥道："狗屁！给你们食的是萝卜炆肉，当然有肉有萝卜。你手气背，怪哪个呀。你问问大家食到肉没有？"

战士们大多是心满意足的，也是，他们毕竟饿了几天，见了荤腥，那就是令他们垂涎三尺的美味佳肴了，谁还顾得上挑肥拣瘦哟！他们此刻需要挑剔是自己的牙缝。果然，细长个子的长发把剔出来的肉丝举到了长根眼前。

长根冷笑着扶起木桶，盛了两碗递到营长和长水面前。他俩都接过去了。

钟长水吃着吃着，脸色变了，就像连着灌了几大碗米酒似的，周身的血往上涌，双手也哆嗦起来。除了油汪汪的萝卜，他只吃到一块咬不烂的母猪肉。他囫囵吞下了肚。

而赖全福却是吃得津津有味。他碗里全是肉。论吃肉，他是精怪呢，每块肉到了他嘴里，他能准确地分辨出那块肉的部位。比如，他此刻先后尝到了五花肉、里脊肉、前腿肉和后腿肉。品味起来，槽头肉是好肉呢，肉活，有嚼头，最好的就是刀口边的第二刀肉。他的评价应是权威发言了，他不是打铳佬吗？

在营长的带领下，木桶里的肉汤被刮得干干净净，被长根踢翻桶滚出来的肉块和萝卜，也被几个战士拾起来，连泥带土地扔进嘴里。

可独眼的钟长根一直冲着长水冷笑着。那只眼里射出的寒光，令长水心里一阵阵发悚。长水的确有些紧张了。那个放下担子便慌忙赶回去的温火生，该不会从中做手脚吧？

幸好，营长没有为难他，反而把长根从敌人手里夺来的机枪，交给了他，并从牙缝里挤出一声威严的命令："钟长水，你给我冲在前面！你敢后退一步，爷老子就毙掉你！"

已是正午，山下的白军准备开饭了。每每撬着罐头，他们便对着红军阵地骂一通娘。此刻，三营这边回击的骂声，带着萝卜炆肉的香味。三营战士骂道："白军弟兄们，我们刚才杀了一头猪嘞。你们闻到红烧肉的香味没有？你们妹子蛮馋吧，跑来讨肉食！也不晓得她用哪张嘴食！"

白军那边恼了，回击道："你们的娘说，上面吃肉，下面吃人。你们的娘挺厉害的嘛，把我们的人吃掉挺多！"

赖全福掏出了枪，哈哈一笑："同志们，肉是好东西呀，食了肉，全身都发躁。我们现在就代表娘，把他们全部食掉，连骨头都不吐！"

一声令下，三营战士如猛虎下山。指望着瓮中捉鳖的白军怎么也想不到，光天化日之下，几乎是束手待毙的红军竟敢突然发起如此猛烈的进攻。没等白军醒过神来，冲在前面的三营战士已经接近了敌营。钟长水端着机枪，跳跃着，匍匐着，一路狂扫。

也许是杀得性起，好些战士竟顾不得利用地形地貌保护自己，气势汹汹地杀将而去。饿虎扑食一般，神兵天降一般。敌人被这番突袭打懵了，仓皇抵抗了一阵，整个防线便土崩瓦解。

这是一场孤注一掷的战斗，是对战局忍无可忍的一次爆发。赖全福不晓得这该不该算作一个胜利。因为，它的代价是四十具遗体整齐地排列在自己面前，何止四十具啊，还有失去头颅的钟长贵他们。加起来，应是四十八。

长贵是长根找到的。长贵的头颅却找不到他的身体了。长贵的眼睛依然大睁着，他是在搜寻着自己的身体，还是在翘望着九皇女的身影？独眼的长根一拳打倒钟长水，从他身上搜出那个巾子包包来。长根把九皇女的秀发还给了长贵。

这时，赖全福突然像疯了似的，夺过长水怀抱里的机枪，将枪口顶在他的胸口上，怒喝道："说！萝卜炆肉是怎么回事？肉被你食光了是啵？你贪污银元，拿萝卜来糊弄大家是啵？"

钟长水瞠目结舌，全身筛糠似的。此刻，他恍然大悟，刚才营长就已看出破绽，只是怕影响战士们的情绪才压住心头怒火。营长令他端着机枪冲在前面，是想让他用牺牲湮灭罪过。可是，为何这么多战士倒下了，而他却仍然活着？死神也不肯饶恕他的罪过呢。

然而，他又觉得自己冤屈得很。他被那个所谓白皮红心的温火生算计了。那是棵墙头草呢。难怪老温连张字据都不敢留。

在营长的再三威逼下，钟长水语无伦次地把经过叙述了一遍。究竟说了些什么，他自己一点也没记住。赖全福却是大致明白了。钟长水贪污了三块银元，买了个篦子送给九皇女。用剩下的两块银元，炆了一大锅脱掉裤子下去摸也捞不到几块好肉的萝卜炆肉，来欺骗饥肠辘辘的战士们。

赖全福把那四只空桶狠狠地砸在钟长水脚下。嘭嘭，嘭嘭，那是震耳欲聋的四声炮响。

赖全福一挥臂，喝道："给我绑起来！"

被五花大绑的钟长水涕泪纵横。三营幸存的几十个战士，每人都过来踹他一脚。没想到，长根和长发踹得最狠。长发不光狠，还阴毒。长发朝他屁股踢去，脚尖却往上一勾，踢到了他的寿。长水捂住腿裆，痛得全身瘫软，满头冒汗。

四十八座新坟把金鸡堡主峰边一座荒凉的红壤凸岗装点得十分悲壮。赖全福兑现了他的许诺。他派伙夫去买来了酒和肉。那才是真正的肉呢，是登贤花猪花妹子的肉，是红彤彤油光光的红烧肉。营长亲自将一只只热腾腾的肉碗端到每个烈士的坟前，然后捧着一只粗大的竹筒，将酒依次洒在他们的坟头上。

大块大块的红烧肉，飘着诱人的香味。肉香、酒香淹没了战场上的一切气味。赖全福盛出最后一碗，那是一碗肉汤。营长愤愤地摔在钟长水的脚下，肉汤打湿了他的草鞋。

赖全福咆哮道："这碗算是祭你的！你这混账东西闻闻！这才叫肉嘞！你胆敢拿萝卜来糊弄他们！现在他们死啦！他们是饿死鬼，你把你的良心掏出来祭他们吧！你跪下，你给我掏！"

钟长水跪下来。跪倒在随风弥散开去的肉香酒香里，跪倒在自己的泪水里。

那四十八碗肉，营长不许人收起来。

第二天，两个伙夫企图收回盛肉的竹碗和砵子，被营长发现，关了他俩三天禁闭。

伙夫说，才一夜，所有的肉都没有了，只剩下空碗，且舔得干干净净。红烧肉大概是被那些亡灵食掉了吧？活着的时候，他们饿伤啦。亡灵也有鼻子耳朵和嘴巴的，是啵？

第七章　添丁炮

　　莲花峰是在第三天被白军攻占的。随着莲花峰的失守，苏区的北大门实际上已经豁然洞开，固守金鸡堡也就变得没有意义了。接到命令后撤到牛吼河边时，营长赖全福潸然泪下。

　　让他难受的，不仅仅是惨重的牺牲，还在于，钟长根竟然自杀了。部队在牛吼河边休息时，押着钟长水的长根，忽然掏出九皇女的头发，摊在自己的巴掌上，任来自水面上的风吹了去。发丝纷纷扬扬，落在沙滩上像一棵棵草，落在流水中像一尾尾鱼。接着，他倒立汉阳造，那枝奖给钟长水、又被缴下发给他的汉阳造，将枪口顶住自己的心脏，用脚趾头扣响了扳机。

　　他的血渗进沙滩，染红了沙滩上的一潭死水。被风吹去的头发，有些又被风旋了回来，散落在他胸口和脸上，被滚烫的泪、黏稠的血打湿了，再也飞不动了。

　　长根抱着脑壳，那滚烫的泪是从左眼中流出来的。他说："我这只眼睛也会瞎掉，我没有眼睛啦。我变成瞎子留到世上做何哟！我还想替九皇女报仇，杀掉水蛇崽来，水蛇崽走到面前我也认不出啦。我要这条烂命做何！"

　　在枪响之前，长根喃喃地，对长水说了蛮多话。他说："长水你莫怪我。我不晓得你是为了银箍子。我以为你贪嘴把肉拣出来食掉呢。九皇女颈子长得秀气，雪白，戴上箍子肯定蛮好看。我说过，我看过她，我死掉也值得。我不死，九皇女肯定会嫁我，晓得啵？我比你勇敢。我的伤就是证明，再好的箍子也抵不上。可我眼瞎啦，拖累部队，拖累九皇女，我不忍心。我宁愿让九皇女记到一个躲在屋脊偷看她洗澡的后生来。长水，就剩下你跟长发相争啦。你要告诉九皇女，记到偷看她洗澡的眼睛来，叫她莫恨我，千万莫恨一个死掉的人。我偷看，我瞎眼，这报应不轻嘞。长水，告诉长发，你们不管哪个活到，都莫忘记给我和长贵拣金，记到来，我要一块风水宝地，就算我屋里香火断了，我也要保佑枫岗钟家人丁兴旺，鱼龙变化，飞黄腾达，光宗耀祖，晓得啵？"

这样的死，对钟长水，是警告，还是托付，是挑战，还是认输？不晓得。赖全福更是百思不得其解。他只能迁怒于钟长水，他连连搧了钟长水几个耳光："你丢尽了红军的脸，丢尽了你们枫岗钟家的脸，爷老子今天毙掉你！你去寻牺牲的同志认罪吧！"

赖全福给他松了绑，用那根绳索狠狠地抽了他一鞭。

钟长水神情恍惚，高一脚低一脚地在响沙滩上挪动。他如痴如醉，叨念着那只倒霉的银箍子，叨念着九皇女那亲亲的名字。沙滩渐渐湿了，渐渐洇出水来，水渐渐没到膝盖，渐渐齐腰，枪却没有响。

钟长水诧异地回头张望。营长已消失在岸边的树林里，只有几个战士正在向他挥手，那手势再清楚不过了："你滚吧，你不配当红军。"

对于钟长水，这是比枪毙更严厉的惩罚！他离不开这支队伍，他的父老乡亲、他的九皇女正是因为他参加红军，才给了他人间最大的光荣最圣洁的爱。不当红军狗都嫌呢。不当红军他不如枫岗的狗呢。钟长水掉转身子，朝岸上狂奔，扑向营长朦朦胧胧的背影。

他抱住赖营长的双腿，泪流满面，哀求道："营长，你要么枪毙我，要么让我上前线战死，我不能回去！转去我怎么见九皇女哟？我说了要杀掉水蛇崽，说了要当英雄。九皇女会被我气死的，一气之下她会随便嫁给何人的，嫁给杀猪的翻肠子。晓得啵？"

"好笑！怕她翻肠子？嫁给你，她有好啵？嫁给你，只能去卖萝卜！"

"我叫我姐姐来求你好啵？你可以去问我姐夫，我是上了温火生的当！我花掉三块银元不假，可我说得清清楚楚，我是欠温火生三块，我要还他的。我冤枉死啦！"

赖全福勃然大怒："我毙你几次的心都有，你还敢喊冤！那四十个同志到死还以为自己食的是肉，他们的鬼魂都不会放过你！你等到他们来捉！"

钟长水下半身水淋淋的，风一吹，冻得全身发抖。他用哆嗦不已的声音叫起来："赖营长，要是不把在青石寨缴来的箍子送给李双凤，我会念到再买个箍子吗？"

赖全福一愣，继而冷笑道："吊你妹子的，你的箍子是吊颈箍呢！还想赖到我来？念你是独子，阶级成分好，你爹又是老革命，爷老子饶你一命。念你攻打青石寨有功，我也不把你交给军事裁判所！交给他们，至少判你一年劳役。不，在战场上贪污军饷，你该枪毙！你滚吧，三营没有你！"

钟长水就像落水狗似的，可怜巴巴地紧跟着营长，一路哀求地走进了牛吼河边的李渡村。部队驻扎在紧邻的两座祠堂里，三进的祠堂里，地上铺满了稻草，那就是战士们的地铺。可是，这里已经没有他的铺位。他哭着喊着往祠堂里冲，被两个站岗的战士用刺刀挡住了。他挺着胸膛往刺刀上扑，赖全福火了，从祠堂里跑出来，指着他的鼻子命令道："来人，给我把他的军装剥掉！"

来人正是三棍子打不出一个屁的钟长发。长发瘦瘦的，手劲却大，他从前当过石匠呢。长发阴沉着脸，就像头几天为长水摘领章帽徽一样，猛然出手，嘶啦一声，就把长水的上衣扯开来，几个纽扣蹦得老高，落在地上还跳了几下。

钟长水骂道："长发，你个妹子崽！你跟老子有仇是啵？你不相帮求情，反倒落井下石！你出手这么狠，想表功，还是巴不得我当不成红军？莫让我碰到九皇女，碰到我就告诉她，你做梦都想讨个妖里妖气的广东佬，就是没那个命！你莫以为九皇女当真会喜欢你？做梦去吧！九皇女说，你从小就阴坏，她最看不起的就是你！晓得啵？"

长发在站岗战士的帮助下，毫不犹豫地放倒长水，把他的湿裤子也剥掉了。长发果然阴坏，在剥湿裤衩时，他对着长水的寿狠狠弹了几下。也许，这就是长发回敬长水的语言。

赖全福扔给钟长水一身旧衣服。从此，他就是老百姓了。三营的花名册里，再也没有属于他的名字。三营的大锅饭里，再也没有属于他的那碗薯和芋。他的汉阳造，现在又被长发从长根手里接了过去。他的背包和军装，也换了主人。

可是，钟长水却没有离开三营的驻扎地。他能去哪里哟！回村，整个枫岗都会拿他当逃兵来耻笑，反逃兵突击队的妇女孩子会成天戳着脊梁骨羞辱他，他那脾气暴躁的爹，该举起砍刀来迎接他了。去画眉坳，九皇女更是无法容忍。谁都晓得，他是当红军走的，他只能跟到红军来。赖全福驱逐他，就像撵走一条狗似的。那么，就当一条忠诚于主人的狗吧，远远地跟着主人，时时地望着主人，死乞白赖地缠着主人。钟长水竟然在李渡住下来，夜里随便钻进哪间柴草屋，白天则在渡口帮人扛活，挣些吃食，随时留意着三营的动静。仿佛，他成了孤魂野鬼。

李渡乡苏却拿这个古怪的陌生人当白军探子了。乡苏主席派人盯了他两天后，去报告三营。赖全福说："莫管他，他是我派出的暗哨。国民党大兵压境，形势非常复杂。你们莫乱捉人嘞。"

哪晓得，叫营长这么一说，乡苏主席又动了鱼水之情。他还算是聪明人，情知人家是暗哨，不能暴露身份，于是，他总是在夜深人静的时候，亲自找到钟长水的住处，悄悄地把一些吃食放在柴草屋的门边，再悄无声息地离开。那些吃食有，用蒲草席草袋子包扎而成的饭捎饭，用芋头米粉做的芋包子，用番薯或脚板薯掺米粉做的薯包子，用大米黄豆做的灯盏糕，用大禾米拌碱汁做的黄元米果，乃至肉撮鱼丸和红烧肉。

吃上肉撮、鱼丸和黄元米果的那天夜里，正是大年三十。钟长水跪倒在肉撮、鱼丸跟前，嘴里念念有词。他念叨的是那些牺牲战友的姓名，长贵、长根以及其他。他说："长根、长贵呀，我记得埋你们的地方，三年后，我会去给你们拣金，带你们回家，回枫岗去。我要请三僚的风水先生帮你们寻到龙穴来。葬在龙穴上，钟家子孙就会发。长根，你是孤儿，莫怕，往后我有了崽，也就是你的崽。我叫他给你立碑。长贵，你莫伤心，你其实有老婆嘞，薯包子过两年就长开啦，等我爹放出来，我叫他好好照顾薯包子。薯包子的名字蛮好，薯包子是脚板薯做成的，要不是你家养到她，她早就没了命。长根、长贵，来食肉食鱼吧，这两碗好菜我留到来，留到你们食光。这是赖营长派人偷偷送我的，赖营长把我赶出三营，他是心里为你们难过。我晓得。你们托梦告诉他，我晓得他的心，这辈子我跟定了他，跟定了三营。他赶不走我呢。"

没几天工夫，鱼水之情就把钟长水养得又白又壮。乡苏主席偶尔跟他打个照面，眼里便漾起诡秘而自豪的微笑，笑得长水浑身上下不自在。他想，该不是这位乡苏主席认出了自己是枫岗乡苏主席的儿子吧？忽然间，他牵挂起爹来。爹肯定会被放回家过年的，他是老革命呢。也许，赖营长之所以没有更为严厉地处罚他，并暗中关照着他，正是念着他是老革命的独子。

这么一想，钟长水胆子也壮了，他要再次请求营长。火头过去，营长不是已经心软了吗？那些吃食证明营长是个有情有义的男人。

从前，李渡码头是个商贾云集的热闹去处。舟楫往来，由牛吼河入贡江走赣江经鄱阳湖和长江，可直往南京上海，卸下的是布匹、食盐和洋油，装走的是竹木、席草和粮食。现在却是因战事而萧条了，三三两两的船只，只是在登贤县城和李渡之间行走，为商贩运送着从城里采买来的日杂百货。钟长水在替人卸完一条船后，忽然看见赖全福站在码头边的汉帝庙前，正朝自己招手。他掬起一捧河水末抹脸，赶紧奔跑过去。

赖全福铁青的脸上泛起一抹冷笑："李渡的水土蛮好啊，把你狗屎一样的脸都养白啦。你莫非被哪个丈人婆看中，要娶你做上门女婿？"

钟长水眼里潮湿了，那是愧疚和感激。他说："营长，现在可以让我回部队啵？这十多天，我难过死啦。当真比死还难过。你的芋包子薯包子比子弹更厉害，那是炮弹，把我的心炸碎啦。我没有心没有魂啦。让我回去好啵？再不让我回去，我就像长根那样，干脆死掉去，早死早投生，我宁愿投胎去做李双凤的崽！"

没想到，一提到李双凤的名字，赖全福眼里竟是一片茫然，嘴角边的冷笑僵住了，好一会儿才融化，融化成悲哀的神色，在整个脸膛上漫溢开去。

"营长，李双凤没牺牲吧？"

赖全福轻轻地摇摇头。凭着营长的神情，钟长水相信她出了事。他继续追问营长。

赖全福酸涩地一笑："芋包薯包养人。我说哪个这么心疼你呀，原来是李渡乡苏李主席。他家还有呢。到他家去食个够，如何？他只有一个女，叫乌妹子，长得倒是桃红水色，十八岁，李渡最标致的那个妹子就是。人家把薯包留到来，盼你去食呢。"

钟长水傻傻地瞪着他，仍在问："李双凤到底有事没事嘛？"

赖全福说："你还没听懂是啵？李主席要招个上门女婿，看中了你。我同意把你留在李渡做革命工作，这里很快就是战区，你可以帮助苏维埃政府做好战争准备，尽快组建游击队。"

钟长水叫道："好笑！我是三营的人，是九皇女的人！给他当女婿？来世再说！来世也不行，我说了，来世我宁愿投胎做李双凤的崽！"

赖全福一把揪住了长水的领口，用低沉的声音咆哮道："你再崽呀崽呀的，我就把你扔到河里做鱼崽子去！"

厄运死死地纠缠着李双凤。她万万想不到，最终确定她是革命罪人的，却是一只银颈箍。

保卫局的曾泰和提着一只挎包，先进了剃头店，把络腮胡子刮得干干净净。接着，一路摸着青青的下巴颏，来到了洗衣队。那些女人正在岸边晾衣服，一排排晾衣的竹篙，挂满灰色的旗帜。风很大，水淋淋的衣服被风刮得啪啪作响，放鞭炮似的。曾泰和把李双凤从飘扬的旗帜中间叫出来，告诉她，她的老情人水蛇崽很可能被击毙了，击毙在罪山上，葬身于孽龙潭，这真是天意啊。

曾泰和隔三差五地来找李双凤问话，从来不敢直视她的眼睛，这回他胆子却大，尖锐的目光盯住她的眼角眉梢。他在观察她的反应。

李双凤的笑涡里这时泛起的是冷笑，她似乎还哼了一声。

曾泰和说："你不信他会死？没错，他的死尸是没有寻到，古怪失踪了。你有什么感想？"

李双凤选择了沉默。这样的旁敲侧击，指向仍是她和水蛇崽曾经的关系。她已经无法忍受这样无聊且无休止的审查。此刻，弥漫在她心头的，却是对赖全福的怨愤。那天，站在水里的她，其实看到了那双在岸边注视自己的眼睛，看到了那个闪到大樟树后、最终消失的身影。那一刻，她巴望着他下河来，向自己伸出双手。所有的手，都在回避她远离她，她再也不会拒绝那双一直渴盼着亲近自己的大手。她甚至准备把在赣州的遭遇告诉他，然后，再坦然地向组织上讲清楚。内心的创伤是只能让心上人晓得的啊！然而，她没有得到机会。曾经那么真诚爱着她的人，居然变成了岸上飘逝的背影！既然，内心的创伤被更加严酷的痛覆盖着，那么，任何结果对她都不重要了。

曾泰和说："你蛮坚强嘛，你对组织咬紧了牙关。你坚决保持沉默是啵？没关系，我带来了物证，物证会帮你说事，物证是个多嘴婆，你就省到口水来。"

他亮出了提在手里的挎包："李双凤，没想到吧，你深藏在沙滩下面的东西爬了出来，它是河蚌啵？"

李双凤瞄了一眼，依然不做声。挎包又能说明什么呢？她根本就没有打开便丢掉了，把它埋在沙子里，为的就是丢掉关于青石寨的记忆。可是，她不晓得，事后好心的余红英把它挖了出来，悄悄替李双凤珍藏着。余红英晓得挎包是赖全福的，她本来准备等到他俩结婚时再还给双凤姐的，好让他们惊喜一番。余红英时常偷偷拿出挎包里的银颈箍，用自己感动的泪水哺养着上面的吉兽。然而，自从李双凤离开师部宣传队去接受审查后，余红英被这只挎包吓坏了。她曾多次鬼鬼祟祟地跑到牛吼河边，想丢掉它，总觉得背后有眼，只好作罢。近日，她得知组织经审查认定李双凤是阶级异己分子，鬼捉一般，她立刻变得大义凛然，毫不犹豫地把挎包交给了曾泰和。连正在和她谈恋爱的徐营长也没能拦住。徐营长说："这么年轻标致的妹子从城里跑到苏区来参加革命，就算有点问题怕什么，嫁给革命军人改造她嘛。你这么多事，说不到要连累老赖呢。"余红英却生气了："你食着碗里的又望着锅里的是啵？你想改造她是啵？她的眼睛是埋人的窟呢！你们男人其实都巴不得被它埋掉，是啵？"

李双凤愣愣地看着曾泰和。那木然的眼睛里，似含有几分期待，期待着一种结果。

曾泰和的眼神又乱了，他微微偏转脸，避开她的目光，清了清嗓子，很严肃地问："挎包是赖全福的，挎包上有他的名字。里面的箍子应该是水蛇崽送给你的啵？"

李双凤终于开了口："我根本就不晓得箍子的事。挎包我没有打开，就丢到了河下。我已经不是女人，不能跟赖全福结婚，我要他的挎包做何用！"

曾泰和讥嘲道："不晓得？这么精致的银颈箍，你没有见到？这是在赣州城顶有名的银器店里打的，这是水蛇崽对你的心意呢，上面镶着这多吉兽，除了送子麒麟、鲤鱼和兔子，里面还有一只猴子，你属猴是啵？箍环上缠着一对凤凰，你不是叫双凤吗？连李的意思都有，这个钮钮子，像熟透的李子呢。你说没见到，却把它丢掉，要是水蛇崽晓得，会伤透了心嘞！不过，你也难呀，不丢掉，你早就暴露啦。你当然要把这只银颈箍丢掉。"

曾泰和把李双凤带到了保卫局，经过夜以继日的盘问，大致梳理出这样的关系脉络。李双凤对水蛇崽是有感情的，她投奔苏区的动机本来是为了寻找水蛇崽，得知他欺男霸女为害一方，这才死了心。参加革命工作后，她与水蛇崽没有任何来往。但是，水蛇崽一直想搞到她来。那次宣传队的队员被捕，水蛇崽本来是冲着李双凤去的。水蛇崽不是到处送喜帖吗？水蛇崽又想讨老婆，引起小老婆的不满，便疯狂地迫害李双凤。而银颈箍证明，水蛇崽蛮喜欢李双凤。李双凤跟敌靖卫团长有着这样复杂的关系，那么，混进革命队伍必定有所企图。何况，李双凤的阶级成分是资本家。

李双凤虚弱地辩解道："好笑！水蛇崽把我折磨成这样，我们是情人？我们是不共戴天的敌人！"

大约曾泰和也被自己的推理分析绕糊涂了，他不再纠缠银颈箍，而是理直气壮地指出："据揭发，有次刷标语，打倒国民党反动派，你故意把党字丢掉。你还仇视无产阶级要醒齁这条标语，你为什么疯狂地涂抹这条标语？当然，苏区正在大张旗鼓搞卫生运动，这条标语看来有点'左倾'的味道，可是，仔细分析，哪个喜欢醒齁，哪个喜欢疥疮，标语表达的是红军不怕任何艰难困苦的意志跟精神。你想抹黑这种精神，是啵？你晓得啵，我们蛮多官兵对此反应强烈。他们说，工人挖煤挖砂，农民犁田栽禾，士兵冲锋陷阵，一身煤一身泥一身血，正是无产阶级的标志呢。"

这时，叫李双凤难以忍受的，已不是所经历过的痛苦，而是浑身长嘴也无从辩解的误会和偏见，而是可能一辈子也无法摆脱的怀疑、轻蔑，甚至敌意。多么奇怪又可怕的敌意哟。敌意好像就是从对她的身体的歧视，慢慢繁衍发展起来的。

李双凤沉默着接受了这一切。她甚至承认，自己和水蛇崽的确是情人关系，那只银颈箍就是水蛇崽送的信物。她怕再这么追究下去，又把赖全福杀土豪婆的事带了出来。银颈箍一定是那个土豪婆。那是赖全福为她报仇雪恨的战利品，也是他的祈愿呢。

李双凤被判一年劳役。押着她从裁判所出来的时候，曾泰和跟在后面喃喃的，说了很多奇怪的话。他说："山雨欲来风满楼呢。外敌挑拨离间，内鬼造谣生事，形势这么严酷复杂，什么事都有可能发生。有些蛮大的首长也出了事，撤职挨批判嘞。这个结果对你来说蛮好，晓得啵？"

李双凤回转头，竟看见一双躲闪不及的泪眼。没有泪珠，只有潮湿的闪光。与其说那是泪水，不如说那是一种心情。疼惜且歉疚的心情，同情而无奈的心情。也许，只是漫不经心的宽慰吧，然而，即便如此，它对于充满冤屈的心灵，仍是一种无以言表的温暖。

李双凤淡淡一笑，不觉间，那微笑被泪水润湿了。

几天之后，赖全福得知了李双凤的消息。他疯了似的一个劲念叨："好笑，蛮好笑。水蛇崽要是没死，会被你们笑死来，我们莫打仗啦，让敌人自家去笑死来。"

他不阴不阳地笑着，把个正在吞咽薯包的钟长水，从李主席家里拖了出来。长水嘟哝着说："营长，李家妹子长得当真蛮客气，可我有九皇女嘞。让我回三营好啵？打青石寨，我算有功之臣吧？水蛇崽又被我击毙了，我敢打赌，他保证死掉啦！说他没死，这久怎么没他的动静？他被神蛇食掉了嘞！"

赖全福骂道："你个背时鬼！你吊颈鬼托生是啵？你的箍子害死了蛮多人，你晓得啵！走，跟我吊你那个鬼舅子去！"

赖全福是坐船去县城的。在船上，他始终紧紧地抓住长水的胳膊，好像怕其会跳河去做鱼崽子似的。由他的骂骂咧咧，钟长水听懂了，自己又惹祸了，银箍子又惹祸了。不过，长水并不紧张。他甚至宽慰营长道："杀土豪婆是我放的铳，箍子是我抢土豪婆的，是我把箍子送给双凤的，我为何送箍子给她？上面有吉兽呢，茶不空树兔不空肚，鲤鱼多子，麒麟送子，龙凤呈祥，我祷祝她将来子孙满堂。"说着，钟长水竟是涕泪纵横。

赖全福也是。站在船舱里，两个男子汉相拥而泣，把各自的泪水，涂抹到了彼此的脸上。

可是，这一去，赖全福竟没有回来。他被曾泰和扣留了。泰和子对钟长水说："他是自投罗网呢，省得我们跑路。什么罪过？不轻呢。面对敌军大兵压境，他违抗上级指示，忽视敌人的进攻，两次擅自进攻，导致三营损失惨重，这表面上的进攻，真实目的是为了放弃阵地赶紧逃跑！这是右倾机会主义的罪行！我们还从水蛇崽藏身的真君阁里发现了登贤各界捐助县靖卫团铲共功德簿和水蛇崽写的劝降书。经调查，功德簿登记的财物是水蛇崽抢来的，他登记在册并故意留给我们，是想迷惑我们，让我们犯错误。可那劝降书有名堂嘞。他跟赖全福称兄道弟，说到青石寨钟家大屋厨房地下还埋着金银财宝，那些财宝就送给赖全福。我们去挖，当真有。赖是否肯反水都不晓得，水蛇崽为何先把藏宝地点告诉赖？仅仅为了感化赖全福吗？"

钟长水急得哇哇叫："泰和子，你娘被水蛇崽杀掉，晓得啵？你娘死掉都不管，就晓得整人是啵？"

泰和子黯然神伤。惊闻噩耗，他匆匆赶回家奔丧，当天安葬娘，连夜就走，居然没有时间守护娘的亡灵。此刻，他抹着泪，哽咽道："长水，你不晓得嘞。所有敌人都跟水蛇崽一样，既恶毒又狡猾。明里，是枪对枪刀对刀，暗里的斗争更加残酷。在这样的形势下，我们的阵营也不平静。像火烧屋一样，我这多天忙得死，到处跑，抓反革命，抓叛徒，还有贪污腐败分子。有个营政委可恶啵？他私吞打土豪的金戒指八只，表三只，款子三十五元，在犯人释放时私罚大洋十元私用，还克扣士兵伙食大洋十七元，司务长买米弄错数，竟被他捆绑起来拷打，吓得全营士兵大为恐慌，蛮多士兵因此逃跑。对这种故意破坏苏维埃法令和红军纪律的反革命分子，必须受到严厉制裁。这种案子好办，事实清楚，证据确凿。有的案子理不清，你爹就是难剃的瘌痢头，群众有保的有告的，吵得县委县苏也难办，便请示上级。好在上级念他是老革命，这才没事。你看，是是非非，真真假假。几难哟，有时我也会犯迷糊。我们只能睁大眼睛来。"

爹的消息，不仅让长水放下了一件心事，也给了他一个信念。赖营长是赫赫有名的红军战将呢，他也会安然无恙的。

钟长水便要跟他说说银颈箍。哪晓得，曾泰和脸一沉，喝道："莫说啦！李双凤已经判掉啦，这是最好的结果。"

正月里，李渡有放添丁炮的习俗。全村去年喜添男丁的人家，要在元宵节这天举行割鸡仪式，拜神，杀鸡，敬祖，燃放添丁炮，游灯，仪式得从一大早闹腾到夜晚。那些鞭炮，是添丁户的亲戚好友登门送来的贺礼。

钟长水也去买来了两挂箩口大的鞭炮，拆封解开，往长长的竹篙上缠绕。帮着他抬起竹篙的，正是乌妹子。乌妹子说："人家添丁才放炮，你放炮听响是啵？"

李主席则笑眯了眼，说："崽啊崽，你是不晓事的后生子嘞，你急什么急！等到明年来，等到你们归亲生崽，乌妹子舅舅就有七八个，堂的表的哥哥几大桌，一家送一挂鞭炮，也要炸他个天翻地覆。你们好生等到来。"

显然，李主席已经拿他当上门女婿了。乌妹子满脸通红，偷偷瞥了长水一眼。长水接住她的目光，慌忙转过脸去，对着李主席说："我帮别人放，她也是你们李家妹子。添丁户放炮，是贺喜，我是求神，祷祝她开花结子呢。"

李主席乐呵呵地说："也好，也好。我们闹革命，也要革旧习惯的命。好多老古事，现在不作兴啦，有些是封建迷信，更要革掉来。放添丁炮，先要割鸡，我去抓只公鸡来。乌妹子，给我打帮。"

乌妹子家里只剩下一只打鸣的公鸡。养的一窝鸡，连生蛋的母鸡，都被乌妹子炖成鸡汤，喂给了三营的伤病员。所以，那只公鸡对她怀有深仇大恨，见她来抓，不但不躲不逃，反而斗鸡似的，作怒发冲冠状，瞄准伸向她的手便啄。连连被公鸡啄了几下后，忍住痛的乌妹子眼疾手快，鹰爪一般，猛地攥住了再次攻击她的鸡头。

"乌妹子，你蛮烈嘞。"钟长水说。

他盯着乌妹子，浑身上下地打量了一番。这还是他第一次这么仔细地看她。乌妹子迎着他的目光，莞尔一笑。

李主席让长水高举着公鸡，跟着自己前往他那个房派的分祠。乌妹子也跟在后面，但她没有进祠堂，只在门外看着。这时候，女人是不能进祠堂的。

添丁户陆续来到这座分祠。这个房派，去年有四户人家喜添新丁。前来敬祖的，是添丁户的家人和至亲，均为男性。领头的，高举公鸡，随后的，或背上斜插护丁烛，或端着烛台，或提着盛有供品的竹篮。一阵鞭炮声中，举鸡的男人祭拜祖先，其他人用护丁烛引祠堂里的烛火，点燃自己带来的香烛，插于堂前。添丁户看见李主席领着个在码头上扛活的后生来敬香，都好生奇怪，也不敢多问，只是交头接耳，窃窃私议。

祭过分祠，添丁户来到码头边的汉帝庙旁边，依次入庙割鸡。割鸡以铳响为号。一声响铳，便有一位男丁举鸡提刀疾步入庙，一竿缠绕鞭炮的竹篙紧随其后，在庙门口点燃。男丁在神案前杀了鸡后，提着鸡出门，由庙后跑回自家。他们要回家褪去鸡毛，稍煮后涂上红色。然后，端着烛台，提着盛有红公鸡、香烛等物的供品篮，在村口集合，列队走河堰过山冈，再沿着正对李氏总祠的田埂，进入总祠祭拜。

钟长水只能等到最后割鸡。李主席将缠着鞭炮的竹篙竖在庙门口，准备点火。长水则一手高举公鸡，一手提着菜刀，应着最后一声铳响，冲进汉帝庙里。鞭炮炸响了。这座庙里，没有菩萨塑像，上方墙上写着的汉帝菩萨四个字，就是菩萨的象征。长水对着上方拜了三拜，对着手里的公鸡便是一刀。

一对扑搧的翅膀，惊醒了冥冥中的神灵。一行新鲜的血迹，铺成了一条啼血的生命之旅。

他想，被关在县城里的李双凤和赖全福，应该能听到他的祷祝。叩拜着神灵；他可是暗暗向汉帝菩萨许了愿的。眼下只要他们平安无恙，来年他要请戏班子唱它三天三夜的酬神戏。要是神明保佑他们喜结良缘喜添新丁，他哪怕四乡乞讨，也要搞到钱来，把这座简陋的庙宇修一修，为汉帝菩萨重塑金身。

傍晚时分，全村各房派共十余户添丁户不约而同地涌向李氏总祠，准备一起燃放添丁炮。钟长水把剩下的那挂鞭炮也扛到了总祠门前。几十挂鞭炮几乎同时点燃了。钟长水点燃自己的鞭炮，却没有离开。他就站在几十挂鞭炮共同编织的火树银花里，呆立在爆炸的内部，硝烟的中心。四面飞来的爆竹屑炸得他脸上生疼，耳朵嗡嗡作响，硝烟则呛得他咳嗽不止。李主席屡次上前拉他，他都不肯动弹。李主席说："崽呀崽，你莫不是傻子崽啵？去年添丁户少，正月里鞭炮就少，要是多呀，鞭炮会把你炸死来。"

乌妹子冲上前去，用自己的后背挡住那横飞的爆竹屑，护着他的脸。两张脸，紧紧相挨。长水愣愣的，不晓得是被震耳欲聋的鞭炮吓傻了，还是被她那明亮的大眼睛迷住了。那双眼睛充满好奇，也闪烁着几分爱慕，几分疼惜。

乌妹子说："傻瓜！想起金鸡堡战斗是啵？我在红军医院里打帮晓得嘞，有的伤员也是这样，天不怕地不怕，就怕鞭炮。"

钟长水眼噙热泪，摇摇头。接着，莫名其妙地问了一句："李姓村庄都作兴放添丁炮是啵？"

鞭炮燃尽，祠堂门前满地飞红。厚厚的一层爆竹屑。他俩头上肩上也是厚厚的一层。他俩顾自拍打了一阵，接着，又相互为彼此摘去头上残余的纸屑。乌妹子身上的士林蓝布衫，还是新的，却烧了好几个洞。乌妹子捶着长水，带着哭腔抱怨道："就怪你这个死人！你要赔我一件新衫子！"

李家里里外外的活计，都靠乌妹子。李主席曾自豪地说，我的女七岁就当家。她心灵手巧，又泼辣麻利。果不其然，太阳刚刚下山，她就把晚饭做好了。那只先后供奉过家祖、分祠、汉帝庙和李氏总祠的公鸡，竟被她剁成了鸡丁，放了好多红辣椒，爆炒得香喷喷的，端上了桌。

李主席惊叫道："乌妹子呀，你发邪嘞！叫你整只炖，你炸聋了耳朵是啵？鸡头鸡尾到哪里去寻听？你自己钻进去寻到来！"

　　钟长水紧盯住那砵辣椒炒鸡丁，一脸的失望。他已经听说，经过敬祖祭神的公鸡，最后处理是有讲究的，鸡头要给新丁的娘吃，以为褒奖；鸡尾给爹吃，而且鸡尾留有几根羽毛，寓意龙头凤尾，祈望再生个女儿；鸡腿、鸡翅则分别酬谢参与割鸡仪式的主要辛劳者。长水还指望着把鸡头鸡尾留下来，明早送到县城里去呢，他要用美好的祈愿，来洗刷自己带给别人的晦气，安慰自己的良心。

　　乌妹子上齐了菜，才解释道："这是湖南兵教我做的。湖南人爱食辣呢。把鸡肉剁剁烂，多放些红辣椒，味道就能进去。这个菜开胃，好下饭，你们肯定要多食一碗饭。"

　　李主席把砵子拖到面前，嘴里不停嘟哝着责怪着，手上则忙碌开了。他要从中寻找出鸡头鸡屁股来。可是，这并不容易。鸡肉被剁成了渣子，埋在红辣椒里。他必须先把辣椒拨拉到一边去，然后再仔细地辨认每一块肉丁，通过查验鸡皮和骨头的特点，尽可能做出准确的判断。当然，他挑出来的，只能说是疑似鸡头和鸡屁股。

　　翻遍砵子后，李主席忙不迭地把疑似鸡头部分拨到了女儿的饭碗里，疑似鸡尾部分则给了长水。他说："二月十五是花朝节，花好月圆，良辰美景呢，我们就定在这天招郎。你们要先生崽，再生女，长水你就食鸡屁股好啵？"

　　钟长水把碗里的肉拨回到砵子里。他沉着脸说："鸡屁股会有这么多肉？这还叫鸡屁股？这是猪屁股狗屁股！"

　　李家父女大眼瞪小眼。接着，乌妹子咯咯地笑起来："你喜欢食鸡屁股好办。元宵一过，天气暖起来，我多捉些鸡崽子来，到时候，让你天天啃鸡屁股！莫生气嘞！"

　　长水说："刚才我叫你留到鸡头鸡尾来，你聋了耳朵呀？"

　　乌妹子当真没有听到。她耳朵到现在还嗡嗡响呢。

　　钟长水没头没脑地嘟咕着："双凤姓李，是你们李家人，五百年前是一家，说不到，一百年前就是一家。李渡不是好些妹子都叫什么凤吗？我是替她敬祖求神，我祷祝她添丁。晓得啵？我还想把鸡头鸡尾盛在竹筒里，明早送给她。我瞎忙了一整天，你害得我心里头蛮难过。"

乌妹子生气了。她把自己碗里的鸡肉也拨进砵子里，刷地端着砵子站起来："好！不让你难过，我去送给那些湖南佬，医院里那些伤员喜欢食！"

钟长水拦住了她，接着，把扛活挣得的两块银元放在桌子上，轻声告诉李家父女，他要走了。

李主席吃惊地瞪着他："崽呀崽，你反悔是啵？为个鸡头鸡屁股，你就发狠？你脾气蛮大嘞。红军首长想娶我家乌妹子，也不敢像你这样，人家客客气气，还把几根洋烟给我抽。我屋里薯包子芋包子喂大了你的脾气是啵？"

钟长水掏出九皇女的秀发，轻声说："我有妹子呢，这就是她。她爹娘都被水蛇崽害死啦，他哥哥管不到她，她只有我！"

李主席更是恼火："你都到我们李姓祠堂敬过了祖宗。祖灵见到你啦。你叫我怎么跟祖宗交代？几天没见赖营长，他到哪里去啦？我去寻他。你不肯招郎可以，那个红军首长还等到我的女回话呢。可你要留下协助我组建游击队。这是赖营长的命令。你敢违抗？"

钟长水却流泪了："赖营长是为我好嘞。让我回部队，我会受处罚，也会让他想起牺牲的战友，心里难过。我像尾巴一样跟到三营，三营甩不脱。正好，你要人，他就把我派给你。你晓得啵？我是犯了罪的，我贪污了红军的银元。他要是把我送到裁判所去，九皇女晓得就不要我啦，我还不如死掉去！可是，现在连赖营长和李双凤都被捉了起来。我才是真正有罪的人，没有脸面活到世上嘞。我用倒霉的颈箍子，害死了他们！我前世做多了孽！明天一早，我就到县城自首去。"

李家父女是听不懂的。乌妹子凄然一笑，坐回到桌边，埋头吃那砵辣椒炒鸡丁。她被辣得满头大汗，汗珠中肯定也夹杂着泪珠。

李主席劝慰女儿道："往后杀鸡，不管红烧清炖，还是做三杯鸡，千万记得把鸡头鸡屁股留到来。有人喜欢鸡头，有人爱啃鸡屁股。也不怕臭！"

暮色中，李渡的游灯开始了。十多家添丁户的喜字担灯从总祠出发，在五匹竹马的带领下，出了村口，行进在河堰上，然后，穿过河边的田畈，攀上远处的山冈。灯笼为圆柱形，剪贴着金色双喜的灯花，几只灯笼用一根杠子串起，由两三人抬着走。丁与灯谐音，灯是登贤乡村最心仪的道具。

钟长水追赶上担灯的队伍，他抬着别人家的担灯，一路为李双凤祷祝着。在乌妹子眼里，长水手里的担灯越来越明亮，比别的担灯要亮得多。

第八章　阴阳头

　　这该是钟长水一生中最灰暗的日子了。

　　他加入了一支奇异的队伍。一条粗壮的麻绳，串连着这支队伍中的每个人，串连着钟长水、赖营长和李双凤他们，串连着红军的人、苏维埃政府的人和一些土豪反革命。二十多个被五花大绑的犯人，因为那条绳索，没有了身份的区别，没有了红白的界限。那是一条用罪与罚绞合起来的绳索。

　　这支队伍在蜿蜒的山路上蛇行，香樟、苦槠、马尾松混杂的林子里，仿佛因为谁的怂恿而发出愤怒的涛声，林间一丛丛黄栀子、一蓬蓬金樱子，盛开着团团簇簇的白花，沸泪一般熠熠耀耀，显得格外刺眼。杜鹃鸟声嘶力竭的啼号从山脊上沉落下来：狗拖的哥哥！

　　枫岗的男人女人，都喜欢用这句话来描绘杜鹃的啼鸣。这句话背后是个哀婉凄美的民间传说。传说，很早很早以前，在南华山里，有个聪明美丽的妹子和一个勇敢的后生相爱了。他们准备在来年花朝节成亲。后生说，我要下广东搞到钱来，给你做嫁衣。妹子说嫁衣做好了呢。她穿上一件用各种鸟儿羽毛织成的新衣衫，给后生看。后生看呆了。妹子美如天仙。几天后，后生又说："我还是要去搞钱，我要买金耳环银镯子送给你。"妹子戴上了用各色花朵编织而成的花环。可是，后生没有做声，当天夜里竟偷偷走了。妹子认定他准是为金耳环去了广东，自己便在南华山的溪涧里淘砂，淘出了金砂银砂，打好了金耳环银镯子。谁知，花朝节过了，后生还没有回来。等到妹子黑发变白，白牙掉光了，后生仍没有回来。妹子变成了杜鹃鸟，妹子声嘶力竭地啼叫着。她的呼号不是很含混吗，每个人听着能翻译出不同的语义，就是因为她的牙齿掉光了。

　　钟长水心里一阵阵发紧。那声声啼鸣，好像是九皇女的悲号。狗拖的哥哥！你不是去当红军了吗？你怎这样回来哟！九皇女也在南华山深处捡拾着百鸟的羽毛，采摘百花的花朵。九皇女也在盼着哪一年的花朝节呢。她唱过，娇莲十年不变心。

钟长水踉踉跄跄，不断被绊倒。鼓凸的鹅卵石，翘起的树根，甚至路边的藤蔓，都能把他绊倒。押解的保卫分队战士冲过来，忍无可忍地把刺刀对准他的胸口。战士认为他是故意的，他想捣乱呢，制造混乱以便趁机逃跑。

摔倒却是真实的，他的裤子破了，膝盖鲜血淋淋，巴掌被石块切出一个洞，皮肉翻了起来。他扭转身子，让那战士看他反剪在后背的手。那战士给了他一枪托。

跟在长水后面的犯人，是个富农。瘦高个，长得像个白面书生，彬彬有礼的样子，见人微微笑着，不过，那笑意不在脸上，而在高深莫测的眼神里。于是，那微笑因人心境不同，就能读出各种意味。此刻，在钟长水看来，他是讥嘲自己呢。

钟长水迁怒于他，飞起一脚，踢向他的腿裆。瘦高个惨叫着，蹲下身去。钟长水仍不解恨，吼道："胆敢取笑爷老子！混蛋！爷老子是红军，你睁大眼看到来！告诉你，老子犯了错，也还是红军！再笑，我把你那两只狗眼抠掉去！"

可是，战士一把拽起瘦高个，回过头来，又给了钟长水一枪托。这一枪托是严正的警告呢。他们是一根绳子上的蚂蚱，他和他们每个人没有区别，他们共同的名字叫犯人。

"钟长水，你再不老实，我们可以就地处置你！"战士警告道。

走在他前面的，就是赖全福。赖全福用力扯了扯绳索。那是一种语言，是无声的命令，是善意的警示。长水望着他的背影，默默地低头行进。赖全福长长的影子投映在地上，长水紧盯着那晃动的影子，小心翼翼地下脚。他不敢踩到地上的脑壳。

他不断摔倒，也是因为队伍离枫岗越来越近。仿佛，山上的每棵树，树上的每只鸟，谷壑里的每口潭，潭里的每条鱼，都认出了他。还有，突然从树林里蹿出来的一条黄狗，一定是枫岗的狗。它为何发现自己竟停在路边摇着尾巴，一个劲地盯住自己呢？它喉咙里发出的声音，就像一种关切的询问。

出于安全的考虑，这支队伍绕开所有的村庄，秘密穿行在山林间，悄悄地向南华山深处进发。号称千烟之村的枫岗，更是途中需要特别警觉的地方。那里人多眼杂，且去年受水蛇崖蛊惑，至今还有几个地主富农躲藏在山上。接近枫岗时，负责押解犯人的保卫分队队长，决定爬上山顶，沿着绵延起伏的山脊走，以免被藏在某个山洞里的地富分子撞见。

上山没有路。队伍趟着山脚下没膝的茅草和荆丛，钻进山坡上密密的混交林，再攀上怪石嶙峋的山顶。在一座巉岩背后，队长命令解开串连犯人的绳子，休息片刻。借着屙屎的机会，钟长水看见山下的枫岗了。看见了自己的家，九皇女的家，九皇女那间被拆掉板壁的澡屋子。枫岗的炊烟袅袅升起。一座宗祠门前的坪地上，有支衣冠不整的队伍在练兵，那是重新组建的游击队吧？他努力辨认着，终于找到了他爹。他爹大概又在发火，把打黄元米果的石臼高高地举过头顶，又狠狠地砸在别人的脚下。长水几乎能听到他的辱骂。

看到爹，长水心里便有了几分宽慰。爹脾气火爆，再三被群众告发，可他毕竟心向共产党。共产党怎么会搞掉自己人呢，爹不是又放出来了吗？教育一番，爹仍然是乡苏主席。

押着他的战士等得不耐烦了，再三命令他快回来。钟长水理直气壮地说："我还没屙完。我尿泡大！"

那战士扑过来，呵斥道："你一路捣乱！到了画眉坳，看我怎么收拾你！"

"你说什么？我们去画眉坳？叫我们去挖砂是啵？"

"住嘴！哪个说了去画眉坳！老老实实走，到哪里，等上级指示！不准胡说八道！"那战士不小心透露了犯人的去处，情知这会引起犯人的情绪波动，慌忙改口。

然而，覆水难收。钟长水对这个地名特别敏感，那里有九皇女呢。他丧魂落魄般回到巉岩下的阴影里，嘴里一直念叨着画眉坳，失神的眼睛里却是一片茫然和惊恐。赖全福见他这副模样，瞥了李双凤一眼。重新被捆绑住双手的李双凤会意了，走到钟长水身边，柔声说："长水，冷静点。想家啦？判你一年，一年蛮快嘞，你看山上的白花开了，过了热天，就该开黄花红花啦，那是野菊花和油茶花。等不得过完冬天，菜花桃花李花都会开，它们开过，又是满山白花。你就回枫岗啦。当真快！一年就是几次花开花谢。"

钟长水喃喃道："说不得谢！说不得屎！你晓得我们去哪里啵？你不晓

得嘞。"

打铳佬赖全福吆喝道："朱队长，寻块布来堵住他的嘴。他发邪啦！肯定是刚才屙尿，冲撞了山神，他中了山神射出的阴箭。"

负责押解这支队伍的队长，带着敌意瞟瞟赖全福，满脸毫不在乎的鄙夷："山神？莫非是野鬼啵？一个女野鬼呢。女野鬼勾了他的魂呢。你觉得罪还不够重是啵，想搞封建迷信，吓唬我们的战士，好伺机逃跑是啵？"

"混蛋！我叫你堵住他的嘴来！"

"你以为自家还是营长吗？好笑！竟敢命令我。你被撕掉领章帽徽，你被裁判所判了劳役，你跟他们那几个被判的土豪劣绅是一样的！晓得啵？搞清自家的身份来。"

赖全福气得直挣被捆绑着的双臂，立即有两个剽悍的战士扑过去，牢牢地拽住他。他吼道："朱队长，你嘴上没毛，你的寿恐怕也没长毛！不服，你脱掉裤子给大家看看。我以老战士的身份命令你，把他的嘴塞到来！"

朱队长恼羞成怒，捡起一根树枝，冲过去就要抽，可是，赖全福的眼神把他震慑住了。那是一双打铳佬的眼睛，里面填的是土硝、硫磺和铁砂。

钟长水终于道破了此行的目的地。他爆发一般喊起来："赖营长，我们要去画眉坳！九皇女在那里嘞！我这个样子怎么见她哟！我宁愿死掉来。到时候，你告诉她，我是在金鸡堡战死的，跟长根、长贵一起死掉啦。我的头被割掉，身子被烧掉。我变成了灰，一根尸骨也没留到。我被风吹光啦！"

嘶声叫嚷着，钟长水一头向巉岩撞去。却被身边的战士挡住了。

顿时，巨大的巉岩下悄无声息，只有风在林梢上打着呼哨。犯人和押解的战士都惊呆了。迅速反应过来的还是战士，他们晓得这一机密泄露给犯人意味着什么，十多个战士立即拉响了枪栓，用黑洞洞的枪口把犯人们包围在准星里。

接着，那个瘦高个率先哭嚎起来："红军兄弟呀，千万莫带我们去挖砂吧。挖砂会死人嘞。挖砂的窿子是埋人的窟，是妖魔鬼怪的血盆大口，吃人不吐渣子，晓得啵？放炮会炸死人，塌方会压死人，硝烟会呛死人。哪个打锤佬没死过几次哟！死掉都不得好死，缺胳膊少腿，没有完尸，来世怎么再做人哟！"

呆呆的犯人，大多被这哭嚎惊醒了。他们骚动起来。有嚎丧的，有怒骂的，还有挣扎着要跟红军拼命的。朱队长慌了神，声嘶力竭地威胁着，甚至命令机枪准备。机枪就在他自己手里呢。他端着机枪，爬上了巉岩，居高临下地将枪口对着犯人。

确切地说，那不自觉的枪口首先对着的是赖全福。朱队长一接触到赖全福的目光，心头一颤，连忙挪了一下身体，枪口移开了。这时，他才恍然，为什么赖全福要堵住钟长水的嘴。赖全福毕竟曾是身经百战的红军营长！

骚动的局面很快被控制住了。但是，骚动的心，恐怕不是能够轻易制服的。因为，在这支队伍的前方，是巨大的恐怖。

山脊上，只长着矮小的马尾松，稀稀落落的。五月的阳光，已经很毒了，晒在身上火辣辣的。像被松毛虫螫了似的。钟长水全身都汗湿了。狗拖的哥哥！九皇女的诅咒一直在伴随他。他为这锲而不舍的声声诅咒羞愧难当。现在，他只能一步步走进诅咒的内部。

这一惩罚，是钟长水主动讨要来的。他离开乌妹子家后，进了县城，闯入县苏政府。县苏主席眼镜子听说他的来意，哈哈大笑："钟长水，你说是钟龙兴的崽，没错，你当真是他的崽！你们父子怕政府的干部没事干，养得太胖打不了仗？刚放走老子，儿子登门来。你偷奸躲懒，想挣牢饭糊口是啵？"

县苏主席见撵不走钟长水，想了想，便说："你犯事时是军人，不归我们县苏裁判部管，你想自首走错了门。该去你们师军事裁判所，要么就去城隍庙，晓得啵？"

钟长水在师裁判所是这样交代的："听到说，县苏政府贴了公告，妇女发起剪发运动，所有金银首饰变成了废物，贪利之徒争相向群众收买，发到白色区域贩卖。金银首饰可转变成银币，贩卖首饰是和私运银币出口同样捣乱金融。政府禁止私人收买金银首饰，我收买了呢。我在金鸡堡那边的圩上收买了一个银箍子，你们赶紧把我关到来。跟赖营长他们关到一起好啵？"

裁判所在证实此人还算是正常人后，说："金鸡堡那边是白区。政府公告是禁止在红区收买，贩卖到白区去。"

钟长水解释道："我说的那边，不是山那边，而是山这边。靠红区的这边。是岭底圩。"

裁判所笑了："山这边是游击区。在游击区收买是好事，那是捣乱敌人的金融。"

裁判所忽然警惕起来，问："你收买的银镯子，私铸了银币？贩卖到白区去啦？贩卖到白区，或在赤区私铸银币，都要处以死刑！"

钟长水说："我哪里舍得卖哟！我就是想搞到九皇女来，我老早就说，要送她银镯子。"

裁判所越听越糊涂，便要打发他，正巧所长来了，所长听说过钟长水的名字，耐心问明情况后，笑话了他一番。哪晓得，钟长水是认真的。见收买首饰，不能成为惩罚自己的理由，他索性把贪污银元的过程叙述了一遍。听着听着，所长神情严肃起来。到最后，他竟拍案而起："惩治赖全福不冤呢！他果然是个右倾机会主义分子！不服从上级的指示，连革命的政策法令都不要啦！包庇和纵容犯罪，这不是想搞垮我们的军队和政府吗？是可忍孰不可忍！何止叔不可忍啊，连婶子嫂子老妹都不答应！"

于是，钟长水被师裁判所判了一年劳役。两个月间，辗转关了几个地方，最后，他如愿以偿，和李双凤、赖全福在这支队伍里相会了。他的银颈镯害了李双凤。他要找个机会，把自己的悔恨和歉疚告诉她，然后，再找一个机会，让自己永远消失在悬崖下、深潭里，或者随便什么地方。

机会是在太阳快要落山时来到的。西天的几朵乌云，被夕晖撕成了几条镶着金边的黑狗。或者说，一群狗像争抢骨头似的，把夕阳争来抢去的。夕阳在云层里搏斗，用它箭一般的光芒。黑狗狼狈逃窜，夕阳跳跃着，又出来了。那一刻，天地一片血红。

队伍正要离开山脊，准备到半山腰的密林里宿营。红彤彤的李双凤，惊奇地仰望着绚丽的夕照笑起来。她的笑容比晚霞更美丽。接着，她低下头来，痴情地望着被夕照染红的金樱子花丛。花丛中，一对硕大的蝴蝶翩翩飞舞，那么妖媚地飞起来，飞向她。她一动也不动，带着恬静的笑意召唤那红色的精灵。要不是山风拂弄着她的头发，也许，蝴蝶会在她头顶上落下来小憩一阵。蝴蝶有红色的吗？别是黑蝴蝶被夕照染红了吧，就像金樱子花一样？

因为李双凤，整个队伍都停下来。她身边的战士伸手推了她一把，厉声呵斥："快走！"

钟长水豹虎子一样，就要扑向那战士。可是前后的绳索牵牢了他，他只能做徒劳的挣扎。于是，他狠狠盯住那战士，叫道："解开来，我要屙尿！"

　　朱队长过来了，嘟哝了一句你屁屁蛮多嘛。可是，当他瞄见赖全福严厉的眼神时，马上就为自己嘴上没毛而心虚了。他沉着脸，挨个审视犯人，又四下环顾一阵，这才命令战士解开绳子。也许是看见大家累得筋疲力尽，衣服都粘在了身上，他动了恻隐之心，索性让战士解开那些倒绑着的双手。

　　钟长水得以挨近了李双凤。长水说："李双凤，我把你害死啦。我看到箍子上有吉兽才给你的。吉兽能保佑你嘞。哪晓得，那些吉兽原来是凶兽！我恨死了自家！我要去死掉哭！"

　　李双凤凄然一笑："长水，你好傻。怪不到箍子，怪不到你呢。你看，这对蝴蝶，是红的还是黑的？现在看，是红的，对啵？可它们是黑的。晚霞把它们染红了。晚霞散掉，它们就露出了真相。我也有真相呢。我的真相大概是出身不好吧，大概跟水蛇崽有牵连吧？我都不认识自家啦。"

　　长水几乎是带着哭控说："双凤你是好人，赖营长也是。我在李渡替你们放了添丁炮，还到汉帝庙里去割了鸡。"

　　蝴蝶翩翩起舞，向他们脚下的一汪水潭飞去。蝴蝶也许想回家了，它们的家在潭边的野花丛中。满天红光消失了，天也暗了下来。暮色里的蝴蝶果然是黑色的。李双凤循着黑蝴蝶的路线，哧溜哧溜地往坡下滑去。持枪的战士只当她要找个隐蔽处解手，吆喝一声不许走远，不再紧跟她。这时，她突然像一只山鹿蹦跳着，敏捷地扑向潭边，未及人们作出反应，就听见哗啦一声，她纵身跃入了水潭。

　　一片惊慌的吆喝。钟长水看见朱队长刷地掏出驳壳枪，他惊呼一声李双凤，闭上了眼睛。但是，他听到的却是赖全福雷鸣般的吼声："姓朱的，你敢开枪我拧断你的脖子！"

　　赖全福用他那以野猪肉豹虎肉豺狗肉雕塑而成的身体，顶在那黑洞洞的枪口上。两张充满敌意的脸对峙着。这种大胆的对抗是执法者的尊严所不能允许的，尤其是在犯人的众目睽睽之下。可是，嘴上没毛的朱队长，畏惧眼前这张毫无愧色的脸，畏惧赖全福扬起的一对铁拳。那被勒出一道道凹槽的胳膊，愤怒得肌肉鼓凸。

　　"她要逃跑嘞。你看，她不见啦！"朱连长神色慌张地说。

　　赖全福骂道："扯淡！巴掌大一口潭，前面是十多丈高的瀑布，她往哪里跑？叫他们看牢那些土豪反革命吧。她是红军战士。你给我记着来，我们到什么时候都是红军！你不相信我们，再敢拿我们当敌人，就休想把队伍带到画眉坳！爷老子不答应！"

钟长水冲到潭边，呜呜地哭起来："营长，她要寻死。你们快跳下去救她！我水性不好，你们哪个快跳！"

水面上浮起了她的秀发。崖壁上细细的瀑布，好像就是为了等着她，才变得这么柔情的，潺潺湲湲地顺着崖壁淌下来，像两行泪，默默地顾自流着。它痛苦，却坚忍。它屈辱，又豁达。

李双凤露出了脸。像一尾鱼，仰望着自由的天空，呼吸着山林里的花香。又像那对蝴蝶，徜徉在自家的庭院。

赖全福对着朱连长说："叫所有人走开，到林子里去。听到没有？是男人，统统滚开！"

朱连长迟疑片刻，还是令战士把犯人全都赶进了树林里。赖全福也不例外。不过，他离水潭很近，他听得到哗哗的水响，闻得到她的气息。他忍不住磨转身体，透过枝叶间的空隙，去窥望她的身体。他看见她背对着树林，解开了上衣。她使劲搓揉着自己，搓揉着那些疤痕。她本身就是一个斑斑驳驳的伤疤，就像一块嵌着螺贝的化石。星星点点的螺贝，来自海洋吧？

树林里有一座寮棚，不晓得是哪个搭的。木客，打铳佬，割松脂的，都有可能。钟长水钻进去，竟在一堆茅草下面，踢到一个硬东西，捡起来一看，竟是鬼子膏。他仔细辨认了一会儿，再嗅了嗅。他爹说他像枫岗的狗，他有狗鼻子呢。凭着香气，他敢断定这就是自己藏在古樟树洞里的那块。出鬼了啵，鬼子膏怎么会跑到山上来？

钟长水又惊又喜。突然间，他举着鬼子膏，箭一般朝水潭射过去。朱队长连声警告，也没能喝住他。他甚至回过头，冲朱队长笑了笑，他用挑战的微笑期待着一声枪响呢。

朱队长终于将枪口指向深邃的天空，扣动了扳机。"啪啪"，威严的两声枪响，划破了山林里的寂静，在这些耻辱的心灵里划下了滴血的创痕。

钟长水僵立在半道上，中弹一般。而李双凤却毫无反应，仿佛沉浸在遥远的岁月，遥远的大海。她嫣然一笑，是笑沁凉的潭水，笑那对终于不见影踪的蝴蝶。

直到被战士揪住，钟长水才醒过神来。他暴跳着，破口大骂："我吊！你们真敢开枪呀！爷老子是红军，你们当我是白狗子是啵？爷老子把鬼子膏给她不行吗？有种的，瞄准我身上打呀，我巴不得死掉去嘞！说把你们听到来，这两天不枪毙我，爷老子肯定要逃跑。爷老子决不去那个埋人的画眉坳！"

"长水，把鬼子膏扔过来！"这声音轻轻的，静静的。

李双凤从潭里爬上岸来，甩着水淋淋的头发，抖抖粘在身上的衣衫。她捡起钟长水扔过去的鬼子膏，重新回到水中。现在好了，她能用鬼子膏把自己洗得干干净净了。她从没用过鬼子膏呢。

她问："长水，你怎么会有这洋货呀？它是日本鬼子的，还是美国鬼子的？"

回答她的，是越来越深的暮色。从水潭里出来的李双凤，带着一种淡淡的奇香。整个山林，整个夜晚，都被这丝丝缕缕的香味浸润着。也许，这奇香具有宁神的功效。两个多月了，赖全福从没像露宿山林的此夜睡得这么香甜。他打起了呼噜。其声响酷如某种野兽，比如野猪及其他。

远远地，已经可以看到画眉坳。那里的山，草木稀疏，怪石嶙峋，一眼望去，那片山体像一匹匹伤痕累累的困兽。在钟长水眼里，那是一匹匹凶兽呢。它们的每一处暗影，都像九皇女的眼睛。狗拖的哥哥！它们会因九皇女绝望的诅咒而惊醒，恶狠狠地扑向他，撕碎他。

钟长水等待着可以逃跑的时机。那些土豪反革命大概也是因为看到了画眉坳山坡上貌似窿口的黑影，内心恐惧顿生，有的高呼要屙尿，有的索性赖在地上不肯走。朱队长训斥了一阵，便命令队伍下到山窝窝里休息。但是，那根长长的绳子却没有解开来。

押解犯人的红军战士如临大敌一般，四面围住这个光秃秃的山窝，那挺机枪架在犯人的头顶上。朱队长站在机枪旁边，清清嗓门，高声宣布："现在，我要执行上级命令，给你们剃头。你们是犯人，犯人就要像个犯人的样子，莫想逃跑！从反革命犯开始！"

二十多个犯人都愣愣的，不知怎么回事。他们好些人不停地摩挲自己长长的蓬乱的头发，竟感到十分新鲜。他们的脑壳太臭了。他们撩起的汗臭味，充斥在这个不透风的山窝里。有人竟说，好嘞，我头上是虮子窝，端掉它凉快。

然而，当他们看到第一个剃好的脑壳时，一个个眼睛发直，脸色苍白，都震惊了。那个反革命分子的脑壳由前至后被剃去一道头发，宽阔的一条白色，将脑袋划分成两个黑色的半球。那人抱着脑袋，央求道："帮我剃光来好啵？这叫什么头？这叫我怎么见人？"

握着推子的战士斥道："反革命还想见人？好笑！没叫你们见鬼去，要感谢政府呢。"

剃头推子挪到了一个胖子面前："曾东华，低下狗头！"

那个叫曾东华的，拼命挣扎，牵牵绊绊的，把捆绑在他左右的两个犯人都拉倒了。被战士控制住后，曾东华仍踮脚昂头，挺起胸膛抗议道："士可杀不可辱！你们杀掉我才好嘞！早先你们不杀我，我还说红军的政策好嘞！好我个寿！你们这是侮辱人格。叫你们首长来！"

战士晃着推子说："它就是首长，它开口了！你的头发结砣砣，莫把首长的牙崩掉啦！"

果然，"首长"好不容易才咬住虬结着草屑蛛丝鸟屎的头发，咔嚓咔嚓，由前至后反复犁钯了好几遍，才在他的脑壳上打下一道鲜明的标记。画眉坳一带的山坡上，布满挖砂的窿子。挖砂的人，有四乡及邻县的农民，有流落到此的北方佬、湖南佬、广东佬，也有红军战士组成的挖砂队，而今，又添了这批犯人。犯人也成了打锤佬！而这道印记，就是打锤佬之间的界碑！多么扎眼而惊悚的界碑！

被缚住双手的曾东华疯了似的，倒在地上，拿个脑壳就往裸露出来的岩石上蹭，他想刨芋头呢，把自己刨得光光的。他的努力显然是徒劳的。

等到地主反革命的脑壳剃好，就该轮到红军犯人了。剃头推子走向钟长水。

钟长水望着那些已经完成的阴阳头，痛苦得恨不能撕碎自己。他看见土豪劣绅们正把脸转向自己，在那些肥得流油或瘦得打褶的脸上，分别带着刻薄的嘲讽，同病相怜的抚慰。这对他是最严厉的鞭笞，他麻木的心灵因为这狠狠的打击而惊醒了。长水声嘶力竭地叫起来："不，我是红军！你们不能这样，枪毙我吧！我死了也是红军的鬼！我宁愿做红军的鬼！"

他一头朝那战士撞去，撞向那只推子。推子的刃口正好戳在他的额头上，血汩汩地流出来，流进了他嘴里。他呸呸地把掺着鲜血的口水，吐到了那战士的脸上。另外两个剽悍的战士猛扑上去，把钟长水结结实实地摁在地上。

也许是看到红军犯人反应特别强烈，赖全福叫道："混蛋！竟敢拿我们当敌人，总有一天老子出去崩了你！要剪，先剪我，有种吗？有种的，就过来！"

朱队长从高坎上跳下来，一把夺过战士手中的推子，却是迟疑着挪到了赖全福身边。他努力挤出一个难堪的微笑，轻声说："赖全福，赖营长，对你不起。你们要去挖钨砂，到那里还是要剪的！那里人员混杂，有些窿子相连，情况也复杂。为了防止犯人逃跑，我们必须给犯人剃头。晓得啵？"

这声音细微得只有赖全福能听见。说罢，朱队长咬着牙摁住赖全福的头，冰凉的推子落在了赖全福的前额上。

"放过她！她是女人！晓得啵？"

赖全福的声音也很轻。他在跟朱队长在谈判呢。

男人女人，到了这里一样是犯人。朱队长嘀咕道。

顿时，这个打铳佬，这个威震敌胆的红军营长像一匹行将被激怒的狮子，咆哮在喉腔里涌动着，似乎一瞬间就要爆发，而那双属于铁铳属于钢枪的眼睛，则放射出鹰隼般的凶光。

朱队长心里发慌，连忙贴着他的耳朵说："我会留到她来。说不得，说了他们会造反。先把他们剃掉。好啵？"

这时，朱队长灵机一动，把推子挪开了，挪到了耳朵后边。他说："这样好啵？你们左右剃一道。左右要好看些。你们到底当过红军，跟那些反革命要区别对待。"

他是犯人，他是当过红军的犯人！只听得咔嚓咔嚓的一阵声响，又厚又长的头发一团团落在地上。赖全福和钟长水他们几个红军犯人，果然享受到了与红军不共戴天的敌人所不同的待遇。那些土豪反革命是从前往后开瓢一般剃上宽阔的一道，而红军犯人都剃成了从左至右的阴阳头。左右真的要好看些，两只耳朵之间打了一个箍，那是银头箍呢。而且，剃痕细细窄窄的，头发长的，多少能有所遮掩，不甚鲜明了。

山窝窝里，一团团的黑头发。李双凤带着苍白的笑意望望地上，坦然地扬起脸来，准备承受难以避免的惩罚。她蓄着齐耳的短发，被山泉洗净的秀发蓬蓬勃勃的，显得格外茂盛。在阳光下，那秀发闪烁着金属的光泽，像钨丝，仿佛，一旦接上电就是灯火通明。脸颊边，有一绺发梢调皮地钻进她的口中。她含着它们，用双唇拥抱它们，用舌尖亲吻它们，用牙齿紧拽它们。她把全身的力量都聚集在牙关上，它们好像是她心房里的贵客。这时，那对大而亮的眸子里，颤动着美丽的忧伤。

竟也奇怪，山风吹不进来的山窝窝里，突然来了一股旋风。旋风好像就是为了收拾地上的碎发而来的。一团团的头发，被旋风抓起来，扬开去。丝丝缕缕的，散布在空气中呼吸里，飘落在每个人汗湿的脸上。痒痒的，却又没法抹去。

曾东华歪着脑袋，用肩头擦着脸。鼻孔边不痒了，可眼里的发丝却怎么也弄不出来。他骂骂咧咧。好些犯人都被碎发迷了眼，他们也跟着吆吆喝喝。曾东华眯缝着一只眼，瞟见李双凤那被旋风吹乱了的秀发，突然大叫一声："她不是犯人吗？她跟我们罪一样重呢！岂有此理。她判一年，我也是一年。既然如此，我就要请问你们首长了，她怎么可以不剪？叫你们首长来！"

经他一挑唆，大多数犯人都跟着起哄，包括红军犯人。他们有的是半年监禁并罚劳役。他们嚷嚷着，竟不约而同地围向李双凤，一双双眼睛里燃烧着妒火。

被那根串连他们的绳索牵扯着，像拔河似的，赖全福和钟长水使尽气力也斗不过他们，他俩无奈地被众人拖着。朱队长一见那阵势，不禁有些心虚了。他也怕首长呢。他擅自为这屁大的事情放过李双凤，引起犯人骚乱闹事，天晓得首长会怎样恼火。

他举着推子，走向李双凤。他瞄见了赖全福和钟长水的脸色，那是两张布满发丝的脸。旋风远去了，可是，好像所有剪下来的头发都粘贴在他俩的脸上。他俩的眼睛藏在网一样的碎发里，仇恨燃烧在比黑发更黑的眸子里。

李双凤目送着那股旋风。一对黑蝴蝶追逐着，沿着她的视线翩翩飞来。一只降落在她头发上，另一只环绕着她飞舞，总也不肯栖息。它们该是昨天的蝴蝶吧？

朱队长来到她面前，一挥手，撵走了那对蝴蝶。李双凤眼里涌出了盈盈泪水。一眨眼，泪水就干涸了。在她眨眼之间，仿佛整个世界都听到了她的心跳。她高耸的前胸挥动着被树枝剐破的一角衣裳，袒露出胸前的一块洁白。那块洁白上，星星点点的疤痕依稀可辨。

几乎和赖全福的怒吼同时，朱队长大叫一声："我吊，推子坏啦！"

只见他奋力一掷，把推子抛了出去。落在远处的推子像一颗手榴弹爆炸了，飞起来的却是一大群黄蜂。

钟长水松了一口气。曾东华见状又抗议起来，刚才起哄的那些犯人也在帮腔。顿时，周围一阵拉枪栓的响声。所有的枪口，恶狠狠地对准了犯人的队伍，也包括钟长水和赖全福。钟长水惊愕地看着这场面，心头突然涌起一股矛盾的感情。他不知道自己该为李双凤庆幸，还是为她悲哀。银颈箍到了自己手里，真是吊颈的箍嘞！他对不起李双凤，对不起在金鸡堡牺牲的那些战友，更对不起九皇女。马上就可能要见到九皇女。九皇女肯定会从这支队伍中发现自己的！

他直勾勾地盯住赖全福的脑壳，想象着自己头上的那道箍。那道箍像报务员戴着耳机，像竹篮上的提手，像粪桶上的系、谷箩上的绳、禾田里的田埂。不，他觉得自己的头发更长，那是密林里的山路呢，九皇女看不到的。从前上山砍柴，只要进了密林，九皇女总是找不到下山的路。

钟长水开始关注所有的脑壳。渐渐的，他心里充满了卑下又辛酸的自得。左右的箍，果然比前后的箍好看得多。瘦高个的脑壳小而又尖，那样一剃，就像鼻子翻山越岭长到后脑勺那边去了。而肥头大耳的曾东华，就像一个乌皮西瓜开了瓢，扒出缝来一看，瓢子是白的，瓜还没有熟呢。

这么想着，钟长水忍俊不禁，扑哧笑了。曾东华感觉他是嘲笑自己，狠狠剜了他一眼。

钟长水索性把那讥嘲的笑意挂在嘴角边，直到走进画眉坳才摘了去。

第九章 画眉坳

画眉坳其貌不扬的大山,每天都在制造着奇迹和悲剧。四乡农民乃至外地人,如同飞临秋天禾田来抢食的大群山雀,把这一带的矿山啄得千疮百孔。又似许许多多的蛀虫,围着大山恶狠狠地噬咬,斑斑驳驳的绿色植被上到处是他们吐出的渣子,一片狼藉。一个个黑黢黢的窿口,袒露出这些矿山的富有和恐怖。挖砂的男人,都被唤作打锤佬。众多的窿口,每天把打锤佬吞进去再吐出来,有时候吐出来的就是残缺不全的尸首,或者,干脆把活生生的壮汉给消化掉,连骨头渣子也不留。

有了众多出生入死的男人,就有了女人和山下的画眉镇,有了各种店铺及酒馆、烟馆、当铺和娼寮。几年前,红军来了,禁绝了烟土和娼妓。接着,红军在这里收购钨砂,再卖到白区去。钨矿成了红军的金库,红军部队也挖砂。画眉坳有五个矿区,红军挖砂中队占据了砂窝子矿区。砂窝子四面环山,便于警戒,四面山脊上都有哨兵,一旦白军来袭,也便于防守或撤离。从前,砂窝子里有大量的露头矿,用比锄头更尖的挖锥就能刨出来,随着山窝窝的地表被翻了一遍后,红军挖砂队又瞄准了山上的窿子。那些窿子有新开的,也有不少是过去打锤佬留下的。那些鳞次栉比搭建在山坡上的寮棚,往往也是老窿子的窿口所在。其中,有几处空着的寮棚,就是留给这支队伍,留给这些犯人的。

因为劳役队的到来,整个画眉坳充满戒意。红军挖砂中队所在的砂窝子,四面山顶上又增添了不少岗哨。尽管,劳役队所在的松树窝被围在砂窝子里,松树窝同样戒备森严。窿口和窿口边的寮棚前都有持枪的看守,就连通往那里的路口也被封锁了。这就是说,不仅一般老百姓无法进入,红军挖砂中队也同犯人隔着一个世界。

犯人的队伍是在傍晚时分进入画眉坳的。这支奇异的队伍沿着一条小溪，走进了众多打锤佬惊奇的眼睛里。那些正在溪边洗澡的打锤佬，一个个精赤条条地爬上岸来，冲到路边，很自觉地沿岸排成了一长溜。他们观赏着那些脑壳。

麻石板铺的道路一拐弯，就是画眉镇了。窄窄的道路穿行其间，就是一条长街。在街上围观的人，以女人为多。女人跟男人最大的不同在于，好奇的男人是用眼睛说话，她们则是用整个身体，指指戳戳的手，挤眉弄眼的笑，相互拉扯着跑前跑后的腿，夸张地尖叫着弯下去的腰，如此等等。

这时，钟长水忽然对李双凤充满了感激之情。李双凤在他背上呢。眼看就要到达目的地，下山走上大路时，李双凤身子一软倒在地上。都以为她崴了脚，两个战士去扶她，她说我肚子疼我走不动啦。朱队长为她松绑后，命令战士背她走。两个体壮如牛的战士刷地满脸血红，相互推推搡搡，都不好意思。朱队长瞪着他俩训斥一番，见他俩还是为难，只好身先士卒。他背起李双凤，怕还没有走上半里路，就把她放了下来。他的理由是累了。其实是心里乱了呢。背着女人，他抄到背后的双手不敢抓住她的大腿，抓的是膝盖那儿，于是，她身体重心往下坐，他不累才怪呢。还有，她的奶盘就顶在他的后背上，他的后背是炙烫的。她的鼻息缭绕在他的脖颈处脸颊边，奇痒难耐。他慌乱的眼神证明他心里的慌乱。

朱队长便要把这活计交给赖全福。哪晓得，李双凤却不肯。李双凤惊叫道："朱队长，我不要他背！坚决不要！我宁愿自家爬！"

朱队长说："天快黑啦，我们等着你爬？有人背，你还挑三拣四呀。你说为何？"

曾东华却挺身而出了："妹子，让我来背你好啵？我胖，坐在我身上骑马一样。"

赖全福眼里发潮。他默默地侧转身子，避开李双凤的眼睛。两个多月间，在裁判部，在监禁室，在劳役队，他俩虽不能接近，却能经常见面。而他见到的，是游离的目光，冷漠的表情。她拒绝他的疼惜和关切，拒绝他的脉脉深情。然而，命运又是如此捉弄他们，偏偏把他俩安排在一起，任其相互煎熬着对方。

她拒绝赖全福没有理由。她坦然地要求朱队长，派钟长水来背。朱队长轻声问："你还拿赖全福当营长是啵？"

李双凤在钟长水背上像是睡着了。而钟长水一路念叨着双凤呀对你不起啊，就像一支摇篮曲。他其实嘟哝着还说了好些事。比如，银颈箍和添丁炮，炆萝卜和九皇女，鬼子膏和抢打轿。李双凤箍住他的脖子，越箍越紧。她的双腿夹住他的身子，越夹越紧。她的眼睛盯住他的脑壳，不停地吹气，试图吹乱他的头发，遮掩那道耻辱的印记。

幸好背着李双凤！不停往上蹿的李双凤，几乎用整个的自己遮住了佝偻着腰身的钟长水。好奇的女人们看不到他，看不到他的脑壳。他好像是乡间游神跳的竹马呢，马头藏在人们的腰间，藏在花布长衫里，只露出一张马脸。

钟长水偷偷地打量着那些女人的脸，用心分辨着她们的惊呼和取笑。那些声音不属于九皇女。那些女人是窟主的老婆，店铺酒馆的老板娘，以及她们雇佣的乡下妹子。她们的惊呼狂笑放肆得很，跟充斥在这里的酒香一样，浓烈呛人。而九皇女的嗓音是甜甜的，脆脆的，像画眉子的啼啭，生气了，则像杜鹃鸟的诅咒："狗拖的哥哥！现在，狗拖的哥哥来了，九皇女在哪里呢？"

钟长水既庆幸又惘然。他怕见到九皇女，又期待着能看见她的笑容，听到她的声音。画眉镇的这条长街尽头，就是砂窝子的入口，就是一片空旷的黑暗。天在女人们的浪笑中突然黑下来。犯人的队伍过了一座石桥，终于在黑黢黢的半坡处停下来。这里就是松树窝，这里闪烁着许多警惕的眼睛，就像四处的寮棚里突然点亮的灯盏。而这里是犯人们的寮棚，犯人们的窟子。

李双凤从他背上滑下来时，说："长水，怪不得你。你心善呢。心善会有好报的。真的，会有的。往后，九皇女会懂你的。过了一年，你要去寻她，晓得啵？我要是九皇女，我就会懂你。"

李双凤其实还轻轻地抹了抹他汗湿的头发，从前往后。长长的头发果然把那道印记盖住了。也许，盖住它的，只是夜色而已。

给犯人松绑后，朱队长点名，把他们二十多个人分成了三拨，带往三个窟子。钟长水和赖全福、李双凤以及三个土豪反革命在一起。

朱队长是在把男犯全部分好之后，犹豫了一阵子，才决定如何安排李双凤的。他甚至还走近她身边，奇怪地笑了一下，轻声征询她的意见。李双凤虽没有做声，但她朝着已被集中到一边的另外两拨人，迈开了步子。就是说，她没有选择跟赖全福在一起。他俩仿佛成了一对冤家。

赖全福竟毫无反应。钟长水却哀哀地叫了一声"双凤"。

朱队长赶紧一把抓住她的胳臂。李双凤愤愤责问："不是你叫我选的吗？"

朱队长又是奇怪地一笑："你们是罚劳役呢。你以为真有挑三拣四的机会？我要考验考验你！"

从此，三个红军犯人和三个革命的敌人，一个女人和五个男人，就要生活起居在一座寮棚了！他们的一举一动在周围警惕的目光里。他们的一言一行在彼此敌视的眼睛里。

这座寮棚是从前打锤佬留下的，贴着窿口搭建，很大，像钟家祠堂里的享堂。一面借用岩壁为墙，三面的墙则是用杉树皮子围成，棚顶以木条为梁，以杉皮子为瓦，顶托棚顶的是林立的细木柱，一根根歪歪扭扭的，还不及钟长水为九皇女搭的澡屋子呢。

这是几乎半开敞的居住空间。因为，棚子的门开得很宽，棚门正对着窿子的入口处，进出窿子须在寮棚那头穿堂而过。窿子仿佛成了寮棚的里屋，或寮棚的后院。而寮棚另一头则砌着柴灶，堆放着柴火。贴着岩壁是打锤佬留下的一长溜通铺，能睡十多个人。那床铺也简单得很，胡乱摆布的几排木桩就是床腿，杉树皮子就是末板。

一进门，只见寮棚里四面壁上都挂着油灯。曾东华和瘦高个他们三个看清了里面的情形，立刻就往通铺远端扑，用刚刚领到的草席抢占铺位。曾东华占据了最里面的铺位。

借着昏黄的几团灯光，赖全福扫视着这个一览无遗的空间，冷冷地对朱队长说："去搞些竹片，把里面隔一下。"

钟长水也骂骂咧咧地呼应着："这是狗窝嘞！我吊！我屋里的狗窝也比这里好！女人怎么办？你屋里妹子跟你困一床？"

朱队长反唇相讥："你当来做客是啵？想困雕花床啵？想盖绫罗被啵？想要火笼烫壶跟夜壶啵？夏天呢，蛮热，我去买把绢扇好啵？先将就一下子，等我明天派人买象牙屏风来。要不，哪天干脆搭一座绣花楼？她老早是宣传队员，我想办法给她做戏台，想要过路台呢还是风雨台？"

钟长水气呼呼地冲到朱队长面前，却被赖全福拽住了。赖全福对着朱队长，把要求复述了一遍。

朱队长依然强硬："莫说她是犯人，从前她跟到部队也不可能有这么多讲究！打起仗来，男男女女有个牛栏猪圈困就蛮好。"

赖全福不再跟他理论，而是扑到曾东华他们身边，把他们那几床席子统统扔到地上。曾东华叫起来："我是胖子，我怕热，这里有道缝，透风。我先占到，你想抢是啵？朱队长，你管管他！"

朱队长夺下李双凤手里的席子，铺在了最里面的铺位上。曾东华无奈了，迅速拾起自己的那床席子，紧挨着李双凤的位子铺好。他恶狠狠地说："怪不得我嘞！是你们把她给我的！好，就让她困里面，我困这里！妹子，你放心。我困觉老实，像死人一样，连呼噜都不打。"

赖全福一把揪住他，把他连席子带人，一起扔到了最外面。瘦高个他们见赖全福那股狠劲，只得乖乖地随便找个铺位。

赖全福把钟长水的席子铺在自己和李双凤中间。实际上，长水和她中间隔着能躺下几个人的空当。那是一条宽阔的边界。就像苏区和白区中间的游击区。

这个夜晚，李双凤头顶着湿漉漉的岩壁，身贴着毛茸茸的板壁，久久不能入睡。她背对着男人们的呼噜，不停地往板壁上挤。她把自己的脸塞进了板壁与岩壁相连处的缝隙里，把自己的身体塞进了杉树皮子的皱褶里，而她无处躲藏的心情，一览无遗地祖露在赖全福的凝视之下。

画眉坳的打锤佬，有的是窿主的雇工，有的是邀伙来挖砂的。劳役队所在的窿子，其实是被废弃的窿子。从前，一定有一伙打锤佬从这里钻进大山的心腹，长年累月地掏呀掏，掏出来的却总是砂岩石、花岗石，始终没有找到钨砂的矿脉。或者，是一条嵌在花岗岩中的矿脉，引诱着他们执意朝大山的肚腹里掘进，放了一炮又一炮，他们倾尽仅存的家财，把最后的希望点燃了，爆炸了，结果，那狐仙一般的矿脉却失踪了。绝望的窿主或打锤佬，只得放弃窿子，乃至放弃自己的生命。这样的弃窿不在少数。

然而，大矿脉也许就在再放一炮的坚持之中，和绝望仅一墙之隔。前人走了，后人进去，有些幸运的后人得来全不费工夫。进去点一炮，崩塌下来就是财富，就是奇迹。这条窿子也是如此。已经请来的工程师查勘过，前方一定有大矿脉呢。

劳役队首先要做的，就是把前人最后一次放炮崩塌的乱石，从采场上清理出去。深深的窿子里，相隔很远才有一盏油灯。油灯是竹筒做的，中间开个孔，泄出一团昏黄的亮光。那亮光还不及夏夜的萤火。而深邃的黑，却是漫漫长夜。

长夜在这里，狭小而低矮，只容挑着矿渣的人佝偻着腰身艰难地走过，只容相向的两个人侧身贴着窿壁交会。水淋淋的窿壁上，尽是被炸开的花岗岩棱角，如犬牙交错，如刀锋丛丛。

钟长水挑着一担碎石，横在曾东华面前，喝道："好狗不拦路。给我滚开！"

曾东华也不避让，说："你横我的寿！我从外面进来，是空担子，我怕你呀！压扁你才好呢。"

两人在黑暗中僵持着。两双眼睛闪着幽幽的蓝光。

实在觉得累了，钟长水便晃动担箕去撞他，撞得他一脚踏入水沟，崴了脚，还扑倒在窿壁上叫石楞划破了手掌。曾东华嗅到了血腥味，立刻操起扁担，对着钟长水来了个突刺——刺。

好在曾东华刚从阳光下走进窿子里，眼睛还不适应，扁担是贴住钟长水的腰间穿过去的。钟长水放下担子，饿虎扑食一般，把他拱倒在地，双手紧紧地掐住他的脖子，咬牙切齿地说："我吊！想杀我是啵？爷老子先结果你，给红军省一份粮食！苏区正在开展节约运动，我来把你节约掉！"

赖全福挑着担子过来了。他伸手揪起钟长水，曾东华也顺势从地上弹起来。赖全福挡在他俩面前："你们都想节约掉自家是啵？这蛮容易。用劲嗅嗅，死就是叫人作呕的臭味。"

果然，他们都闻到了臭味。像抛在水塘沤烂了的死狗死猫。曾东华捂住鼻子便往外跑。

钟长水问："这么臭的东西，是死尸啵？"

赖全福冷笑道："难怪你爹说你像狗，狗鼻子蛮灵。"

钟长水大吃一惊。显然，臭味是赖全福挑来的，他的担箕里有哪个打锤佬留下的某块肢体，那肢体已经腐烂了。

挑着担子走出窿口再穿过寨棚，他们要把矿渣倒在寨棚前面的山坡上。随着窿子的掘进，矿渣早已在这里填出一块坪地。

阳光下，钟长水终于发现赖全福挑着的，正是人的胳膊和大腿。虽然，灰蒙蒙的，支离破碎的，但难闻的臭味，把那形态勾勒得依稀可辨。

李双凤也在这里。她挑的担箕脱了系，她正在寮棚门前鼓捣呢。钟长水倒掉挑出来的矿渣，马上把挖出死人的消息告诉了她。李双凤站起来，把目光投向赖全福的脚边，怔怔地望着。

赖全福没有把那些残枝败叶像矿渣一样倒掉，而是集中成一堆。他回答钟长水说，窿子里面肯定还有这个人的肢体，也许不止死了一个人，而是好几个人。他的理由是，里面的臭味浓得受不了，臭味好像刚刚才被他们掘出来。

两个看守吆喝道："做事去！想偷奸躲懒呀？"

赖全福却要求看守去找张床单来。看守瞪着眼拒绝了。也是，大活人睡的还是破草席呢。赖全福只好回到寮棚，把自己睡的那张破草席拿了出来。大家都不晓得他要做什么。

他用细麻绳把草席的四角绑在了四棵松树上，就像一张吊床似的。然后，他把那些残枝败叶扫扫干净，统统扔了上去。这其实是客家人二次葬的一种形式。

这张吊床距离寮棚仅百步远，轻轻的南风，把一阵阵臭味刮回到寮棚里。曾东华哇哇地呕吐了。他边呕边骂："你晒腊肉是啵？舍不得倒掉埋掉，那是你爹呀？"

赖全福也不理睬他，顾自捡了三根树枝插在草席下面。那大概就是三炷香了。他在为一个无名的打锤佬三鞠躬。他那副神情和在金鸡堡为四十八个烈士祭奠时如出一辙。

钟长水心里一紧，猛然跑过去："营长，我晓得啦，不管几苦几难，我都要活下去。我要帮长根、长贵他们拣金呢。我老早就答应他们！"

赖全福默默转身，正要挑担回窿子，哪晓得，瘦高个他们两个惊呼着一起跑了出来。他们在里面又挖到了死尸，有一具尸首是完整的，却是面目全非。他们吓坏啦。

看样子，那些死者正是合伙来挖砂的。如果不是绝望，他们不会选择一道赴死，只要有人活着，他们的亲人就会闻讯赶来。他们把自己埋在窿子里，大概有些时日了吧？他们的亲人大概仍在翘盼着一个暴富的美梦，一个团圆的日子。

看守只当是犯人要闹事，紧张得很，沉不住气的，竟对着天空开枪示警。

清脆的枪声，引得山下画眉镇的男女纷纷朝这边山上张望。尤其是山脚下的小溪边，几个洗衣的女人竟好奇地上了桥，如果不是过桥后的山道上有岗哨，也许她们会一直走到松树窝里的劳役队来。远远的，钟长水竟看清了一条辫子。那个妹子把辫子搭在肩上，辫梢正好到奶盘那儿。那是九皇女的长度呢。

通过姐夫，九皇女应该晓得自己在金鸡堡吧，应该晓得那场战斗很残酷吧？如果姐夫后来去给割脂佬温火生还钱了，应该看到那里层层叠叠的新坟了吧？九皇女应该为那些新坟哭肿了眼睛吧？因为其中可能就有自己。

钟长水下意识地摸着自己的脑壳往寮棚退去。那张吊在树上的草席，恰好能遮挡山下的视线。

枪声把正在附近窿子巡查的朱队长召来了，他还带来了别处的几个看守。问明情况后，他说："哪个窿子不死人？有尸体清理掉完事，值得大惊小怪？告诉你们，这几个打锤佬花光了钱，欠了一屁股债，只好一道寻死。哪晓得，他们炸死自家，把矿脉也炸出来啦。大矿脉呢。他们被炸得稀烂，要是还睁着眼睛，可以看到矿脉就在他们头上。"

朱队长哈哈笑着。赖全福爆发一般吼道："你莫笑！"

朱队长一愣，笑容僵在脸上。赖全福又吼："叫你莫笑！你屋里死人，你也作乐？"

朱队长好不容易才把脸上的笑纹收回去。这时，赖全福操起扁担，对犯人们一晃，低沉地喝道："收尸去！不收掉，会把我们臭死来。"

曾东华他们期期艾艾，见看守的刺刀正威逼过来，只好跟着进了窿子。也是，他们将一直生活在窿子。他们得先把死尸弄出来。

葬身窿子尽头采场的打锤佬一共四人。那具比较完整的尸体，被放在一块土布上，吊了起来。怕席子承受不住，朱队长跑到山下去找的土布。寮棚边的山坡上，稀疏的马尾松林悬挂着四张吊床。四个无名的壮汉，在微风中摇呀摇，在阳光下飘呀飘。从山下仰望，像四面旗帜。从山顶鸟瞰，像四只小船。

赖全福为那块土布，丢给朱队长一个赞赏的眼色，并说："等到尸肉化掉，赶紧安葬他们，老这样看到来心里不好过。就把他们葬在窿子边上，家人好找。都是爹娘的崽呢。"

也不晓得是真悲悯，还是为讨好赖全福，以便让他带着犯人尽快清除矿渣，争取早日打出钨砂，朱队长一不做二不休，索性去买了一些线香和纸钱。朱队长亲自挨个为他们敬香烧纸。刮了一天的南风，大约是被感动了，转了向，变成西南风，臭味被风刮跑了，线香的气息却丝丝缕缕的，一直萦绕在寮棚里。而一团团纸灰，就像那天的黑蝴蝶，翩翩起舞，飞去飞来。

李双凤挑着担子，又一次在窿口跟赖全福相遇。她摘下自己头上的纸灰，喃喃道："他们一辈子挖砂也挣不到这么多钱吧？"

赖全福停住脚步，声音哽咽了："双凤，累啵，歇歇吧。"

李双凤也不看他，只说："记到来，这里忌讳歇字。"

"好嘞。我记到来。"

自从他俩走到了一起，李双凤一直对赖全福冷冷的，似在有意疏远他，回避他。在窿子里，更是这样。装石头时，她拒绝他的帮助，叫她少装些，她偏偏要再搬几块往担箕里塞。尤其是，在黑黢黢的窿子里来来往往，交会时赖全福叮嘱几句，她不但不理睬，还把个身体牢牢贴在窿壁上，生怕他碰一指头似的。这一切，都让赖全福心疼。

李双凤轻声问："你把席子拿掉，夜晚怎么困？"

赖全福说："没事。我皮厚，困在刺刀上也割不出血。"

赖全福在倒掉矿渣后，甩甩满头大汗，望着山脚下的溪水。这时，溪水里有了夕照映出的丰富色彩，溪水就像从前的双凤，漂亮而快乐。人人都会盯住她的脸蛋多看几眼，亲近的，还喜欢揪她的小辫子。她是心疼被揪掉的一二根头发，才把辫子改成短发的。打那之后，别人只好刮她的鼻子了。

从前的她就像这条小溪，好些年轻的首长都想往溪水里跳。

这条小溪叫羊角水，因溪流蜿蜒象形而得名。赖全福想，他该代表犯人提出要求，至少三天得让大家洗个澡。

等到天断黑，整个画眉坳一片死寂，当镇上只剩下几点磷火般的灯火时，劳役队才列队下山去洗澡。

大家都很高兴。在窿子里，男人打着赤膊穿着裤衩，浑身上下厚厚的一层灰，像是从土里扒出来的。磨破了皮的双肩，结了壳似的。作为唯一的女犯，李双凤是最苦的。在闷热的窿子里，她穿着长衫长裤，每天都是精湿的，沤得身上长满了痱子，夜夜奇痒难耐。头上则是浓烈呛鼻的汗臭味。

可是，钟长水却不肯下山，期期艾艾的。朱队长很是生气，斥道："你比那些死尸还臭！你想留下、好伺机逃跑？"

李双凤轻声劝道："长水，我晓得你怕九皇女看到。她真在画眉坳吗？天这么黑，她一个妹子敢出来？"

长水相信，那条辫子无疑就是九皇女。辫子的黑，辫子的亮，像钨丝呢。九皇女的辫子能通电呢，他已经被电到啦。

李双凤笑了："共产主义就是楼上楼下电灯电话，你实现共产主义啦。你不去洗澡，是不是认为生了疥疮才是真革命？你这个真革命莫困在我身边啊。你到曾胖子那头去。我每天被你熏得早上起来头痛，晓得啵？"

"当真？难怪你缩在里面打抖。你夜夜都没困着，瘦了蛮多。你是想事吧？双凤，莫多想，我铁定了心相信，共产党不会办自己人！我爹就是证明。白军正在发动五次围剿，形势太危险，吓得泰和子他们手忙脚乱搞错了嘞。泰和子从小就是这个德性！我不太会划水，就怪他呢。每次下河，他都要跟到来，到了水里就着慌，有两次我被他拉到来，甩都甩不脱，被水鬼捉到一样。我就再也不敢下河啦。不过，我晓得，泰和子是好人。"

钟长水紧跟着李双凤，不住嘴地叨咕。下坡到桥边，只需一袋烟工夫。石拱桥那头的西边，两侧都有几块大石头，成了女人们洗衣的码埠。岸边上，几簇凤尾竹，一丛芭蕉树。保卫分队的战士布置在桥上和两岸，警惕地看守着他们。

男犯和女犯分别被安排在桥那头的两侧，正好被拱桥的桥墩遮挡着。其实，在浓浓的夜色里，一切遮挡都是多余的。可是，赖全福仍然要求桥上的战士撤下来。朱队长无奈地说："撤吧撤吧，我也怕我的兵眼睛生疔呢。"

钟长水的眼睛就生了疔。他怎么看不透那两担所谓的萝卜炆肉，看不透温火生的黑心哟？他把自己扒光入了水，久久地把脸浸泡在沁凉的山溪水中，让滚烫的泪也洗了个澡。

赖全福就在他身边。长水说："营长，古怪啵，水蛇崽怎么死不见尸活不见人？那个孽龙潭里可能兰真有个地下洞，他被漩涡吸走啦。他们硬说水蛇崽逃掉了。那时要是寻到了他的死尸，后来我也就不会买箍子。我答应九皇女两件事，杀水蛇崽报九，买颈箍子。一件都做不到，我没有脸面嘞。"

赖全福狠狠地搓揉着自己，却没有做声。在他周围，是一片稀里哗啦的水声。

"营长，你说事呀。你天亮到夜没说几句话，会憋死来。你说，水蛇崽死掉了啵？"

赖全福说："没死就活着。"

"没活着就死掉啦。等于没说。"

桥那边有歌声飘过来，虽然很轻，但听得分明，正是那首娇莲十年不变心。水声和着歌声，悠悠的，像风声。没想到，李双凤也会唱九皇女的歌，九皇女说过，那首歌是她自己编的词。九皇女打乱说哄人呢，她是学李双凤的，才说得过去。李双凤能写会算能唱会跳，人家是赣州城里的女学生呢。

在歌声中，长水闻到了鬼子膏的香味。他贪婪地呼吸着，说："营长，今天我们换个位子，你困到靠她那边去，跟你的凤妹子说说事。她每天侧转身子面朝板壁，老是打抖，怕是夜夜都没困着。今天她蛮高兴，你好生劝劝她。"

突然，有个看守大叫起来："队长，李双凤不见啦！"

黑暗中，只听得朱队长的训斥："慌什么慌！她会水，水不深，她游不到哪里去。她钻在水底下。盯住水面！"

过了一会儿，那看守又喊："报告队长，她还没有出来！莫不是逃跑了啵？"

直到那看守第三次惊呼，朱队长才警觉起来。他正要喝令犯人统统上岸，李双凤从水里钻了出来。她在水下憋气呢。她的水性令朱连长颇为惊奇，他大叫一声："李双凤你是一条鱼吧？"

她果然如一尾鱼，复活在夏夜里，复活在甘洌的溪水里。羊角水的这一段水很清，再往下去就浑浊了。从篓子里倾倒下来的矿渣滚落到溪里，许多处选矿的污水也汇流到溪里。

朱队长给了他们足够的时间。直到他们自己一个个爬上岸来，套上裤衩。这时，赖全福终于回答钟长水了："好，我们换个位子。"

回到寮棚，赖全福没有声张，也没有挪动草席，倒头便躺在长水的铺位上，自然得就像那儿原本即是属于他的领地。这样，他和李双凤之间便没有了阻隔，挨得很近，真的是咫尺之遥，是一臂以内。如果面对面，即便吹熄油灯，他也可看见她扑闪的睫毛，看见她鼻翼的翕动。然而，李双凤却没有上床。她要等着晾干头发。她面对着一盏油灯，以十指为梳，一遍遍地把湿发撩起来。没有风，只有一团昏黄的光亮，一片唧唧虫鸣，关怀着她的湿发。

　　浴后的李双凤大约就是下凡来的天仙了。她的脸盘红彤彤的，鼻梁挺挺的，下巴略略翘起，那是一张美人脸呢。也许是洗去了一身的疲惫，她的胸前也抖擞起来，随着双手的动作，一对奶盘颤颤的。躺在铺上的男人哪里舍得睡去哟，一个个眼馋得很，死死地盯着她的侧影。那些眼睛有的冒着火，有的流着水。比如，此刻睡在长水身边的瘦高个，便暗自哭了。他窸窸窣窣抽动着鼻翼，好像他的眼泪都在鼻腔里。钟长水用胳膊肘撞了他一下。

　　钟长水爬起来，走到李双凤身边，劝她快睡："头发没干是啵，可等到干，要等到天亮嘞。"

　　李双凤说："莫影响你们困，我来吹灯，我到门口坐坐。门口有风，干得快。"

　　说着，她从面前的油灯开始，把挂在四面墙上的灯一一吹灭。而她走来走去，根本就没往铺上瞄一眼。似乎她没有发现铺位的变化，或者她根本就不关心。

　　门外的看守呵斥了一声，便默许了她。回到铺上的长水，拧着脑壳望门外，门外有天，天比黑夜要亮，只见李双凤的影子就贴在天上。她的影子乃至黑发却比天更黑，比夜色更黑。

　　黑暗中，瘦高个他们三个很快睡着了，都打呼噜，又各具特色。有的是急风暴雨，有的是闷雷滚滚，有的如同遭鬼掐一般，先是透不出气似地憋着，突然又挣脱一般扑哧扑哧地喘息。一夜听着这些呼噜，能把人活活吓死。难怪李双凤夜夜打抖。

　　长水贴着赖全福的耳朵说："营长，他们都困死了，不，困熟了。你快去叫李双凤进来，明天还要做事。"

　　赖全福说："还是你困过来。"

　　长水不依："双凤又没看到我们换位子，哪里是为你不肯过来哟。人家等头发干。蛮古怪呢，李双凤怎么这样对你，刚刚受伤时还说得过去，现在你们在一起，这是没法子的事。这么聪明的妹子，哪里会不晓得这个理。怪你没救她？你也是泥菩萨过河哟。"

　　赖全福能够想到的原因那就太多了。在瑞金学习结业后归队，他没有给她写过一封信，她送的苏区邮票也不晓得是怎么遗失的，她逼他写信是为了督促他识字扫盲。这两年，师部和三营都驻扎在登贤的地皮上，他俩屡次失之交臂，然而，战事再紧张，寻找和利用机会见个面也是有可能的。有一次，他俩就在同一个战场上，战斗结束后，两支部队的官兵紧紧拥抱着欢呼胜利。李双凤打老远就张开双臂，高呼着他的名字扑向他，而他竟蹲了下去，把一个牺牲的战士抱在怀里，用他满是血迹的手，擦拭着战士满脸的血迹。他耐心而又仔细，把额头上仍在流淌的鲜血轻轻抹去，把耳后根处的血痂一点点抠掉，把眉毛上的凝血小心翼翼地摘去。他游离在热烈的欢呼声之外，游离在朝思暮想的爱恋之外。他抱着战士走向面北的山坡，嘴里不停地念叨："北方佬，你反水过来，还带过来几个兄弟，这一仗你们都是好样的！莫怪嘞，天亮前我骂你，抽烟会暴露目标晓得啵？打瞌困也抽不得！"他的泪，滴滴落在北方佬的脸上。山坡上有一处寺庙的废墟，屋基上的残砖碎瓦间竟蓬蓬勃勃地生长着烟草。他在寺庙旁的林子里放下北方佬，用刺刀刨呀刨，用双手扒呀扒，扒出一个浅浅的墓坑。他为北方佬垒了一座坟，并用一块杉皮作墓碑。刻在上面那属于红军的名字，成了他交给李双凤的识字作业。默哀时，他告知北方佬，那些烟草正是黑老虎，老屋的屋基上烟叶才长得好嘞，而且年年都会自己长出来。北方佬再也不愁犯烟瘾啦，北方佬在这里可以通过眼前的溪河、远处的山坳，眺望北方的爹娘呢。赖全福竟没有感觉到，李双凤就在他身边，默默地帮着他垒坟。直到集合号响了，直到李双凤跑步离去，他才猛然醒过神来，对着远去的背影，嘶声呼喊她的名字。

三营进驻枫岗休整时，营教导员自作主张，从驻县城的师部宣传队把李双凤带了来。政委说："老赖，眼下部队要赶紧补充兵员不错，可我们也要着眼长远，着眼无产阶级革命的彻底胜利，抓紧培养建设共产主义的接班人。这也是扩红的重要任务对啵？我把人给你带来啦，证明也开好啦，你们就去打结婚证吧。"赖全福却不领情，他甚至发火了："我们三营牺牲了这么多人，我洞房花烛？我是请马克思作证婚人，还是请何应钦、陈诚？开玩笑！"教导员挺尴尬的，把个李双凤交给他，扭头就走。他俩才见面，也没问候一声，赖全福却对着门外喊人给她腾间屋。李双凤当时就气跑了，赖全福追到村口拽住她，解释了好半天。李双凤虽然消了气，却是执意要回去。她抓住他的手，真诚地说："全福，我晓得你的心情，我等你，不，是等你的心情。其实，我今天来，结婚并不重要，是有件事要告诉你。这件事我一定要告诉你，等你的心情吧。"

轻慢或委屈她的事太多了。她憋着的心事太多了。赖全福歉疚地巴望着能够得到好好疼爱她、抚慰她的机会。现在，这样的机会太多。机会就躺在他的身边。

李双凤是自己进寮棚的。她似乎仍没有察觉铺位的变化，身边鼾声的变化。在钟长水和赖全福虚假的鼾声里，她轻轻地爬上铺。一如既往，仍是面壁侧卧，她的脸，她的身子，都贴在板壁上。不知过了多久，板壁开始簌簌发抖，紧接着，板壁嘤嘤啜泣。板壁仿佛有太多的冤屈和怨怼！

赖全福止住鼾声，睁大眼睛，默默地凝视着她搐动着的背脊。鬼子膏是什么做的呀，真的蛮香嘞。比瑞金城的油菜花更香，比青石寨的野菊花更香。寮棚里的煤油味已经散尽，黑暗中的香气变得纯净，香气变成了她的秀发，丝丝缕缕的，看得见，摸得着。

他的手有些发抖。他的手恍如一个新兵，瞻前顾后的，缩头缩脑的，试图穿越他俩之间的游击区。

长水已经在赖全福背上捅了好多下，示意他挪过去一点，悄悄地，神不知鬼不觉地，勇敢接近她。长水觉得此刻自己才是营长，赖全福只不过是个胆小怕死的新兵蛋子罢了。

然而，赖全福却不肯挪动那一身野兽肉。长水急得伸手推他，他却狠狠地用屁股撞击长水，作为回敬。长水仍不罢休，将自己赤裸的上身紧紧贴在他的背脊上，毛茸茸的腿放肆地搁在他的胯上，用劲把他往那头挤。两人僵持了一会儿，肌肤相亲的部位憋出了汗。赖全福无奈，只好朝那边稍稍挪动了一下。

没想到，这让李双凤受惊了。李双凤是山里的麂子，灵醒着呢。她好像嗅到了某种气息，听到了某种异响，看到了正在逼近的危险。哧溜一声，她猛地蹿下铺，就站在铺前，愤怒地瞪着依次躺在自己身边的两个男人。

赖全福迁怒于长水，啪地给了他一巴掌，再把他推开。自己则往后撤，腾出比原先更宽阔的游击区。

李双凤依然怒视着。赖全福只好跟长水换回铺位。黑暗中，三双眼睛经过艰难的谈判，总算达成妥协，李双凤复又爬上铺。但她没有躺下，而是瑟缩在属于她的那个旮旯里。

是赖全福的心跳让她受惊了。

第十章　祭野鬼

采场的矿渣总也挑不完。借着倾倒矿渣的机会，犯人们可以好好地看看另一个世界，他们从前的世界。

站在窿口，那个世界尽收眼底。是遍布在每面山坡上的窿子，鳞次栉比的寮棚，对面山坡上的一座尾砂坝，坝下一片密密匝匝的坟场。是羊角水怀抱着的小镇，镇街上商贩的吆喝和醉汉的哭闹，溪边女人撩起的水声、笑声和歌声。

其实，那个世界距离他们也很近，几乎就是他们的近邻。这个窿子左右两侧的几个窿子，紧紧相挨，相互扯起嗓门来，可以对话呢。每天在那几个窿子里进进出出的，是红军挖砂队，也有一些打锤佬。而往下看，石桥边凤尾竹和芭蕉树下的码埠上，洗衣女子一个个清晰可辨。可是，由六个犯人构成的这个小小世界，与那个世界之间虽没有高墙，却有一道无形的藩篱。

在这个犯人的世界里，共同面对的黑暗和耻辱，决不能将他们相互的敌意抹去，两个阵营的边界分明。他们的边界以从前到后和由左而右的阴阳头为标志。

曾东华曾胖子是岗下村的土豪。从前闹土改时，他为了保命表现得蛮老实，不仅主动把自己的浮财全都交了出来，还揭发他爹在粪窖里藏了好多金条金砖，结果，他爹被苏维埃政府枪毙了。哪晓得，他怀恨在心，伺机翻天呢。风闻白军又要进攻苏区，他竟在村中威胁分得他家屋产田产的贫苦农民，说你们莫笑你们等到来，还煽动群众抵制革命战争公债和建设公债。依此，县革命法庭判他反革命罪。

瘦高个叫陈达成，是个富农，莫看他长得像吊颈鬼，却是一条骚牯，他差点把自己吊死在女人的裤裆里。村里有十多个男人都相信他搞到了自己的老婆，同仇敌忾地邀拢来，举着锄头铁钯要杀他，还有握着杀猪刀的，扬言要割掉他的寿喂狗。十里亭村归岗下乡管，他逃到了乡苏，幸亏遇到的是妇女部长兼扩红队长赖花香。赖花香扣下他后，对那些男人说，断案有政府呢，当杀当割寿应该让政府来审判。也是奇了怪，所有当事的女人都不否认曾鬼迷心窍跟他好过，但一个个又坚称没搞到。所以，县革命法庭的判决书在陈述他如何流氓成性，如何用淫词亵语、用毫洋和小恩小惠勾引妇女时，在每一桩案例后面都打了括号。括号：没搞到。同样三个字，原因却有异，或因女人反悔，或因双方在准备解裤带时发现动静，或为别的意外情形未遂。假如没有那些括号，他就该枪毙了。

还有一个是李渡村的土豪，命里缺水，叫李水淼。他有两个弟弟在国民党那边当团长营长，他们熟悉登贤情况，每每袭扰苏区，总能得逞。李渡贫苦农民恨得牙痒，便联名举报李水淼通敌。通敌本是杀头的罪，鉴于没有确凿的罪证，而又民情激愤，乡苏便把他送到县里，以反革命罪判他服一年劳役。

他们三人中，李水淼阴刭的，进了窿子就像一只老鼠，老是独自蹿来蹿去，举着手锤敲打窿壁，听响似的。他大概幻想着哪儿与别的窿子紧贴着，一锤子就能砸出一个洞，然后，钻过去逃之夭夭。

同样拗烈的曾东华和钟长水成了前世冤家，他俩每天都会发生冲突。导火索就是彼此的目光。长水鄙视他的脑壳，而他嘲笑长水的脑壳。只要谁不怀好意地笑了，对方就恼火，相骂不出三个回合，便搏命厮打起来。

现在，长水又火了："曾胖子，你再笑，老子就在你身上开炮眼，填上炸药！相信啵？"

曾东华吼道："我笑不得？好笑！哈哈哈，当真好笑。我不怕累死炸死，就怕笑死，笑死难为阎王老子嘞。他老人家什么死法没见过？就是没见笑死的！难办啵？"

论打架，曾胖子当然只能是挨打的货。尽管如此，他依然富有挑战性，并且，从不肯服软告饶。这大概是肉厚的好处。

司空见惯了，赖全福没有理睬他俩，疯了似的顾自埋头凿炮眼。采场已经清理出来，接下去，他们要做的事就是掘进，在掘进中寻找矿脉。掘进是靠放炮来实现的，一手握着尺把长的钢錾，一手挥着手锤锤打，凿出一个个炮眼，再填上土炸药。爆破之后，清出矿渣，继续凿眼放炮。这种打单锤凿眼的方法，效率很低，一天累得胳膊酸痛也只能凿个几寸深。当当当，手锤成了赖全福的獠牙，他发着狠劲啃噬着自己面前的日子。

突然，他停下来，拽起骑在曾东华身上的钟长水，让长水掌钢錾，自己打锤。他双手使劲，一锤下去，震得长水胳膊发麻。

赖全福说："钢錾太短，手锤太小，哪里用得上气力哟。几天才能凿个眼，等得心烦。你说加长钢錾加大手锤，怎么样？"

长水扔掉钢錾，说："挖得快就放我们出去？我们的刑期是三百六十五天，又不是三百六十五尺！管它个寿！"

红军需要钨砂呢。赖全福没有做声，心里却盘算开了。他要用自己的心，证明自己仍是三营的营长。

窿子里一片乱纷纷的锤声。挑完采场上的矿渣，李双凤就被留在外面干杂活了。看见她进来给油灯添油，瘦高个陈达成放下手锤凑过去，轻声问："见到梳子啵？我塞在你席子下面。"

李双凤点了点头。陈达成说："那是牛角的。你梳了头是啵？你一过来，我看你头发油光发亮。"

手锤到了陈达成手里，总是软绵绵的。他的手锤爱哼山歌小调。也许是日子长了，初来乍到时的恐惧稀释了，牙疼似的，他时不时地哼哼唧唧的。可是，这会儿，他挥舞着手锤就像台上的公子哥摇着折扇，竟然放声唱起来——

> 过了一山又一窝，
> 看到摁婆捉鸡婆；
> 捉走鸡婆不要紧，
> 只怕鸡公没老婆。

盘旋在空中的雕子猛然俯冲下来，摁住猎物。登贤人因此管雕子也叫摁婆。命运才是真正的摁婆呢。

这支山歌显然是打给李双凤听的。他连着唱了两遍，边唱边留意听众的反应，见赖全福和钟长水瞪着他，他便压低声音。见坐在黑暗中的李双凤瞅着他，他又提起嗓门。李双凤爱听呢，昏暗的灯光照亮了她的目光。

李双凤说："歇会儿，你再唱一遍好啵？我没听懂词。"

陈达成连忙挪到她身边，把歌词念了一遍。李双凤笑了："这个摁婆蛮生动。你嗓子沙沙的，蛮有味。你再大声唱一遍好啵？"

陈达成得意起来："莫说一遍，我可以一夜唱到大天亮，不重复一支歌。晓得啵？我是阶级高，没有权利参加扩红宣传队，要是让我去，我现编词唱给那些后生听，保险他们打跳脚去报名。"

他放开嗓门又唱起来。这时，为他伴奏的是赖全福更加猛烈的打锤声。锤声淹没了歌声。李双凤气呼呼地对着赖全福喝道："你停一下！"

赖全福的动作频率更快了，那手锤好像乱了方寸似的，不是砸在他的虎口上，就是击打在坚硬的窿壁上。击打在窿壁上，溅起的是火星。而砸在虎口上，竟然无声无息。他忘记了疼痛，或者说，他麻木了。他就是那只无奈地望着摁婆飞远的鸡公。

李双凤一步跨到赖全福身边，抓住他的胳膊，夺下他的手锤。然后，对钟长水说："你们歇下子来。我要听他打山歌！"

陈达成却不敢再唱了。因为，赖全福和钟长水都狠狠地盯住他，他们的目光比锤声更可怖，目光里有一股杀气。

钟长水忽然醒过神来，这支山歌也是嘲弄自己呢。他被摁婆捉走了，而九皇女还不晓得，她还翘望在茫茫长夜里，守候在自己的美梦中，等待着雄鸡报晓呢。长水贴着陈达成的耳朵威胁道："再敢唱，我叫你啃堆子！"

长水刚刚打的堆子，就在一条分岔的窿子里。那是一条盲窿，是因为偏离矿脉走向而被废弃的窿子，就像一截盲肠。那里已经成为他们的茅坑，新鲜的尿骚屎臭味从那儿散发出来，弥漫在黑暗之中。

陈达成望望李双凤，瑟缩到一边去了。哪晓得，李双凤竟唱了起来。她已经记住了词。她甜甜的嗓音这时却是苦涩的，悲凉的，她的歌声仿佛是仰天呼号，又如同泣诉在灯光下。一只只竹筒里的火光，犹如轻风吹拂，轻轻地跳荡起来。

"有风嘞。这里有风！"李水淼惊喜地叫起来。

在幽深而曲折的窿子里，打窿口灌进来的风是不可能钻到采场这儿的。有风，意味着窿子里还有一条通道，秘密的通道。空气对流，这才形成了风。李水淼老是说他觉得窿子有风，现在他终于看到了风，风就在灯芯上。他抓起手锤，又在窿壁上敲打起来。他一头钻进了盲窿里。

哪里有风哟，那是李双凤的歌声呢。即便有风，又能如何？

赖全福揉着被砸痛的手，顾自走出窿子。他把自己的想法告诉了朱队长。他建议，改进凿眼工具，把手锤做成大铁锤，把钢錾加长做成长钎，一人握长钎，另一人双手抡大锤，进度肯定会比现在快得多。朱队长一听，觉得蛮有道理，立即把钟长水叫了出来。朱队长要亲自带着他俩下山去画眉镇，找家铁匠铺。

长水第一反应便是抱住了脑壳。其实，这时头发长了，那道剃痕不甚鲜明了，变成一条凹槽。好在兴头上的朱队长算是善解人意，叫人给他俩找来两顶斗笠。

他们下山的时候，恰好有一只雕子在画眉坳的上空滑翔。它大张着双翅，很优雅，也很安详。似乎它不是在这里寻找猎物，而是来安慰哪只鸡公。尽管，画眉镇上的鸡们都警觉地拧着脑袋，死死地盯着那摁婆，发出了惊悸的啼鸣。

石桥边的女人通过溪水里的倒影发现了摁婆。她们一起站起来，仰着脖颈，用声声尖叫驱赶它。

钟长水就是在那一刻看到九皇女的。真真切切，他看到了她仰起的颈脖，颈脖上的银颈箍。看到了她的辫子，辫梢上粘着的草节。看到了她的肚皮，那不可思议膨胀起来的肚皮。

九皇女怀孕了！怎么可能哟？长贵死了，长根死了，莫非长发回去娶了九皇女？可是，长发绝对不可能回去的，广昌保卫战失利之后，三营正在广昌南部抵御气势汹汹向石城推进的白军。何况，跟长发分手是正月里的事，即便长发娶了九皇女，也不可能让九皇女马上生崽。那么，九皇女的男人是谁？莫非就是挖砂中队的那个副队长？

长水在桥上瞄见九皇女时，立刻闪到了赖全福的另一侧。他躲在赖全福身边，斗笠下的眼睛却一直盯着她。他其实还撞了撞赖全福的胳膊，朝那几个女人努了努嘴。

赖营长显然是看清了她的。可是，他却说："长水，画眉坳有八大怪晓得啵？竹筒当水桶，杉皮当瓦盖，个子长得矮，老婆讨得快，妹子长得丑，一斤卖八块，穿裤子不扎裤腰带，南瓜叫番蒲，茄子叫吊菜。那妹子丑呢，八块钱一斤买来的。九皇女是红包鲜肉，她是满脸麻石。九皇女是青瓜雪白，她乌得像吊菜。"

过了桥，藏在凤尾竹丛边，长水仍扭着脑壳目不转睛地望着她。她的裤脚卷得高高的。看样子，她已经蹲不下去了，她是站在水里洗衣服的。她身边的篮子里盛的是红军战士的衫裤。

长水激动不已。然而，头上紧紧箍住脑壳的斗笠，让他失去了呼喊她的勇气。

那就是九皇女呀！连声音也能让长水确信无疑。九皇女的尖叫也是清亮的，像打山歌似的："雕子雕子快快跑，你屋里火烧屋嘞哟！"

九皇女走上岸来，站在桥上，冲着天空挥舞双手，作驱赶状。也许，桥上更能引起雕子的注意吧。她那副着急担心的神情，仿佛她养了一群鸡婆似的。

觊觎着地面上的那只摁婆，果然被女人们的尖叫声撵跑了。可是，钟长水的心却被九皇女的肚皮摁住了。姐夫已经把银颈箍带给了她，她也去过了孽龙潭，应该晓得水蛇崽已被自己打死，她怎么可能嫁给别人呢？她的头发还在自己身上呢。莫非她晓得了自己的事？可她的肚皮那么大，就像藏着一个久远的秘密。

赖全福见他神不守舍的样子，提醒道："不想让你姐姐长娇看到，就小心点，莫回头，到街上啦。"

长水赶紧往下拉拉斗笠，遮住脸面。他偷偷地环顾长街两侧的店铺，店铺里面的人。此时正是半上午，烈日下的街上显得冷冷清清，几乎没有行人，只有几个卖菜的女人正在收拾担子。其中，有一个颇像长娇。长水又紧张了。

赖全福讥嘲道："你心里有鬼，就有鬼来捉。你说哪个像长娇，指给我，我过去看看。"

说着，赖全福竟摘下斗笠，朝那几个女人走过去。卖菜的女人发现了他脑壳上的异样，都面面相觑，都捂着嘴窃笑。赖全福对她们说："好笑啵？白狗子的子弹差点帮我开了瓢。"

长相颇似长娇的女人，扔下从地上捡起来的烂菜叶，伸手就要抱住他的脑壳看看伤，赖全福慌忙躲开了。那个女人笑得咯咯的："怕么子嘛。你在哪个中队？明早我送几个鸡蛋过来。"

赖全福却对着朱队长喊道："这里有黑老虎嘞。我的办法成功了，你要奖我一斤黑老虎。"

这会儿，朱队长慷慨得很，他马上掏出一块银元和一些毫洋，买了一斤黑老虎，递到赖全福手里。他的举动，让赖全福和钟长水都感到诧异。

朱队长盼着窿子早早出砂，这是无疑的。其实，他还被赖全福感动了。这个犯了罪的红军营长，心里想着的仍是红军仍是革命利益。当赖全福提出改变打单锤的主意时，他敏感地发现，其实这也是监督犯人的好办法。两人一组，想偷奸躲懒的，就不能由着自己了。再说，一个掌钎一个抢锤，干一阵换一换，也能提高劳动效率。

赖全福抱着烟丝，对长水说："这下不会疑神疑鬼了啵？看那个像九皇女，看这个像长娇，你心虚呢。记着，那个妹子要给我送鸡蛋，她一定会送来的。"

铁匠铺在画眉镇街的中央，和棺材店对门，与南杂店、收砂站是左邻右舍。矿区的铁匠铺生意红火，打的卖的，都是挖锥、铁铲、钢錾和手锤。光头的铁匠师傅带着两个徒弟。小的怕只有十来岁，他只管啪嗒啪嗒拉风箱。大徒弟抱着一把大锤，待通红的铁件从熊熊炉火中钳出来，就见他叉腿弯腰抢起来，一时间，铁砧上金星四溅。铁匠师傅的功夫在钳子上，正所谓，铁匠打铁会转钳。这位光头师傅就是画眉坳一带最出名的师傅，他转钳的动作恍若行云流水，那般轻巧自如，叫人看着忍不住啧啧赞叹。

光头师傅忙完手里的活，这才过来招呼客人。听说来意，他连连摇头："没听到说过，窿子里用长钎大锤。从开山到现如今，哪个不是用手锤哟！"

朱连长说："从前不用打窿子，捡都捡得到露头的块钨。后来，要用挖锥挖了。现在窿子越挖越深，靠手锤凿岩，难啃嘞。"

赖全福把黑老虎打开来，卷了一枝递给光头师傅。光头师傅吧嗒吧嗒吸了几口，说："你是赖家的后生子，我认得你。你屋里的每把铳都姓廖。听到说，你当了营长，砂窝子里是你的部队，是啵？"

赖全福又摘下了斗笠。也是，坐在铁匠铺里，等于坐上火炉上烤番薯。廖师傅到底是见多识广的老师傅，他一眼瞄见赖家后生脑壳上的那道标志，心里就明白了。他暗暗倒吸一口气，既不大惊小怪，也不刨根问底，只问需要的大锤多大钢钎多长。赖全福大致描述了一番。廖师傅说："打铁没样，边打边相。夜边你们派人来取吧。"

长水一直不敢摘掉斗笠。额头上的汗不停地流，流进眼睛里，螫得生疼。他揉着眼，依稀听到了轻轻的歌声，那是九皇女唱的嫁老郎呢。千真万确，是她在唱嫁得老郎味道长。果然当得襄衣盖酒缸嘞，她的歌声痴痴的，亲亲的。长水听得心里酸酸的。借着擦汗，他一把把地薅着自己的头发。那些年轻的头发，只能一根根拔。他得用整整一年时间，才能拔尽满头黑发吧？

歌声是从隔壁的收砂站里传过来的。就是说，眼下九皇女在收砂站工作。长水终于忍不住了，他问廖师傅，隔壁有个怀孕的妹子是啵。光头的铁匠师傅点点头。她的名字叫九皇女对啵。又是点头。她的男人是红军啵。再点头。那男人是红军首长啵。继续点头。显然，廖师傅只管点头，而不愿多事。

长水急了，再问："她几时生崽晓得啵？"

廖师傅不能再点头了，便白了长水一眼："你这个后生蛮好笑。那妹子怀的又不是我的崽！"

为了银颈箍，钟长水成了红军的罪人。他得到了九皇女的一绺秀发，却没有得到她的心。这个结果对于长水太残酷了，残酷得令人难以置信。回去的路上，他脸上一直挂着怀疑的冷笑。他喃喃道："营长，我说九皇女死也不会嫁给别人，你相信啵？她大概有何事。她怎么会突然离开枫岗？蛮古怪。"

赖全福也纳闷着，只能拍拍他的肩头。

天黑之后，仍是朱队长带着他俩去取新打的工具。他们扛着大锤长钎，出了铁匠铺，穿过对面的棺材店，在屋后的岩壁上做试验。朱队长举着松明火把，他俩一个掌钎，一个抡锤。那是三尺长的钢钎，十二斤重的大锤。抡起大锤，虎虎生风。大锤落下，顽石崩裂。也是兴奋所致，挥舞大锤的赖全福竟不肯罢休了，当当当，抡个不停，应着锤声，但闻钟长水连声喊啊哟。他的双臂震麻了，虎口震裂了。

廖师傅笑道："你们攒劲帮棺材店老板打掉这道坡脚，他的屋场就大了，他可以再做一栋屋。"

接下去的一锤打偏了，击打在长水戴的斗笠边沿，斗笠落在了地上。长水大吼一声："你砸烂我的脑壳才省事嘞！"

见长水丢掉长钎迅速拣起斗笠戴上，廖师傅说："你遮月光呀。月光也晒得人黑。"

月亮又要圆了。月亮从云缝里钻了出来。画眉坳里的月光，大概也被打锤佬的谷烧灌醉了，迷迷蒙蒙的，醉卧在羊角溪边，醉卧在一面面山坡上。云在走，月光也在走，月光紧跟在一个女人身后，穿过镇街，走向那座石桥。那个女人拖着笨重的身子，在她放下竹篮、双手叉腰歇脚的片刻间，月光走到她前面去了。月光驻足在石桥上，朝她挥着云影，就像挥着一方巾子。

在扛着长钎大锤回去的路上，朱队长生疑了，拉住他俩，闪到桥头边的凤尾竹后，紧紧盯着前面的女人。那正是九皇女。

九皇女上了桥，停下来。她挺吃力地弯下腰，从竹篮里取出三只竹碗，一一放在桥边沿的条石上。然后，双手合十默默地祈祷。许久许久，仿佛她的心头有倾诉不尽的祝愿。九皇女在祭野鬼呢。

赖全福和钟长水都晓得，那是为夜里出来游荡的野鬼准备的饭菜。喂饱野鬼，野鬼就不会糟害远行的亲人了。那饭菜必须放在岔路口，引诱一切邪祟的眼睛，而桥上，无疑更是野鬼的必经之地。这是登贤的风俗。

长水闻到了谷烧的醇香。九皇女还为野鬼备了酒。仿佛，她在侍候一些得罪不起的贵客。仿佛，她想把野鬼灌得长醉不醒，自己才敢安然入睡。

九皇女哪里还有远行的亲人哟！她哥哥就在县城里。她是为跟着三营走的后生祈祷吧。

那是为他们，只有为他们！她没有忘记那被后生们割去的秀发，她祷祝之后，紧紧攥住了辫梢。她用整个身心，用全部的爱在保佑着为后生子珍藏着的秀发！钟长水禁不住热泪盈眶。他依稀听到了九皇女叨念着的四个名字，不禁纳闷了。他把银颈箍托付给姐夫时，还让姐夫代笔写了信。九皇女得到了银颈箍，怎么不晓得长贵长根的事呢？难道姐夫对她瞒下了实情？

第二天一大早，拗不过钟长水的一再央求，朱队长把他领到了桥上。月夜，已经把那三只竹碗舔得干干净净。显然，画眉坳的某只家犬早就认识了这里的饭碗菜碗和酒碗，是它领着子孙来饱餐九皇女的虔诚祷祝的。谷烧也被它喝掉了吗？谷烧莫非被野鬼一饮而尽了？

溪边的凤尾竹像翘望的一群群妹子，而那丛芭蕉挺着硕大的叶子，就像高举着一竿竿旗帜。

大锤长钎果然管用。一天下来，打眼深度达到一尺半。这个经验迅速在所有矿区推广开来。对于劳役队，它还有一层意义，那就是曾东华他们别再想偷奸躲懒了。五个男人，分成了两组，掌钎的，抡锤的，剩下一人轮换着休息。

赖全福兴奋得嗷嗷乱吼："曾胖子，给我掌钎！看到来！我吊，你不握牢，我就往你手上砸！"

曾东华嘟哝着："我手震麻啦。我要换下子。"

"那你就抡锤！我们就要见矿脉，晓得啵？"

一边的李水淼阴阴地说："打到砂子又如何？我们是犯人！一样的犯人！"

他恨透了赖全福。他不能再拿着手锤敲敲打打着，去寻找那时时诱惑他的那股阴风了。钟长水换下他，没让他歇足，长水就哇哇叫嚷要打堆子。此刻，又逼着他顶上去，也憋着一肚子火。

长水终于完全明白为什么要给犯人们剃头了。不仅整个矿山人员混杂，更重要的是，打锤佬前赴后继穿凿出来的窿子，有时竟虬结在一起，犯人要逃跑并不是很困难的事，这就要看运气了。钟长水也感觉到了李水淼说的那股风。那股风很细很细，细得像一根丝，或者是一根头发吧。九皇女的头发。九皇女攥着辫子在祈祷呢，她还不晓得长根他们和自己的事呢。此刻，他想出去，去告诉九皇女别再祭野鬼啦，省到饭菜和谷烧来。还有，她怀的是哪个的崽哟，打个啵也会大肚皮吗，用鬼子膏洗澡也会大肚皮吗？

李双凤又进来添油了。摇曳的灯光投在她脸上，就像月光洒在九皇女脸上，也是那么朦胧那么美，一样的脸盘，一样的柳眉，一样的笑涡，所有不同的地方都隐没了，所有相似的地方都熠熠生彩。他的心隐隐作痛，他撑着冰凉的窿壁弓起身子，踉踉跄跄向着深不可测的黑暗摸去。

"长水，你干什么去？"也许是被即将出现的矿脉鼓舞着，赖全福忽然成了犯人头，不管谁走动一下，他都要干涉。

钟长水不耐烦地回答："屙屎。屙屎犯法吗？"

"不犯法，犯忌讳。那叫打堆子！"

"是……嗯，我要打堆子。早上的粥有点馊。"

赖全福喝道："站住，你把灯带上，小心头上脚下！"

长水抓住窿壁上鼓突出来的石棱，站稳脚跟，迟钝地转过身子，接过了李双凤递过来的竹筒灯。他不晓得为什么赖全福虎死不倒威，现在每个犯人都怕他。也不晓得为什么，此刻自己的心竟会因赖全福的关切而惶惶惊跳。

他提着灯，岔入犯人常去解手的盲窿。盲窿其实很深，因为里面太脏，又有积水，没有谁敢深入其中。李水森大概在其中钻了一段，根本无法找到风源，只得带着两脚粪便撤了回去。此刻，长水捏着鼻子，小心翼翼地下脚，穿过前面一截肮脏的地段，接着趟过一片没脚背的积水，再停下来，横在前面是窿壁，盲窿到此断了头。他沮丧地蹲下来。他把这泡屎送得太远了。

地上的油灯忽忽地唱起来。现在，借助这盏灯，他终于找到了日日夜夜折磨他思想的那股阴风。他要迎着风钻出去，找到九皇女，告诉她自己活着，为了那三块银元买下的银颈箍活着，为了那定情的一缕秀发活着。而他不甘这样屈辱地活着。

这条窿子不知被什么人堵死的，风从乱石的缝隙里钻过来，钟长水找到一道最宽的石缝，伸手进去一扒，石块居然松动了，他兴奋地再狠狠地抠，疯狂地抠，慢慢地竟扒出了能勉强钻人过去的窟窿。

他钻过去再往前走了一段，忽然听到隐隐约约的声音如闷雷一般在头上滚动。他举起灯四下察看，原来头顶上是个豁口，黑森森地笔直往上伸延。这口竖井窄窄的，仿佛只要叉开手脚，就能凭借凹凸不平的洞壁攀援上去。他的心激动得怦怦直跳，他拿定主意要逃跑了，逃出劳役队。到处都有红军，他可以投奔任何一支队伍，用自己的血去赎罪，为什么要在这座山的心腹里活活憋死？

他把灯系衔在嘴里，伸开双臂撑着两边的石壁试试臂力。这双掌钎握锤的大手，充满了力量，充满了自信。

大山已被掏得像一只巨大的蜂巢。他赤裸的身子在这条巢道里蜗牛般缓缓蠕动，花岗岩的棱角狠狠划破了汗水漉漉的背脊。他紧紧咬着牙，竭尽全力向上。他万万没想到，他的希望就在两丈多高的地方，那儿横着一条窿子。钻进那条窿子，一股强劲的风吹来，吹得他不由地起了一身鸡皮疙瘩。他连忙转过身用胸脯护住灯光。

风呜呜地啸叫，风声中传来隐隐约约的打锤声。

"当，当，当……"

顿时，钟长水心里凉了半截，无论如何，他是走不出去的。那条窿子里有人。只要他头顶着这道耻辱的标志，即使是挖砂的农民，也会毫不留情地揪住企图逃跑的犯人。这里是苏区的土地苏区的人，红军的矿山红军的人呢！

他回到竖井边，把灯高高举过头顶往上看，竖井仍像一个通向幽冥的窟窿，更宽更圆了，一个人再也别想攀爬。长水失望地用双手揪住自己的头发，恨不能把整张头皮掀下来，他的手渐渐移向山界一般的标志，在这道宽阔的光秃的山界上不停地逡巡。

窿子里的风不停地摩挲着他的胸脯，他无法抵御这种诱惑，他像笼中的一匹困兽，烦躁不安地寻找着希望。

他的视线被摇曳的灯光吸引住了。他猛然将脑壳捅向竹筒的开口，只听到一阵哑哑的声音，他的头发顿时被烤糊了一块。闻到焦臭味，他高兴起来，双手捧起灯，把个偌大的脑壳放在灯筒的方孔上，像烤番薯一样翻动着。然后，再不停地搓揉，焦黄的发末纷纷落下。

耻辱的标志彻底消失了！但是，钟长水仍不放心，摸摸毛茸茸的发茬，又将这个大得可以的番薯烤了一遍。他感到自己的脑壳已经烤熟了，他欣慰地揣着这颗热腾腾的刚从灶膛里扒出来的番薯，流出了口涎般的热泪。

他要昂首挺胸地从那条窿子走出去。走向大肚皮的九皇女，走向丢失了身体的长贵和自杀的长根，走向那个下落不明的该死的水蛇崽。当然，他也忘不掉那个所谓白皮红心的温火生，他真想掏出那颗心，看看它究竟是什么颜色。

他走向风。风越来越大，吹灭了灯。他索性把灯筒扔掉，在一片漆黑中磕磕碰碰地前进。锤声渐渐清晰，他看见一团光亮，看见晃动的人影，他鬼鬼祟祟地闪过那个岔口，向着另一团更明亮的光走去。那儿就是窿口，那窿口衔着一轮血红血红的夕阳。

他扑向窿口，一帮打锤佬的寮棚就搭在那个窿口边，就像犯人们住的寮棚一样。只不过，寮棚外面还搭了一座四面开敞的小棚子，当中砌着一口灶。灶前有个女人的背影。长水一发现有人，慌忙缩进去，侧着身体紧贴窿壁偷偷注视着她。

那个女人撑着灶台边沿，很吃力地站了起来，月白色的衫子紧裹着圆鼓鼓的腰臀。她头一甩，马尾辫在脑后一晃。钟长水惊呆了。

这就是九皇女。天哪，她怎么上山来啦？这里是红军挖砂队的窿子吧，她来给他们做饭？

明明白白的桃红水色的脸庞呈现在眼前，那两道柳眉正向着绚丽斑斓的西天飞扬，那一对笑涡仿佛为山谷间画眉鸟婉转的啁啾而绽开。而她膨胀起来的肚皮，把身上的衫子都快撑爆了。她的双手不停地扯拽着衫裤，与此同时，她也在抚摸自己的肚皮。她念念有词，不晓得对肚皮里的孩子说了些什么。

钟长水觉得自己也在膨胀。那是周身的血在咆哮着奔涌着，他粗壮敦实的身体正迅速膨胀，尤其是被烤得焦煳的脑壳，似乎只要点燃导火索就会轰然爆裂。

这是朝思暮想的九皇女呀！她就在眼前。她果然戴着那只银颈箍。她不晓得那箍子是吊颈箍吗？

她站在灶台边，揭开了甑盖，腾腾热气蒙住了她的脸。只见她从饭甑里盛出一碗饭，又从大钵子里夹了几筷子菜，放进另一只竹碗里。她把两只竹碗坐在竹篮里，又要去祭野鬼呢。

然而，接下去她的举动很奇怪。她把已经准备好的饭菜复又从篮子里端出来，把米饭往饭甑里拨回一些，菜也夹去了一些。也许，她觉得，自己已经喂饱了所有的夜晚、所有的野鬼吧？

或者，野鬼早已被她盛情所感动，再也不好意思饕餮她慷慨的奉献，只愿接受这象征性的供祭？

为自己祈福的女人就在眼前，然而，长水又怎能这样跟她相见？他俩的距离很近，又很遥远。他俩身处两个世界。这是美与丑、善与恶、阳与阴的两个世界。九皇女爱的是一个红军战士，一个真正的人，而不是赤身秃头、模样丑陋的山怪野鬼！

钟长水像见不得光的山鼠，哧溜缩了回去。他蹿回到竖井那儿，撑着井壁往下溜，半道上一脚踏空，结结实实地摔在地上。摔得全身骨头散了架，头上、两条胳膊上还磕破擦破多处。但是，他的意识还很清楚。他爬向那堆乱石。他要通过乱石中的缝隙钻回盲窿。然后，在盲窿那边把缝隙堵死。堵得严丝合缝，不让它透一丝风。这样，李水淼再也莫想找到风源寻机逃跑，既然他自己断了逃跑的念头，别人也休想！

他做完这一切，便蜷在黑黢黢的盲窿里，掩面而泣。

男子汉的呜咽被风送进窿子深处的采场，渗进生成上万年的坚硬的砂岩和花岗岩里……

第十一章　摆子窝

　　一颗烤番薯般的脑壳，在犯人中引起了轩然大波。屡屡挨揍的曾东华骨头又痒痒了，他居然用肥胖的双手抚弄起钟长水的脑壳来："小兄弟，你当真有办法，哪个法师为你剃度的？"

　　钟长水怒不可遏，顺手从寮棚地上捡起一根钢錾，狠狠地朝他手臂击去。曾东华嚎叫起来："你们看看，他打人！钟长水你瞎了眼，老子也不是好惹的，老子砸了你！"

　　曾东华举起的是十二斤重的大锤。他的目光却落在赖全福脸上，仿佛期待着支持，或者默契。

　　赖全福阴沉着脸，也不做声，一把夺下了曾东华的大锤，并瞪了长水一眼。

　　曾东华对着寮棚门外大叫："朱队长，有人想逃跑你不管是啵？那好，我们也逃！他把头发烧光了吧！我们要剃掉来！他烧得，我们剃不得呀！岂有此理。他判一年，我也是一年嘞。"

　　朱队长冲进寮棚，吼道："我吊！想造反是啵？钟长水，又是你惹祸！你烧掉头发想逃跑？告诉你们，到处是红军，逃出松树窝也逃不出砂窝子，逃出砂窝子也逃不出画眉坳！你变雕子也飞不出去！"

　　钟长水不承认逃跑的企图，他说烧光头发完全是因为头发太长天气太热窿子里太闷。他在朱队长面前回答得理直气壮，然而，在赖全福的注视下，却心虚得冒汗，那双属于鹰隼的眼睛好像刚才在解释打堆子为什么像生个崽那样难的时候，就窥破了他心底的秘密，一直带着刻薄的讥嘲。

　　在曾东华的撺掇下，陈达成和李水淼也嚷着要剃头。李水淼的激烈更是叫人震惊。不晓得他从哪里捡了一管用油纸紧紧包裹着的土炸药，扬言要炸死自己。他将手里的土炸药伸向油灯，威胁道："你们不枪毙想逃跑的钟长水，我就以死抗议！"

李水淼对钟长水恨之入骨。因为，当浑身屎臭味的钟长水从盲窿里出来后，那股阴风就不存在了。那股阴风，时时怂恿着他，诱引着他。他费尽心机在寻找风源，那风源就是逃离黑暗的希望所在。而现在，因为钟长水钻到了盲窿尽头，那只有他才敏锐察觉到的一丝风，竟消失了。这能与钟长水无关吗？也许，钟长水就是循着那丝丝缕缕的风，钻到了盲窿尽头，掐死了他的希望和梦想。

朱队长一时着了慌，喝道："李水淼，你莫乱来！把炸药放下。你们有要求，可以提。要剃头是啵？可以。我答应你。"

这条窿子马上就可以放炮了。也许，一炮下来，就能找到大矿脉，就能很快出砂。在这关键时候，劳役队决不能发生任何意外。为了这个大局，朱队长只能选择妥协。然而，李水淼强烈要求的，却是枪毙钟长水。

那管伸向油灯的炸药，在等待着朱队长的决定。它有些不耐烦了，慢慢贴近了竹筒里的火舌。

红军营长的脸色在李水淼嚣张的叫喊声中急遽变幻，瞬间的寂静中，寮棚里响着令人心悸的切齿声，好像一只凶猛的豹虎，快乐地碾碎了小兽的脆骨。接着，是一记响亮的耳光。那毫不暧昧的厚实的巴掌，在李水淼脸上印了五道血痕。李水淼猝不及防，一个趔趄栽倒在钟长水脚下，那管炸药也掉在地上。那是受潮失效的炸药。

钟长水愕然。仿佛，赖全福的巴掌也落在他脸上，是对他的狠狠一击，是警告他不要忘记赖全福作为他的营长的权威！

朱队长捡起那管炸药，踹了李水淼一脚，接着，他对钟长水说："你记到来，今天我差点就下令枪毙尔！你不老实改造重新做人，你不想一年后出去是啵，你想多吃一年牢饭是啵？好嘞，我满足你的心愿！马上就要出砂，我还舍不得让你走嘞。"

为了稳定犯人的情绪，当晚，朱队长就叫人把赖全福他们四个的头发剃光了。然后，押着犯人们下山洗澡。李双凤没有去。已经有两三天了，她都没精打采的，茶饭不思，还不停地打呵欠，时时往寮棚外跑。赖全福问，你吃坏什么吧。她摇摇头。你累倒了吧。又是摇头。你大概是发痧了，我帮你刮刮痧。她尖叫起来："你莫碰我！"

走到石桥边，赖全福说："长水，双凤病了。怎么办？画眉镇什么都有，怎么没见药店哟。"

"叫朱队长去寻个土郎中来。"钟长水漫不经心地说。此刻，他关心的是那几只竹碗，那祭野鬼的饭菜。然而，今夜九皇女没有来呢。已经这么晚了，她肯定也不会来了。也许，她把饭菜放在别的路口上了吧？长水明明亲眼目睹她在准备饭菜。

今夜，石桥边有人，是一伙打锤佬。他们七手八脚地抬着一个后生，慢慢把他浸到溪水里。后生挣扎不已，又是踢蹬，又是拍打。那些打锤佬纷纷跳下水，分别捉住他的手脚往下摁，有一个打锤佬抱着抬起他的脑壳，另外一个则往他头上浇水。

朱队长撵不走他们，便命令犯人们在石桥另一侧下水。那个打锤佬后生在打摆子呢。画眉坳又叫摆子窝。这里瘴气多，邪祟多，连蚊子都有指头大，能吃人呢。当地人和打锤佬并不晓得摆子是什么病，只当病人是中了阴箭，被来自冥冥中的阴箭射中了。他们对付它的办法有，把病人浸泡在水里叫水斗，让病人猛吃辣椒叫火攻，逼病人生吞癞蛤蟆叫以毒攻毒，还有祈求神灵保佑的跳觋。

被浸在溪水里的后生，就是在吃辣椒辣出满身大汗后，又来领略水斗滋味的。

李双凤莫不是也在打摆子吧？回到寮棚时，李双凤已经躺下了。赖全福摘下一盏油灯，便蹿上铺，坐在她身边。他强蛮地把手放在她的额头，任她摇头晃脑也不撒手。他摸摸她的额头，又试试自己的体温。他觉得双凤似乎有些发热，又好像发凉。他叫长水再试试。长水的感觉更是莫名其妙。

陈达成凑了过来："让我来摸下子好啵，我晓得呢。我当得半个土郎中。"

长水眼睛一瞪，陈达成缩回手去，却不肯离开，顾自嘟哝道："双凤妹子发痧了嘞。刮痧就会好。我送给她的牛角梳刮痧顶好。你们会刮啵？你们不会我就来。我当真会刮。你们莫这样看我，救命要紧，当我有歪心呀。好笑啵？"

说着，陈达成竟从李双凤铺上的草席下面，摸出了一把梳子。他对着光，摘掉了缠绕在梳齿间的长发。那是李双凤的秀发。她正在使用那把梳子，虽然它的来路是那么令人讨嫌。

赖全福劈手夺过梳子。可是，他却不敢下手，尽管钟长水打来了一瓢水。

这时，李双凤突然口唇发绀，颜面苍白，叫起冷来。看她手臂上竟是一片鸡皮疙瘩，连指甲也变紫了。继而，她全身发抖，牙齿打战，哆嗦得整个通铺都有些晃动。赖全福吓坏了，把每个人的衣服和盖被都搜罗过来，严严实实地裹在她身上。他紧紧攥住双凤的手。这么久了，他终于在这样一个夜晚握住了她的手。

他的双手并不能温暖一颗打着寒战的心。而在这个季节里，他们每人只有一床很薄很小的盖被。每床盖被都是脏兮兮的，沾满了蚊血和汗臭。他匍匐在那堆衣被上，把她抱得紧紧的。

钟长水从灶台边找来了几个青辣椒，也是急的，他根本顾不上问双凤，就往她嘴里塞。这是火攻呢。

李双凤嚼了几口，呸呸吐掉了。她哆嗦着，大睁着惊恐的双眼，对贴在自己身上的赖全福说："全福，我会死掉。我熬不过去啦。到时候，你把我跟那四个打锤佬埋在一起。莫让我一个人打单。我怕。你答应我。还有，莫怪我。我一直想告诉你，一件事。我说不清了，算啦。我好冷。我掉到阴间里去啦。"

赖全福泪流满面："双凤，莫乱说。明天朱队长就会请郎中来。你会好的。晓得啵，画眉坳是摆子窝，你像是打摆子。我听到你牙齿咯咯响。你冷，再食个辣椒好啵？"

曾东华捉了一只癞蛤蟆送过来。寮棚里侧以潮湿的岩壁为墙，壁脚边开了一条排水沟，这只癞蛤蟆已经在沟里住了好几天。癞蛤蟆吃蚊子，所以，没有谁去撵走它。曾胖子还巴不得它在寮棚里生养一群小癞蛤蟆呢。作为胖子，到了夜晚，他最仇恨的就是蚊子。

曾东华说："老赖，快叫她吞掉，以毒攻毒。我老早就食过，灵得很嘞。我说的事没错。檐老鼠打不到，要是能打到来，一起吞，毒上加毒，更加灵。要打啵？"

寮棚里果然有几只檐老鼠飞来飞去的，有的撞得杉皮子墙嘭嘭响。钟长水怒骂道："你讨打是啵？滚开，当心老子叫你食堆子！"

曾东华乖乖地放掉癞蛤蟆，嘴上却是硬："打摆子要死人的，看到尾砂坝下面的坟场啵？那里的死人怕有三成是被阴箭射死的。到时候，莫怪我见死不救。人就是一口气，气上不来，就没命啦。命丢掉，就活不转来啦。我怕你拗烈呀，她是你们的人呢。等她死掉，哭丧的是你们，晓得啵？"

这简直就是恶毒的诅咒。气得赖全福从铺上弹起来，豹虎子一般扑向曾胖子。他抓起地上那不肯挪窝的癞蛤蟆，硬是塞进了曾胖子嘴里。曾胖子被噎得透不过气来，脸都憋紫了。

而李双凤的脸色变红了，唇上的绀紫消失了。她烦躁地扒掉了身上盖着的衣物。接着，她辗转不安，呻吟不止。赖全福一摸她的额头，竟是滚烫的。随着一阵阵抽搐，她好像昏迷似的，喊也喊不应，摇也摇不醒，嘴唇翕动着，说着谁也听不懂的呓语。

赖全福手足无措，连声问钟长水怎么办。长水也傻眼了，他跑出寮棚，对着看守大吼大叫。其实，即便叫来朱队长，也只能干瞪眼。因为红军挖砂队还没有配备卫生员，镇上有个留着白胡子的土郎中，其实不过是个道士而已。

一直急得在寮棚里踱来踱去的陈达成，念念不忘的还是刮痧。也是没辙了，赖全福只好点头。他和长水把滚烫的李双凤翻转过来，小心翼翼地掀起她的衫子，露出了她的后背。

这两个男人都震惊了。她的肌肤竟像在矿山上常见的麻石，上面布满了星星点点的伤疤，有的已经结痂，有的仍在溃烂。摸上去，毛毛糙糙的。那是被纳鞋底的锥子钻的啊。

赖全福接过蘸了水的梳子，怎么也下不了手。犹豫片刻，他把梳子交给了陈达成。

陈达成惊叫道："天啊，哪个作孽嘞！"

他也不忍用梳子帮她在后背刮痧。他是用手指在她脖颈上箍的，箍出了好几道绀紫。

曾泰和也看到了李双凤脖子上的紫印子。

两三个月前，苏区南北大门已豁然洞开。而此时，国民党军队一方面加紧在占领区筑堡垒、修路，一方面调整部署，分六路同时向中央苏区中心区域进攻。苏区的几座县城相继失守，其中包括登贤。县委县苏都转移到了南华山里，县苏主席眼镜子壮烈牺牲，而县委那位年轻的女书记则在转移途中与三县地主武装纠集而成的铲共团遭遇，为掩护伤病员，不幸被俘。当然，蓬头垢面、满脸胡碴的曾泰和突然出现在劳役队，绝不是来通报战事的。

他蹲在李双凤面前，久久地看着她用手锤砸石块。她身边有一堆大大小小的花岗石，钨砂就裹在带着石英的花岗石里。曾泰和问："你识得钨砂？"

"好认。白的是石英，黑的是钨砂。钨砂在石英里。这叫花石。黑白分明呢。"

李双凤手不停头也不抬，回答道。

"可你挑出来的花石不是还有石英吗？白的和黑的黏在一起，怎么剥得开哟？"

李双凤说："你到那边选场看看就晓得。挑选出来的花石都要送到选场。选场还要粉碎，一直到把它碾成粉末。然后，再放在洗桶和淘床里，用水淘洗。钨砂重，沉在下面的就是钨砂。别的杂质轻，会被水冲掉的。"

曾泰和沉思片刻后，人忽然变得深沉起来："李双凤，淘洗钨砂的原理，就是革命的道理。在危急又复杂的斗争形势下，真正的革命者就要经得起不断地敲打，哪怕粉身碎骨的敲打。变成了粉末，再经过反复淘洗，才见真金呢。所谓披沙拣金，就是这个道理，对啵？"

李双凤鼻子一酸，但她忍住了。她挥舞着的手锤，一锤连着一锤，频率更快了。

"你打摆子还没完全好……我问过朱队长，他说你表现蛮好，跟男人一样做事，前几天病得要死，稍稍好一点，就出来做事。这样哪里受得了？告诉你，我们这次带了卫生员来，以后不怕这个摆子窝啦。我们这次来，会住下来。我们还要派人给劳役队上课，要感化教育犯人，要建立奖励和惩戒的制度。还要改善所有挖砂工人和红军战士的生活，也包括你们。晓得啵，现在画眉坳对革命的贡献很大，非常大。又有几条窿子马上就可以挖到大矿脉，这意味着什么，意味着敌人虽然大兵压境，我们仍然有力量保卫苏维埃，有力量与敌人决战，夺取五次反围剿的彻底胜利！"

因为李双凤一直低着头，曾泰和便大胆地盯着她的脸。他显得蛮激动，好像有太多的话要说，可是，又有所顾忌，他只好绕着圈子。言语也是闪烁其词，比如，他将常驻矿山的目的和身份，便支吾着含混过去了。

"你歇下子，我来试试。"曾泰和伸手便夺手锤，他攥住的却是李双凤的手。她扬起脸来。

曾泰和望着她的眼睛，脸刷地红了，浑身的不自在。那把手锤也难为情，一锤锤砸下去，要么偏了斜了，要么绵软无力。他尴尬地笑笑，把手锤放下了。

"说吧，你想告诉我什么事？"李双凤眼里的笑意在鼓励着他，那笑意似乎是一种坚韧，一种冷静，一种准备承受的坦然。

曾泰和连忙说："没事，就是来看看你。当真。我想你在这里会蛮艰苦，不放心。我希望能够帮到你。刮痧的红印子要好久才会消掉，有什么办法能尽快消掉啵？"

"蛮难看是啵？"

他从挎包里掏出一面镜子，圆圆的，带着铁丝的箍，可挂也可坐。这是他送给李双凤的。他的挎包塞得鼓鼓的，里面肯定还有别的馈赠。它们会是什么呢？

李双凤喜欢镜子，就像喜欢陈达成的梳子一样。当她从草席下找到陈达成悄悄塞下的牛角梳时，曾犹豫了许久，她试着梳了梳头，然后，把梳子擦洗干净，塞回到陈达成铺下。可是，第二天一大早，当犯人进了窿子后，她忍不住去把它翻了出来。梳一梳，头皮不痒了，头发顺溜了，更重要的是，心里熨帖了。当然，她仍要还回去。如此五次三番后，陈达成终于开口了："妹子，它早就是你的啦，我是坏人，梳子不坏是啵？"

此刻，她在镜子里看到了自己。那是久违的自己。脖颈上几道箍出来的紫红分外扎眼，脸上显出大病初愈的憔悴，眼眶有点眍，一眍皱纹就出来了，头发似乎也失去了光泽。她对着自己微微一笑。她看见了自己的笑涡。她发现，笑着的时候，自己容颜如昨，美丽依然。

她的发现，可以拿曾泰和的反应为佐证。突然间，他很紧张地站起来，一个劲地摸着自己的脸，似在为满脸的胡碴懊悔不迭。他喋喋不休地解释说，他是昨天半夜里到的，昨天经过枫岗时还跟敌人打了一仗。他的言下之意是说，他并不愿意这么灰头土脸地来见她。

此刻的李双凤笑得很灿烂。她用微笑向他致谢。

"李双凤，我来是想问你，恨不恨我。"曾泰和背转身子，突然问道。李双凤一愣，那笑依然挂在嘴角边，却是凄清的："恨你？你不是为了披沙拣金吗？"

"你是讽刺我。我晓得，你肯定恨我。没事，恨我吧。日子还很长，等到革命彻底胜利，你就会晓得，我们为革命付出的代价不光是生命和鲜血，还有很多东西。"

曾泰和丢下这些让李双凤摸不着头脑的话，便背着挎包进了寮棚。不一会儿，就听见他在寮棚里大吼起来。他是为李双凤竟和那几个男犯人睡在一张通铺上大光其火。

陪同他的战士立刻把朱队长叫了来。曾泰和要求朱队长，马上派人在这个棚子里隔出一小间，让女犯居住。他尽情地嘲讽道："你晓得女人啵？你听到孔老二怎么说啵？你晓得苏维埃暂行刑律，妇女犯罪与男子减轻一等处罚啵？你屋里没有姐妹是啵？"

朱队长又羞又恼，也吼起来："你倒是有妹子呢！你妹子给你生了个外甥子，晓得啵？恭喜你贺喜你做舅舅啦！可惜也不晓得哪个是你外甥子的爹。"

曾泰和大惊失色。他还没顾得上去找妹子九皇女呢。她还没结婚，怎么就有了崽？那个崽莫非是钟长水的种？

可是，此刻他关心的是李双凤。在矿山里，临时要搭出一间屋也容易，到处都有空闲的寮棚，拆掉几块板皮抱过来，钉一钉就行。果然，有曾泰和坐镇，一个属于李双凤的空间，很快就独立在寮棚里。它只不过是在通铺上用杉皮子做隔墙，隔出一个铺位，再用板皮为那个旮旯做一扇门，遮挡住外面的视线而已。

曾泰和得寸进尺，还要求给李双凤另备木桶木盆。接着，他把自己挎包里的东西都掏了出来。其中，有崭新的短裤衫子巾子，有发卡梳子和鬼子膏，还有一盒蛤蜊油。

他走出寮棚，既没回到李双凤身边，也没打声招呼，便匆匆下山去了。李双凤望着他的背影，眼前竟是一片迷茫。

太阳又下山了。暮霭从山脚下慢慢涌上来。暮霭好像是用炊烟、粉尘、水雾、暑气和霞云勾兑出来的，是黏稠的，因而是凝滞的。一个后生的背影沉落其中，顿时就被融化了。

李双凤钻进了寮棚。她坐在外面砸着石头，已经想象出自己那间屋子的模样。此刻她看到的，和她刚才想象的完全吻合。它就像一间澡屋子，很简单，也很庄严。它亭亭玉立在男人的世界里，犯人的世界里，展示着它的意志，它的尊严。

它是一种告示，也是一种提醒。她是女人嘞。这么久了，连她自己都不把自己当做女人了！

李双凤猛地扑向自己的空间。她关上了门，久久地欣赏着那扇门。木棍做的门框，薄薄的板皮门扇却是严丝合缝，像是从哪里卸下来的，门上还有麻绳的门襻呢。反扣上，外面就推不开了。

门被扣死了。里面就是她的世界，尽管杉皮子墙封锁不住如雷的鼾声，通铺上的震动照样会传到这边来。她的世界只比原先的铺位长出一小截，可是，这才是属于女人的世界。它足以盛下李双凤此时的全部所有。

曾泰和留在铺上的东西，更是令李双凤百感交集。她一件件地端详着。她用他的木梳梳了头，再把发卡别在头上。她嗅了嗅鬼子膏，用巾子擦擦手，接着打开了蛤蜊油。她轻轻蘸了一下，便往自己手背上涂抹。她的手背上尽是被矿渣割的砸的伤口。是否管用并不要紧，她的手背变得光滑了。

曾泰和留下的，还有一包黑老虎。这是耐人寻味的。莫非是送给赖全福的，希望她转交？

男人们出窿了。李双凤首先听到的便是他们惊奇的呼喊。他们纷纷跑过来，一边拍打着这间小屋子，一边啧啧有声地感叹。

钟长水大声说："嘿嘿，赖营长，朱队长总算长大了，懂事啦！你老早叫他隔一下，他硬是不肯。今天怎么开了窍？是被双凤生病吓倒了啵？"

赖全福推推门，喊着她的名字。她却迟迟不肯打开。赖全福问："双凤，今天有哪个来过是啵？"

"你怎么晓得？"李双凤在里面问。

"我是打铳佬吧。野兽味生人味，我都嗅得出。"

"那你就用劲嗅嗅，是哪个的气味。"

李双凤打开了门。她一努嘴，领着赖全福走出了寮棚。她把曾泰和说过的那些话，一起告诉了他。曾泰和的言行既让她感动，又让她纳闷，她需要一个判断。然而，赖全福也是百思不得其解。

在她的再三催促下，赖全福不无醋意地说："他喜欢你吧。心还蛮细嘞。

镜子梳子裤子衫子，都想到了。还发火，逼着别人给你搭屋子，他来头不小!"

李双凤抬手给他一拳．说:"莫打乱说!他敢喜欢犯人,借他十个胆也不敢。再说,我不是女人啦!"

"可他做的事,就是叫你记到来,你是女人!他蛮聪明嘞。一肚子花花肠子。"

"说正事好啵?不说,我就回去食饭啦。"

赖全福隐隐感觉,曾泰和的言行举止,似乎多少潜藏着歉疚和懊悔之情。或者,是一种同情和无奈吧。要不,他怎么会说披沙拣金呢?这不等于否定双凤的罪名?然而,他又是这么神秘诡异。不过,他的出现,披露的是让人充满幻想充满期待的消息。这消息也许就是希望所在。

赖全福一把抓住她的手:"凤妹子,等到来。你的事可能快搞清楚了,真的,你是乌金呢。"

李双凤泪作泉涌,滴滴落在他的胳膊上。她任由他搓揉着自己的手。她晓得在那天夜晚,他已经撩开她的衫子,亲眼目睹了她斑斑驳驳的后背。

赖全福说:"你手蛮光嘞。双凤,他问到我没有?"

李双凤没有回答,也没有摇头,但她的眼神给了他明确的回答。曾泰和根本就没有提到他的名字。他被曾泰和遗忘了,也许,这意味被组织遗忘了。

那一刻,赖全福眼里闪烁的是绝望。是比判刑时、剃阴阳头时更彻底的绝望。

他闭上眼睛,把绝望深深地闭锁在心里,不让双凤看见。绝望在他心里左冲右突,撞得他身子哆嗦起来。

"全福,你怎么啦?你也打摆子啦?"

"没有。我好好的。我要进窿!马上就见砂子啦!我等不得!"

赖全福推开搀扶着自己的双凤,闯进寮棚,提起一把手锤后,便直扑窿口。

李双凤扯着嗓门喊道:"赖全福,你站住!告诉你,曾泰和带来一包黑老虎!"

黑老虎会有什么寓意呢?黑老虎只是晒烟的一种。

整个寮棚里，烟味浓得化不开。连那几只在黑暗中扑来扑去的檐老鼠都被熏跑了。赖全福好像不打算让那包黑老虎过夜似的，一口气卷了好多枝，连着抽完，再卷。那一包怕有半斤吧。

与他做伴的，有钟长水。他俩像在比赛，明明灭灭的星火，映出彼此阴郁的面廓。

九皇女生了崽，那是哪个的崽哟？然而，这个谜底对长水已经毫无意义了。泰和子来到画眉坳，她应该晓得长水成了犯人，就在松树窝里的劳役队挖砂。那是个仰慕英雄的妹子，莫说她有了崽，就算还是黄花女，也不可能记挂一个红军的罪人。从此，她的平安祷祝只给一个人，那就是长发。只有长发还活着。长根长贵死了，长水也死了！长水成了见不得天日的幽灵。

为了已经卷好的一支烟，赖全福和钟长水争吵起来。赖全福低声命令道："给我！"

钟长水便往嘴上塞，赖全福一把夺下，长水抱怨道："这是我卷的，你还想抽，自家再卷。让你抽了一夜。"

"什么？你让我抽的，好笑啵？他给我带的！他晓得我喜欢黑老虎。不是黑老虎，在青石寨我怎么晓得水蛇崽的阴谋？"

长了一身痱子、正挠着痒的长水对此嗤之以鼻："你算泰和子什么人哟？我们是从小一起长大的兄弟！他爹跟我爹更是生死兄弟。他参加红军走后，是我屋里照应他娘和他妹子呢。拿点烟丝给我抽，应该。莫说抽烟，我叫他帮我挠痒，他也不敢有二话。"

"是哟，你还是他妹夫嘞。"

脱口而出的一句话，镇住的竟是赖全福自己。是的，这包烟丝是曾泰和留下的不假，可究竟是留给谁的呢？这一点，可以说非常重要，它兴许就是一个信号，既然曾泰和已经给了李双凤一个暗示。希望可能遥遥无期，但希望就是最好的心灵抚慰。在这黑黢黢的世界里，他的心变得敏感而多疑。他害怕被人遗忘。他果然被遗忘了吗？

曾东华他们的呼噜打得山响。赖全福敲了敲板壁，里面的李双凤说："还不困呀，今夜要被你们呛死来。"

"凤妹子，我问你，烟当真是他带给我的啵？"

"好傻！他晓得我们的事，把烟给我，不就是给你呀？莫想事啦，快睡吧。明天要放炮，你小心点。"

赖全福不做声了。前几天，他和长水换了铺位，紧挨着病中的双凤。冷了，他连同堆在她身上的衣物，一起紧紧拥在怀里。热了，他为大汗淋漓的她不停地擦，从头上到脖颈，从胸口到后背。那时她虚弱得任由他摆布，他的手就是她唯一的安慰，她叮嘱他的手，不要离开自己的身体，在黑暗中看护好她的身体，那是遍体鳞伤的身体啊。一块巾子擦得水淋淋的，他拧把水再擦。他的手就像穿行在被啃噬得满目疮痍的矿山上一样，他走过一个个窿口。他泪流满面。他的泪水和她的汗水汇流，流进了两颗痛苦的心灵。

从今夜起，赖全福与李双凤之间有了一堵墙。很薄很薄的墙。但是，这面墙对她很重要，墙让她有了女人的隐秘，因而也获得了女人的尊严。入睡前，双凤关上了门。一阵空落落的茫然之后，赖全福心里陡然生起一股暖意。此刻，暖意又在他心头荡漾开来。他听见了板壁那边传来的细细的均匀的呼吸。双凤从没睡得这么踏实这么香甜呢。他把剩余的烟丝包起来，踹了钟长水一脚。

赖全福侧躺着，脸朝向双凤。他相信，此刻她的脸一定朝向自己。他感觉到了从缝隙里钻出来的她的声息。他像一个顽皮的孩子，竟在杉树皮子上抠起来。抠着抠着，不一会儿，便抠出一个小小的洞眼。他透过洞眼，瞄见的是同样的黑暗。不过，那边的黑暗一定有什么诱惑着他。他是贴着那个洞眼睡着的。

然而，画眉坳的凌晨被一阵枪声惊醒了。随着砂窝子山背的枪声越来越激烈，劳役队被迅速地集中起来，荷枪实弹的保卫分队押着犯人们往山顶上爬。这是打南边过来的白军企图偷袭矿山呢。

赖全福不由分说地背起李双凤，而她好像也期待着这个机会。她贴在他耳边说："全福，我恨你，晓得啵？我进了洗衣队，等着组织审查，想死的心都有了，可你站在岸上，就是不下来。还往树后面躲，为何？我在水里，你在岸上，我们相望一下会怎样？会连累你？"

他无言以对。他背负着的不是一个人的重量，而是好多痛苦的重量。他累得气喘吁吁，但始终不肯放下她，也不肯让长水接过她，直到攀上山顶。

东天已经露出鱼肚白，有几团乌云在那里游走。凭着枪声，赖全福可以判断出来，白军开始撤退了。显然，白军是熟悉画眉坳情况的三县铲共团引来的，也许，为之引路的还有潜伏在矿山上的探子。曾泰和的突然出现，大概与之有关。

没想到，曾泰和就在眼前。他双手叉腰，站在高高的巉岩上四下张望，观察着周围的动静。一见劳役队上来了，他哧溜滑了下来，正落到赖全福面前。

钟长水大叫一声："泰和子！"

曾泰和一愣，走到长水身边。借着熹微的天亮，他打量了长水一番，冷冷地说："虚惊一场，敌人跑啦。你们歇口气，就可以回去。"

长水迫不及待地问："你见到九皇女啵？她生了个崽是啵？是哪个畜生的崽呀？"

曾泰和一把揪住他，硬是把他拖到了巉岩后面："问得好！哪个畜生的崽？我正要寻你嘞。你们竟敢欺负我妹子！她扩红，动员你们参军，你们蛮大的胆子，乘机欺负她。你们当兵了不得是啵？你们是为她打仗是啵？你们叫她以后怎么办？畜生！"

说着，曾泰和一拳击来，正打在长水脑门上，打得他眼冒金星。他揉揉脑门，猛扑上去，很轻易地就把泰和子放倒了。轮打架，泰和子根本不是他的对手。他骑在泰和子身上，吼道："哪个畜生欺负她，你问清楚来！我没有，长根、长贵、长发他们也没有！我们就是割了她的头发，九皇女让我们割的。割头发会怀崽？好笑！九皇女怎么说？她说了我是啵？"

曾泰和被他死死地摁住胳膊，双腿也被他压得动弹不得。曾泰和说："她不说，光是哭。我帮你留到面子，没说你犯罪的事。我是怕她更难过，她在坐月子呢。等到满月，我就告诉她。让她对你死心。她夜夜帮你祭野鬼晓得啵？还说不是你的崽！对，不是你的崽，你莫认这个崽，认崽就是坑崽，有你这样的爹，崽一辈子抬不起头！"

"当真不是我的崽！你带我去找皇妹子，我不要面子！我哪里还有什么面子哟。"

曾泰和挣扎着，冷笑道："你等到来。我会带九皇女来看你的，不见到你她不死心呢。我看过你的供词，口口声声是为了银箍子，为了九皇女。你欺负她，心里不安是啵？告诉你，加上侮辱妇女的罪，你一辈子要在窿子里过啦。"

此刻，长水已经无心跟泰和子争辩，扩红时的那些场景那些脸纷纷涌现在他的记忆里。趁着九皇女上门动员的机会，欺负她的会是哪个畜生呢？

可长水却不肯轻易放过曾泰和。他愤愤地说："泰和子，你成天算计自家人，小心革命革到你头上，记到我说的事，你逃不脱！哪个不恼你的火哟！"

动弹不得的曾泰和，满脸轻蔑的冷笑："你为你的营长鸣冤叫屈是吧？告诉你，对他蛮客气嘞。苏区南大门筠门岭失守后，红二十二师撤退到站塘李官山一带，改变死打硬拼的战术，灵活机动地牵制打击敌人，毛主席还打电话表扬他们英勇顽强呢。可上头还是给红二十二师扣上了退却逃跑的罪名，师政委被关起来审查，包括团长、政委在内的一批干部被开除党籍，有的还被枪毙了。"

长水一愣，继而低声骂道："毛主席没了兵权。掌兵权的，还不是靠你这样的笨蛋相帮，才把仗打得这么窝囊！一见到你，我全身起躁，晓得吧？帮我抠抠背上，背上痱子结砣啦。"

曾泰和仍然冷笑着，笑出了声。

"抠吧？不抠，我就喊人过来，看你这副狼狈相。噢，你双手被我摁牢了。"

长水仍然骑在他身上，却是掰住他的一只手腕，放掉了他的一只手。长水等着他为自己挠痒呢。

也是无奈，曾泰和抓起一块石头，在长水背上狠狠刮了几下，接着，猛然掀翻他，从地上跳了起来："钟长水，你等到来，哪天得闲我来剥你的皮！"

"好嘞！我巴不得剥掉这张皮！"

长水回到了队伍里，而曾泰和则走向和赖全福背靠背坐在地上的李双凤。

李双凤站了起来。曾泰和看见了一副感激的笑容。这时，游走在东天的几朵乌云，忽然变红了。太阳并没有出来。太阳在地平线下，在地球的另半边，可是，那几朵乌云感受到了它的光芒，是乌云用它们的心情把彼此染红了。

"刚才爬山累倒了吧？"曾泰和问。

"我身子虚，是赖营长背上来的。"

李双凤朝背对他俩的赖全福努努嘴。曾泰和扭头瞄了赖全福一眼，继续问李双凤："困得蛮好吧？"

听到肯定的回答，他欣慰地笑了："你在外面选矿，其实更热，日头蛮毒嘞。窿子里阴凉，窿子里是冬暖夏凉，主要是不通风，有点闷。外面呢，晒得厉害，容易发痧。我会叫他们想办法，做个篾棚子挡日头，戴斗笠没用。"

曾泰和对李双凤的关心，可谓无微不至了。可是，他对身边的赖全福连个招呼都不打，陌路人似的。

李双凤有意把话题往赖全福身上引，她说："他们在窿子里蛮苦，两头不见光。原先用手锤，不晓得什么时候才出砂。多亏老赖想出好办法，用大锤打，进度快了蛮多，朱队长还奖了他一斤黑老虎。"

曾泰和毫无表情地说："我一来就听到说，人家朱队长是用自家的钱买的烟。"

"那你的黑老虎也是奖励他的啵？"

"莫乱说！李双凤，你记到来，那包烟丝是送给你的。你一个女人在男人堆里，少不了有头痛脑热的时候。人家相帮，你总要谢谢人家吧。你自家心烦了，也会抽。我看见你在洗衣队里抽烟，后来跟你谈话，我卷好烟，你又不肯抽。"

李双凤企望他能给赖全福些许安慰，哪晓得，他对赖全福竟是如此冷漠！他眼里闪烁着的，始终是蔑视的目光。

赖全福刷地站起来，车转身子，凶狠地瞪着曾泰和，掏出衣袋里的几根烟卷，愤愤地扔在他脚下。

曾泰和苦笑着摇摇头。望着赖全福的背影，他眼里一片茫然。

第十二章　出涌货

随着几声沉闷的爆炸，窿口喷吐出滚滚浓烟和灰尘，也喷吐出了一个人。确切地说，他是和气浪一道射出来的，或者，是被烟尘送出来的。他灰头土脸，甚至没有了眼睛嘴巴和鼻子，就像从窿子里扒出来的一块岩石。

这次爆破是赖全福点的火。一口气点燃插在每个炮眼里的导火索，他就迅速往外跑。顷刻间，气浪、碎石和硝烟追着他的脚步，恶狠狠地扑过来。他敏捷地岔入盲窿，躲过汹涌而至的飞石，接着，再往窿口跑。里面太呛了。因为不通风，弥漫在窿子里的烟尘，久久不得消散。

点火之前，钟长水不肯离开。钟长水说："营长，你迟早要去指挥三营。我来点火，你出去。我死掉没事，你有双凤嘞。我死掉，就说在战场上牺牲了，莫让九皇女的崽驮冤枉。连泰和子都说那是我的崽，好笑啵？我死掉也值得啦，我说了泰和子会帮我抠痒，你看看我背上，他抠了，抠得蛮狠，也蛮好过。"

赖全福不耐烦了："滚到盲窿食堆子去！死呀死的。你们几个把他拖走，拖不走他，我捉到你们来点火放炮！"

这么一诈唬很管用，曾东华他们三个卖力得很，就像摁婆捉鸡婆似的，三双爪子一起摁住长水，连拖带扛，硬是把他扔出了窿子。长水爬起来，还要往窿子里钻，而这时旦面爆炸了。

李双凤惊惶地迎上去，逮住赖全福将他周身检查了一遍，见他并没有受伤，这才放心地为他拍打起来。

赖全福紧紧地闭着眼睛，双手捂着耳朵，不断地摇头。过了好一会儿，他呸呸吐了一阵口水，说："土炸药也蛮厉害嘞。我耳朵可能聋了。肯定聋了。听不到啦，光是嗡嗡响。"

李双凤掏出巾子，替他擦起来。他慢慢睁开眼，说："难怪矿山上常看见断手断腿，点炮是蛮危险。人跑不赢崩飞的石片，好在里面有躲避硐，那条盲窿也可以躲。不过，在里面也蛮吓人，就像天塌地陷，整座山都塌下来一样，爆炸的声响一直在里面回荡。我也算身经百战了，今天当真吓倒了。"

这位出生入死的红军营长何曾如此描述自己的惊恐哟。众目睽睽之下，李双凤突然抱住他，把脸紧紧贴在他脸上。犯人和看守都面面相觑。

赖全福一惊，伸手就要推开她。而她这时是一条蚂蟥，牢牢地吸附在他身上，扯不开，拍不掉。

李双凤喃喃道："你吓死我啦，他们几个把长水拖出来，我才晓得点炮有几危险。窿子里爆炸，外面听起来声音闷闷的，可山打抖，地也打抖。烟突突地涌出来，你没出来，我还以为你……你摸摸，我的心到现在还在乱跳。"

"你好傻嘞。这么长的窿子，我哪里跑得过爆炸！导火索才几长呀，从点火到爆炸，时间很短。只能在里面的躲避硐躲避。我们这条窿子蛮好，采场边上有条盲窿，是最好的躲避硐。以后你放心。凤妹子，他们在看我们，快松手，我身上尽是灰。"

李双凤仍不撒手。站在旁边的瘦高个陈达成，便叫起来："朱队长，让我们歇下子吧？这大的灰，做不得事。"

窿子里的灰尘一时半会是散不尽的。朱队长便同意了他的要求。犯人们都躺到铺上去了，几个看守也离开了窿口。他们把时间给了这对男女。

他俩相拥在窿口边，相拥在不断涌出的灰尘里。赖全福几次试图拽着她穿过寮棚到棚外去，可他却挪不动步子了。她眼里泪水打转，把他卷进了漩涡里，卷进了那仍未离去的惊魂里。她刚刚是怎样为他担惊受怕啊。

赖全福痴痴地凝视着她。她梳得油光锃亮的齐耳短发，渐渐落满了灰尘，渐渐失去了光泽，失去了本色。她身体复原后又变得红润起来的脸盘上，也落满了灰，像结了一层霜似的，连两道柳眉也白了。赖全福忍不住笑起来。

"你笑什么？"

"你去照照镜子。曾泰和心蛮细，想到送你镜子。我就想不到。我送你一只挎包，给你惹了这么大的麻烦。好笑！我怎么会想到送挎包？当真见多了鬼！"

李双凤捂住了他的嘴。此时此刻，她不愿提及往事。她愿意像那天夜晚一样，任由他搂抱着擦拭着忽冷忽热的自己。然而，那是在黑暗中，在自己大病着的时候。

此刻，黑暗就在眼前，黑暗离他们只有一步之遥，黑暗就是那灰尘汹涌的窿子。她也可以让自己立即生病，她的心一直在忍受着病痛的煎熬啊。

她突然亮开嗓门："全福，我们进窿去拣钨砂！我们要第一个看到大矿脉，寻到块钨来！"

说着，她拽着赖全福就要往窿子里钻。赖全福却不依："灰太大，呛得难过，进不去。再等一下，等灰散掉。"

李双凤使劲地拽，还掐了他一把。那是暗示呢。赖全福意会了，也大声嚷了一句："灰太大，提着油灯都看不清脚下，怎么进窿呀？没法子。我带你进去看看，不行就赶快出来，呛到你莫怪！"

显然，他的话是说给别人听的。因为，他一边嚷着，一边竟点亮了两盏油灯。一人一盏，他俩果然提灯进了窿子。

赖全福走在前面。他让李双凤扶着窿壁，紧跟着自己。灯光是灰蒙蒙的，根本就照不透那么浓稠的烟尘。硝烟味刺鼻，飞扬着的粉尘眯眼，那是一种令人窒息的难受。

赖全福停下来，转过身。这时，他看见的窿口只是斜射在窿壁上的一道光线。他放下油灯，猛然搂抱住李双凤。两个人紧紧相拥。其实，这是两颗苦难而孤独的心，再也憋忍不住那许多的冤屈许多的迷惘，要寻找他们各自的听众。

"全福，曾泰和为何对我好啊？你莫以为我蛮高兴，我害怕呢。比当初审查我还害怕。那时可以想象结果，可他现在这样做，是什么目的，我猜不透，心里慌慌的。"

"我猜，这是个信号。你的问题快要搞清楚了。也许是好事呢。"

"那他对你那么冷酷，也是信号？"

赖全福从牙缝里挤出一个声音："嗯。"

曾泰和眼里的蔑视，让赖全福耿耿难忘。那是一种仇恨，一种敌意。堂堂一个红军营长，怎么会成为革命的敌人呢？如今，真正相信他的，又有几人？

相拥着的男女，都哭了。一个，哭声像冬夜突起的北风，呜呜地在夜空中呼号，在窿子里回荡。一个，哭声像乍暖还寒时节的嘤嘤蜂鸣，憋闷在雨地上的蜂箱里。他俩选择这时钻进窿子，似乎就为了相拥着痛痛快快地哭一场。

这是难得的机会啊。然而，这个机会转瞬即逝。从窿口射在赖全福眼前不远处的光，被遮挡住了。就是说，有人进窿了。

赖全福揉着眼说："长水他们进来了。我们只能往里面走啦。我吊！他们都对出砂蛮在意，比我还积极！"

他俩提起灯，继续往里去。许多想说的话，都被咳嗽声取代了。越往里去，硝烟味越浓，粉尘越厚，似乎，他们的呼吸里都含着尘土和沙粒。

李双凤掏出巾子，捂住口鼻，眯缝着眼，慢慢向前挪动。地上尽是大大小小的石块，绊得她踉踉跄跄的。

到达爆炸现场的边缘，赖全福喝住李双凤，自己抓起地上的长钎，对着窿顶使劲捅了一气，这才小心翼翼地接近采场崩塌的那堆乱石。他继续用长钎四下猛捅，松动的石块纷纷掉落。

他扔掉长钎，高举起油灯，仰着脸凝视窿顶。灯光太暗了，他的目光吃力地攀爬在窿顶上，细细地寻找着矿脉。那是打锤佬传说中的大矿脉，红军期盼中的大矿脉。那也是每个犯人在掘进的过程中日日念叨着的大矿脉，不管他们自觉不自觉。

李双凤也效仿他，举起灯来。一道耀眼的洁白出现在她布满阴云的天空上。那道洁白也许是从窿口边伸展过来的，它诱引着一拨拨打锤佬艰难地啃噬着大山。窿子不断延伸，它一直只是一种诱饵，窄窄的，寸把宽的一条。它让耗尽资财、身心疲惫地打锤佬绝望了。然而，就在他们绝望的前方，咫尺之遥的前方，它膨胀起来。它就是石英岩的大矿脉！

李双凤清晰地看见了含在这条矿脉中的黑色瞳仁。她不晓得此刻自己的眼睛怎会这么光，竟然穿透了令人难以睁开眼睛的烟尘，穿透了多少人也没有窥破的悬念。

她激动得大叫起来："全福，你快看，你看这是什么！"

是钨砂。是许多晶亮的黑色颗粒凝成的钨砂。赖全福一手举灯，一手抚摸着那道矿脉，验看了许久。

"手锤，快寻把手锤给我。凤妹子，你眼睛当真蛮光嘞！"他的声音竟有些发抖。

长水和曾东华他们也来到采场。当赖全福敲下头顶上的砂子时，他们在崩塌的乱石中也找到了带着石英的花石，一个个都喜不自禁，像捡到宝似的。

这时，迫不及待的朱队长带着一个农民装束的中年人，也来到采场。这是个有经验的打锤佬。他举起油灯，指着窿顶上的那道洁白，很自豪地笑了。这就是他早先认定的矿苗，这就是嵌在大山躯体里的毛细血管。他曾告诫红军挖砂队，只要锲而不舍啮噬这矿苗，用原始的工具原始的方法，凿眼放炮，开掘下去，一定能找到大矿脉。此刻，他的预言变成了现实。他说："这个窿子要出涌货嘞。"

"什么叫涌货？汹涌而来的钨砂，滚滚不尽的财源。"

这条窿子终于出砂子了，而且，它将出涌货。在窿口看守警惕地监视下，从矿山肚子里钻出来的犯人，每人都攥着一块沉甸甸的黑石头，都在笑。

钟长水不理解。为什么赖全福和李双凤这么高兴，自己这么高兴，连曾东华李水淼陈达成他们也笑得那么灿烂，多么古怪的灿烂！

曾泰和为此把自己灌醉了。他不胜酒力，才一碗谷烧下肚，就无法自制了。今天是七月半。是鬼节、中元节，祭祀祖先的节日。早在头两天，就要备办茶酒香烛供奉祖宗，接太公太婆回家。当然，他和妹子九皇女要接回的，还有爹娘。现在，爹娘已被请到了画眉镇收砂站的一间小屋里，端坐在小屋的上方，在冥冥之中，亲切地俯瞰着他们的崽女。

泰和子抹着泪，说："妹子，爹娘在上呢。你说，到底是哪个欺负你！你不告诉我可以，爹娘回来了，你想瞒爹娘呀？"

刚满月的婴儿已经睡了。泰和子经常盯着他的五官，猜测着他的爹究竟是谁。泰和子的分析永远没有结果，或者说，结果只有一个，像九皇女。

九皇女没有理睬他，顾自将一堆纸钱分别装进几个大纸包里，那些纸包上写着祖辈几位先人和爹娘的姓名。字迹歪歪扭扭的，是她参加扫盲班学会的。

曾泰和把祭祀先人用过的谷烧喝光了，他的理由就是为了庆贺劳役队的窿子出砂子，那里还要出涌货呢。也许，他真正的用意就是要灌醉自己，好对妹子耍蛮。他果然冲动起来，一把抓住她的手，怒喝道："快说呀！是长水啵？你不做声，那就是他！我要叫他在窿子里莫出来！这个狗拖的天收的！"

九皇女一惊："你说什么？长水在这里挖砂？他何时来的，我怎么没见到过？挖砂队的，我都面熟。他姐姐姐夫也没说过。"

"你怎么见得到他？他比大首长还了不得，他是皇上呢，坐在宫殿里。难得出门，出门还要派兵保护，前呼后拥的。他的警卫员就有一大群！"曾泰和讥嘲道。

九皇女立刻就明白了，长水在劳役队。长水犯了什么罪呀，莫非像他爹一样？他爹屡屡被告，押到县里，最后也没事，长水怎么会进劳役队呢？

曾泰和盯着她脖颈上的箍子，忽然后悔了。这日夜与她相伴的颈箍子，就是她恋着长水的证明，如果让她晓得长水是因此犯了贪污罪，那她该更伤心了。在九皇女的再三追问下，他胡乱为长水编了个罪名。他说长水是逃兵。

九皇女叫道："搞错了啵？他会当逃兵，打死我都不信！娘死后那几天，我在枫岗听到说，他把水蛇崽打死了，我还到过孽龙潭。水蛇崽肯定已经被他打死，要不，这久怎会没水蛇崽的消息？是长水为爹娘报的仇，泰和子，你要记到来。"

泰和子悻悻地说："一码归一码。你想想，颈箍子是怎么到你手上的，那时金鸡堡战斗打得蛮惨，三营死掉几多人哟，他倒好，离开了战场。这还不是叫逃兵？长贵的头被白狗子割掉了，长根眼睛被炸瞎了嘞。"

顿时，九皇女瞠目结舌，脸色苍白，眼泪刷刷地流下来。她默默地抓过自己的辫子，轻轻地抚摸着。她的辫子在追忆着那些被后生们割去的头发。

忽然，她又生疑了，金鸡堡战斗是正月间的事，半年多怎没人告诉她呢。泰和子说："你后来没回枫岗，三营又离开了登贤，哪个说把你听？我来告诉你吧，长根也死了，长根是自杀的。他大概痛得难过，在牛吼河边开枪把自己打死啦。"

他的声音很轻，熟睡中的婴儿却受惊一般，嗯啊嗯啊地大哭起来。响亮的婴啼把泰和子吓了一跳。

九皇女却毫无反应。默默流淌的泪水更加汹涌，泪水把她搂在胸口上的辫梢打湿了。

泰和子把孩子抱起来，递到她面前，她没有接。泰和子越哄，孩子哭得越凶，他急了："妹子，莫难过。快哄哄你的崽，你看他哭得要岔气。莫不是被什么虫子咬到了吧，怎么突然哭成这样？"

"他爹死了呢。莫看他小，也晓得嘞。"

泰和子大吃一惊："什么他爹！长根是他爹？"

她脖颈上戴着的，可是长水送的颈箍子，长水为了它付出了比死更难以接受的代价！泰和子懵了。他一边摇晃着孩子，一边紧盯着妹子，等待她道破其中的秘密。

她的秘密就在三营开拔的那天夜晚，在从钟姓祖坟山回村的路上，在后山的那片竹林里。当她挣脱扑在自己身上的长根之后，长根号啕起来。一个后生凄厉的号啕扯拽着她，她挣不脱那么揪人的号啕。她把自己当作一枝线香一炷蜡烛，供奉在钟氏的祖坟山上，任由孤儿出身的钟长根点燃了。现在，香火得以接续，长根可以问心无愧地去见地下的爹娘了。

长根的号啕改变了九皇女的生活。发现自己怀孕后，她毅然选择离开枫岗。因为，她害怕村人对她即将鼓胀起来的肚皮刨根问底，害怕干爹一家关切的目光。在枫岗，谁都不会怀疑，她肚皮里的孩子是长水的。所以，她必须在肚皮鼓胀之前，赶紧离开。红军挖砂队的副队长正在打这个扩红模范的主意呢。

那时，副队长领着几个人，正在四乡动员打锤佬回画眉坳挖砂去。他在枫岗区听说九皇女后，便向区委书记点名要她参加挖砂队，负责宣传动员工作。九皇女把枫岗妇女帮工队的工作交给长好，毅然来到了画眉坳。有了伶牙俐齿、人见人爱的九皇女，短短几个月间，就有近千名逃离矿山回家作田的打锤佬来挖砂了。他们有经验有技术，有些被红军挖砂队雇请，更多的打锤佬则是自己开采，将钨砂卖给红军的收砂站。完成动员工作后，她身子笨得不方便了，挖砂队便安排她在收砂站工作，兼任矿区妇女委员会委员长。

当然，沉浸在泪水中的九皇女，不会对哥哥细说自己的经历。此刻，她的泪水不仅仅是悲恸，还融化了种种更为复杂的情感。她猛然站起来，劈手夺过孩子，使劲摇晃了几下后，啪啪在那粉嫩的小屁股上拍了两掌。孩子哭得更凶了。她的崽从此成了画眉坳史上最为著名的夜啼郎。

"哭你爹是啵？莫哭！他该死！他作了孽，就不管啦？他一闭眼、一蹬腿，寻他爹娘去啦？他说要当英雄，他这个英雄本事蛮大嘞，打死自家都不眨眼！你哭，攒劲哭！哭把阴间的爹听，看他在他爹娘面前抬得起头啵！"

这时的九皇女已不是那个甜甜的妹子了，而像一匹被逼急了的母兽。泰和子抱住她的肩头，轻声说："妹子，莫吓到你的崽。长根自杀也是无奈呢，你想想，一只眼睛中弹，另一只也会瞎掉，痛得难过不说，他还怕回来连累你。我听到说，长根他们四个都割了你的头发，都发誓要当英雄，他也没脸面见你，是啵？"

孩子果然哭得岔了气，脸上刷白，嘴唇发乌，身子还一阵阵抽搐。九皇女惊叫起来，泰和子也慌了神。隔壁铁匠铺的廖师傅闯进来："掐人中掐人中！"

这一招蛮灵，哇的一声，孩子缓过气来，继续啼哭。廖师傅临走时，瞄着泪水满面的九皇女，说："妹子，你的崽蛮乖，难得听到哭得这么凶，莫不是身上不舒服吧？明早抱他到挖砂队看看。"

九皇女揉着眼，点点头。她撩起衫子，把个奶头往孩子嘴里塞，哪晓得，奶水非但堵不住他的啼声，还把孩子呛着了。她抱直孩子，轻轻拍打，吊着的奶子滴滴答答的。她的奶水很旺，孩子饿不着。那么，如此啼哭就很可疑了。

大概是哭累了，孩子委屈地撇撇小嘴，又睡着了。九皇女把他放在床上，勾下头去，亲着这张小脸，舔去了上面的泪水和汗水。当然，还有一颗幼小心灵所能感知的东西。

"可怜的崽啊，你爹没有啦。你是哭爹啵？"

九皇女喃喃道。这时，她把桌上的几个大纸包又打开来，分别从中拿出一些纸钱，另外加了两个纸包，再把匀出的纸钱塞进去。那两个纸包上面写的是钟长贵、钟长根的名字。这两个名字中，都有她不会写的字，是泰和子写下的。

　　她抱着那几个纸包出了门。她要到溪边去烧包。纸钱将通过火，寄给她的祖先、她的爹娘受用。两个死去的后生，也将收到她的纸钱。他俩该算她的什么人呢？长根该算她的丈夫了吧？

　　鬼使神差一般，九皇女没有就近去羊角溪的下游，而是穿过镇街，往石桥方向去。那儿是上游，溪水清澈洁净，平时洗衣洗菜，她舍近求远去石桥，那是自然。可是，烧包的地点原本就没有讲究。她所讲究的，是那个方向。

　　画眉坳有好几条大路，好多大大小小的路口，她偏偏选择在石桥上祭野鬼，别是冥冥中的神示吧？而此刻，她忘记了随时可能惊醒的孩子，被七月半的郁郁月光诱引着，踉踉跄跄地来到了石桥上。

　　九皇女点燃了纸包。她默默地一一呼唤先人，他们的灵魂翩翩而至，他们抵达时会发出一种声音，像虫鸣，也像流水。对于长贵长根，她呼唤的是他们的名字。她听到了长根的喘息，很粗很重，像夏夜拴在树下的牛牯，在津津有味的反刍之余那沉重的叹气。

　　她在心里抱怨着："长根，我恨你！你蛮狠心嘞！你叫我怎么办？我夜夜祭野鬼保佑你们，你倒好，丢下崽不管！是你的崽嘞。我还想等到你来取名，他叫什么名字，你说！你的崽该是发字辈吧，叫发旺好啵？你怕断烟火，我叫你屋里发旺些。"

　　纸包花尽了，轻风一吹，明明灭灭的纸灰飞扬起来。那些化给长根的纸钱，被他取走了。

　　九皇女望着松树窝，那个方向属于长水。她摸摸脖颈上的箍子，泪水又流了下来。这时的泪水是酸涩的，就像某种长得蛮好看却吃不得的野果子。

　　有多少个日子连同啃下来的砂岩和花岗岩一道，被倾倒在隆外的山坡上，钟长水已经记不得了。本来，他毫不关心能否见到砂子，他的工作只是穿凿三百六十五个日子，坚硬厚实的一年过去，他就可以见到太阳了。

　　而现在，每个犯人都被出涌货的预言兴奋着，长水为之感染，也莫名其妙地跟着乐。挖砂队的队长、副队长和曾泰和更是欣喜若狂，他们每天都要来视察一番。他们频频光顾的好处是，伙食有了明显改善，隔个十天半月还能打牙祭，那是不掺任何东西的红烧肉呢。

而不是萝卜炆肉。而不是貌似肥肉的萝卜！

七月半那天，钟长水把碗里的肉留了下来，留到了夜里，留到了长根、长贵的嘴边。他将盛着几块肉的碗，放在棚外下山的路口边，然后，坐在寮棚门边静静地等待。他依稀看到了山下的团团火光，看到了随风轻扬的漫天纸灰，所以，他相信在金鸡堡牺牲的那些战友都会来的。他为此大睁着双眼。熬到下半夜，瞌困上来了，他刚迷迷糊糊地困着，一个激灵，他猛然睁开眼，眼前竟是一团缓缓移动的巨大阴影。神秘出现的阴影，遮蔽了凄清的圆月，笼罩了整个画眉坳。

他确信那个夜晚没有云彩。一定是那团奇怪的阴影，把碗里的红烧肉吃掉了。那团阴影就是四十八个人的亡灵。一大早，验看了那只空碗后，他喃喃道："长根、长贵，你们莫吓我好啵，我一定会去帮你们拣金。我说到做到，做不到，就让雷打天收！"

一连好几天，长水都忘不了那团阴影。他不厌其烦地对赖营长描述当时的场景。月亮很大很圆，挂在中天之上。月亮边上没有云。鱼鳞状的薄云在西方的天边。他好像是被一阵突然爆发的婴啼惊醒的。醒来就看见阴影，它的内部很黑，画眉坳就在它的内部，它的四周仍然月华如水。奇怪啵？

赖全福对此嗤之以鼻。他说："你就说见到了鬼，水鬼、吊颈鬼、火烧鬼、无头鬼、短命鬼，一个个青面獠牙！"

李双凤却是认真，她想，长水见到的阴影可能是真实的，七月十五及前后两天，的确都是万里无云的大晴天。那么，阴影可能是他的幻觉。人在特殊的情境下，是会产生幻觉的。或者，是天狗吞月亮，是打远处刮来的一股浓烟，是一只摁婆从月下飞过，用它的翅膀投下巨大的阴影。

赖全福哈哈大笑。他说我的凤妹子是女秀才呢，我怎么把这事忘得干干净净呀。

好久没有看到赖全福的笑脸了。长水念念不忘的阴影，给赖全福带来了欢笑。其实，欢笑来自期盼出涌货的心情。赖全福至死都认定自己是红军，哪怕忍受着莫大的屈辱和心灵的煎熬。假如，他徒劳地穿凿着这座大山，那么，他眼前只有无边的黑暗，只有穿凿不透的冤屈和迷惘。而现在，窿子里打出了钨砂，打出了可以支撑苏维埃大厦的宝贵资源，他等于是来到了另一个战场。他依然是对苴命对红军有用的人，他的生命依然有着不可低估的价值。

赖全福的心情因那条大矿脉而豁然开朗。今夜，又有红烧肉了。他闻着肉香，要求朱队长上酒。哪个打锤佬不喝酒哟！酒是打锤佬的伙计，也是他们的女人。他们夜夜先跟酒伙计划拳，再搂着酒女人睡觉。夜的画眉坳，到处弥漫着酒香。

现在，劳役队的每个窿子里都配了两名技术工人。没酒喝，那两个真正的打锤佬要么闷闷不乐，要么摔盆砸碗。朱队长见他俩闹情绪，晓得是馋酒，犹豫了一阵，还是妥协了。

酒一到，精气神就来了。那姓黄姓罗的两个打锤佬抖擞起来，黄师傅举起碗来："老赖，我敬尔！他们说你是犯人，我看你像红军大官。营长还小了。应该是副团长。你看你，天庭饱满，地角方圆，耳大肉厚，福气砣砣呢。马走千里难免失蹄，莫看你现在落难，说不到哪天就飞黄腾达啦。你记到我老黄今天说的事！干！"

赖全福笑着一饮而尽。接着，他给了老黄一拳："副团长蛮大是啵？小气！给个团长还是副的。你要是给我个师长军长，我再干一碗。"

连曾东华他们三个也哈哈大笑起来。他们轮番敬着未来的副团长。接着，赖全福也不夹菜，马上就一个个回敬过去。

酒蛮烈，一碗下去，曾东华他们都有几分醉意了。醉了的曾胖子脸色发青，不说话，只是泪汪汪的。他想老婆孩子，还有几头被分掉的牛。那几头牛，老的已经作古，小的已经长成老牛。

李水淼却兴奋起来，话也多了，从英国美国说到兴国，从金子砂子说到窿子。说着说着，他提起五年前曾在画眉坳经营而又相互倾轧的钨砂公司，它们有挤走广兴公司的六华公司，吃掉怡和、明星两家的恒通公司。他对矿山历史的熟谙，令赖全福既惊奇又警觉。

赖全福为他又斟了半碗酒，说："我当真搞不懂，他们为何挤走、吃掉别人。各打各的窿子，各卖各的砂，山上的砂子哪里挖得光哟，何苦呢？"

又是半碗酒下肚，李水淼舌头大了，指头戳到了赖全福的鼻子上："挖不光？世上还有挖不光的宝？早先这里顺着溪沟就能拣到露头块钨，现在要打窿子寻。总有一天会挖光。那些公司就是来抢占货源的。要么抬价收购砂子，把别的公司挤走。要么压价，逼打锤佬贱卖。钨砂是乌金呢。外国缺，是广东商人走私卖给外国。世界上要是打起大仗来，钨砂就更值钱啦。"

赖全福说："你晓得的事蛮多。莫非你爹在这里开过公司？"

"老实告诉你，你莫着吓，被恒通吃掉的明星公司就是我屋里的。我吊！要不，整个画眉坳都是我的！整个！恒通的后台老板是哪个，晓得啵？陈济棠！广东军阀陈济棠！你们还说我是反革命，我恨国民党，晓得啵？我巴不得共产党推翻国民党，晓得啵？我是没钱，要是有钱呀，我也会买枪买炮闹革命，去打陈济棠！"

李水淼醉得胡言乱语了。他说："你们在笑我。笑我醉了乱说事，我从来不打乱说！我说窿子里有砂，当真出了砂。我说窿子里有风，你们不信。我会寻到风来。当真有风。晓得有风是什么意思啵？你们不晓得。我也不会告诉你们。早先我屋里的明星就是吃了风的亏！"

赖全福把他扳倒在铺上，让他去做风的美梦了。这时，陈达成竟唱开了。他瞟瞟赖全福，再瞄一眼钟长水，怯怯地声明，这是唱给李双凤听的，因为她喜欢登贤山歌——

> 有心为哥做双鞋嘞，
> 又冇鞋样来剪裁；
> 撒把石灰大路上，
> 只等哥哥走过来。

酒能壮胆，酒也能润喉，这支歌他唱得蛮动情，活脱脱就是个倚门翘望的俏妹子，揣着心事，娇羞而又大胆。李双凤端起碗来，为他的歌声喝彩。

陈达成蛮激动，声音都打抖了："双凤妹子，知音难觅呀。在屋里，人家都说我是公鸡打花野猫叫春，只有你识得。我就喜欢山歌呢，从小跟外婆学了蛮多。哪天出去呀，只要你不嫌，我给你唱个三天三夜。要不，就从今天开始。"

赖全福和李双凤相视而笑。李双凤说："等出去吧，我争取让你参加演出队。编一台歌剧，你就演地主老财。"

陈达成说："他们不会肯的。我阶级高，叫我演地主老财，会被人冲上台打死来。还是等到共产主义吧，那时人人有饭食有衣穿，人人平等，我自家办个东河戏班，搞到一班标致妹子来，跟我天天唱大戏打山歌。你要是想参加，我巴不得嘞。"

在充满死亡气息的矿山上，在如血盆大口的窿口边，一个被共产党监管的犯人，一个无产阶级革命的对象所描绘的共产主义远景，让三位红军忍俊不禁。连一直在闷着头顾自喝酒的钟长水，也扑哧笑了，他讥嘲道："你那根寿不长心也没脑啊。"

李双凤笑得却是真诚。在她看来，这个瘦高个是容易引起女人注意的男人，他的细心，他的情趣。他接近女人时的那种自然，让人心里熨帖，甚至还会叫人生出几分感动。他就是那把牛角梳，那支在窿子里打的山歌。

赖全福对李双凤说："去困吧。你脸蛮红，没醉吧？他肯定醉了，醉倒在共产主义。"

钟长水又夹了几块肉往棚外去。他现在不敢吃肉，或者是舍不得吃。他要拿所有的肉，去祭奠他的战友。那团来路不明的阴影，也许还会再来。

赖全福却要和两位师傅继续喝酒。一小坛谷烧才下去一半，就把曾东华他们灌醉了。赖全福依然兴致勃勃。

"黄师傅，你们看到啦，他们三个也为出砂高兴，他们是地主土豪反革命，为何呢？"赖全福问。

黄罗二位一愣，还是黄师傅答话："你们也高兴嘞。"

他的意思很明确，你们也是犯人。你们也是来服劳役的，不也为出砂高兴吗？

赖全福便有些不快了，顾自猛喝了一口酒，说："他们能跟我们作比吗？好笑！我们是红军，当然为红军打出钨砂高兴。你刚才说我出去要如何如何，就忘记了是啵？哄我呀。他们算什么！"

黄师傅连忙再敬酒，接着说："打出砂子，哪个都高兴！有肉食，有酒喝嘞！早先，我们被窿主雇请，一个月三块光洋，出砂不出砂，关爷老子个屁事！说归说，发现矿脉，一样乐得发狂嘞。窿主酒肉伺候高兴，不给也一样会高兴。为何呢，就跟冬天亮屁股下河摸鱼一样，摸不到，冷得打抖，摸到鱼，全身热乎乎。别人说鱼头有火，砂子也有火呢，晓得啵？"

赖全福冷冷一笑，又问："你们刚才也听到了，他说窿子里有风。你们发现了风没有？"

黄师傅说："有风就有通道。可这条窿子没有通道，风从哪里来？他打乱说。他想逃跑。你们也想逃跑？"

黄罗二位一下子紧张起来，瞪着赖全福，再也不敢豪饮了。其实，这时他俩还相互碰了碰胳膊，那是相互提醒。喝酒误事，言多必失呢。毕竟，他俩是在犯人堆里。

钟长水果然又看到那团神秘的阴影了。在没有月光的夜晚，那团阴影是更为浓重的黑，那团黑里还带着一股焦味，就像金鸡堡战场上，那由硝烟、草木燃烧和死亡勾兑在一起的气息。

长水冲进寮棚，把赖全福和李双凤喊了出去。他们共同呼吸着那团阴影。阴影果然是一种气息。

那种气息来自北边，也来自南边，甚至东边和西边。就看风朝向哪边刮。阴影的出发地，距离画眉坳越来越近了，所以，阴影越来越黑，气息越来越浓。

此刻，赖全福的光头比夜色更黑，脸色比阴影更黑。

第十三章 夜啼郎

　　果然，红军挖砂队所在的砂窝子里，先后打出了好几条富矿脉。钨砂从窿子里源源不断地流出来，流经与羊角水汇合的牛吼河，走水路下广东，以每担五十二块银元的价格秘密地卖给广东军阀陈济棠，换回红军急需的盐、布匹、医药。红军太需要钨砂了。

　　因为松树窝的这条窿子在出涌货，犯人被分成两个作业组，昼夜轮班，牢牢地咬着少见的大矿脉掘进。一组白天在窿子里凿眼，夜班的那一组，白天并不能歇着，而是在棚外山坡上挑选花石，碾成粉末后，再送到溪边淘洗。选矿场那边忙不过来啦。

　　这样，钟长水便有机会在光天化日之下，看到九皇女了。他暗暗庆幸自己的脑壳，长出了毛茸茸的头发，有半寸长了呢。

　　淘洗砂子的场所就在石桥下的石滩上。这里离画眉镇很近，离九皇女更近，她天天要来洗衣洗菜的。他眼巴巴地期待着和九皇女相会的时刻，却又为那个迟早必定到来的时刻忐忑不安。在荷枪实弹的保卫分队看护之下，他怎么见九皇女哟！

　　现在，他甚至不敢朝着镇上张望了。每每直起腰身休息的时候，他便扭转身子，把脸偏向砂窝子，避开对岸女人的目光。有两个打算来溪边的女人都叫看守挡了回去。

　　炽白的太阳把一片苍翠洒在远处绵延起伏的群山上，而长水凝望着的满目疮痍的砂窝子却是雾蒙蒙的，到处反射着金属的光泽，到处升腾起滞重的灰尘，许多窿口不时传出沉闷的爆破声，紧接着，烟尘便悠悠地飘出来。

　　他稍稍舒展腰身，马上又把头埋进齐胸高的木桶，双臂机械地来回摆动，像浸禾种一样，让桶里的水漂去秕谷般的杂质。身边的李双凤忽然倚着桶沿停止淘洗。钟长水隐隐约约意识到什么，把脑壳垂得更低。他的脑壳快要浸到桶里去了。

痛苦难堪的时刻来临了。李双凤碰碰他，轻声地告诉："你看，往对岸看，有好多女人从镇上出来，哨兵拦不住她们，她们往这边过来。她们来看稀奇是啵？"

长水不做声，心却乱了，动作失去了节奏。他听到那些女人叽叽喳喳的声音，她们早就晓得砂窝子边上的松树窝里有劳役队，今天终于如愿以偿看到这些犯人了。她们带着各种夸张的表情指指戳戳，就像面对从山里蹿出来的什么怪兽似的。

九皇女应该也在其中吧？泰和子会替自己瞒住九皇女吗？九皇女要是晓得自己成了犯人，会怎样难过呢？长水不晓得。可是，恨是肯定的，九皇女巴望枫岗后生都成为红军的英雄呢！

李双凤通过长水的神态，猜出了他的心思。她抱着淘床，移到长水的另一侧，用自己的身体挡在两岸之间，长水和那些女人之间，挡住了向这边石滩上投来的视线。

有一个抱着孩子的女人，挣脱看守的扯拽，一步步走近来。她疑疑惑惑的，伸长了脖颈。李双凤说："抱孩子的那个，像是看你呢，她留有辫子，是九皇女。"

九皇女离他很近了，近得能相互看清彼此的脸。哨兵大声吆喝道："说不听是啵？莫过去，这是劳役队！你再敢往前走，我就捉起你来！洗衣莫到这边，到下游去。你们统统回去！"

可能是顾忌着看守，九皇女缩回去几步。其实，她是变换角度，努力辨认刚才看到的熟悉的轮廓。然而，她看到的只是一个没有脑壳的侧影，一个撅起来的屁股。

她喂饱了世上所有的野鬼啊！

长水紧张得只顾晃动淘床，淘净的钨砂忽然游动起来，离开淘床，沉入桶底。他不管不顾，仍在猛烈摇晃。

李双凤直起身子，将自己淘净的砂倒在脚边的小铁桶里，掠一掠鬓发，机智地拍打着长水的腰背喊一声："老赖，你淘得不干净！"

九皇女听到李双凤的喊声，愣了一会儿。接着，被看守撵着转过身去。

她慢慢往回走，却是频频回眸。

　　李双凤紧紧地挨着长水，晃动的胳臂不停地擦着他的胳臂，生出灼人的热。有一瞬间，长水几乎忘记了咫尺之遥的九皇女，而把全部的注意力都集中在那灼烫的感受上。李双凤最了解女人，她就是女人啊，她以女人特有的细致和机敏，制造出一片温柔的迷幻，在安慰另一个女人。是的，九皇女经不住这样的打击，她是个心坚情痴的妹子，又是个争强好胜的女人，钟长水就是她的精神支柱。如果她发现这柱子是被白蚁蛀空的，是沤烂的，她会发疯呢！

　　钟长水从惊惶中醒过神来。他再也憋不住了，昂起了头。瞒得了今天躲不过明天，只要九皇女心里滋生了一丝疑惑，她就会每天到这里来探看，在他脑壳上勘查。他的日子缓缓流淌在她眼皮子底下，他怎么绕得过去呢？

　　他宁愿钻进两头不见天日的窿子，但这不可能了。他所能做到的，就是充满愧疚却又坦然地迎上去，就像当初走上法庭一样，去接受另一次审判。他声嘶力竭地大叫一声："皇妹子！"

　　九皇女一惊，转过身来，呆立在长水的视线尽头。她好像在出神地聆听某个山坳深箐里响起的画眉的歌声。那样悠扬宛转清灵的歌声，一定是献给爱情的。她被深深感染了，她的睫毛上挂满泪珠。然而，在远处葱茏的山林里，那杜鹃、那失恋的女子幻化成的鸟儿，满怀嫉妒，唠唠叨叨地倾诉开了，晦气的诅咒响亮地飘过来，满山满谷回荡着它凄厉啼血的挽歌。

　　钟长水的手一刻也不停歇，不住地整整领口，扯扯衣襟，用湿手熨熨皱巴巴的袖筒。幸好，他没有打赤膊，仿佛他是为了这个时刻才没有剥皮的！他的那些动作很可笑，也很庄严，那是无言的声明：自己还是红军，还是红军的人！

　　九皇女合上眼皮。他听到她压抑着的呜咽了，那声音就像引线在嗞嗞地燃烧，只要几秒钟十几秒钟，她日日夜夜苦熬出来的希望和祝福就会爆炸。

　　钟长水嘶声再喊一声皇妹子，不顾一切地冲上前。小溪这边的看守紧紧撕扯住他，那边的看守则把一杆汉阳造横在九皇女面前。

　　隔着小溪，他们无语相视。长水看清了她怀抱中的孩子，小小的脸又黑又瘦，像哪个的脸哟！孩子开始闹了，身子一挣一挣的，腿乱刨，手乱抓，九皇女箍紧他，晃着脸，躲开孩子的两只小手。于是，孩子哇的一声，响亮地啼哭起来。

长水央求看守，放自己过去跟她说句话。长水说，对岸那个女人是自己的老婆，那伢崽是他的大崽呢。长水又说，要是换了你，你想不想跟老婆说说事。

看守凶凶喝喝，训了他一顿。他面前的溪水很浅，却是不可逾越。他俩只能这样隔溪相望。

接着，长水看见了九皇女颈脖上的银颈箍，就跟那天下山去铁匠铺时看到的一模一样。他花费太大代价买来的银颈箍，一直被她戴着。长水不晓得该为之欣慰呢，还是为之悲哀。

大约是感受到了长水投在自己颈脖上的目光，九皇女突然腾出一只手，提起箍子，朝他晃了晃。长水会意了。这是一种表白，一种希望。她相信那个箍子，相信水蛇崽被长水击毙的事实，就是说，她相信自己恋着的后生。

而长水的爹，乡苏主席钟龙兴却带话来，不认这个崽，不认长水是枫岗钟家人，以辱先的罪名，已将钟长水黜族了。大笔一挥，很轻易就将长水的名字从族谱上勾了去。但是，那个仪式甚为庄严，依然是在钟氏宗祠里进行的，主持仪式的是钟氏长老，所有男丁都参加了。所有男丁，不过就是全村老人和因病因残无法当兵的几个青壮，还有一帮不懂事的孩子。

带话的人就是泰和子。当时，泰和子还告诉长水，他姐夫已经抽调到新发现的小龙钨矿去了。要不，对岸看稀奇的女人中，必定还有长水的姐姐长娇。

长水看到九皇女高高地举起孩子，她脸上一片绯红："这是长根的崽，叫发旺。"

她的声音很轻，可长水听得分明。那是长根的崽！长根怎么会有崽哟？孤儿长根居然留到了烟火！他在九泉之下会笑嘞。

钟长水紧盯着那个叫发旺的孩子，脸上泛起一种古怪的微笑。他喃喃道："长根死掉，又活了。我活在世上，倒是死人。好笑啵？双凤咃，你说好笑啵？"

在他的微笑中，九皇女和孩子的哭声一道消失了。任长水发出啼血的呼喊，沉默的矿山和喧闹的小镇也无动于衷。陡然间，他脑子里一片迷惘。

九皇女颈脖上戴着他的颈箍子，怀里却抱着长根的孩子！这才是一条穿凿不透的窿子呢。

李双凤安慰道："长水，她戴到箍子，就是记到你等到你。你莫难过。不管孩子是怎么回事，九皇女心里有你，她没嫌你呢。"

在旁边的李水淼凑上前来，问道："那个女子是你的情妹子啵？长得蛮标致嘞。"

长水推开他，复又抱起淘床。李水淼嘿嘿地笑起来："她当真蛮标致，屁股圆，奶盘大，一朵香花呢。画眉坳就没见长得标致的女人，个个都像这淘桶，又矮又粗，她是鹤立鸡群。兄弟，看得出来，你有蛮多话想跟她说，是啵？"

钟长水一愣，盯住了他。这时，李水淼的目光是亲热而关切的，却也是神秘莫测的。那目光中分明闪烁着一线诡谲的光芒。

"这不难，这不难嘞！她就在你头顶上，要是我，我就变一只地老鼠，变一只檐老鼠……"

"什么意思？你说！莫这样阴阳怪气。说呀！"

在钟长水咄咄逼人的追问下，李水淼不敢放肆，只是瞅着长水的脑壳意味深长地笑。长水猛然意识到什么，心灵可怕地战栗起来。李水淼这副窥见人隐私的自得神情，分明在骄傲地宣告他发现了那个秘密的窿子，也许他发现得更早，所以，他对长水烧净的头发，才敢那么大胆地戏弄。他拿着长水企图逃跑的把柄呢！

乡苏主席钟龙兴是在七月半那天，得知儿子的确切消息的。在此之前，他隐约听到传言，却是死活不信。县委县苏都撤离到山里去了，三营的行踪更是无从打听，他只当是人们牙黄口臭。

七月半那天，抽调小龙钨矿的女儿女婿回来，在他的追问下，女婿证实了这个消息，并道出了前因后果。钟龙兴仍不敢相信，问女儿女婿："你们见到那个狗拖的啵？没有。为何不去看看他？他在劳役队呢。是你们的弟弟呢，见不得？"

"他是犯人，躲都躲不赢，哪个敢去惹火烧身哟！"

是的，钨砂是红军的命脉，红军对矿山上的所有人员都查得严管得紧。他们怕受牵连呢。画眉坳要抽调一批党员骨干和技术工人去支援新近发现的小龙钨矿，长水姐夫主动申请调离，就是怕长娇时常望着砂窝子暗自垂泪，迟早会露出破绽来。一旦成为犯人亲属，他们在画眉坳就待不下去了。

钟龙兴勃然大怒。他二话不说，便把屋里一切跟儿子有关的东西都搜了出来，旧衣服、下广东带回的梳子镜子什么的，全部扔到了后山上。长水他娘哭天抢地也拦不住。翻遍里里外外，长水全部的遗存就是那么一点点，远远不足以让钟龙兴解恨。看到包好的那些准备烧给祖宗的纸包，他用木炭把纸包上长水的名字涂掉了。烧包时，纸包上除了要写明寄给哪位祖宗，还要写上寄者的名字。他先把儿子从家庭里驱逐出去了。

接着，他鼓动族中长老出面，以长水当逃兵辱先为名，郑重其事地举行了一个黜族仪式。钟氏祠规对不肖子孙有各种惩戒手段，其中黜族便是最为严厉的惩罚。该黜族者，为贪财结亲娶小姓的，以女配小姓者的，以及其他有辱先行为的。自打建立了苏维埃政权，祠规早已废弃。可恼羞成怒的他，怎肯让儿子辱没了自己的声名！也是无奈于骂崽听不到打崽够不到，他能想到的办法就是祠规伺候。他要用大义灭亲的行为，捍卫枫岗钟氏清白传家的门风，向全族全村乃至全乡群众表明自己的革命立场和决心。他认定，儿子犯罪就是辱先！但是，且慢，堂堂乡苏主席要脸面呢。事后，一向粗蛮的钟龙兴马上生出了脑水。他神秘而严肃地告诉族中长老，之所以如此大张旗鼓搞黜族仪式，是掩人耳目呢，长水其实做了红军探子。他还再三要求长老不惜身家性命也必须严守秘密。

现在，钟龙兴没有儿子了，没有瓜瓞和烟火了。做完这件事，他心里忽然感到空落落的。长水娘成天捶胸顿足，骂他咒他，一连好些天，也不做饭了，哭着哭着，一口气上不来，气绝身亡。枫岗妇女都说是钟主席气死了老婆，又要写状子告他，恨不得区苏、县苏派人来绑他。钟龙兴老泪纵横，说："县苏区苏你们寻不到嘞，你们绑起我往后山的窟里送吧。我前世作孽，生了个败类崽嘞。"

痛定思痛，钟龙兴开始迁怒于金鸡堡岭底的温火生。那个所谓白皮红心的结巴子，那个用萝卜冒充肥肉的贪财鬼。温火生谋到两块银元，还让长水欠着三块银元，却在萝卜炆肉里搞名堂。是他让长水驮冤枉的！特别令他愤怒的是，金鸡堡战斗结束后，三营驻扎李渡期间，那时还不晓得实情的女婿，再次去岭底圩时带去欠下的银元，那个温火生居然收下了。

　　钟龙兴决心要找温火生算账。他不仅要让温火生吐出所有的银元来，还要警告他，等到粉碎国民党的五次围剿，政府会清算他。他是独自悄悄走的，对乡苏干部只说是去找区苏县苏汇报工作。

　　从枫岗前往岭底，抄近路也要走两天。而此时，这一路上，时时遇见燃烧的村庄，过往的白军部队。当然，他也遇到了匆匆后撤的红军部队和游击队。形势已是十分危急。敌军以登贤为堡垒，正在蚕食着整个苏区。路边的屋墙上、茶亭里、崖脚边，白军涂写的标语把红军的口号覆盖了。

　　走了一天，天黑时，钟龙兴钻进路边茶亭歇脚，竟撞见了曾泰和。他说："你是泰和子的魂啵？你人在画眉坳呢。"

　　泰和子总是很神秘的。他究竟在矿山上是个什么角色，别人都不晓得。泰和子向他问明情况后，劝道："去不得嘞，金鸡堡一带早就被白军占了。现在寻那个温火生没用。长水判都判了快半年，再过半年就放出来啦。再说，不管怎么说，他贪污三块银元买箍子是事实。事实在胜于雄辩，你把原因编出花来也没用。"

　　钟龙兴吼道："就这么便宜温火生？好笑！我冒死也要寻到他来，叫他当面掏出良心看看。我看他是黑心！你们还说他是白皮红心！你们有眼无珠！"

　　泰和子恼了："好笑，哪个说他白皮红心？你是乡苏主席，你做事说事也不过过脑子。长水也像你嘞。"

　　"像我就好啦。他像枫岗的狗，没用！泰和子，叫你把黜族的事告诉他，你说了啵？"

　　"说了。你交代的事，哪个敢不说？"

　　"他怎么样？"

　　"笑了一下子。我还怕他难过，想了蛮久，才告诉他。他倒笑了。也是，判了个服劳役，在窿子里挖砂，蛮苦，黜族又算什么。一不痛，二不苦，三不会要命。"

　　钟龙兴顿时又冒火了："他还笑？不把黜族当回事？你没告诉他再也不是枫岗的人啦？他是野种，是山上的野狗！他要是死掉，进不得祖坟山，没有葬身之地，晓得啵？等到革命彻底胜利，我要帮长根长贵建庙，让他们年年正月间看三天大戏，抬着他们的神像游神，家家拿出鸡鸭鱼肉供奉。长水只能像野狗，跟到人脚底下啃骨头。他当真是条狗嘞，不晓得羞耻！气死我啦。"

稍稍歇了一阵，他俩都要继续赶路。泰和子再次劝他，仍然没用，只好由他去。分手时，钟龙兴说："泰和子，我叫你说把九皇女听，把那个吊颈的箍子丢掉去，丢掉没？叫你妹子把长根的崽送转来吧，我叫我女长好长妙她们带他，那是枫岗英雄的根苗。我要保护好他，让他长大再去当红军。叫九皇女嫁把挖砂队的那个队长吧。她嫁了，我也就对得起你爹娘啦。"

第二天傍晚，钟龙兴一瘸一拐地来到金鸡堡山脚下。他惊呆了。岭底圩早已成为一片废墟。圩街两边的店铺全部被烧毁，只剩下一堵堵土砖墙，一堆堆瓦砾，门板和梁柱都炼成了炭。整个小镇一片死寂，找不到人，只听得不知从哪里传来的哭声。那哭声丝丝缕缕的，不绝于耳，又仿佛来自四面八方，来自小镇四周的山冈。

圩镇成了死镇。那是冤魂的哭诉。一定是白军部队或还乡团，血洗了这个小镇。钟龙兴走进镇子里，闻到的便是一股浓烈的尸臭味，散不尽的血腥味和焦煳味。

钟龙兴徘徊在暮色里，不禁毛骨悚然。他正要离开，却见山上的树林里似有人影晃过。那该是躲藏在山上的幸存者了。他赶紧猫着身子，藏在镇口的一堵残墙边。直到天断黑，山上才有人鬼鬼祟祟地沿着溪涧下山来。他猛扑过去，抱住了那人。

钟龙兴问："温火生呢，死掉了啵？"

哪晓得，那人竟说："该死的没死，不该死的都死掉了嘞！"

说着，那人便号啕起来。他正是温火生。从他结结巴巴的哭诉中，钟龙兴得知，十多天前，有一支白军队伍开进岭底歇脚，他们开始还安慰百姓莫怕，可是，敌师长突然下令大开杀戒，他认为这里人人通共。其实，秘密和红军做生意的，正是敌师长自己。他的手下有好几个人被这里的老板认出来了，老板见从前的客商摇身一变，成了白军军官，热情地把他们往自家拉。不料，待到那些军官酒醉饭饱，敌师长立即把队伍拉了出去，将小镇围了个水泄不通，接着，就是一场大屠杀。几百人口倒毙在白军机枪的扫射之下，然后，白军放火烧掉了岭底。那个残暴的敌师长大概是想灭口。

温火生的老婆和一对儿女也死了。他自己是因为上山收松脂回来得晚，才幸免于难的。他和几个幸存者白天藏在山上，到了夜晚，才敢偷偷溜下来。

他们要做的事，就是让所有的冤魂入土为安。

　　一直在抹泪的钟龙兴，竟不晓得该怎样对付眼前的温火生了。一路上，他为面对温火生设计了好几种的手段。比如，搧几个耳光，再讨回那些银元。要么，罚更多的银元。枫岗乡组建游击队需要枪支弹药呢。或者，干脆以苏维埃的名义，结果了这个黑心肠的畜生。可是，他面前是个万念俱灰痛不欲生的男人嘞。温火生已经家破人亡，还能拿人怎么办？

　　温火生竟猜透了他的来意。这时的温火生，反而不结巴了："我晓得有人会来寻我的，作孽肯定要遭报应的。那次，红军又派人下山来买肉，我就晓得，要遭报应啦。我去给那些红军坟敬香烧纸，四十八座嘞。我每次去烧纸，好好的响晴天也会落大雨，他们不肯收是啵，不肯放过我是啵？几时有何人来寻我哟，没有嘞。你寻我，肯定就是为萝卜炆肉。没别的事，我一辈子只做了这么一件亏心事！老天吔，那多恶人做了几多恶事哟，你怎么不睁眼呀！我就做了这一件，你就叫我家破人亡断子绝孙啊！"

　　钟龙兴默默无语，把瘫着跪倒在地的温火生抱了起来。他只能选择静静地离去。

　　温火生拽住了他，从身上掏出一把银元，喃喃道："我在等你们。我晓得你们迟早要来算账。这几天，我把埋在山上的银元挖出来，就是等到你们来。我天天跟鬼在一起，晓得人间的事呢。了掉这笔账，我马上就会变成鬼，你看到来。"

　　温火生把银元往他手里一塞，就狂奔起来。没等钟长水反应过来，就听得镇口桥下传来沉闷的响声。温火生跳下了溪涧。黑暗中的溪涧，是无底的深渊。钟龙兴狠狠地甩了自己一个耳光。

　　又是两天后，他回到了枫岗。可是，他只能在山上眼巴巴地望着自己的村庄。枫岗被白军占领了。乡苏和刚刚组建的枫岗游击队都转移了，他和他们失去了联系。他还指望用这些银元买几支枪呢。

　　钟龙兴在南华山里寻找着自己的队伍自己的人。哪里有枪炮声，他就往哪里扑。可是，南华山太大了。他成了山野孤魂。怀揣着二十块银元，他啃着野果树根，要不，就在夜晚偷偷潜入哪个村庄，讨点吃食。他找不到自己的同志了。于是，他改变了买枪的念头。他要留到这些银元来，等到革命彻底胜利，为长根、长贵建庙塑金身，让他们成为子孙崇仰的英雄。夜晚，他总是念念有词，正月间的大戏在他藏身的山洞里排练着，也许，已经在唱跳加官那出开场戏了呢。

　　长根的崽当真是个夜啼郎。整个画眉镇都被他夜夜无休止的啼哭吵得困不着，于是，男男女女都给九皇女出主意。有的说，孩子是受惊吓掉了魂，要喊惊。先是打野喊，每夜临睡前叫着孩子的名字乱喊一通，连喊三天。若是无效，改用竖篙喊，即竖起竹篙，顶端倒挂滤酒的竹篓，竹篓上蒙孩子的衣服，一人扶竹篙，一人执火把，同声呼喊，也是连喊三天。有的说，孩子天天夜里这样哭，哪是掉魂呀，是夜啼郎嘞。制夜啼郎，要用红纸写上字，贴在大路边和街头巷尾，才管用。九皇女信铁匠师傅，便依了制夜啼郎的办法。

　　一时间，画眉镇上到处贴着那样的红纸，就跟枫岗头几年刚刚闹红时那样。不过，闹红时刷的红色标语，整面墙整面墙地刷了去。制夜啼郎用的是大大小小的红纸片，大的不过凳面般大小，小的仅巴掌宽。九皇女贴了一些，被夜啼吵得心烦的女人也贴。

　　那些红纸片上都写着这样一段顺口溜——

　　　　　　　　天皇皇，地皇皇，
　　　　　　　　我家有个叫夜郎，
　　　　　　　　过路君子念三遍，
　　　　　　　　安眠静睡到天亮。

　　于是，长根的崽成了画眉镇上的名人。每个过路君子都要为他念诗祈祷呢。连钟长水也念起来。

　　钟长水是被曾泰和逼着念的。泰和子领着他去见九皇女，一踏进街口，泰和子指着墙上的纸片念起来。泰和子说："你开口呀！你不是过路君子呀！"

　　长水说："我是小人，犯人。我一身的晦气，念不得。莫吓掉了长根崽的魂，又要喊惊啦。"

　　泰和子火了："你当真拗烈！念！"

　　"我不识字，念个鬼。"

"那你跟到我念。不念，我就带你回窿子，莫见九皇女啦！你觉得出来蛮容易是啵？我对首长说，你想看看烈士的崽，你有悔过表现，首长才勉强同意的。"

曾泰和其实也想让妹子和长水见个面。妹子被夜啼郎折磨得夜夜睡不好，人消瘦了，情绪更糟糕。伶牙俐齿的九皇女，成天愁眉紧锁，再也没有了歌声和笑声。只有在抚摸着银箍子时，她沉醉一般，脸上才有些许轻松和宁静。她一直恋着长水啊，哪怕她已亲眼目睹了残酷的事实。

不，正是因为看到了他，因为听到了那声撕心裂肺的呼喊，九皇女更是难以自制了。长水就在她身边，而她还把他当做远行的亲人，夜夜为他祷祝着。

他们的见面是在收砂站里进行的。默念着"天皇皇地皇皇"，钟长水见到了皇妹子了，见到了那个夜啼郎。竟也奇怪，长根的崽亲长水呢。他在九皇女怀里一蹿一蹿的，伸着纽瘦的胳臂就要抓长水的脸，他的小手逮住了长水的鼻子，扒着抠着，嘴里咿咿呀呀的。

九皇女说："旺崽在喊舅舅呢。哦，也是叔叔。长水，你坐呀。"

"我不是他叔叔。我被黜族了，不姓钟啦。"

九皇女轻轻一笑："你爹的鬼脾气，你还不晓得？你是独子呢。他很快就会后悔的。"

"皇妹子，水蛇崽被我打死啦，晓得啵？没死，这久怎么没有他的音讯，他肯定死掉啦。他掉到孽龙潭里，被漩涡卷进暗河，他喂了鱼，喂了孽龙，不，神蛇。他连渣子都没留。"

说到水蛇崽的死，长水显得很激动，就像跟谁争辩似的。一头倒在床上的曾泰和，禁不住冷笑一声："暗河里有鱼？"

"哪个说没鱼？潭里有石鱼、石鸡、娃娃鱼！"

"石鸡是鱼呀，好笑！再说，潭里有鱼，不等于暗河里有鱼。暗河在潭底下，水更加冰冷，水又急。鱼待得住吗？鱼精差不多。"

长水急了："泰和子，打赌啵？我见过鱼精呢，比人还长。我不敢嬉水，就是被鱼精吓倒了。还有，枫岗古樟树上的神蛇，就是孽龙潭里的孽龙，神蛇在两头出入。"

这么一争，两人见面时的尴尬化解了不少。九皇女轻轻一笑："我去孽龙潭寻过，看到潭里当真有鱼，蛮大，是黑的鱼。死不见尸，水蛇崽是被天收了嘞。"

她是相信水蛇崽已被长水击毙的，她也是相信银颈箍的啊，如今有几个女人还戴箍子呀？整个画眉镇怕只有她了。长水盯住了她的颈脖。她的颈脖和胸口晒得发红，箍子越发银亮。

发旺的小手朝长水的眼睛抠去。长水躲闪不及，一个指头竟戳在他的眼球上。他"哎哟"叫了一声，紧接着，毫无意识地骂道："这个野崽蛮恶嘞！"

九皇女脸色陡变，抱紧了孩子，愤怒地呵斥道："钟长水，你骂哪个！你骂他是野崽？告诉你，他是我的崽！他爹是红军的人！他爹自杀，不是怕死，是英雄！不像你，怕死当逃兵。"

情知说了错话，长水羞愧难当。可是，面对逃兵的指责，他恼羞成怒了："哪个牙黄口臭说我是逃兵？你告诉我，我撕烂他的嘴！你当劳役队都是逃兵叛徒呀？里面也有好人嘞。像赖营长，还有李双凤，他们是驮冤枉进去的。他们的案子是泰和子办的，你问问泰和子，他心安吗？自家整自家，反革命巴不得嘞，做梦都会笑出声！"

曾泰和刷地从床上坐起来，反唇相讥："你也驮冤枉啦？你也敢鸣冤叫屈呀，我倒想听听你的冤情呢。"

"说就说。皇妹子，那个箍子是我贪污军饷买的。我本来是赊账，哪晓得我被温火生坑了。我出去，就要寻他算账。"

曾泰和插话道："莫去啦，你爹已经去寻过他。"

长水瞪着他，继续说："好笑，不认我，他还叫爹？我的事跟他何干？我一定要寻到温火生来。我人倒霉寿生虱嘞。在青石寨，赖营长把水蛇崽小婆子的银颈箍奖给我，我没留到来。后来，反倒害了李双凤。那个箍子蛮精致嘞，吊着好多吉兽。可我的箍子都是吊颈箍！皇妹子，我要求来见你，就是要叫你把箍子丢掉去！它当真是个要不得的吊颈箍！"

听着长水的叙说，撩开怀奶孩子的九皇女，通过不时的追问，已经了解关于长水的一切。为了一个承诺，他居然成了罪人！这让她百感交集。苦苦的，是爱。酸酸的，是怨。涩涩的，是愁。长水蛮傻呢。她怎会在意一个箍子呀，尽管她一直戴着箍子，她是期待着一个能给她带来光荣的人！而现在，这个人回来了，他给她带来的是什么呀？竟是耻辱，竟是不可思议的荒唐！

　　九皇女低着头，一个劲地亲着孩子的脸蛋。发旺是个大肚汉呢。可就是不长肉，脸面像只猴子，这大概是夜啼闹的。夜里有什么邪祟让他不安呢？别是这只箍子啵？

　　长水几乎在央求她了："皇妹子，快把箍子摘下来，丢掉去！箍子害了我，不能让它再害你。"

　　泰和子也劝告妹子丢掉它。泰和子希望她丢掉的，不仅仅是它，还有长水这个人。长水犯了罪，一年劳役呢。尽管一年很快就会过去，可是，她要嫁的是红军，是最勇敢的后生，是能让登贤贫苦群众啧啧赞叹的英雄！泰和子为此隔三差五地来劝说妹子，泰和子说，那个副队长对你蛮在意呢。

　　九皇女要哥哥出去，她有话要单独对长水说。泰和子瞪着长水，似警告一般，很不情愿地出了屋。

　　九皇女把喂饱了的孩子递给了长水。她把辫子拽到胸前来，抚摸着辫梢问道："这是长根的崽呢，你不奇怪？"

　　发旺果然亲长水，撕扯着他的短发，还将小手塞进了他口中。他轻轻一咬，发旺竟咯咯地笑起来。

　　发旺会笑了，发旺还从没有这样出声笑。九皇女说："他夜啼，怕是也晓得自家可怜吧？一出生，就没爹。我还想把他寄养在哪个屋里嘞。我心里着急，收砂站有蛮多事，我还是矿上的妇女委员长。我要赶紧组织妇女去帮红军选矿，选矿要蛮多人手。"

　　长水说："你外婆家不是在这里吗？我姐姐长娇也可以。"

　　九皇女说："我外婆家没人了。你姐姐姐夫抽调去了小龙矿，他们可能还不晓得你在这里挖砂呢。"

　　长水猛然打断她的话："那个说事不作数的打锤佬！骗走我姐姐，也没得到他的驳壳枪！我叫他把箍子带给你，还叫他代笔给你写了信。你没得到信是啵？那天夜晚你在祭野鬼，我听到你念我们四个的名字。他为何贪污我的信？"

　　九皇女凄然一笑："这亡叫贪污呀？我一见箍子，心里搂搂挖挖。你们上了战场，我天天牵肠挂肚嘞。可能我当时太……太激动，把你姐夫吓倒了吧？"

　　一阵沉默后，九皇女接着说："我想，还是把发旺送到枫岗去。这个崽，可能晓得我的心事，才夜啼的。长水，我拜托你，以后出去，要上心，记到发旺来。他是长根的根苗，是你们钟家的香火。莫记恨长根，是我自家给他的。那天，他哭得蛮伤心……也莫记恨我，那时候我还恨你呢，你爹说得好，你是枫岗的狗。我怎么会恋到一条没用的狗哟，在澡屋子里你像抢打轿样发个狠，就没有后来这多事。"

说着，九皇女已是泪眼汪汪。她果然把箍子摘了下来。不过，她不肯丢掉，而是用巾子包了起来。她要存个念想。这是一个令人心碎的念想。

发旺撒尿了。好大一泡尿，淋湿了长水最后的允诺。他说："我出去还要给长贵、长根他们拣金，当真，我说到做到。钨矿对红军蛮重要，你在这里做事放心，我把发旺当自家的崽。我再也讨不到老婆啦，哪个妹子会喜欢我这样的人哟，有个崽蛮好，当真蛮好……就怕长大，他看不起我。"

九皇女伸手要接过孩子，哪晓得，正乐着的孩子一撇嘴，立即大哭起来。长水说："还是我抱吧，他听懂了我们说的事，认准我这个爹啦。旺崽呀，你这个爹被黜族啦。叫我带你到哪里去哟！"

整个画眉坳都不晓得，此时，枫岗正在遭受劫难。但是，人人都心知肚明，苏区的地盘在迅速缩小，白军步步紧逼，威胁越来越近。九皇女的话，其实就是一种选择，一种准备。她为自己选择的是跟着红军，为孩子选择的，却是一个注定要被革命队伍淘洗出去的人。因为，他一诺千金呢。

临分手时，长水真诚地叮嘱道："皇妹子，还是把箍子丢掉的好。这个箍子晦气。告诉你，你的头发被我烧掉了呢。我是一根根放在烟丝里，当黑老虎抽掉的。我成了犯人，留到没用。头发跟黑老虎味道一样，蛮香。"

竟也奇怪，发旺当真晓得事，更加凶猛地啼哭起来，哭得让大人们手忙脚乱，三个人的指头都摁到他的人中穴上去了。九皇女从长水肘弯里夺过发旺，便往屋后去，不让发旺再看长水。

和曾泰和一前一后地走出镇口时，长水猛然转过身去，对着他就是一拳，猝不及防的他轰然倒地。长水扑上去，又甩了他两个耳光，骂道："泰和子，耳光是代表赖营长和李双凤，那一拳是我自己的。我吊！我是逃兵？我打青石寨，我杀水蛇崽，我眼皮都不眨。那个该死的吊颈箍哟！"

长水呜呜的沉闷哭声，应和着从镇里传来的尖利婴啼，令翻身爬起来的曾泰和，虽一脸恼怒，却又默默无言。

第十四章　盲窿子

采场上的赖全福疯了似的，狂舞着手里的大锤。仿佛，大锤上倾注的是他指挥一个营的力量，这段力量一次次摧毁了白狗子的痴心妄想。此刻，却通过钟长水手里的长钎，艰难地掏着一个小小的炮眼。锤声产生了不可名状的震动，震得钟长水的虎口发麻，两臂的肌肉发酸，一股股震动传向大脑，搅碎了他脑海中漂浮的记忆，只有严酷的沉甸甸的现实积淀在心底。

长水和九皇女的故事结束了。银颈箍的故事结束了。这么自然而然，并没有太大的波澜，就好像两位主人公都设定了这样的结果。这个结果竟是一个别人的崽。然而，他还能期望别的什么结果吗？长水分神了。掌钎的手一晃，让赖全福的大锤砸在窿壁上，砸得金星四溅，他失去重心的身体一个趔趄，差点摔倒。

赖全福勃然大怒："混蛋！你开小差，莫怪我砸碎你的脑壳！握好，看到钎来！"

钟长水被他的气势吓住了，连忙驯从地将长钎凿在窿壁上，全神贯注地盯着双手紧攥的长钎。

当！当！当……大锤飞舞着。赖全福像一头疯牛，脸上、臂膀上的肌肉绷得紧紧的，每一声锤响都像那一块块肌肉碰撞出来的金属的声音。赖全福太累了，他每天都像这样抡锤，那股凶狠劲头几乎要将整个身子都砸在长钎上。

"营长，换换好啵，你掌钎，我来打锤！"

趁着赖全福喘息的空儿，钟长水撕扯着喉咙叫了一声。哪晓得，长水的喊声反而激起更加狂暴更加急骤的宣泄。

"掌钎！你给我掌钎！"

赖全福一把抓住了他赤裸的胸脯，抓住了鼓起来的胸肌，五个指头深深地抠进胸肌间。

这时，刚刚进窿的李双凤放下扁担，挪上前来，推开长水，默默地抓起长钎，也像长水那样跪下来。她的眼里含着淡淡的笑意，从容而自信地寻找着新的点。

气喘吁吁的赖全福说："凤妹子，这不是你干的，你走开！"

李双凤却不依。完全失去理智的赖全福朝巴掌上唾了两口，不管不顾的，便砸下去。只听得当的一声，长钎撞在窿壁上弹了起来。随着哎哟一声令人揪心的惨叫，李双凤捂住了眼。

长钎反弹在她右眼上。一只美丽的眼睛沉浸在血泊中，睫毛看不见了，瞳仁失去了光彩。

赖全福扑上去，搂住她，扳着她的头查看着，他的声音也流血了，黏糊糊的："凤妹子，怪我，我疯啦。你也是，你怎么攥得牢哟？痛啵？钟长水，你个混蛋。你敢把钎交给她？凤妹子有事，我就抠下你的眼珠子来。你等到来！"

钟长水火了："我吊！怪我呀？你再莫把自己当营长，你跟我一样，都是犯人！你老是凶凶喝喝，我一直忍到来。爷老子也会发火晓得啵？再儒善的狗也是狗晓得啵？"

赖全福一愣。接着，嘿嘿一笑："长出息啰。你下山一趟，食了炸药是啵？"

钟长水懒得理他，迅速摘下了油灯，问："双凤，看得到啵？看到了我啵？你试试看，你看呀！我送你去卫生队！"

赖全福推开长水，就要背她。李双凤拒绝了："我不去，我眼睛没事，是伤到眼皮，瞌不了，马上就会好的。"

"不行，走！"赖全福大吼一声，强蛮地把李双凤驮起来。

"全福，莫逼我去，你好傻，你想想，把我送下山，我还上得来吗？他们正想把我弄到选场去呢。"

是的，赖全福的疯狂便与此有关。曾泰和来得更勤了，他对李双凤的关切，不管是出于对她的歉疚，还是为了向她示好，都传达出同样的信号：对李双凤的处理是错误的，组织上已经有所悟了，只是形势太紧张，谁也顾不得来重新审理。于是，曾泰和只好用自己的关怀来表达他的心情。他还打算照顾她，让她离开劳役队，如果她本人愿意的话。

　　偏偏，曾泰和对赖全福越来越冷酷，一脸铁案如山的表情，好像他犯的是滔天大罪，好像对他说句话给个笑脸，就将引火烧身似的。这让赖全福怒火中烧，也令他惶惶不安。因为现实是残酷的，他能够想象得出更无奈的磨难，更可怕的结果。他如此疯狂地抢锤，就是一种宣泄。否则，他就会崩溃。每每轮到他去淘砂，他都要求留在窿子里。他日夜不离手中的那把大锤。

　　赖全福不肯放下她。在长水的引导下，他佝偻着腰身，慢慢向窿口挪动。他说："离开这里好嘞。你还舍不得？要你去选场，说明你的事搞清楚啦。你想跟我做伴？好傻！"

　　"你放下我！"李双凤在他背上挣扎着，并用双拳咚咚地捶打着他。他的肉结实呢，拳头落下，是嘭嘭的响声。

　　"再不放，我就咬啦！"

　　"咬呀！好笑啵，我从前打猎，没被狼呀豹虎子呀那些凶兽咬过，咬我的都是麂子、兔子、野鹿。"

　　没想到，李双凤当真逮着他的肩头咬了一口。赖全福哎哟一声尖叫，手一松，李双凤溜了下来。

　　为他们提灯的钟长水大吃一惊。紧接着，他听到李双凤大声说："长水，他想死，你们营长想死呢。前几天放炮的时候，他故意挑了几截最短的导火线，他发疯啦！"

　　难怪，赖全福总是抢着去点火放炮；难怪，李双凤总是固执地跟着他。她阻断了一条通向地狱的道路。长水明白她为什么对自己说这些，她要唤醒这个营长的尊严。

　　赖全福却不承认："打乱说！我想死也不愿死在这里。我要死在战场上，死在敌人的枪炮下。我是三营的营长！我的部队在前线，死在这里，我怎么去见马克思、恩格斯和在地下的战士哟！长贵、长根他们哪里会服我管哟！"

　　李双凤淡然一笑，从长水手里接过油灯，扭转脸去。她贴着长水的耳朵说一句话。

　　钟长水将信将疑，猛然对着赖全福的裤裆掏去。赖全福果然把一筒炸药吊在寿根上！在窿子里，男人几乎全身赤裸，他只能把这个秘密藏在短裤里。

　　长水瞠目结舌。难怪，他觉得赖全福那儿有点奇怪。原来，赖营长企图在这头魔怪的腑脏里引爆自己呢。

钟长水很麻利地从赖全福的裆里掏出了那筒炸药。他仿佛闻到了汗腺味和死亡的气味，心里猛然升腾起一种怜悯，他动情地喊了一声营长。真是不可思议，营长怎会想到死呢？

李双凤说："长水，他蛮想救我，想让我离开劳役队。曾泰和常常来寻我，他以为我的事快搞清了，他好伟大嘞，想让我跟曾泰和走。怎么可能呢？好笑！他由曾泰和对他的态度，联想到自己。他绝望了。他应该晓得自己犯了什么罪，他没有罪！他一身的伤疤，就是敌人的回答。他居然连自家都不相信啦！这样死掉就是不相信自家！"

赖全福说："打仗！打仗！打仗！打得好好的，把爷老子抓到这里来挖砂。现在，他们打得怎么样？我心痛，晓得啵？我感觉这仗打得越来越窝囊，我想出去，跟敌人拼！出砂子，我高兴。我想有了砂子，我们就有了实力。可是，砂子越来越多，枪炮声反倒越来越近！哪里有道缝，我就逃出去，跟敌人拼命去！"

李双凤放下油灯，紧紧地抱住赖全福："你没有罪就不该这样！总有一天上级会明白，为了这一天你要等着，好好地活到来。我陪你，我要一直陪到你。你不晓得嘞，你脾气太暴躁，人家曾泰和是小心你呢。也许，他也在为你陈情。从他的口气里，我听得出来，他对一些过左的做法是有自家的判断的。用他的话说，形势太紧张太复杂，我们只能等待。"

"莫说啦，凤妹子。眼睛蛮痛是啵？"赖全福的口气软了下来。

她凄然笑了，仰起明媚的脸来："不痛啦，没伤到眼珠子，我看到了灯，当真，蛮光！"

李双凤紧闭左眼，竭力睁开酸痛的伤眼。她提起油灯，走向窿子顶端。他们唯一的出路就是挖下去。

可是，钟长水却记住营长的一句话。黑暗中，他的双眼炯炯放光："营长，你刚才问哪里有道缝，我晓得。盲窿里有风，有风就有通风口。晓得我的意思啵？想不想去看看？"

赖全福问："你怎么晓得？"

"我打堆子到盲窿尽头去过。里面有个口子，被乱石封堵住了，可以钻过去的。钻过去就是一口竖井，从竖井爬上去，又是窿子。是打锤佬的窿子。"

　　长水得意洋洋地描述着。赖全福一把抓住他："你想逃？"

　　"我们一起逃好啵，我带路。我们上山打游击，跟白狗子拼命去！拿命来证明我们是红军的人，莫叫别人看不起我们。九皇女都看不起我啦。她要把长根的崽给我做崽呢。"

　　赖全福问："李水淼也发现了那个出口啵？"

　　钟长水很确定地摇了摇头，马上去采场提了一盏油灯过来。他要带营长进盲窒，去查看那秘密的通道。

　　趟过又脏又臭的一段黑暗，再经过一段积水，赖全福突然停下来。他手里竟然攥着那筒炸药。他令长水举灯四下照照，他在寻找适合的置放炸药的位置。盲窒的窒壁上，残存着废弃的炮眼。长水明白他的意图了，他要炸毁这个盲窒。长水拽住了他："营长，你刚才还说要逃出去，你当真发癫是啵？"

　　赖全福并不理睬，攥住雷管将导火索塞进去，再用牙咬住导火索，把雷管插到炸药筒里，迅速把炸药筒放入炮眼，以碎石填实封死炮眼。之后，他大喝一声："走开，你还发什么呆！快走！"

　　"营长，我来点火！"

　　长水不由分说地猛推赖全福一把。他是为了李双凤才挺身站出来的。李双凤也跟了过来，她的笑好迷人嘞。她的笑感召着战士和男人的灵魂，就像九皇女的那碗米饭一样啊！

　　赖全福也看见了李双凤凄然的笑。他是为了那笑才离开这个炮眼的，他簇拥着她的笑撤离。

　　长水点燃了导火索。可是，并没有爆炸。那是哑炮。盲窒安然无损，盲窒也在笑，那是黑暗的狞笑。

　　朱队长忘不了按时给犯人们剃头。十天半月，当他们的头发长起来时，他便下令把那些脑壳刮光。犯人抗议阴阳头，朱队长迁就了，也算尊重人格了。但他对光头的要求很严，先用推子，再用刮刀，得刮得溜光铮亮。现在，每颗脑壳都在油灯下闪闪放光。

　　最难看的，就数陈达成的脑壳。他的小脑壳，安在长脖子上，更显得尖削陡耸，尤其头顶上拱出一个大疙瘩，后脑勺也是鼓凸的，丑陋极了。留着头发，不显山不露水的。一旦刮净，其丑暴露无遗。

陈达成借来李双凤的镜子，站在油灯下久久地端详自己的脑壳。也许是着凉，这几天他一直咳嗽不止。又是一阵猛烈的咳嗽。镜子从他手里掉落在地，摔裂了，裂成许多瓣。

他吓坏了，抱着脑壳蹲在地上，傻傻地盯着那面镜子。

李双凤捡起镜子，说："没事，还能用。"

赖全福却过来踹他一脚，骂道："怎么不撒泡尿照呀？你这脑壳哪里是人脑壳，是乌龟头、王八头、癞蛤蟆头！晓得啵？"

陈达成却就势抱住赖全福的腿，央求道："老赖，等下子放炮，让我去好啵？放炮蛮危险，每次都是你抢到去，应该轮流，我们都是一样的犯人。"

赖全福不禁惊奇了："看不出来，你小子蛮有良心！好嘞，这次我不上，你上。晓得怎么插引线填炸药啵？"

"晓得。我在屋里喜欢修桥补路，那是行善积德呢。我们村盘上有块乌石头，屋一样大，对着祠堂门口。风水先生说，那块石头像下山虎，刑伤了我们陈家，所以，我们陈家不得发。我出钱，凿眼放炮，把石头炸掉啦。是我亲自点的火。"

陈达成甚至把如何操作也描述了一番，由此可见他的真诚。然而，恰恰是他的真诚，让赖全福生疑了。毕竟，他属于另一个阶级，是革命的对象，面对危险却主动请缨，这是为哪般呢？

赖全福逼视着他："你莫不是想搞什么名堂啵？"

陈达成顿时慌了，目光瞟向曾东华和李水淼，嗫嗫嚅嚅地说："莫乱说，我是真心的。窿子里搞得鬼名堂！马走千里难免失蹄，捉蛇的难免被蛇咬。轮流要得呢。我怕你出事。你晓得啵，你进窿放炮，双凤妹子几担心哟。看到她的样子，我心里蛮难过。"

李双凤正在摆弄那面镜子，一不留神，正在摁着镜子裂片的指头，被玻璃划破了。镜子粘上了她的血。她依然还是那么容易被感动。

钟长水从寮棚门边走过来，摸着光溜溜的脑壳说："不让他上，那就我去！我们轮流点火！"

长水一直在侧耳倾听山下。那声声夜啼，能借风传到山上来，传遍整个画眉坳。贴满镇上的符咒怎么就不管用呢？也许，还要贴满每个窿子，每座寮棚？

　　这时的黄罗二位师傅，成了真正的师傅。他们并不经常来这里，而是清矿山指指点点。即使来了，也像来视察的大首长似的，倒剪着双手，哼哼唧唧的，交代一番赶紧走人。他俩如此这般，也是怕沾染这些犯人，在他俩眼里，犯人比麻风病人更可怕。

　　不过，他俩提出夜晚放炮，真是个好主意。放炮后，等着烟尘散尽，正好可以让连轴转的犯人歇一夜。日子长了，连续昼夜轮班挖窿，人会累垮的。

　　仿佛，赖全福成了公认的窿主。他自己也当仁不让地当起了窿主。他从看守的战士那儿取来炸药，领着陈达成便钻进了窿子。

　　待到填好炸药，他一把揪住陈达成，厉声问："你不想死啵？"

　　此时的陈达成倒是坦然："这样死掉我划不来！我说过，我要等到共产主义来，寻一帮标致妹子，办个戏班子。"

　　"那好，你点着火就往回跑，拐进躲避硐，来得赢就拐进盲窿。莫一直跑，晓得啵？要赶紧躲过爆炸，一直跑会被飞石击中。炸你个满身是窟！"

　　陈达成并不晓得，往回撤的赖全福并没有出窿，而是藏在盲窿口，紧盯着正在操作的他。陈达成的举动很是奇怪。他先是转身面朝窿口方向，跪了下来拜了三拜，接着，仰头望着窿顶，口里念念有词。也许，他在祈求神灵保佑平安。

　　但是，且慢。他站起来时，竟哼起了山歌，仍是那支撮婆捉鸡婆。唱到鸡公没老婆时，他已是涕泪纵横。他的情绪被歌声夸张了，不仅仅是感伤，而是悲痛欲绝。

　　赖全福警惕起来，目不转睛地注视着他的一举一动。陈达成摘下挂在窿壁上的竹筒灯，慢慢靠近那些炮眼，一阵犹豫后，他迅速一一点燃连接炮眼的引线。可是，他没有火速撤离现场，而是侧着身子，一边望着那嗞嗞燃烧的引线，一边贴着窿壁后退。他优雅得很，还带着微笑呢。

　　赖全福大叫一声，冲上去，拽住他就往回跑。还没跑到盲窿口，就听得天塌地陷般的一阵轰响，一股巨大气浪夹带着石雨把他俩掀翻了。倒在地上的赖全福，使出全身气力，把他拖进盲窿。紧接着，便是接二连三的爆炸。整个窿子都在摇晃，整架大山倾倒一般。连盲窿顶上也有松动的石块哗哗往下掉。

　　赖全福抱着脑壳。陈达成却像死尸似的，躺在盲窿口一动不动。这里挂着的一盏油灯，被气浪扑灭了。赖全福踹了他一脚："你当真想死啊！快往里面爬，等下会呛死！爬呀！"

飞石噗噗下落，过后，便是烟尘涌动。刺鼻的硝烟味，裹挟着沙砾和尘土，弥漫了整个窿子。眼睁不开，口鼻里尽是沙土。那才是真正的黑暗，令人窒息的黑暗。赖全福感觉连呼吸都十分困难了。

他拖着陈达成往盲窿深处去。那里不是有风吗？他要去感受盲窿尽头的风。从前的这时候，他应该往窿口跑。而现在，一块飞石击中了陈达成的脑壳，虽无大碍，他却背不动这个瘦高个，到窿口蛮远呢。更重要的是，趁着烟尘浓厚的机会，他正好可以轻易地捕捉到钟长水已领略、李水淼正幻想着的那股风。

其实，赖全福还想在这里秘密地拷问陈达成的勇敢和牺牲。是的，他的主动请缨太可疑了。

拖到脏污的那一截，一时被击昏的陈达成醒过来。他悸叫道："老赖，我脑壳出血啦，我要死掉啦！这是什么鬼地方，蛮臭！是屎呀。我当真要死掉！"

赖全福骂道："是堆子！再乱说，我塞到你嘴里去！你还晓得怕呀？你再唱个摁婆捉鸡婆把我听听。你想叫鸡婆没鸡公是吧？"

陈达成扶着窿壁，慢慢爬起来。他猛咳了一阵。传染一般，赖全福也跟着咳，咳得两眼发黑，直不起腰来。

赖全福终于在浓重的黑暗中闻到了风。风是一种清新的气息，一种令人神清气爽的气味。风还是一种在黑暗中也能看见的颜色，或者，是一种光亮。风流淌在呛人的烟尘里，把烟尘稀释了，不，应该说，是撕破了，撕出一道道口子。

赖全福是用鼻子发现那些口子的。贪婪地呼吸着风，他叫陈达成也把鼻子贴在封堵住盲窿的乱石间。

陈达成带着满身屎臭，扑倒在乱石上。他拼命扒着乱石的缝隙，可是，双手根本不管用。此时此地，能够受用这丝丝缕缕的风，已经很不错了。

过了一会儿，赖全福突然问道："你说，今天想搞什么名堂？不老实，我当真请你食堆子。快说！"

陈达成矢口否认。赖全福哈哈大笑，笑得令他心里发悸："现在，天知地知你知我知。莫怕。我敢扑过去救你，就敢保证你说了没事。你们三个有什么阴谋吧？我当过红军营长，管几百号人，打起仗来，面对的是成千上万人。我没这本事，要赔掉多少命晓得啵？"

陈达成支吾道："我就是想死。剃光我的脑壳，几难看哟。我见不得人嘞，鬼打的一样。我怕吓坏双凤妹子。"

"打乱说！你就是想死？好嘞，我成全你。等我寻块石头来，砸烂你的脑壳，到了阴间莫吓死鬼！"

说着，赖全福果然从地上捡起一块石头，狠狠地砸在窿壁上。"

陈达成迟疑片刻，终于说出了真相。原来，李水淼已经完全掌握了盲窿的秘密，他鼓动曾东华和陈达成伺机逃跑，而曾东华却不甘心，坚持要害死三个红军再逃跑，万一被发现，死掉也有个垫背的。而曾东华的主张又是陈达成不能接受的，陈达成不仅明确声明退出，还有意躲开他们。李水淼和曾东华都担心他会告密，时时地警告他，威胁他。前两天，他在盲窿里打堆子，李水淼竟握着手锤走近他，眼睛充满杀机，吓得他提起裤子就跑。

陈达成说："今天李水淼又跟我说，你不敢杀人，那我们就不杀。我们等到来，红军怕是要撤退。窿子里出涌货了，这里的砂子很快就是我们的，整个画眉坳都是我们的。他说要三个人合股办个钨砂公司呢，连名字都取好了，叫东淼成公司。"

"那你怎么会想死呢？"

"他们威胁我，不参加就吊死我，连吊颈绳都备好啦。怎么死，也不能吊死！你看看我的颈，这么长。还吊得？来世哪里还做得人？我情愿被炸死！我不怕死。就怕死了做吊颈鬼。"

赖全福拍拍他的肩头，接着，摸摸他的脑壳。他头顶上被飞石砸了个窟窿，好在并不深，而且血已经凝固了。

赖全福说："你打山歌蛮好听，等出去，我们到桥下去洗澡，你再唱一遍摁婆捉鸡婆好啵？"

陈达成说："双凤妹子唱得好，嗓子亮呢，你应该叫她唱。听她唱，当得食红烧肉。要不，我就跟她一起唱。打山歌，男女对歌才有味，好比蒜子炒腊肉，晓得啵？"

黑暗中，赖全福脸上其实泛起了讥嘲的笑意：你只怕做吊颈鬼，就不怕做火烧鬼？火烧鬼也蛮难看呢，满头满身都是水泡，红红的头发竖起，像火苗。到了下面，标致女鬼着吓呢。

陈达成说他不怕，他怕的就是做吊颈鬼。

红军挖砂队归画眉坳钨矿公司管，新任的公司经理正是登贤县委书记邱冬梅，那个爱唠叨的圆脸妹子，她看上去比九皇女大不了几岁。她一到任，也不调查研究，却风风火火连着开了几个会，立即把矿山各方面的工作安排布置了下去，她胸有成竹似的。

其实，她的要求也很简单，就是在抓紧生产的同时，要更加重视收购、选矿和扩大销售，迅速地把黑黢黢的钨砂，变成白花花的银元，变成黄澄澄的金子。粉碎敌人的五次围剿，除了需要补充兵员扩大红军，还需要钱嘞！这段时期，苏维埃政府频频大张旗鼓地举行借谷和突击筹款运动，并向群众广泛征集废铜烂铁、棉花被褥等物资。邱书记晓得，国家银行隐藏在石城烂泥坑"金库"的金银财宝也被挖出来了，以供给军用。

似乎，她是被钱逼来的。她对收砂站的要求是，不能坐等各个矿区的生产合作社以及民窿送砂上门，而要主动出击，上门收购，收来钨砂后，尽快出手。邱书记语重心长地说："曾九皇女呀，你和岗下乡的赖花香，都是登贤的扩红模范，希望你像扩红一样，在最短的时间里，取得最大的成绩。"

九皇女问："画眉坳周边已经被白军占领，只剩下一条与会昌相连的狭长地带。莫非红军打算放弃矿山？"

"莫瞎猜。这里是革命的命脉呢，我们绝不会拱手相让的！"

然而，邱书记紧锣密鼓的安排，隐约透露出一种信息，它所传达出来的，也是紧张的气氛。这时，九皇女想到的，便是发旺。那个夜啼郎是长根的根苗啊。她必须赶紧把孩子托付给一户可靠人家，这样，她才能全身心投入工作。何况，她迟早要嫁给长发。只要长发还活着，还留着她的头发。现在，四个后生中，活着的唯有长发了。长水虽然活着，却在她的心头死去了。长水葬在她光荣的梦想里。

邱冬梅忽然记起她的故事，问道："九皇女，去年扩红你许给了四个后生，后来情况怎样？"

九皇女摇摇头。邱冬梅说："摇头是什么意思？你可不能哄别人哟！我们共产党说事作数。赖花香的事晓得啵？她生了个八斤多的崽呢，厉害啵？她的崽一落地就能扛枪打仗啦！现在，岗下也被白军占领，她背着崽在山里打游击呢。"

九皇女问："你有三营的消息啵？也不晓得他们在哪里。"

书记脸色阴下来，隔着山坳，将视线投向砂窝子。她来到画眉坳后，交代给曾泰和的任务，就是迅速做好犯人的甄别工作。然而，她心里也明白，这将是十分艰难的任务，掣肘它的主客观因素太多了。比如她自己，面对水蛇崽偷袭枫岗的惨痛损失，她既愤怒又懊恼，恼怒之余，竟拿着那本靖卫团铲共功德簿以及劝降书去请求红三师协助县游击大队抓人，幸亏部队首长坚持要逐个调查冷静分析，这才发现功德簿是水蛇崽设下的圈套。不过，水蛇崽写给赖全福的劝降书，却成为赖全福犯罪嫌疑的又一举证。这几天，得知赖全福的表现，她甚至有些感动。然而，她敢承认自己轻信、主观的错误吗？一句头发长见识短，让她耿耿于怀，她至今对赖全福还憋着一肚子火呢。更何况，金鸡堡一役，他的言行惹恼了上级。在上级没有改变对赖全福的惩罚之前，她即便有所愧疚有所不安，那也只是她心中的隐秘而已。她是不会轻易示人的。

"三营可能去了雩都。但愿你的四个后生都好好的。我巴不得等到革命胜利，看你的好戏呢。四个英雄都回来了，看你嫁给哪个？再搞一次抢打轿，一决雌雄？"

九皇女苦笑道："活着的，只有两个。一个在劳役队挖砂，他是为我做傻事的，可他成了红军的罪人，我扩红扩到一个罪人，羞死人嘞。还有长发，跟到三营走了，一直没有音信。我要等到他来，不管他要不要我，我一定要等到他来。"

钟长水曾到县苏去自首，邱冬梅听说过此事，很快记起来。她眨巴着小眼，略微有些瘪的嘴巴唧吧唧唠叨开了："那个钟长水蛮古怪。他是主动自首的，硬要政府判他。又是收购金银首饰，又是贪污军饷。他还说自家是逃兵。逃兵要枪毙呢，他又吓住了。我猜想，他大概是怕死，不敢上战场，要么，就是懒汉，想混口牢饭食。牢饭好食吗？他打错了算盘嘞。"

九皇女不高兴了，提高了嗓门打断她："莫乱说！他不怕死。三营打下青石寨，他是头功。后来，水蛇崽是被他打死的！他是犯糊涂，被温火生坑苦了，晓得啵？"

邱冬梅笑起来："好好好，我不乱说。你的后生都勇敢。那个长发说不到更是大英雄，我们登贤籍的战士当真蛮不错。告诉你，赖花香的那个小老公了不得嘞，先是亲手捉到国民党的一个师长，后来又缴获了敌人的电台。赖花香天天拿老公的事迹当歌子唱呢。"

现在，九皇女只能把光荣的梦想寄托在长发身上了。长发细细长长的，却蛮机灵。长发眼睛小，却蛮活络。长发不做声，阴坏，鬼点子蛮多。长发犁田耙田笨手笨脚，上了岸，学什么像什么，给他草，能编席，给他篾，能打箩，给他锤，会凿石，会打铁。长发吃得苦受得累，就像蛤蟆，剥了皮也会跳。这么一想，长发的好处当真不少。

九皇女该往各个矿区去收购钨砂了。也是巧了，这时，收砂站隔壁铁匠铺里来了一个妹子，叫乌妹子，她是廖师傅的外甥女。这个乌妹子正是李渡的乌妹子。乌妹子的名字与画眉坳有关呢，她是在这里出生的。

乌妹子跟九皇女才认识几天，就亲如姐妹了。把她们联系在一起的，正是发旺的夜啼。夜啼郎一闹，乌妹子马上就过来帮忙。孩子跟她熟了，也亲她。为了孩子的夜啼，乌妹子到镇子附近村庄问过好多婆婆，她们提供了卜卦、测字、看相、查流年、招魂、驱鬼等好多办法，也有人说，怕是孩子身上长了倒毛吧。除倒毛的办法很简单，就是用线绞，洗澡时拿巾子逆向擦洗。乌妹子便把替发旺洗澡当做每天的活计，用大青叶兑上别的树叶草根泡水，一天给孩子洗好多遍。居然很灵呢，不光制住了夜啼，孩子一身痱子也消掉了。

九皇女对乌妹子说："我的发旺跟你前世有缘，发旺前世大概就是你的崽。"

既然如此，把发旺交给乌妹子带，再合适不过了。九皇女重又在矿山上忙碌起来。她首先去的是距离长水最近的寮棚，它是劳役队的邻居，在劳役队侧面的上方。从前，她有闲时，常来这个棚子看看，偶尔的，相帮这伙打锤佬做做饭。因为，这里的窿子也打到了大矿脉，收砂站蛮重视。

她可以从高处看见长水了。现在想来，她从前频频光顾此地，真是不可思议，不晓得是两颗心的牵绊，还是鬼使神差。

九皇女果然看到了长水。他的脑壳反射着夕照的余晖，那是一颗五彩斑斓的脑壳。他跟泰和子面对面地站着，像是在争吵。他俩的嗓门都大，哇哇的，却是听不分明。随后，激动不已的长水便推搡泰和子，一直推到寮棚前的坪地边缘。

泰和子竟一直让着长水。他从挎包里掏出了几张纸，蹲下来，在膝上垫着挎包，写了一会儿字。接着，他把那几张纸撕成了好些纸条，交给了长水。

长水拿着那些纸条顾自忙活去了。他把纸条放在了上山的路口上，压上一块石头。他把纸条贴在了寮棚门边，贴在了棚边的岩壁上。假如看守不是盯住他的话，他也许会把纸条贴在看守的背上。看守一转身，他就把纸条戳在了人家身后的小树上。

他把剩余的纸条，交给了风。他面朝画眉镇，奋力掷去。纸条落在他脚下的尾砂上。他想溜下去捡起来，看守冲过来，拉响了枪栓。泰和子给了看守一个示意，看守才没有继续干涉，而是将枪口对准了长水。

长水继续往下滑。抓起纸条，他再踩着尾砂往上攀，攀几步回头望一望。仿佛，整面山坡都被那颗沉重的心所感动，流动的尾砂又将他推了下去。他一次次地攀爬，一次次地滑下。尾砂几乎把他埋没了，但他手里始终紧攥着那张纸条。

最后，是泰和子伸出双手，把他从尾砂中捞起来的。

泰和子跟长水并肩站在尾砂堆的边沿，面对画眉坳高声朗诵"天皇皇，地皇皇，我家有个叫夜郎"。他们诵读了三遍，逗引得周围几个看守都好奇，一起跟着哇哇叫。

九皇女眼里湿润了。她喃喃道："蛮傻嘞！人家说要红纸，白纸没用。人家说要贴在街头巷尾大路口，贴在山上没用。发旺已经不夜啼了，我的崽蛮乖呢。"

这个傍晚，西天堆满了淡淡的云彩，快要落山的日头渐渐藏进薄云之中。日头好像很无奈，似乎有好多的心事，不晓得该告诉云彩呢，还是告诉从山谷里漫漶上来的夜色。

云彩也无奈。云彩一定含有大量的水分，比如泪水。所以，日头也潮湿了。日头长出了毛，变得毛茸茸的，还带着彩呢。这是日头摘枷呢。日头摘枷指的是日晕。日晕预兆着天气变化。久晴之后要下雨了。将来的风雨，又该是怎样的风雨呢？谁都不晓得。可是，置身在越来越紧张的气氛中，一些心莫名地亢奋起来，一些心莫名地怅惘起来，一些心莫名地惊惶起来。

第十五章 烧锅痨

陈达成咳得越来越厉害了。李水淼幸灾乐祸，嬉笑着说："你这是烧锅痨，你的肺里积满了粉尘。说错了，是砂子，砂子被吞进去啦。等到这个窿子不出砂，就该在你身上挖窿寻砂子啦。"

说完，李水淼狠狠地剜了他一眼，目光却落在他细长的脖颈上。

陈达成便使劲咳嗽，那是干咳，咳一阵吐一阵，吐出来的不是痰，而是一团团的尘土。咳着咳着，他直不起腰了。眼前一黑，一头栽倒在地上。

朱连长便命令李水淼背起他，往卫生队送。哪晓得，他一骨碌爬起来，死活不肯去卫生队。李水淼说："朱队长，看到了啵，他装病！他偷奸躲懒！你们优待犯人，有肉有酒，他还敢装病！你们应该枪毙他！苏维埃反贪污反浪费，留到他，才是顶大的浪费！"

朱队长一把揪住陈达成："你敢装病？那好，叫你装。进窿去，罚你再挖一夜！你莫困啦！"

陈达成巴不得，他宁肯钻进窿子不出来。他怕李水淼和曾东华，他落下了遇见他俩喉咙就痒痒的毛病。他向赖全福告了密。赖全福表面上不露声色，对他俩却盯得很紧。他俩大概有所察觉，逮住机会，就给陈达成眼色看。弄得陈达成成天惶恐不安，一紧张便心虚，一着慌便咳嗽。咳嗽是掩饰的手段，也是呼救的信号。

在窿口，他被挑着一担矿石的赖全福堵了回来。赖全福对朱队长说："他真的病了。我也累坏啦。今夜，让大家歇下子。要不，会累垮的。人倒下，损失才大嘞。听到说，民窿那边，有人得烧锅痨死了。里面烟尘太呛，放炮后，一定要等硝烟散尽再进去。得烧锅痨，迟早要死人的。"

朱队长点点头，把个口罩递到李双凤手里就走。不过，他声明，口罩是曾泰和从卫生队讨来的。可能就是听说民窿里死了人，曾泰和才想到口罩的。

赖全福没有将那担矿石挑往矿场，而是径直闯进棚子里。他把担子狠狠摔在通铺边，一屁股坐下来，只顾擦汗，一言不发。

钟长水弯腰提起担箕，使劲晃了晃。然后，摘下油灯，提灯查看了一番。他吃惊地叫道："哎呀，这全是块钨嘞。省得选，挑出窿子，就可以拿去卖。"

曾东华凑上前来，附和道："是哟，是哟，要是这样的块钨一担担落在哪个民窿，他屋里就发大财哕！"

李双凤刚刚走进她那奇特的闺房，放下口罩，闻声也出来了，看见这担砂子，一样忍不住啧啧赞叹。然而，她又为赖全福的神态感到疑惑，便问："全福，出了什么事？"

"我吊！你猜这担砂子怎么来的？哪个狗吊的把它藏在盲窿里，藏得蛮深，他在里面屙了泡屎，不，打堆子！要不，我哪里发现得了。他昏了头，不晓得臭气会传过来。钟长水，今天日间是你跟李水淼、曾东华在窿子里，你们哪个干的？那堆子蛮新鲜，里面还有秋茄子籽。哪个黑了心的，有种站出来！"

赖全福大概仔细挑开那堆屎研究过，话说到这里，不由自主地把手送到鼻子下嗅嗅，恶心地皱紧眉头，抓起一块破布不停地擦手。

钟长水怯怯地瞄了一眼暴怒的赖全福，脑子里掠过李水淼的笑脸。是他，一定是他！发现矿脉时，他作为一个犯人，一个反革命犯，凭什么那样高兴？

钟长水将目光投向李水淼。哪晓得，赖全福竟死死地盯住长水。钟长水感受到了锥子般的刺痛。不错，他最了解盲窿，盲窿子不晓得被哪伙打锤佬堵死了，扒开口子就能爬过去找到竖井，攀上竖井就能通过民窿出去。他把盲窿的秘密告诉了赖全福。如果他有非分之念，怎会告诉别人？李水淼肯定也晓得这个秘密。他不是一直声称窿子里有风，一直在寻找风源吗？只有李水淼、曾东华这样的土豪反革命，才会生出种种邪念，只有他们才会做那乌金梦！

可是，赖全福却偏偏盯住钟长水不放。在赖全福冷酷的审视之下，天晓得长水怎么会在这一瞬间，产生了一股强烈的自卑和虚弱，他竟然失去了检举别人的勇气。

心怀鬼胎的李水淼紧张了一阵，接到曾东华丢来的眼色，胆子壮了。他俩一道将充满敌意的目光射向钟长水。

赖全福冷笑一声，说："狗改不了吃屎，你犯的是贪污罪。你贪财。脱掉裤子，老子要看！"

没想到，赖全福竟怀疑他钟长水头上来了，他是三营的战士嘞。钟长水哟，你的罪过今生今世无论如何也赎不回了，耻辱再也洗不干净了。长水跳起来，站在铺上，与赖全福对视了一刻，猛然转过身去，褪下短裤，把个白森森的屁股撅了起来，送到赖全福面前，由他验证。

钟长水以为这样就能证实自己的坦荡清白，他错了，他忘记了自己三天没有洗澡。他听见李水森的声音：你看，哼，真是他，他在窿子里打过堆子，用石头揩不干净的……

曾东华则在得意地笑。

钟长水勃然大怒："李水森你牙黄口臭，当心老子割你舌头！当心老子打得你这个缺水的货到处出水！"

李水森反唇相讥："哼，我牙黄口臭？这几天，那边民窿有个女人老在跟你传情递信号，你当别人没看到？一个留辫子的女人！你把婆娘勾到山上来，你们是要合谋偷砂！你的主意真绝呀，要不是老赖闻到屎臭，鬼晓得！像你这样做囚犯当真要得，出去就是个大富豪！"

"你！我敢肯定是你藏的！不是你，就是该杀的曾胖子。你们一直鬼鬼祟祟。你们有阴谋！"

面对贼喊捉贼的李水森，长水只能声嘶力竭地叫喊，而拿不出确凿的把柄，而自己身上却有着难以辩白的疑点。最令他绝望的是，在场的两个自己人，自己的上级、自己的同志，毫不理会他的叫喊，那么轻率地相信了红军的敌人，都把鄙夷的目光投在他的身上。

钟长水疯狂地一头撞倒李水森，死死地压住他，腾出一只手扒下他的裤子，嘴里不停地骂："姓赖的，你没瞎眼就过来看看他，你冤枉爷老子不得好死！"

李水森拼死挣扎，狠狠地在长水肩头上咬了一口。钟长水像一头受伤的野猪死竭般地嚎着，掐住他的脖子。要不是赖全福和李双凤上来掰开长水的手指，长水准会活活地掐死他。

"钟长水，你莫狂！告诉你，我第一个怀疑的就是你！现在，看来就是你啦，我看过他的屁股，干净呢，你还有什么好说的！你上次就烧光头发想逃，你又在勾结上面民窟的人。"

"你血口喷人！你把爷老子坑成这样还不够，爷老子前世跟你是冤家？你现在是反革命犯，爷老子还拿你当营长敬重，我瞎了眼！现在我晓得啦，你跟这个姓曾的是一路货，你们串通一气想借刀杀人！难怪你们一个个见到砂子都眉开眼笑，嘿嘿，对不起，这担砂子是你送给我的罪证，我要去报告！看红军是相信犯了错的红军，还是相信反革命！"

钟长水开始还是绝望地狂呼乱吼，嚷着叫着，竟从每个人的罪名中得到了启示，顿时语调变了，变得得意洋洋。他找到了最有力的武器，凭着它，他可以反败为胜，可以轻易地击溃对手。

真的，他们都是政治犯，长水是贪污罪。政治犯算敌人，而他不过是犯了罪的人民。他是人民呢。

这时，听到动静的看守冲进来。赖全福连忙往铺上爬。长水他们几个见状，也赶紧散开了。看守疑疑惑惑的，提灯在每个人面前照了照，便骂骂咧咧地出去了。

钟长水余怒未息，冲着赖全福吼道："我吊！还有人的屁股没看，你就咬定我！曾胖子的屁股你看不看？曾胖子，脱掉裤子，把屁股拿来。不是李水淼，就是你！"

曾胖子倒是坦然，撅着个肥白的大屁股，一直送到了钟长水眼皮子下面。钟长水的目光蔫了下去。

长水哑口无言。别人的手纸是禾草是树叶，他用的是石块。

这个夜晚，气咻咻的钟长水竟没有睡觉，他就坐在寮棚门边，倾听着画眉镇上的夜啼。大概是气得难受，心静不下来，他竟没有听到任何动静。这样的安静真是难得。

快天亮时，他迷迷糊糊地歪倒在门边，被赖全福摇醒了。睁开惺忪睡眼，长水第一反应就是顺手抓起了一把手锤。

赖全福笑着，示意他不要声张。等到他平静下来后，赖全福说："长水，莫怪啊，我晓得那担砂子是怎么回事。我是敲山震虎，懂啵？你肯定不懂得。我想保那两条小命呢。让他俩晓得，我识破他俩的阴谋了，再也莫自作聪明。"

213

长水果然不懂："保他们的命？为何要保他们的狗命？"

"他们藏钨砂还不得枪毙呀！被看守发现，他们肯定死路一条。可他们也许只是一个念头，能不能弄出去天晓得！要是我来警告他们，他们肯定担心我报告，就会惶惶不可终日，甚至有可能穷凶极恶。"

长水悻悻地说："你就不怕我穷凶极恶是啵？"

"你爹说你是枫岗的狗嘞。"

营长的眼神是真诚的，就像刚来矿山那会儿，他为几个惨死的打锤佬在收拾尸骨一样。可李水淼和曾东华是土豪反革命呢，他居然想的是为他俩保命。那不过是两条狗屎不如的命！

为了自己平白无故驮冤枉的屁股，钟长水一整天懒得搭理赖营长和李双凤。李双凤老是抿着嘴窃笑。她是想起生了疥疮才是真革命的那条标语了。

第二天傍晚放炮是黄罗两位师傅抢着去点的火。他们为此说了几句古怪的话，好像要金盆洗手似的。话里有几分留恋几分感伤。

在寮棚外，赖全福好像被窿子里的沉闷炮响吸引住了，十分专注地望着从窿口喷突出来的硝烟。滚滚硝烟裹挟着矽尘源源不断，总也散不尽似的。赖全福等不得，急着进窿，却被李双凤挡住了。他凶狠地掰开她的手，猛然扑向窿口，迎着硝烟闯了进去。

钟长水听见他的咳嗽声，一阵阵剧烈的咳嗽声经过窿硐的渲染夸张，显得更加揪人。

李双凤冲了进去。长水也不安地跟过去，朝里探望。

不一会儿，李双凤勾着头、捧着衣襟出来，对着光一看，大惊失色地把衣角攥成团，紧紧握住，又猛然转身，疯了似的冲进黑暗。

长水看见了倏然一亮的那团红光。那是赖全福咳出来的血。长水心里顿时涌起一种极为复杂的感情，有歉疚，也有崇敬。他该理解自己的营长，他该坚信自己的营长是真正的红军，他的营长用自己的生命，正在和这座矿山作决死的厮拼呢！

本来，矿山上死个把人，是司空见惯的事。毕竟，人们是在用极其落后的生产方式和工具，在向坚硬的大山索取财富。大山慷慨而又吝啬，吝啬得需要人们献出鲜血和生命。然而，民窿有人得烧锅痨而死的消息，竟在画眉坳不胫而走，一时间闹得沸沸扬扬。打锤佬们谈痨色变，纷纷要求窿主和生产合作社置办通风设备。所谓通风设备，不过就是风车而已。那种手摇风车是很原始的农具，用来搧去秕谷。放在不通风的窿子里，便是风源了，可以尽快祛除烟尘，清新空气。钨矿公司派人把周边乡村的风车悉数搜罗来，仍然不够用。于是，有些窿子便扬言，没有风车便停工。

节外生枝的风车事件，严重干扰了钨矿公司新任领导加强收购和销售的工作思路。邱冬梅警觉起来。她认为在形势如此紧张的时刻，一定是坏人寻衅滋事，意在转移干部群众的注意力，影响公司当前任务的完成，从而，达到破坏苏区经济的目的。

经邱书记这么一分析，曾泰和的任务就十分艰巨了。他必须尽快挖出风车事件的幕后黑手。查着查着，他竟然查到了陈达成身上。据画眉坳群众反映，民窿死人的那天，劳役队有蛮多人在石桥边洗砂。有个头长颈长身子长哪儿都长的犯人，对着岸上看热闹的女人打山歌，唱的是搲婆捉鸡婆。捉就捉呗，可他把鸡公没老婆唱成了鸡婆没老公。没就没呗，可他唱得泪流满面，好几个女人当时也跟着泪眼汪汪的。她们想到了窿子里的老公。想就想呗，偏偏这时他猛咳了好一阵子，接着，便对着天喔呜喔呜地叫个不停。他在呼风呢。他在暗示需要风车呢。那几个女人立即就明白他的意思了，她们一起跑到合作社，强烈要求在窿子里放上风车。她们还嫌一架少了，要求每个窿子里多放几架。

这时的曾泰和成熟了许多。他在向邱书记汇报之后，沉思片刻，谈出了自己的看法。他说，仅仅凭此怀疑犯人陈达成是风车事件的幕后黑手，太牵强。他的动机呢，目的呢？再说，他犯的是强奸未遂罪，是流氓而不是反革命。说他洗砂时的反常行为是勾引调戏妇女可以成立，说他鼓动妇女闹风车却不足信。尽管，他老是装咳嗽。

邱书记听说陈达成和赖全福在一起，不禁怦然心动："走，去松树窝，下窿子，看看赖营长！"

她当即便意识到自己的口误，脸一红，连忙纠正道："去看看赖全福那个混蛋！"

邱冬梅首先看到的正是李双凤衣襟上的那团血。她掰开李双凤的手，把被攥得皱巴巴的衣角抻平，久久地凝视着那摊血渍。仿佛，那血渍还冒着热气，还带着一股新鲜的气味。她的手微微发抖。

邱冬梅冲着身边看守怒喝一声："快去把赖全福给我拖出来！他想干什么！刚刚放炮就进窿，他到底想干什么！疯了吗？对党对红军对苏维埃政府不满吗？判他的罪判得好判得对！他蛮拗烈嘞！"

李双凤挣脱她的扯拽，便往寮棚里跑。李双凤拿来了曾泰和送的口罩。怎么忘记把口罩给赖全福呢？

曾泰和不由自主地摸了摸自己满是胡碴的脸，很小心地对邱书记说："风车难搞，现请木匠打，耽误时间。我觉得口罩蛮好。当然，我们也没法子去寻那么多口罩，上千人呢。我看，可以把道理告诉大家，自家拿巾子代替。扎巾子不大方便，可也能挡灰。"

邱冬梅盯着曾泰和，目光里藏有一丝可以觉察的冷笑。曾泰和抓耳挠腮的，浑身不自在。

赖全福被押了出来。两个看守，一边一个，把他的胳膊拧到后背去了。他在骂骂咧咧。

他看到了面前的不速之客，哈哈一笑："是你呀，书记妹子。你比过去标致得多嘞。吃了什么好东西是啵？你天天有肉食是啵？你发起来啦。肉一撑，脸盘蛮好看。"

可是，这时邱冬梅脸上很难看，她把牙齿咬得咯咯响。一个咬牙切齿的女人，脸盘绝对是改形换相。

李双凤上前捅了他一下，曾泰和则愤怒地呵斥道："莫乱说！你食多了堆子是啵？"

邱书记憋忍了好一会儿，才喝令战士放开他，并把在场的人全支走了。她在赖全福面前来回踱步，好一阵子，才说："赖全福，你心里有气，我理解。我把水蛇崽的劝降书交给了红三师，你恨我落井下石，我也理解。不过，今天我不是来跟你讨论你的问题。我想了解陈达成的表现，最近他有什么可疑之处，顺便看看你。仅此而已。"

"而已？你晓得说而已啦，进步蛮大哟。"赖全福讥嘲道。

"赖营长，请你端正态度，现在我是以组织的名义在跟你谈话。关于陈达成，我们完全可以跟别人谈。可我觉得你身份特殊，我们当然顶该听你的。"

置身在劳役队，且觉着衔冤抱屈的人，对一声称谓一句宽心的话，都是敏感的。此刻，赖全福就被她的语言震惊了。一声赖营长，好比在窿子里的炮响，好比炮响之后块钨纷纷落下来。在这一瞬间，他激动起来。他怔怔地望着她，心里却在颤抖，身子也跟着微微抖动。

他身份特殊呢。他当过红军营长。他依然是红军最应该信任的人！作为特殊的人，他该承担特殊的使命！他期待着。

女书记见他态度迅速转变，表情便松弛下来，问道："陈达成是装咳嗽？为何？"

"那小子长得太难看，也不晓得他爹娘是怎么做的，可能是人还没成形就被扯了出来，走形啦。再说，他又是为那条不争气的寿犯的事。大家都看不起他。看不起，就会欺负他。他只好装死呗。见过没用的狗啵，夹起尾巴做狗。"

赖全福隐瞒下陈达成告诉他的秘密，以及他自己发现的动向。因为，一旦披露，犯有反革命罪的李水淼和曾东华必定会被处死。而现在，他俩只是生了罪恶的念头，并没有真正付诸实施。他有能力避免生命悲剧的发生。也许，正是共同出生入死的经历，让他产生了不惜包庇土豪反革命的悲悯。

女书记马上便放弃了关于陈达成的话题，似乎陈达成只是一个由头，只是来看望赖全福的托词。她说："我晓得，你吐了血。以后，你们必须等烟散尽再进窿，这必须成为一条纪律！哪个也不准违犯！违犯就关他的禁闭！你要带头遵守。"

赖全福心里竟是一热："你忘啦，这里是劳役队。不是部队上，哪有禁闭一说。禁闭才好呢，可以歇闲。我带什么头？当我还是营长？我不是。但我是红军的一员，我晓得怎么做。"

"不管怎么说，我不希望你们得烧锅痨！你们要采取保护措施，包括自我保护。风车难寻，口罩紧缺，用巾子蒙住口鼻，会不会好一点呢？要是觉得憋气，可以打湿来。你已经咯血，更要注意。是喉咙里的血，还是肺部的血呢，这个要查一查。我叫人明天送你去卫生队，让队长给你看病。队长是从赣州大医院来的大夫，他医术高明，我们管他叫红军华佗呢。"

女书记制止了赖全福的推脱，她的语气是斩钉截铁的，不容讨价还价的。此时，她弯腰捡起一块石头，那是石英石，晶莹剔透的白。黑得发亮的钨砂就生成在石英石里，石英石与钨砂相伴相生。她一扬胳臂，把石头掷了出去。

石头飞到那四个打锤佬的坟前，弹起来，又滚落在一棵马尾松下。

她颇以为豪。她的微笑让人难以察觉，但那微笑中的挑战意味却是分外鲜明。

赖全福也捡起一块石头，抛了出去。他掷得不及邱冬梅远。他揉揉肩头，像是为自己作解释。他累了一天，膀酸肩痛呢。可她眼里却含着轻蔑的讥嘲。赖全福只好继续再掷。连着掷了几次，却是一回不如一回。她说："好啦，你神机妙算，你能凭着黑老虎的气味，做出那么神奇的敌情分析，可你没有明白我的意思。好男不和女斗。你不服输，想跟我一较高下？我是建议你，出了窿子，做做扩胸运动，增加肺活量，吐出在窿子里吸进的脏气，吸进新鲜氧气，这对身体有好处。脏气长期郁积在胸，就会得烧锅痨。"

忽然间，赖全福觉得这番健康教育太可笑了，她对自己身体的关心太可笑了。政治生命被关进了黑暗之中，尊严变成了光头，光荣化作粉尘被吸入肺腑，他还需要身体吗？他的身体已经成了行尸走肉！然而，他憋忍着。因为，他的心还没有死。他蛰伏着的心，恰恰因为她的到来而苏醒了，充满了期待，或者说是抱有了侥幸。

他几乎按捺不住内心的期待了。他说："身体对我不重要了。身体是革命的本钱。我成了革命的罪人，要这本钱喝药？一年嘞。一年后，革命该彻底胜利啦。"

女书记摘下帽子，理理短发，不觉间，她悄悄揉了揉眼。她说："老赖，你要正确对待自己，正确对待组织。你此刻的心情我完全理解，而我的心情，你不理解。当然啰，你也不必理解。我只希望你莫在这里倒下！这下该懂了吧？"

她丢下这句话，转身就走，走进了寮棚。她像检查卫生、检查内务一般，把他们的铺位、灶台、水缸、锅碗瓢盆都细细地查看了一番，然后，叫曾泰和把带来的一包黑老虎放在了赖全福的枕头边。对于这个当过红军干部的犯人，这是第一次以组织名义郑重其事给予的特别优待。

赖全福愣愣地站在寮棚门口。邱冬梅钻出寮棚时，拍了拍他的肩头："烟要少抽。还有，明天一定要去检查！"

曾泰和赶紧表态："我带你去！"

赖全福突然拦住她，提出一个要求。他希望组织上尽快搞清李双凤的问题，即使一时不能做出结论，也该把她调离这里。她毕竟是一个女人啊。

女书记眨巴着小眼，嘴角边泛起令人难以捉摸的微笑。她说："李双凤能歌善舞，文章也写得好，我经常看她演出，她扮的角色我都喜欢。我顶喜欢听她唱歌，叫她给你唱支摁婆捉鸡婆吧。"

赖全福望着她的背影渐渐消失，却是丈二和尚摸不着头脑。这个风风火火的女书记变得神秘了。

第二天一大早，曾泰和刚出现在寮棚里，砂窝子里突然响起示警的枪声。白军又来袭扰矿山了。这股白军是从北边来的，怕有一个团，他们迅速占领了砂窝子周围的制高点，同时，策应白军的三县铲共团从东边过来，直扑画眉镇。

来不及撤离的劳役队和打锤佬都钻进了窿子里。曾泰和立即成为坐镇指挥保卫分队的首长。他对着朱队长大呼小叫，命令他不仅要看牢犯人，还要做好战斗准备，把炸药库里的炸药立即分发到各个窿子里。万一整个画眉坳被占领，就固守在窿子里和敌人厮拼。当然，这是恶战的准备。

一阵慌乱后，进了窿子的犯人有的平静下来，有的却兴奋起来。曾东华就是最兴奋的一个。犯人都挤在离窿口不远处，蹲的坐的躺的都有，曾东华则搓着巴掌走来走去的。他甚至不理睬看守的训斥和阻拦，强行往窿口挤，把脖子伸得比陈达成的脖子还长。他踩到钟长水的脚了。钟长水跳起来，狠狠地掐住他的脖子。

李水淼大叫道："有人杀人啦！"

钟长水丢下曾东华，便去对付李水淼。李双凤拽住他，说："长水，莫添乱。外面的情况不清楚，莫影响曾泰和他们观察敌情。这时候，大家都需要冷静。"

借着从窿口泻进来的光线，长水看见赖全福正紧盯着曾泰和脚边的一堆炸药。是的，万一情况恶化，这些炸药就是对付敌人的武器。除了看守的几支枪，这是唯一的武器。

钟长水冷笑着，贴着李水淼的耳朵说："你们莫幸灾乐祸。莫以为白狗子是来救你们的，他们其实是来谋你们命的！看到啵？到时候，我会点着来，就在窿子里点！轰隆！来个摁婆捉鸡婆。这座山是摁婆，我们都是鸡婆！有你们两个垫背，我蛮高兴！曾胖子当得两床絮，你当得一个芦花枕。"

李水淼脸上被希望激动着的肌肉，顿时就僵硬了，刚才的激动收不回去了。

长水逼视着他："你还笑？你不信是啵？告诉你，爷老子被黜族了，爷老子没有妹子要了，爷老子没牵没挂，爷老子一人吃饱全家不饿，爷老子死掉也没有一个人哭丧！爷老子还会怕死？爷老子就怕死掉没个伴！"

这时的长水，出神地仰望着吊在窿壁上的油灯发愣。那副决死的神情可怕极了。陈达成又猛咳起来。这回，他是真咳嗽，他惊叫起来，也咳出了血呢。

激烈的枪声一直持续到昼边，双方对峙着。幸亏画眉坳周边的红军部队赶来增援，出其不意地从后背给了敌人狠狠一击，白军和铲共团才被撵跑。可是，这一仗，驻守画眉坳的部队伤亡不小，镇上的百姓也遭了难。铲共团好不容易冲进镇子，却见红军增援部队接踵而至，他们恼羞成怒，在往山上逃窜前，一阵乱枪，打死了几个妇女，还放了一把火。镇上的建筑几乎都是木结构的，且多杉皮子，见火就着，眨眼之间，镇上一片火海。

曾泰和一出窿子，就见山下黑烟滚滚，火光冲天。他毫不犹豫地带着劳役队，一路狂奔下山。到得镇上，只见熊熊大火已经吞没相邻的十多家店铺，正在向两头蔓延。他令犯人和战士分兵两路，各踞一端，设法拦截火头。

敌人点燃的是收砂站。收砂站已经夷为平地，竹篾的墙、杉木的门板门框和梁柱，都炼成了炭，闷闷地冒着烟，只有三两根粗大的梁柱还带着一团团的明火。与收砂站相邻的铁匠铺是土砖墙，墙还在，过了火的屋顶却垮塌了，一地的碎瓦。

钟长水首先想到的，当然是九皇女和发旺。他声嘶力竭地狂吼着。他喊的不是九皇女的名字，而是提着枪监视犯人的曾泰和。他骂了起来："泰和子！你耳聋是啵？九皇女没见了嘞！你妹子没见了嘞！那边死了人，快去看看！"

东边的镇口人越拥越多，人们都不管救火了，也不晓得死的是哪个，只顾哭天抢地跑过去。也是，用桶呀盆呀从溪边端水，就像撒尿，根本无济于事。只能在两头拆除杉皮子屋以斩断火龙，拆这样的屋子很容易。曾泰和想到的就是这个办法。

钟长水也是哭声在前人在后，往人堆里跑的。他的哭丧没有长根的韵味，他是痛彻心扉的号啕。他念念不忘的，居然还是银颈箍："九皇女哎，怪我呾，让你戴到箍子就好了。箍子能保平安嘞！我千不该万不该叫你摘掉去！我倒霉背时嘞！"

人群很自觉地为他的哭声让出一条通道来。长水看到了中弹身亡的女人，一共三个，还有一个半大的孩子。她们好像是从某个藏身处逃出来，要回自己的家，被铲共团匪徒射杀了。倒在血泊里的女人，有两个头发花白的婆婆，年轻的那个仰脸躺着，脸上尽是血污。长水眼前一黑，扑通跪倒在年轻女人的身边，抓住她的手紧紧贴在自己脸上。哪晓得，有好几个打锤佬一起扑向这个女子，他们有的抱着她的头，有的搂住她的腿，有人干脆晕倒在她怀里。

长水愣愣地望望他们，再定睛一看，死者是个短发的胖妹子。他搞错了。他刷地站起来，却没有马上离开，而是默立在现场，继续抹了一会儿泪，才悄悄退出人群。

"长水！"一声尖叫，熟悉而又陌生，遥远而又亲近。不是九皇女呢。他不敢回头，他的第一反应就是抱住脑壳。他的眼泪鼻涕只能往肩膀上擦。

抱着发旺的乌妹子追上他，拿孩子撞了一下他："叫你不应呀！是我嘞。"

长水甚至没有停下脚步。乌妹子急忙上前，拦在他面前："想不认我是啵？食了我屋里的薯包芋包，就为没食到鸡头鸡屁股，你不认我是啵？不认可以，你的崽也不认啦？"

长水悻悻地瞪着她："他是我的崽？好笑！我是和尚呢，你见过和尚的崽？和尚的崽是跟尼姑生的！"

乌妹子撅起了嘴："你在哪座庙里当和尚呀，我就出家当尼姑去！阴阳怪气！人家跑到这里来，就是来寻你的！"

"我是犯人晓得啵？你寻我讨债呀？我在李渡食你屋里的，我给了钱的！不够是啵？"

"不够！差得远！那只鸡的钱，买鞭炮的钱，你都没出。我舅舅家在这里，我住到这里等你还债！你莫想逃！你还有几个月就出来啦。我怕你逃掉去！"

乌妹子皮肤稍显黑，脸蛋却俊俏。尤其那双大眼睛，明澈得像深潭。现在是秋天了，潭水里飘荡着几片落叶，落叶把潭水激活了。

长水懂得她的意思了。他心里一阵慌乱："九皇女呢？她把崽丢给你，她人呢？"

"你刚才蛮好笑，哭得那么伤心。我还当你也跟那个妹子相好呢。九皇女前几日天没光就跟到红军去卖砂，她说要过几日来归。你说古怪啵，这个叫夜郎到我手上蛮乖呢。旺崽，快叫爹！"

乌妹子把个孩子硬往长水怀里塞，长水不肯接。长水正色道："莫乱说，我不是他爹，他爹是不怕死的英雄，我算什么？我是狗都嫌的犯人，晓得啵？"

乌妹子却笑了："不当红军狗都嫌，你是红军，哪个嫌哟？你犯的错，我晓得。那个箍子要是给我的，莫说关你一年，就是关你一辈子，我都打硬心肝跟到你来。"

长水也笑，却是冷笑。说到箍子，他马上记起了九皇女从脖子上摘下来的银颈箍，当时，她塞到枕头下面去了。现在，箍子应该在废墟里吧。

他撇下乌妹子，就往收砂站跑。他在那片冒烟的炭灰里，用双手扒着翻寻着。不一会儿，他的手被烫得嗞嗞作响，脚上的草鞋也被余烬点燃了。他跺跺脚，踏灭明火，继续搜寻。

几乎把收砂站两间屋子的屋场搜了个遍，也没有找到银箍子。关于九皇女的一切，都被大火吞噬了。她的一切，又有什么呢？他送的发卡、牛角梳和鬼子膏？

他成了一个从炭窑里钻出来的黑人，木然面对着这片废墟。这是属于他的废墟。大火吞没了他留给九皇女的一切记忆。

乌妹子用胳膊肘碰碰他，问："寻这个是啵？"

正是那只银颈箍。九皇女居然把箍子交给了乌妹子！他劈手夺过，泪水在眼里直打转："她为何给你，说！抵你帮她带崽的工钱是啵？托你卖掉，给她的崽做衣衫是啵？"

乌妹子紧紧挨着长水，又拿孩子撞了他一下，说："莫乱说！她担心路上有危险，把她屋里顶钱的东西都交给了我，她有什么顶钱的东西哟，除了这个箍子和几块银元、一把票子，就是女人家用的发卡、梳子、蛤蜊油什么的。蛮古怪，她留到这多梳子、发卡，留到下一世用呀。"

长水轻轻地擦拭着银箍子，用他的脏手和黑泪。他居然也能把箍子擦得银光铮亮。

长水把箍子还给了乌昧子。乌妹子说："你看，发旺对你笑嘞。你抱抱他。哦，手脏，你就逗逗他。他亲你呢。旺崽，喊爹。可怜的崽，一落地就没了爹。喊一声呀。"

孩子咿咿呀呀，用小手在抠他的眼睛。这孩子似乎嫌他的眼睛太小，眼里无神。

长水转身朝着曾泰和走去。他听见乌妹子喊了一声："长水，铁匠是我舅舅，我会一直住在舅舅屋里。我等到你！"

他没有回头，只是忍不住又摸摸脑壳。

这时的曾泰和表情松弛了。因为，他已经看见几个死者被她们的家人抬走了。这就是说，九皇女没事呢。更让他放心的是，犯人们在两头截住火龙，一伙伙地回到他身边。他令朱队长清点人数的结果是一个不少，就连最捣蛋的李水淼和曾东华也回来了，而且，他俩表现蛮不错，他俩先后冲进大火里，帮着店铺抢出几担大米，还被烧伤了呢。店铺后门可通往山上，情急之下，根本来不及在后山布置警工，犯人却没有一个借机逃跑，真是侥幸。

赖全福瞄见了曾泰和庆幸的微笑。

赖全福用刀子一般的目光，在李水淼和曾东华的脸上划过。

第十六章 上梁赞

谁也想不到，正在出涌货的窿子，忽然停歇下来。昼夜挖窿放炮的劳役队，竟被调去帮助镇上搭建屋子。不仅劳役队，连红军挖砂队也被调去了。

此时，劫后的画眉镇上，反而是一派喜气洋洋的景象。因为烧毁了半边街，现成的竹木根本不够用，不知谁下的决心，说是不惜使用湿材，也不能让群众露宿街头。于是，山上是砍树的队伍，斧头锯子一起上阵，顺山倒的吆喝和欢呼，峰回谷应；山脚下是扒树皮的队伍，也是欢天喜地的，人们揭下一张张可以作瓦的杉皮子；镇街上，则是劳役队在收拾废墟，把一堆堆黑炭和瓦砾清理干净，然后，挖基脚，栽下一根根屋柱，架起一道道屋梁，钉上竹篾或木板，盖上杉皮子，就成了新屋。

这样简陋的屋子，跟寮棚差不多。搭建起来并不费事．动用如此多的人力，便显得十分夸张了。而且，钨矿公司把它当做一场重大战役，宣传鼓动工作紧紧跟了上来。

镇街未过火的另半边街，成了标语墙。那些标语倒没有什么特别意味，只是说要彻底粉碎国民党反动派的五次围剿，活捉蒋介石，等等。那些标语是用猪血或石灰水刷的，红白相间，参差错落，成了画眉坳的一道风景。

赖全福忍不住笑了。亲自前来督战的邱冬梅问："你笑什么笑？"

赖全福说："标语只能给自家看，别人看不到。应该唱歌，等新屋上梁和建成，最好唱赞、放鞭炮，那才够喜气。还能驱邪呢，标语也为了驱邪是吧？"

邱书记沉思片刻，扬起脸来，轻声说："你眼睛蛮毒，到底是身经百战，我的雕虫小技瞒不过你。老赖，别的事，我暂时还做不到。不过，我可以答应你，让李双凤下山。派她去卫生队帮忙吧，这次挂花的战士不少。说心里话，作为女人，我非常同情她。"

她见赖全福手背上有些血迹，一把攥住他的手："咳的？正要叫你去卫生队检查，卫生队就忙开了。不晓得是我的嘴晦气，还是你的肺晦气。驱驱邪吧，等到上梁时，来个唱赞，多放点鞭炮，炸他个震耳欲聋。让受惊的群众高兴高兴，让苏区人民坚信，敌人的五次围剿必定要失败！哪个会唱赞？"

赖全福的手是被瓦片划破的。他缩回手，往伤口上吐了些口水。现在，她关心的只是他的身体。仿佛，他只剩下如同躯壳的身体。他苦笑着说："等到上梁，我来。从前听得多，可赞词记不清。"

"那好。每栋屋上梁都要唱赞，都要放鞭炮。我叫人去准备鞭炮。先抓紧突击搭建好一栋，我来听听。"

邱书记显然对唱赞很感兴趣。在她的亲自指挥下，不出两个时辰，收砂站四面的屋柱就竖了起来，几根横梁一架，就可以唱赞了。如此简陋的棚屋子，迎来的却是盛大的典仪！

人们搬来的，是两盘箩口大的鞭炮。拆开来，铺在镇街上，是长长的分外耀眼的红。

赖全福唱赞起来，每句赞词之后，都伴有群众唱和，好啊，有啊。一时间，群情激昂。那赞词道——

伏羲，天开文运大吉昌，
接梁时候正相当。
先接母梁黄檀木，
后接子梁紫檀香。
宝梁生在石山前，
四季花开十万年。
宝梁宝梁听我赞，
一匹绫罗数丈长。
绫罗生在苏州行，
苏州二行出了一对好姑娘。
绣起绫罗缠红梁，

► 红罪

前缠三缠龙摆尾，

后缠三缠凤卷梁。

龙摆尾，凤卷梁，

欢欢喜喜接金梁。

自从今日接梁后，

幸福生活万年长。

随着最后一句赞词落地，鞭炮炸响了。爆竹屑如雨，纷纷扬扬。团团青烟如云如雾，淹没了人们的笑脸。果然是震耳欲聋。果然是山崩地裂。顷刻间，把多日来弥漫在画眉坳的紧张惶恐气氛，尤其是两次遭袭的悲伤心情，席卷而去。

邱书记捂着口鼻，把赖全福拉到了上风口。她说："你不怕呛吗？黑老虎抽光了是啵？你咯血啦，还不注意？你记性蛮好嘞，这么长一段词，你硬是连个结巴也没打，我在仔细听呢。不过，你的词是老古话，要加点革命内容才好。叫李双凤赶快改一下。绫罗生在苏州行不好，应该生在瑞金城。一对好姑娘指哪个呀，没说清。要说清来。她们是革命女性。顶要紧的是幸福生活万年长，没有红色政权哪来的幸福生活？叫红色政权万年长！"

不由分说的，接下去，赖全福的任务就是跟李双凤一道，赶快把赞词改好。李双凤瞟着邱冬梅在镇街上穿梭忙碌的身影，皱起了眉头："怎么改呀？赞词里都是民俗的讲究，换上革命内容就不是这个味了，不如打山歌吧。"

赖全福说："人家要造气氛，晓得啵？叫你改，就按她的意思改呗。你改，我吆喝，哪个在意听内容呀，都是看热闹的。"

"既然如此，你自家改吧。"

"你还作俏？真拿自家当大秀才是啵？那你听到来。红旗生在瑞金城，瑞金出了一对革命好姑娘，绣起红旗缠红梁，前缠凤凰栖梧桐，后缠蛟龙闹翻江。最后一句，就随她的，红色政权万年长。怎么样，蛮好啵？"

赖全福挠挠头，却见李双凤正痴痴地端详着自己的脑壳。他的头发又长起来了，又该刮了，刮得光溜溜的 没有钨丝也会放光。她的鼻子发酸："全福，刚才曾泰和还跟我嘀咕，他表面上对你冷酷无情的，心里却敬佩你呢。"

• 226 •

"他敢跟你说这个，他怎么说？"

"也没多说。你唱赞的时候，他说，可惜一员战将变成了打锤佬，变成了木匠师傅。上梁彩词是木匠师傅唱的。"

赖全福自嘲道："从打铳佬到打枪佬，再到打锤佬，我蛮聪明呢，也没师傅教，现在又成了木匠。等到革命胜利，我去当文化人，我编的词也蛮好是啵？"

"好个鬼！人家龙摆尾凤卷梁，是吉祥寓意。什么栖梧桐闹翻江，哪个住得安稳呀？老婆飞走了，去寻梧桐树啦，老公在屋里闹翻江是啵？再说，这跟红色政权怎么扯得上？"

赖全福说："你硬是没懂嘞！前面说了瑞金，瑞金不就是梧桐树吗？早几年，几多向往革命的青年往瑞金跑呀，你就是从赣州城里飞来的一只凤凰。而我们的无产阶级革命，就是蛟龙闹海，蛟龙闹翻江。那时候，革命形势多么鼓舞人心呀。我们成立了中华苏维埃共和国，先后打败了国民党反动派的四次围剿，你看看！"

说着，他又要扒开胸口，叫李双凤制止了。他挨的子弹，一颗在胸部，一颗在肚皮上，一颗在颈脖上，另一颗在胳肢窝里，离心越来越远。可是，下一颗呢？

如此解释凤栖梧桐，让李双凤百感交集。她强忍住内心一阵阵的冲动，努力把自己的记忆拉回到眼前的现实中来。因为，她隐隐约约地发觉，那个彻底向他袒露内心秘密的时刻，就要来临了。那个时刻一定潜藏在黑暗之中，那个时刻一定是面目狰狞的。她要把自己内心的秘密留到来，留着它，去喂饱那个时刻。

所以，她夸奖这句改得好。可是，为什么说瑞金出了一对革命好姑娘呢？她们是谁？为什么只是一对呢？

赖全福说："那是随便说的。人家要具体，我不好具体到哪个人，只好具体到数字啰。在画眉坳的女人中，她和你都来自瑞金，指的就是她和你吧。"

李双凤说："还有母梁黄檀木子梁紫檀香什么的，合适吗？明明是滥贱的杉木松木。"

"这叫革命的乐观主义精神！"

邱书记在各处巡视了一番后，迫不及待地来到他俩跟前。听罢赖全福改词后的唱赞，她连连称好。她说，要动员所有的民窰和生产合作社，坚定信念，加紧生产，不要被敌人的猖狂进犯所吓倒，不要听信谣言。《红色中华报》最近的社论说，我们有时在敌人优势兵力的压迫下，不能不暂时放弃某些苏区与城市，缩短战线，集中力量，求得战术上的优势，以争取决战的胜利。我相信只要中央苏区在，红军绝不会放弃画眉坳。要大张旗鼓地告诉群众，凤栖梧桐，那棵梧桐不仅仅指瑞金，也指画眉坳，蛟龙闹翻江，不仅仅指革命形势，也指矿山的经济形势。

她不满意的地方就是那一对革命好姑娘。她问赖全福："这个一对指哪个呀？"

"你是从瑞金来的。"

邱冬梅板起脸来："赖全福，我叫你说清，你说得好清嘞！我头发再长见识再短，也不至于这么没水平！我算什么，一个随时准备抛头颅洒热血的普通革命者！你对过去耿耿于怀是啵？你小看我是啵？我告诉你，不错，我曾经误会了你，揭发了你。但是，严酷的现实也在教育我，我晓得有些问题的处理是过火了。可你应该记到来，不要怨天尤人，你也是在成长，你同样也在犯错误。你难道没有错误吗？为什么偏偏要整你呢？"

见她越说越激动，赖全福尴尬地苦笑。他的苦笑里当然也包含着几分歉意。是的，他把词改作一对革命好姑娘，的确带着戏谑的情绪，不为讨好，只为讥嘲。她不是希望说清吗？然而，这是一个铮铮铁骨的妹子啊！从登贤县城撤出的途中，她为掩护伤病员转移而被捕。敌人严刑拷打百般羞辱，都无法逼她供出县委县苏的隐蔽地点，最后决定枪毙她。她是带着一颗射进肺部的子弹跳下山崖，才侥幸获救的。这样的女中豪杰，怎会希图那可笑的虚荣呢？

赖全福连忙表态："我改掉，我改掉。"

"必须改！要从你的思想里改！不过，我请教你……你们两个，你们说一对，那一个是哪个？"

赖全福摇头否认，解释说，原来彩词里就有一对，只是套用而已。当然，这个说法是蒙不到这位书记妹子的。她瞄了瞄李双凤。

　　大约是累的，或者是刚才情绪太激动，只听得邱书记捂着脑门说了声头昏，顿时，便见她身子摇晃起来，支撑不住了。赖全福和李双凤赶紧上前扶住她。豆大的汗珠从她头上脸上滚落，片刻间，她全身精湿。这是出虚汗呢。

　　这时，她的意识似乎也模糊了。她非常虚弱地喃喃道："我压力太大啦，要是有个懂军事的就好。你们莫停下来，继续做屋，继续唱赞。明天是中秋，夜里再闹一闹。闹火龙，我听说这一带喜爱中秋耍火龙，从前年年耍。"

　　赖全福热泪盈眶。因为，邱冬梅耷拉着的一只手恰好落在他的脑壳上，那只手也是湿淋淋的。

　　九皇女是中秋的大清早回来的。收砂站新屋的横梁上，还缠着两条红布。她抬头望望那摆尾龙卷梁凤，告诉乌妹子，她有三营的消息了，有长发的消息了。

　　她遇到了三营的战士。就是在大腿上刺下九皇女名字的那个战士。三营现在零都，而长发负了重伤，留在会昌盘古山里的老表家养伤。已经三个月了，他应该伤愈正往零都赶呢。

　　九皇女抱过孩子，撩开了怀。乌妹子说："你看看，旺崽馋奶啦，晓得自家寻奶呢。这几天喝米汤食米糊，他不高兴嘞，老是撇嘴。想哭。你说他乖啵，老早是叫夜郎，现在再委屈，他都忍到来。当真懂事！那天，铲共团打进来，我抱着他钻进柴屋子里，躲到松毛柴堆里，就怕他哭。他硬是憋到来不哭。后来，长水他们下山来救火，他还不停地对长水笑。"

　　九皇女对发旺说："崽啊崽，莫急，慢慢来，会呛到。怕娘马上又走是啵？你笑他的样子是啵？他的样子是蛮好笑。他的脑壳烤烤熟，蛮香，当得芋头母呢。你莫不是饿了，想食？等你长牙，让你啃他几口，叫他长长记性。"

　　乌妹子却不高兴了："九皇女吔，我没亏旺崽嘞！我舅舅还买了鸡蛋，我蒸蛋糕子喂的他。"

　　九皇女脸一红，连忙解释："我不是这个意思。我是恨长水。这个不争气的！害得我心里蛮难过。他贪污，我收赃，难过啵？说起来是为我犯的事！我还戴到脖颈上，天天盼到他！想起来，我都羞死啦。要是岗下的赖花香晓得，她牙齿会笑掉！她会变成没牙的婆婆，到处去宣传。她的小老公给她长脸嘞。"

乌妹子赶紧去隔壁铁匠铺，把九皇女留下的布包包取了来。可是，九皇女说："你帮我存到来，我哪天还要出门的。这多钨砂都要卖出去，卖都卖不赢。现在，白狗子封锁得更紧了，这次，我们几个差点出事。铲共团探子发现了我们，半夜带白狗子包围了我们歇脚的村子，好在我们听到狗吠就跑掉啦。"

乌妹子捏着布包里的箍子，说："帮你收到没事，可你那样怪长水，长水冤嘞。人家当真蛮冤枉。他不过是上了那个姓温的当，又不是有意要贪污。贪污那几个钱，被弄来搏命挖砂，划不来呢。再说，人家也是对你的情意！"

发旺放掉叼着的奶头，一双小手挣呀挣，够到了娘的嘴边，便撕扯起来，同时，还咿咿呀呀地发言。乌妹子在他脸蛋上拧了一把，说："你看看，连你的崽都不喜欢你说长水。他对长水蛮亲嘞。"

九皇女在孩子的屁股上拍了一下。接着，把他调了个，用另一个奶子堵住了他的嘴。

"乌妹子，长发还活到，他受了重伤。当真看不出，他蛮勇敢嘞！他带到一个班，掩护部队转移，打光子弹，就跟白狗子拼刺刀，他一个人刺死了十多个白狗子。他身上也被戳得尽是窟。敌人以为他死了，临走还扎了他一刀。他命大嘞，只剩一口气，也被救活了。晓得他醒来怎么说啵？他叫人家莫告诉我。说我不会记到他。说我从小就喜欢长水。说我肯定是长水的人。"

九皇女流泪了。的确，她从前并不喜欢长发，长发三棍子打不出一个屁，长发长得也没样，细细长长，丝瓜筋一样，软皮邋遢的。也许，正因为如此，长发才变得阴坏。争斗不过别人，他便使点小手段，出口恶气。比如，嫉妒长水和九皇女好，下广东那两年，他独自回家来时，拿点小东西送给九皇女，同时送去的还有闲话，说长水经过妓院门前眼珠子不老实，说长水曾偷偷抽过大烟，有个老板娘老跟长水眉来眼去。九皇女一追问，他马上就心虚，支支吾吾地说他也是听到别人说。那时，九皇女简直讨厌他。

然而，为了扩红，她忘记了长发的所有毛病。她的秀发同样也给了长发一绺。现在，她听说的长发的故事，让她欣慰，又让她感动。长发成了她唯一的精神慰藉。她对四个后生的期待，也只能寄托在长发身上了。可是，当初她的甜蜜诺言，如今变得苦涩了。

自从来到画眉坳，乌妹子从她的絮叨里，已经大致晓得了她和几个后生的关系。她养着长根的崽，心里却一直恋着长水，而现在她嫌弃长水，仰慕那个叫长发的后生了。乌妹子用试探的口吻问道："你打算嫁他？"

"我有长根的崽呢。长根把我坑苦了。要是没怀上这个崽，我就不会离开枫岗，我就会碰到长水。我就会告诉长水，不要这个吊颈箍。我后悔死啦，我留到枫岗就好啦。肚皮大就大呗，我就说是长水的是长根是他们每个人的，哪个敢笑？"

乌妹子说："世上没有后悔药卖。换成我，我喜欢的人不管怎么样，我都打硬心肝跟到他。"

九皇女怔怔地盯着她。直到乌妹子心虚脸红。九皇女晓得，她话里有话呢。她说过，三营驻扎在李渡的时候，她爹曾想替她拣个上门女婿，长水却死活不肯。乌妹子提起这件事，是证明长水对九皇女的痴心。可九皇女看得出来，乌妹子蛮在意长水的。

九皇女突然问："你来画眉坳寻长水是吧？"

哪晓得，乌妹子倒是坦率，很认真地点了点头。她的眼里闪烁着明澈的亮光。似乎，她自己也被感动了，她有些激动地说："那天放添丁炮，我没留到鸡头鸡屁股，他蛮恼火。他想把鸡头鸡屁股送给一个女红军。我就是在那时喜欢上他的，他有情有义嘞。这样的男人，你不要，我要。你想要，也来不及啦。救火那天，我已经跟他说过，我打硬心肝等到他来！"

九皇女大吃一惊，不是为乌妹子喜欢长水，而是为爱的热烈，爱的单纯和慷慨。

"他是一个犯人嘞。"

"没错，他会改过自新，会重新做人。"

"可是，他还能当红军吗？他出来能做什么呢？一个后生子，不当红军狗都嫌。"

"狗嫌我不嫌！"

面对乌妹子的表态，九皇女无语了。

乌妹子居然开始翘望长水了。这时的镇街上，忽然热闹了，铁匠铺里也忙碌起来，叮叮当当的，是红军挖砂队送来了要修理的工具。红军挖砂队又来帮助群众做屋了。

乌妹子出去看了几趟，仍没有劳役队的人，便急了，说："今天是中秋呢。昨天我买了一只鸡，不能叫他来屋里食饭，我就塞个鸡头鸡屁股到他嘴里。他们要是不来怎么办？"

九皇女说："托我哥哥带去呗。我去买两块饼来，一起带去。我还要带话给他，长发还活着，长发是英雄。他没话可说，怪不得我呢。他也不会怪我，有黄花女等他，蛮好。"

乌妹子说："九皇女，搞笑归搞笑。我明人不做暗事。你是当干部做大事的，嫁老公有蛮多讲究。你嫌他了，我才敢要的。反正你有个英雄等到来，你莫怪哟！来世我再把他还给你。当真，今生你们没缘，等到来世吧。"

九皇女淡然一笑："要得！但愿有来世，但愿来世他莫变狗变牛。乌妹子，长发他信不过我呢，以为当初扩红我是哄他。我已经叫那个战士等他回三营后告诉他，只要他不嫌，我愿意嫁给他。等到打败五次围剿，我去寻到他来。要么，我们都回枫岗，热热闹闹办一下。旺崽，娘给你寻过一个爹，他比你亲爹还勇敢呢。哪个都想不到，他拼红了眼，比豹虎子更凶猛。乌妹子，我现在的工作蛮危险，要是我光荣掉，你要告诉长发我刚才说的事。你答应我。"

乌妹子双手在她嘴上抹了一下，说："你把包包留到我这里，是怕有事呀。你怎么啦？莫牙黄口臭！你有个崽嘞！可怜的崽没了爹，不能再没娘。有危险的事千万莫做。"

九皇女说："你喜欢长水，就把箍子拿去。你戴到来，他可能会蛮高兴。"

"当真？"

"你想，他为箍子受了这多罪，我摘下来，他蛮难过。现在有标致的妹子喜欢，他还能不高兴？他做梦都会嘻嘻笑！"

"九皇女，你才标致嘞。你这条马尾巴，哪个都喜欢。难怪，四个后生要割你的头发。要是我是后生，我也割。我连根割！"

乌妹子果然把银颈箍套到了颈脖上。她找出镜子照呀照，硬说不好看，要摘下来。九皇女说："当真好看。你戴上显得更秀气。你看看，旺崽也说好看，他笑了呢。"

乌妹子乐得把孩子抱过来，逮住他的脸蛋亲了又亲。发旺被她带熟了，到了她怀里兴奋得很，身子挣个不停。他的小嘴啊啊地叫着，居然发出一个令乌妹子欣喜若狂的音。乌妹子说："哎呀，旺崽喊我做姆妈啦，九皇女，你听到啵？他当真喊啦！"

九皇女笑道："才半岁，就会说事？他成精怪啦。"

"我的旺崽就是人精呢。他老早是叫夜郎，可能就是在想事，他当真蛮聪明。你没在屋里，他也晓得，老是叫我抱他去镇口。你看，你一回来，他一下也不想到外面去。还不是人精呀！"

乌妹子抱着孩子，又到门外去望了一阵。再进屋时，她惊叫起来："老天爷，你发疯是啵？我认不得你了吧！"

九皇女把马尾辫剪掉了。九皇女变成了另外一个女人。她泪流满面，捧着自己的辫子，一身的碎头发，而失去辫子的头发，就像掉了魂似的，那么蓬乱无序，参差不齐。顿时，她变得老成了，也憔悴了，变得不好看了，也没精神了。

连发旺都吓哭了。他的啼哭跟从前叫夜一样凶猛，一样不可遏制。他不会又变成叫夜郎吧？

幸亏，九皇女抹着泪，又笑了。尽管是凄然一笑，却让她苍白的脸上又有了神采。

九皇女说，这是为了安全而剪的，辫子容易被这次遭遇的探子认出来，总不能为留到辫子丢掉脑壳吧？

乌妹子不相信。乌妹子说："你打定主意嫁长发，长发在哪里哟？长发还没回话呢。你要断掉长水的念想是啵？"

流泪的辫子也躺进了布包包里。

夜色悄然铺满镇街，一轮圆月也悄然从东边的山林里钻了出来。画眉坳似乎不曾感觉它的出现，出奇的平常，出奇的安详。白日里做屋的忙碌和喧闹消失了，静得充满神秘。

直到圆月爬上林梢，才见一些女人和孩子出现在镇街上，他们手持线香在火堆上点燃，再一根根插在用禾草扎成的把子上。线香呈扇形排列，夜色中似点点流萤。

铁匠师傅说，这叫线香火虎，还有火龙呢。火虎准备迎火龙了。在发现钨砂之前，在画眉镇还叫画眉村的时候，村里年年中秋耍火龙。今年是哪个记起了火龙呢？也没见哪家做火龙呀。

乌妹子抱着发旺满街蹿。当劳役队每人扛着一根竹篙出现在镇口时，她忙不迭跑到收砂站，把这消息告诉了九皇女。

九皇女期期艾艾的，又梳起头来。乌妹子劈手夺下她的梳子："一天你梳了几多遍！长水来了呢。他们今天没来做屋，是在准备火龙。好笑啵？叫他们耍火龙。"

待她们赶到镇口边的一块坪地上，这里已是熙熙攘攘。镇口头一家店铺是油货店，支在门前的大锅里正在熬油。熬的是一种植物油。加热烧开，再把油浇在一根根裹着纸捻子的火媒子上。当火媒子被扎在竹篙上点燃后，就是一枝枝火把了。

人们攮着一把把油淋淋的火媒子，走向坪地上被犯人们举着的竹篙。他们要把火媒子扎在竹篙上，每根竹篙需扎二十枝。

邱书记站在犯人面前，一再示意所有人，她有话要说。靠着曾泰和他们维持秩序，场上好不容易才安静下来。她身子很虚弱，声音断断续续，恐怕没几个人能听到。

她先说火龙的来历。相传清光绪初期，有一年古历八月，画眉村瘟疫流行，人们万般无奈，只好祈求天神保佑。八月十五日夜晚，突然，天空出现两条火龙与瘟神激烈搏斗，战至黎明，终将瘟神击败逃遁，火龙则溶于东方绚丽多彩的朝霞之中。此后，瘟疫在画眉竟奇迹般地消失了。村民认为这两条火龙是两兄弟，一条名火龙，一条名火虎，统称为火龙神。从此，火龙神被视为驱邪佑民的福主，立庙雕像祀奉，并于每年中秋夜举行祭祀活动。

接着，她说的是今天耍火龙的目的和意义。她说："火龙神兄弟是谁呢，是红军，是革命群众。我们两次击溃偷袭画眉坳的敌人，靠的就是革命的火龙神。敌人烧掉了镇上蛮多房屋，我们用两天时间就建好了新屋。我们要火龙，一是庆中秋二是贺新屋，三是警告所有的敌人，包括潜伏在我们内部的敌人，画眉坳钨矿有火龙神镇守，它永远属于人民，永远姓红！"

在邱书记讲话的时候，乌妹子钻进林立的竹篙丛中，找到了钟长水。她往长水嘴里塞了一块鸡肉，不是鸡头鸡屁股，是一只鸡腿呢。连骨头都剔掉了。她望着长水囫囵吞下，拿胳膊肘撞了他一下："九皇女来归啦，看你还认得啵？"

长水扫视着在人群中齐来挤去的女人。他是先发现发旺，才辨认出九皇女的。他大惊失色。九皇女没有了辫子。没有辫子的九皇女再也不是他日夜牵挂着的那个妹子了。连她的笑都变得蛮陌生，那笑比哭还难看。

九皇女挪上前来，头却低着，顾自跟发旺说话："发旺，认得叔叔啵？娘带你来见叔叔。给叔叔笑一个。笑呀！"

长水声音在发抖："你剪掉辫子，要嫁人是啵？你嫁哪个？"

九皇女扬起脸来："长水，莫怪我。长发还活着，他要是不嫌我有这个崽，我就嫁他。他几勇敢哟，一个人拼掉十多个白狗子，身上被戳得净是窟。他没死呢，他还在等到我。"

竹篙在长水手里晃动起来，他举不住了。竹篙蛮粗。等下点着火，要举着这竿火龙在坪地上转三圈，再穿镇而过，要的就是力气。也许，因为这是体力活，才叫劳役队来干的吧？原先，这是宗族活动，由各房派选出青壮男丁上阵。随着打锤佬从四面八方涌来，作为宗族活动的要火龙也就自然消亡了。

乌妹子赶紧替他撑牢。撑住的不仅仅是竹篙，还有他的身体。她的胸脯紧贴在他的后背上。

这时，两个当地人过来扎火媒子，他们叫长水放下了竹篙。长水一把夺过九皇女怀里的发旺，把自己的脸贴在他的小脸，蹭呀蹭，两颊的胡碴蹭得孩子哇哇哭起来。孩子一哭，九皇女就紧张，赶紧要过去，颠着哄着，钻进了人群。

长水对着九皇女的背影，大叫一声："打乱说！他满身是伤，还有命？你亲眼见到他没有？再说，他嫌你土，他做梦都想搞到妖里妖气的广东婆子，根本就看不上你！他是见不得别人有好，故意跟我相争！你不晓得嘞！"

长水终于道出了实情。可是，九皇女听不见，或者，她沉醉在自己的梦想里。

接下去的中秋之夜是动人心魄的。也不晓得是从哪里请来的乐队，吹吹打打的，来到坪地中央。他们居然把那段上梁彩词唱赞了一番，用的正是新词。全场怕有上千人吧，好啊有啊，不时响起的应和之声，犹如山呼海啸。顿时，每个人都热血沸腾。

在欢快的吹打乐声中，火龙依次被点燃了。上百竿竹篙被竖起来，林立的竹篙就是腾空而起的火龙，两千枝火媒子迎风抖擞。满目是团团簇簇的火焰，仿佛金龙狂舞，龙睛如电；满目是辉煌灿烂的仪仗，仿佛得胜凯旋，旗旌如阵。

那一刻，煞是震撼，欢呼声在画眉坳的群山中久久回荡。火龙在坪地上盘旋。邱书记兴奋极了，居然跟跟跄跄地跟着火龙，绕了一圈又一圈。火龙穿镇而过，她也强撑着身体，一步不落。她其实一直伴随在赖全福身边。

赖全福似乎看透了她的心机，却不道破，只是说："这下你可以放心啦，去做你想做的事吧，莫跟到啦。"

邱冬梅靠近他："莫自作聪明！你的问题就出在自作聪明！"

赖全福点点头。他挺直了竹篙。竹篙上密布着招风的火媒子，蛮重呢，举得胳膊发酸。不时的，还有火星火苗掉下来，他的光头就被烫了好几下，身上的衣服也烧了几个洞。

乌妹子一直在给长水打帮，撵都撵不走。她也伸手托着竹篙。长水总在琢磨如何甩脱她的手，于是，他高举的竹篙摇摇晃晃的，不断有火团掉落。等到火龙穿镇而过，抵达终点时，长水那竿火龙已经只剩光光的竹篙了，所有的火媒子都掉了。

人们将火龙斜靠在岩壁上，任其自然熄灭。只听得黑暗中有人急切地吆喝："去看戏哟！"人流便往镇那头的坪地涌。那个请来的吹打班子，原来是个戏班子。

可是，劳役队必须回去。陈达成发了一路的牢骚。他说，叫我们上山砍毛竹，叫我们扛火龙，为何不让我们看戏？我累死了，烧脱了几层皮呢。曾东华他们也是骂骂咧咧的。

赖全福说："我们听戏。戏是听的。那多人挤在一起，也看不到。我们坐在山上听吧，要唱一夜呢。"

到了山上，就见李双凤站在寮棚前，正俯瞰着仍然是火树银花的画眉镇。她没有下山。她站在这里，欣赏着这月下的狂欢，狂欢的秘密。是的，她也感觉到潜藏其中的悬念。

山下在演戏呢。这个夜晚不就是一出戏吗？

赖全福拉着她坐了下来。他们看见，斜靠在岩壁上的那些火龙，依然兴致勃勃地燃烧，同样，掉落在镇街上的火媒子，团团簇簇的，也不肯轻易熄灭。坪地上，几根竹篙一撑，挂上马灯，便是戏台。一阵开场锣鼓之后，演出开始了。是文明戏，用的却是东河戏的曲调。演的好像是扩红的内容。

赖全福不由自主地攥住李双凤的手。他轻轻说："要是真能调你下山，你莫犹豫，赶快下去。听到啵？"

李双凤一愣，马上醒过神来："不！我不去！我就跟到你，我还有话对你说！"

"那你现在说。不说就没机会啦。"

"没机会？什么意思？肯定会把我们分开？我坚决不走！我不是犯人吗？犯人能不跟犯人在一起吗？曾泰和怎么不讲原则啦？好笑！他什么意思？动我的心思，他不怕倒霉？"

赖全福制止住激动的李双凤，说："是我要求的，书记妹子答应了。早先，你就不该留在山上。你是女人。听我的，到时候，莫犟。能离开就赶紧离开！没听出邱冬梅说的那篇社论的弦外之音呀？"

李双凤不再争辩，那神情却是坚执的。赖全福说："凤妹子，你莫以为这火龙是逐疫祈福。你晓得的。有什么话，你快说。"

她无法开口。山下太闹了，乐声随风飘来。风里有一股股油烟味，太难闻了。可能是刚才火树银花衬的，这时的月色倒显得分外凄清，郁郁的，阴阴的。

山下有戏班子通宵达旦的演出，这个夜晚因此漫长无边。演到下半夜，人们仍不肯散去。人们竟开始自娱自乐。挖砂队的各个班组之间，合作社的各个棚子之间，拉起了歌。几个回合后，山上也听到了九皇女的歌声。

正是那支"娇莲十年不变心"！那支"不当红军狗都嫌！"

已经躺倒在铺上的钟长水冲出寨棚，扑到赖全福跟前，一把将他拽了起来。

"赖营长，九皇女打乱说嘞！她说见到了三营的人，她说长发还活到，长发全身被白狗子刺烂了，只剩一口气，还活了下来。她蛮会编故事哟。她编故事给我听呢。"

赖全福强忍住内心的悲痛，捧住他的脸，说："活到好嘞！我就怕三营连个种都没有啦。有人活到，三营的旗帜就不会倒！长水，你该高兴！"

"哈哈，我高兴！长发在，我当然高兴。可要是他没在，九皇女打乱说呢？她没见人，怎么就割掉辫子，要嫁给他？她嫌我嘞！赖营长，我蛮恨你！当真恨你！你那时应该毙掉我，晓得啵？"

山下，九皇女的歌声越来越清晰。她的确是在唱娇莲十年不变心。十年太长，她就要去找长发了。

她的歌声惊醒了叫夜郎。发旺爆发般的啼哭盖过了她的歌声，彻底淹没了她的歌声。

接着，长水听到乌妹子喊惊。他依稀听得乌妹子这样喊道："发旺呀，鸡吓狗吓人吓，快归来困哟！旺崽呀，东南西北到处吓了，快来归困哟！"

那凄厉的呼喊，在砂窝子里久久回荡，在松树窝里回荡，在长水的耳朵里回荡。

乌妹子变成了令钟长水心惊的一种声音。

第十七章　鳌转肩

这个黄昏出奇的宁静。以往，这时候各个窿子都该放炮了，烟尘从每面山坡的岩石边、草窠里升腾起来，弥散开去。

然而，今日此时，所有的窿口都悄无声息，只有镇上的几缕炊烟飘到山前，环绕着山峦凝然不动，像九皇女从前盘在脑勺后的辫子，空气明净得可见那条辫子上飘逸的发丝。

秋阳已经沉入远处的林梢。刚吃完饭的犯人们都蹲在寮棚边，纳闷地望着矿场上来回走动的哨兵。钟长水心里有一种不祥的预感，正是砂子最旺的时候，为什么突然停工呢？连民窿也停了下来。这几天，他特别注意相邻的那个民窿，在矿场上只要抬起头就能看见，但他再没有看到去收砂的九皇女。上面的打锤佬，一个个神色慌张，进进出出的，情形有些像打点铺盖要走人。

赖全福的脸色阴得很沉。他手里不停地劳作，卷了一根又一根烟。显然，他把眼前反常的宁静同周边的战场联系起来了。作为红军指挥员，他无疑是敏感的，哪怕是掠过的风，飘过的云，他都能嗅出或窥见其中的异常。

三个犯人不约而同地凑上前，向赖全福讨黑老虎，连不抽烟的陈达成也叼起了烟卷。他们大眼瞪小眼，默默地吞云吐雾。

钟长水悻悻地瞄了赖全福一眼，站起身来，眼巴巴地望着山下的镇子，寻找着他熟悉的身影。中秋夜，九皇女的歌声是倾诉还是宣言呢？那条马尾辫，他再也看不到了。

他如痴如呆，眼前一片迷蒙，如霭如瘴。赖全福拍拍他的肩头，默默递给他一根纸烟。待他接过吧嗒吧嗒抽了两口扔掉烟屁股，赖全福才喃喃道："看来，我们也要走啦。"

"走？到哪里去？"

"不晓得。肯定蛮远蛮远。你看，对面的山坳里，漆黑漆黑的，可是狗吠了蛮久。"

对面山坳里的选场，果真没有一丝光亮，通常选场总是昼夜轮班呢。这会儿，该是交接班的时候，人来人往的，而且，不待天断黑，就燃起了盏盏马灯。

今天倒是神秘，死寂一般。长水侧耳仔细听了好一阵子，才听到几声狗吠，那是一条小狗孤独而哀怜的号叫。他恍然大悟，随着夜色的降临，矿山将开始重大行动。

赖全福的目光滞留在石桥上。他翘盼的是曾泰和。中秋节过后，他就一直盼着曾泰和。可是，石桥上没有人迹，而连通砂窝子的山路，布满岗哨，还增加了流动哨。

长水好像看透了赖全福的心事，他骂道："泰和子肯定被水蛇崽的鬼魂捉了去，他也生不见人死不见尸啦。我吊！他自家说要双凤下山。说得蛮好听，哄鬼嘞。他们兄妹两个都会哄鬼。"

长水马上就意识到自己说漏了嘴，连忙改口："怪不得九皇女。是我自家倒霉背时。等我出去，我要寻泰和子算账！"

赖全福为此忐忑不安，且憋着一肚子火。他有些沉不住气了，便对长水说："想当排长连长哦？想当，你就记到来。大张旗鼓做新屋，耍火龙，是演戏给敌人看，是掩护矿山做撤离的准备。也该撤啦。画眉坳跟中央苏区的联系，就靠一条狭长的走廊，周边都已经被白军占领。再坚持，难哟。"

长水自嘲道："我当杀猪的去！跟到当官的做娘子，跟到杀猪的翻肠子！哪个情愿跟我翻肠子哟！赖营长，你也莫再想当营长了，红军不会带到我们，你快叫泰和子把双凤带走，莫叫双凤跟你翻肠子。人家是女秀才，红军用得到。"

赖全福仰天长叹，禁不住涕泪横流。显然，一切的善意，一切的同情或怜惜，都无济于事了。回避，也许是兑现诺言的最好办法。沉默，也许是解释困难的最妙答案。

这又是一顿有肉有酒的晚餐。而且，是大块的红烧肉。酒却不多，每人只给半碗。黄罗二位师傅头几天下山便没有回来。朱队长替自己倒了小半碗酒后，一仰脖顾自灌了下去。他说："这酒蛮香，味蛮醇。你们多吃肉，莫灌醉，等下要做事。"

李双凤要把自己碗里的酒倒给赖全福，却被他挡住了。他说："今天，你要喝一点。听我说，少喝一点。"

他举起碗，朝李双凤碰去。竹碗与竹碗相碰，几乎没有声音，那声音是巨大的空旷。就像目光与目光的碰杯，心灵与心灵的碰杯。这是他们的交杯酒呢。

他们用眼神在祝福对方和自己。今夜怎么会上酒呢？莫非是曾泰和安排的吧？

钟长水读懂了他们的眼神，也把碗靠过去。他竟然一饮而尽。他喝道："朱队长，再给我斟！你舍不得，就叫泰和子来！他不想当我的舅子就躲起来，是啵？把他给我寻来！这个混蛋舅子！"

朱队长犹豫着，瞟瞟赖全福。赖全福说："莫睬他，还没喝酒就撒酒疯！要做事呢，莫筛酒啦。"

陈达成忙不迭地把自己碗里的酒倒给了长水。长水说："对你不住哟。我馋酒啦。下次我请你喝，到我们枫岗去喝米酒。枫岗米酒那才叫香！有支歌子你会唱啵？好比蓑衣盖酒缸，盖了酒缸的蓑衣都香嘞。"

陈达成便唱了，正是那支嫁得老郎味道长。可是，没等唱完，他就打住了。他被曾东华和李水淼吓住了。曾胖子夹了块大肥肉，恶狠狠地一咬，油竟飞溅到他脸上。而与此同时，李水淼乜斜着眼，正把嘴里的脆骨嚼得咔嘣咔嘣响。

借酒壮胆，曾胖子抹一把嘴上的油，便往头上擦。他得意地笑了："老赖，中秋节要火龙，我听到说，你的三营完了，驻登贤的五团也完了，一个兵兵卒卒都不剩！最后剩下二十多个人跳了崖。晓得啵？蒋总司令带领百万大军开过来，你们有几多人哟。我替你们捏把汗呢。我也是白皮红心呢，我夜夜都在求菩萨保佑你们。"

钟长水勃然大怒，端起酒碗，就将陈达成倒过来的半碗酒泼到了曾胖子脸上。他咬牙切齿地骂道："牙黄口臭！你敢咒三营，老子扒你的皮掏你的心！"

曾胖子抹抹脸，继续笑着："当真。扎火媒子的时候，我碰到从会昌来的熟人，他说的。我怎么会咒三营？我喜欢三营呢，我屋里跟三营有缘，我有件事还等到出去寻三营相帮，晓得啵？"

赖全福心如刀绞。的确，最近在被迫节节退却的防御战中，三营把老本拼光了。当真是崽卖爷田呢。可是，曾胖子居然对战争形势如此熟悉，居然和外人有联系，令他警觉起来。他强压下心头的悲痛，冷笑着说："好笑！三营明明在石城，你的会昌熟人眼蛮尖。"

"当真在会昌。在盘古山里。盘古山离画眉坳蛮近。从砂窝子那边翻过几座山就进了会昌境，再往南，就是盘古山。你们丢掉了盘古山，整个南华山都难守，莫说小小的画眉坳。上次打画眉坳的白军，就是从盘古山过来的。"

李水淼撞撞曾胖子，意在警告他。李水淼说："莫乱说，妖言惑众，你不怕枪毙呀！红军几好哟。当犯人还有肉食有酒喝。我巴不得红色政权万万年嘞。等到来，晓得啵。我估计就在这三两天，我们就可以庆祝红军打败五次围剿，我们又有酒喝啦。"

哪晓得，这时的曾胖子横得很，不仅懒得理睬李水淼的警告，反而更加张狂了。也许，他是得意忘形，或者就是复仇心切。他突然抓住赖全福的手："老赖，你们有今天，这叫报应！你们的罪还有一桩没算呢。那是留给我，让我亲自跟你算账的！老天有眼啊！我姐姐在地下很快就可以瞑目啦！你等到来！"

这时，曾胖子的目光落在李双凤脸上。李双凤大睁着双眼，紧盯住他。她似乎认出了他，她的眼神突然变得惊惶不安。

赖全福刷地站起来："水蛇崽小婆子是你姐姐？"

曾胖子抓了一块肉扔进嘴里，也站起来。那块肉被他用咬牙切齿的凶狠劲，绞成了肉泥。他把那团肉泥亮在舌尖上。

钟长水扑上前就是一拳。长水吼道："那个恶婆子是我杀的！我一铳把她打成马蜂窝。想算账？怎么算？你以为白狗子会打过来是啵？你想把我剁成肉泥是啵？做梦！告诉你，你姐夫也是我亲手杀的！他死得比那个恶婆子更惨。喂了鱼。等出去，我到孽龙潭捉鱼，请你下酒。哈哈。那里的鱼也不晓得什么味！"

痛苦不堪的李双凤想离开，一撑杉板搭的桌子，杉板一头翘了起来，桌上的碗都滚落到地上。听到寮棚里的动静，朱队长冲进来，把犯人们训斥了一顿。

赖全福目送着李双凤进了她的小屋后，低声对曾胖子说："你姐姐丧心病狂，该杀！她哪里是女人，她是女魔！"

曾胖子毫不示弱："老赖，我姐姐恨这个女人是有道理的！这个女人勾引过她老公！她老公在这个女人身上掉了魂！"

赖全福忍无可忍，一拳正砸在他腮帮上，打掉了他的一颗牙。那颗牙随着他的叫喊，跟那团肉泥一道滚落下了肚。

提着油灯的朱队长大吼一声："你们不想食饭是啵？那好，集合！李双凤出来，统统集合！"

就听见小屋里窸窸窣窣，被反扣着的门好不容易才打开，李双凤梳着头，慢慢走出来。在朱队长宣布一个重大决定时，她一直在梳头。朱队长瞄了她几次，见她心不在焉，也就由着她了。

朱队长宣布的决定，简直令人难以置信。从此刻起，犯人们必须把他们挖出来的花石挑回到窿子里去。他们所在的窿子，不仅仅要堆放挑出来的花石，还有其他窿子的花石，以及选出来的粗砂。这条窿子将成为存放钨砂的仓库。劳役队的其他分队，已经开始行动，别处的犯人挑着担箕，正往这里运砂。在夜幕的遮掩下，这样的行动意味着什么，不言而喻。钨砂就是军饷就是给养就是红军的枪炮炸药！突如其来的变故，证实了赖全福的判断，红军要走了，走得这样匆促慌张，甚至连将钨砂兑换成银元和物资的时间也没有了。

这时的画眉镇已经睡了。四围一片黢黑，没有一点灯光，只有闪烁在夜空中的稀疏星光，在窥探着黑夜中的秘密。它们大概也被林立的岗哨吓住了，不多时，便藏进云里。

从别处挑来的花石和粗砂，是倒在下山的路口，再由保卫分队的战士悄悄送到窿口，让赖全福他们挑进窿子深处的。选择那个路口，是为了给其他窿子的犯人造成假象，让人以为是送到山下去了。这样，晓得藏砂秘密的人员，就非常有限了。只有这个窿子的犯人和在中间传递的几个红军战士。

显然，红军准备彻底放弃这座矿山这片土地了！画眉坳将迎来的，再也不是头两年所经历的拉锯战，而是红军的义无反顾，或者说，是破釜沉舟。

赖全福的心情更加沉重。因为，他晓得，当别处的钨砂也藏进自己置身的窿子里，当自己成为这个重大秘密的知情者，当成分复杂的知情者之间充满仇恨和欲望时，这对自己意味什么。

在窿口，望着外面的无边黑暗，这位身经百战的营长，居然用颤抖的手抓住钟长水的胳臂，轻轻说："长水，如果我变成了堆子，看在同乡的份上，你千万莫忘记提醒双凤，三年后为我拣金，她是外乡人，她不懂这个风俗……"

钟长水的回答是对泰和子的诅咒："泰和子，你牙黄口臭，你这个狗拖的！"

一担担花石和粗砂都被填进了窿子深处，堆放在他们平时凿眼放炮的采场上。不断向前伸长的窿子，开始不断往后缩。连续两夜下来，乌金还没藏完，他们等待着第三个夜晚。

约摸到了昼边，赖全福的鼾声被曾泰和掐断了。他揉着惺忪睡眼，跟着曾泰和出了寮棚。

曾泰和大概几天没刮胡子，胡碴都快爬到鼻子上了，头发蓬乱，脸色苍白，几天没睡觉似的，哈欠连连。

不等曾泰和开口，赖全福忙不迭地问："你总算来带双凤了是啵？"

曾泰和满脸的不自在："老赖，中共中央和中央政府联合发表了告全苏区民众书，号召全苏区群众武装起来，开展游击战争，保卫自由和土地，保卫苏区。这就是说，形势恶化了，比我们料想的更糟糕。对你，对李双凤，我们想做的事来不及啦。邱书记也很遗憾，邱书记气得急得跺脚呢，在卫生队打针的时候，她跳起来，把针头都拗断了，掉在肉里。本来，我们打算……真的打算，可是……"

赖全福冷笑道："好嘞，打算是你们的。我没有任何打算。我能有什么打算呢？让双凤下山，是你说的。"

曾泰和尴尬地支吾道："我说过。我以为好办，办起来蛮麻烦。我挨了严厉批评，晓得啵？邱书记搞甄别，想让你出来，负责掩护挖砂队转移，你懂军事。可是，她也没法子。"

赖全福明白了。他沉默片刻，说："你告诉邱书记，挖砂队撤离的同时，一定要动员所有的打锤佬疏散。白军不会放过他们。他们恋到砂子，会不要命的，把道理说清楚来。"

曾泰和点点头。赖全福继续说："我不懂，为何把砂子藏在这个窿子里。不怕犯人泄密吗？这里本来就有大矿脉，再加上藏进去的砂子，这里成了金库，晓得啵？愚蠢！"

曾泰和说："这个窿子最合适，我们研究过。想把犯人弄走，又怕欲盖弥彰，那样影响更大。欲盖弥彰你懂啵？就是想盖到来，结果此地无银三百两。"

赖全福讥嘲道："我头发也抵不得你的胡子多，哪里有你脑水多？照你这样说，你们蛮相信我们的嘴啰？"

"在押的犯人，哪个作得了怪？"

赖全福一怔。如此紧急的撤离怎能带着这些累赘哟！接着，他意味深长地叹道："这不是搬家嘞。走人要紧，该丢的丢，该砸的砸！坚决砸！你告诉书记妹子。还有，叫她记到三营营长赖全福来。"

曾泰和慌慌张张就要走，赖全福问："不见李双凤啦？"

曾泰和说："她在困觉，莫吵醒她，昨天你们蛮累，今夜会更紧张。让她多歇歇。拜托你把这个给她。"

赖全福接过他从衣袋里掏出的东西一看，竟是一块黑石头，是块钨呢。孩子的拳头般大小，却是很纯粹，没有任何杂质，黑得闪闪发亮，就像一枚硕大的瞳仁。

尽管在这满山黑石头的地方，这样的石块俯拾即是，可赖全福攥在手里，却感受到了一股温热。它因为带着一个人的体温，而变得非比寻常。他忽然有些感动，便对曾泰和说："你们要把九皇女带走，我猜想钟长发同志可能牺牲了，莫让她等他。"

其实，通过板壁的缝隙，根本没有睡着的李双凤看见了曾泰和，看见了被赖全福一直端详着的黑石头。那块石头就是披沙拣金的意思吧，就是一颗心灵的成色和质量吧？

她坐起来，对着曾泰和送的已经裂成许多瓣的镜子，握着陈达成送的牛角梳，又梳起头来。她慢慢的，有条不紊的，小心翼翼的，梳理着自己的头发。竟然有了白发呢。白得刺眼，就像石英石的矿脉，嵌在永远凿不透的窿顶上。

赖全福轻轻叩门，她没有打开。赖全福用一根细细的树枝，通过门缝介图拨掉那麻绳的门襻，她却过去把门襻缠得更紧了。赖全福说，你有话对我说是啵，你说呀。赖全福又说，曾泰和特意给你送来一件宝呢，想看看啵？

这时的寮棚里，有如雷的鼾声，有咯咯的磨牙声，还有梦呓。那个陈达成扑哧扑哧像上了岸的鱼，呼吸越来越急促，接着，被人掐着颈脖似地艰难喘气，过了一会儿又长啸一声，翻个身，继续沉沉睡去。如此循环往复。看来，他睡进了噩梦里。

小屋里的李双凤，放下梳子，又端起了镜子。仿佛欣赏自己，又似打扮自己，用她的指头。她掐掉几粒小疙瘩，拔掉鬓边的几根细长的汗毛，然后，一点点地搓揉脸面。好像脸上还粘着洗不净的烟尘似的。她沉浸在自己的世界里。

她的世界也有花草呢。那面当做墙的岩壁，布满青苔，青苔上竟长出几茎小花，几蓬青草。开花的植物，不晓得叫什么，很柔弱的样子，小小的叶片却蛮厚，肉肉的，开着金子般的黄花。

她轻轻哼着一支山歌，是唱给那几朵黄花听的——

> 粉丝炒面缠又缠，
> 哥妹相好结姻缘；
> 哥哥扶犁妹插秧，
> 恩爱好比一丘田。

> 一年收种有两回，
> 作了一年望百年；
> 生不分开死不离，
> 贫不舍弃苦不嫌。

> 妹妹百年变绸缎，
> 哥哥变针又来连；
> 哥哥百年变水牛，
> 妹作竹鞭又来唤。

　　赖全福贴着板壁，沉浸在歌声里。然而，他带着哭腔的哀求，叫不开她的门。那么单薄的门，那么简陋的墙，居然封锁了她的世界。她似乎对曾泰和为她创造的这个私密空间恋恋不舍。

　　赖全福急了，使劲一搉门，哗啦，整个小屋倒了。脆弱得像纸糊的。倒塌的声音，甚至没有惊醒那些熟睡的人。倒下的板墙和门扇，只是掀起了一阵风。

　　李双凤平静地看着他。平静得好像这一切恰恰发生在她的期待之中。她笑了。这时她手里攥着的是蛤蜊油，她轻轻擦着自己满是疤痕的手背。

　　赖全福一脚踢开杉皮子，扑了过去："双凤，这是曾泰和给你的。晓得意思啵？你是金子，是乌金；我们都是乌金！不管怎样，我们都是对革命有用的人。我们自家要相信这一点。"

　　李双凤接过它，轻轻抚摸了一会儿，塞进了衣袋。她抹抹头发，问："全福，我好看啵？"

　　"当然好看。我一直在外面看呢。你不晓得，每天只要躺在铺上，我就扒着洞眼看你，笔尖大的洞，被我抠成了拳头大。当真。"

　　"打乱说！你一倒下就打雷了。"

　　"打呼归打呼，我人醒着呢。我就有这个本事，困着了还睁大眼睛。我看到你老是梳头，困觉前梳，半夜醒来又梳。你被当时剪阴阳头吓倒了是啵？"

　　她笑着摇摇头："我不是有两把梳子吗，我舍不得让梳子歇闲。"

　　那是两个男人送的梳子。而赖全福能送什么给她呢？他一无所有，而且，无能为力。只有一个幻想，可是幻想破灭了。他激动地抓住她的手，喃喃的，述说的是可能就是自己的懊恼和歉疚。

　　"双凤，你有话要说，快说呀。"

　　"莫急，等到来。"

　　"我们没有时间啦，晓得啵？"

　　时间的脚步越来越快，时间在外面的山路上奔跑呢。时间的步伐因为任务紧急而乱纷纷的，时间还嫌行进的速度太慢，不断扯着嗓子大声吆喝。

　　赖全福几乎是哀求她。李双凤脸红了，却依然固执地要等到她认定的时刻，再把心里话告诉他。

　　这时候，赖全福疯了似的，把那四个犯人一一揪起来，由着睡眼惺忪的他们骂骂咧咧，也不解释，卷起一床床铺盖，统统丢到了寮棚外面。接下去，他把桶呀盆呀锅灶呀，一起抛了出去。他大吼一声："你们还有什么东西要拣，快拣走。我要拆棚啦！"

赖全福攥着一把十二斤的大锤，威风凛凛地站在那些瞪得滚圆的眼睛里。

朱队长领着一队战士闯进了寮棚。朱队长瞟了赖全福一眼，说："老赖，你当真是我们肚子里的蛔虫！我们要做的事，被你抢了先。好，既然你们晓得是怎么回事，我就懒得说了。统统带上自家的衣物到寮棚外面去，把东西交给看守。食过夜饭，继续做事，把窿外的砂子挑完，我们立即转移。赶快出去，我们要拆掉寮棚！"

朱队长话音刚落，就听得咚咚两声，赖全福抡起大锤，狠狠地砸在木柱上。两锤就把碗口粗的木柱砸断了。

钟长水也找到一把大锤，效仿赖全福，逮着柱子就砸。不一会儿，支撑棚顶的二三十根木柱全被砸断了。但摇摇欲坠的寮棚还没倒。里面的人全都出来后，在柱子上绑好棕绳，大家一起用力拉，整个寮棚轰然垮塌。

仿佛意犹未尽，仿佛跟这座寮棚有仇，钟长水站在倒塌的寮棚上，挥舞着大锤乱砸一气。他好像要把每块杉皮子都砸烂，把每根梁柱都砸成渣子。

红军要在这里制造一种打锤佬因失望而弃窿的假象。这里掩埋着红军的秘密呢。

又是夜边了。这个夜边更加接近严酷的结局。这个夜边，对于这个窿子的犯人，已经没有秘密。每个人都看见了暗夜的尽头，尽头的自己。他们匆匆地吞咽着劳役队送来的夜饭，匆匆地盘算着自己的心事。他们相互用目光密谋着，或者，猜测着，窥探着。

远处，隐约传来一阵阵爆炸声，似雷声滚过。那声音把每个人的心都提到了嗓子眼里。远处，一定有些同样的窿子同样的寮棚崩塌了。

犯人们继续往窿子里挑钨砂。天断黑时，在附近的山坡上，突然响起一排枪声。正在窿口的曾东华，把肩上的担子一扔，对着窿子里大叫一声："我吊！他们杀人啦，他们会杀掉我们！"

赖全福掐住了他的脖子："那边有犯人逃跑，逃跑就得枪毙！你活够了是啵？"

李水森笑着对曾东华说："红军仁义呢。说了等下转移，红军说到做到。

你蛮怕死。怕死没用，越怕死越会死。晓得啵？我相信红军。"

曾东华掰开赖全福的手，说："信个鬼，他们连女人都不放过！姓赖的，你莫神气，你也是犯人嘞。他们要是不放过我们，我们也包括你，包括李双凤。我们死到一起，蛮搞笑嘞。也不晓得，到时候，这个女人会倒在哪个怀里，她做了女鬼，说不到会跟陈达成去唱戏嘞。唱的是东河戏《探亲相骂》。"

李水淼甩了曾东华一个耳光。李水淼骂道："你这个背时鬼！死呀死呀的。想死你撞壁去，莫咒到人！到这时候，我们是一样的命，我们莫记过去的仇啦。老赖，我们应该同病相怜，惺惺相惜，对啵？"

已是下半夜了。正当犯人们挑砂进窿恰好都到了窿子深处时，天塌地陷般的一声巨响，把他们全都炸懵了。一股强劲的气浪和硝烟，扑灭了油灯，骤然一片漆黑，窿子里像墓坑一般。剧烈的爆炸震得窿顶碎石粉屑纷纷落下，轰隆隆的炮声久久在窿子里回荡。

曾东华悸叫道："我说过，他们不会放过我们！他们要灭口嘞！"

一片惊慌的呼号之后，是一阵死寂。接着，便是憋不住的猛烈咳嗽。陈达成边咳便喊："鳌鱼……鳌鱼转肩啦！当真是……鳌转肩，刚才我在窿口看到地面上闪电，老远处轰隆隆的声音，闷闷的。这就是……鳌转肩嘞。我小时候碰到过。一模一样的。"

李水淼捂住口鼻，也说是鳌转肩。鳌转肩就像这样，雷声隆隆，电光闪闪，地动山摇，鸡飞狗跳。他也经历过。

鳌转肩，就是地震。地底下躺着一条大鳌鱼呢。时间长了，大鳌鱼趴累了，想活动一下筋骨。只要大鳌鱼一翻身，大地便会颤动起来。现在，鳌鱼翻身了。

李水淼骂道："曾胖子，你的嘴当真是屎窟！报应来了是啵？你得罪了鳌鱼嘞！"

钟长水的脑壳被掉落的石块砸了一下，倒在地上，好久没有动静。是一只颤抖的手，摇醒了他。他抓住了那只手，这才意识到自己还活着。他吃力地爬起来，却睁不开眼。他大喊一声："双凤！"

"我，我在呢。"摇醒他的正是李双凤。

他握着她的手，问："怎么啦？这是怎么回事？炸窿子？"

"他们说是鳌转肩。"

"鳌转肩？这么巧，偏偏在今夜里转肩，这里藏了这多砂子把它累倒了？这条鳌鱼蛮懂事。营长呢？赖营长！"

李双凤跟着喊起来。黑暗中，只有嗡嗡的回声，只有扑面而来的滚滚烟尘，还有扑簌簌落下的石块和尘土。接着，又是一阵爆炸，爆炸地点更近。不，似乎大山一直在摇晃，窿子一直在颤抖。

随着长水和李双凤的呼喊，曾胖子他们三个醒过神来，都伸长胳臂在黑暗中胡乱地摸索。

长水好不容易才摸到油灯，从衣袋里掏出洋火，点着了。曾东华苍白的脸上满是眼泪鼻涕，抢过油灯，踉踉跄跄朝外跑。犯人们也仓皇地跟着这团光亮争先恐后地抢着道。

可是，快到盲窿的岔口时，人们都停住了脚步。一星昏昏蒙蒙的光正摇曳着迎上来。那团亮光越来越大，渐渐映出举灯人的脸庞。老天爷，这是赖全福！

在距他们几步远的地方，赖全福坦然停下来，笑了笑，平静地告诉："我们背时呢。碰到鳌转肩，靠近窿口的那一段窿子，全塌掉了。我们被埋在里面，出不去啦！老天都保佑红军呢，老天为了这多钨砂的安全，命令鳌鱼转肩。这当真是最好的办法！"

他们被封闭在矿山的肠道里了！

蓦地，响起一阵绝望的号啕。

长水心里明白，窿口的炸药箱爆炸了，是赖全福放的炮。那些炸药正在等待着窿子里的人全部撤出去，而赖营长迫不及待，趁着犯人都在里面，抢先把红军备下的炸药点着了。

是的，这是最好的办法。这里藏下这么多钨砂，还有一条大矿脉，红军迟早总是要回来取走它的，谁能保证这些犯人能守口如瓶地保守这个重大秘密，谁又能保证他们之中的每个人不为这笔巨大的财富所动心呢？

长水恍然大悟，赖全福的行动也包含着对自己的不信任，或许正因为如此，才萌生出跟土豪反革命同归于尽的念头。赖营长，你这样做未免太残酷了，那两条狗命在这个庞大的墓坑里窒息、腐烂不足惜，可我们是红军嘞，包括你的凤妹子，怎能做他们的陪葬！待愕然中的犯人从鳌转肩的噩梦中惊醒，他们会撕你咬你掐死你！

可是，钟长水错了。当曾胖子扑上去当胸揪住赖全福，咬牙切齿地追问是不是他点的炮时，李水淼竟把曾胖子扯开来，说："莫乱说！他有两条命呢。哪个会傻得不要命？他丢掉命，红军也不会说他好，他是罪人。拿命来表白自家忠于革命，哪个看得到，哪个晓得哟？丢命也是白白的。这是鳌转肩嘞。我们被埋在同一个窟里啦，大家要一起想办法。"

这时的李水淼，简直就像红军部队里的政委，蛮会做思想政治工作呢。钟长水悄悄捡起地上的手锤，塞在自己后背。他晓得，窿子里将会发生一场你死我活的厮杀。他闻到了一股血腥气。

"老赖，坐下歇歇，我们冷静下来，想想怎么出去好啵？"

赖全福拉着李双凤靠着一侧窿壁坐下来，坐在他俩身边的是长水，而李水淼他们三个坐在对面。他们之间，放着两盏油灯。就像谈判似的。

赖全福望着李水淼，说："我们明人不说暗事，你我都晓得盲窿可以扒开。大家相帮，出去不算太难。可也不容易，我从前打豹虎子，后来打白狗子，晓得我的意思啵？你先说，出去怎么办？我们合股开个钨砂公司呢，还是平分？"

李水淼没想到赖全福这么直截了当，他紧张地瞪着眼，不敢做声。

"快说，没几多时间，等下我们就会憋死！"

李水淼吓了一跳，支吾道："好笑，还管砂子呀，保命要紧呢，命比钱还抵钱。"

赖全福冷笑道："我晓得你对砂子垂涎三尺！老早，你想通过盲窿逃出去。后来看到这里出涌货，就舍不得逃了。你把块钨藏到盲窿里，要不是被我发现，你还会不停地藏。你们要多谢我嘞。我只是警告你们，没有报告朱队长。是我保住了你们的小命，晓得啵？"

李水淼瞟了陈达成一眼，嘴角边泛起讥嘲的笑意："是要多谢你！你心蛮善，入土为安的那四个打锤佬会保佑你。你对素不相识的死人都蛮好，哪里还会谋我们的命。我们共生死共患难嘞。所以，我说这是鳌转肩。转就转呗，好在我们还有一条生路。"

赖全福问："你当真不要砂子？莫不是想独吞吧？你以为你兄弟带着白狗子打过来，你可以仗到他们的势力来吞掉这些钨砂，是啵？"

李水淼忍不住笑了："你也会贪财？我不信。"

赖全福说："没听到钟长水说，跟到杀猪的翻肠子？红军不要我，李双凤做不了娘子，我堂堂男子汉，能让老婆翻肠子？"

"那就好，我们一起打通盲窿来，等到出去后，拿这些砂子合股办个公司。从前，我屋里在这里有个明星公司。"

"公司叫什么名字？叫东淼成公司是啵？"

赖全福戳穿了他的阴谋。顿时，李水淼满脸羞恼，但他憋忍着，只是在陈达成的颈脖上剜了一眼。

少顷，李水淼尴尬地笑笑，说："那是我们三个青光白日做梦！现在不是梦啦。这里面不光有矿脉，还藏着这多砂，办个公司没问题。至于叫什么名字，听你说。你们老老实实，帮助我们逃出去，我可以求到我兄弟不杀你们，还让你们合股。告诉你吧，赖营长，包围画眉坳的，就是我弟弟带的团。中秋节那天，我见到了他派来的探子，没想到啵？"

这时的曾东华，出奇的平静。他望望盲窿，又狠狠地盯住死神般的赖全福和钟长水，也许在酝酿着复仇的计划，也许在谋划不必流血便可逃生的阴谋。

钟长水与曾胖子对视着。长水一手攥着衣袋里的洋火，一手紧握插在后背的手锤。他频频碰撞李双凤，那是一种示意。示意她到盲窿里去。可是，李双凤非但不动弹，反而用胳臂挽住了赖全福。

长水急了。他用脚尖在地上划出两条线，那是个人字形。接着，他还是用脚尖，不停地点着人字那一捺的尽头。那是盲窿的尽头啊。他的意思再明白不过了。

李双凤却用脚把那逃生的图示抹了去，坚决而从容。此刻，她的笑涡里盛满了对一个男人的爱，她沉醉在自己的笑涡里。

长水刷地站起来，同时拽起了李双凤："你急了是啵？莫怕，要解手到盲窿里去。叫赖营长送你过去!"

赖全福说："你送！我跟他们说定来。大家不齐心，哪个也莫想逃生。单枪匹马，没等挖穿盲窿，就没了气。"

长水晓得他是故意这样说给李水淼他们听的。长水曾经钻出去过，最了解盲窿。然而，赖全福不肯走，李双凤也不肯走。倒是曾东华扑了上来："要我送啵？我也要解手，一路去啵？你们不去，我要去。我屎尿都吓出来啦。"

钟长水挡在他面前，一声怒喝："有本事，就从我的死尸上跨过去。没本事，就在这里乖乖等死。我陪到你死！"

曾胖子猛然从背后抽出手锤，幸亏长水眼疾手快，不待手锤砸来，一把攥住他手腕。可是，长水夺不下他的手锤。他使出吃奶的劲，跟长水纠缠在一起。他的肘弯勒住了长水的脖颈。

曾胖子声嘶力竭地大吼道："你们快上呀！跟他们说个鬼！让他们见鬼去！"

曾胖子万万想不到，突然跳起来的李水淼手抓一块石头，对着他的后脑勺就是狠狠的一下。曾胖子轰然倒下。

李水淼扔掉石头，踹了曾胖子一脚，再弯腰试试他的鼻息，说："他昏过去啦。老赖，他跟你们有仇，我没有。你们该相信我的诚意了啵？要是你们还不放心，我敢砸死他！信啵？我拿手锤来，给他脑壳开瓢！"

显然，李水淼心里非常明白，哪怕盲窿有现成的逃生通道，这三个红军也是难以逾越的屏障。何况，盲窿里只是有一股风，有一线生机。要保命，得有豹虎子般的赖全福点头，找到风源，齐心协力挖通盲窿。此刻，赖全福是这里的阎王爷，生死都在于他的一句话。而制造冲突，只能激怒赖全福。

赖全福哈哈大笑道："给他开瓢，你那东淼成公司就少了个股东啦。你跟我们没有仇，那就好说事。说，你那当团长的弟弟，还能给我们什么好处。我想当个副团长，要得啵？"

李水淼还蛮认真："这个嘛，有点难。你刚反水，保到命就蛮好。想当官，总要帮到他们做点事。"

那就把这条窿子的秘密献给他们。

李水淼急了："说不得！我们留到自己开公司！升官为了发财，搞到了钱，还当那个把命吊在裤带上的官？好笑！"

"那你准备怎么花这多钱？"

"钱还怕多呀。我要做祠堂，先做李氏总祠，再做分祠。做祠堂，就不怕你们红军回来分我的田产屋产了，是啵？"

见赖全福竟将生死置之度外跟李水淼闲聊起来，钟长水心里有数了。他晓得，赖营长早已在盲窿里凿了炮眼，填了炸药。显然，刚才在点燃窿口的炸药后，赖营长接着又炸毁了盲窿。此刻，赖营长从容不迫地跟李水淼逗乐，这是他一生中难得的开玩笑，也是最后的玩笑。

赖全福兴致勃勃地追问，终于让李水淼警觉起来。他提起一盏灯向盲窿摸去。赖全福冲着他的背影叫道："做祠堂也花不了那多钱呀，你不讨个三妻四妾？"

不一会儿，就听见从黑暗中传来一声惨叫。那是濒死的呼号，疯狂的悲鸣。李水淼发现盲窿已经崩塌，最后的希望已经破灭，一声惊叫之后，他号啕大哭。

陈达成一直缩着脖子，紧张地注视着每个人的一举一动。此刻，他猛然站起来，却挪不动步子。他神情呆滞，双腿筛糠似的，很快瘫软了。他喃喃道："你们炸的？肯定是你们炸的。"

赖全福说："我炸的！你上次几勇敢哟，现在怕死啦？"

"死了好。不死，出去，也要被李水淼整死。死在这里当真蛮好，有个完尸。落在他们手里，肯定会砍我的颈。"

陈达成的声音也在颤抖，言辞倒是慷慨。

钟长水掏出洋火，像表白似的："赖营长，你心蛮狠！你该让双凤出去！我不晓得你把盲窿也炸掉了，还想让凤妹子装作解手进到里面，我再放炮。把她跟我们隔开，她在盲窿顶头可以挖个洞钻过去，爬上竖井逃出去。你看，我准备了洋火。"

李双凤拍拍长水的手，脑袋一歪，靠在了赖全福的肩头上。她笑了。现在，她终于就要等到说出心底秘密的机会了。这里将是万籁俱寂，这里将是无边黑暗。整个世界都将不复存在，就剩下两颗心，毫无顾忌地向彼此敞开。

号啕了一阵之后，李水淼心有不甘，便用双手在堵死盲窿的石堆里扒拉起来。也不知过了多久，他提着鲜血淋淋的双手，来到赖全福面前。他泪流满面，哀求道："我们一起去挖好啵？还有风嘞。那一炮，威力不大，炸塌的岩石不多，挖得开。老赖，你放炮，我不怪你。现在我们还有救。你有两条命呢。你不怕死，可你忍心让你的女人这样闷死吗？我求求你们，我还有老婆崽女嘞！"

赖全福说："想活命，你坐下来歇歇，还能多活一两天。我们出不去啦，莫做梦啦。"

李水淼转而哀求钟长水："老弟，他炸掉窿子，是怕我们出去说这里藏着砂子。他连你都信不过呢。"

钟长水喝住他："我也信不过他嘞！他不放炮，我也会放。你看，我准备好了洋火！"

继而，钟长水盯住赖全福说："姓赖的，你心当真狠！我想寻机会等窿子最里面只有他们两个的时候放炮，我们赶紧跑进盲窿，再放一炮，把盲窿和这个窿子隔断来。我们可以从盲窿钻出去，红军不要我们，我们就上山打游击！跟在反革命埋在一个窟里，来世托生都抬不起头嘞！"

这时，李水淼疯了似的扑向曾胖子，见用满是鲜血的双手摇不醒他，李水淼急中生智，掏出家伙，硬是用一泡尿把他浇醒了。醒来的曾胖子，一听说大难临头，第一反应就是寻找他的手锤。而李水淼拉着他，就往盲窿去。

盲窿里，抛掷石块的声响经久不息，频率越来越快。他俩在做垂死的挣扎，然而，那也是徒劳的挣扎。

大约正是丝丝缕缕的风怂恿着、鼓舞着他们。

第十八章　乌妹子

没有日月星辰，没有黎明黄昏，只有漫长的黑夜。夜尽了便是死亡。死亡原来并不可怕，原来和这黑夜一样，静悄悄走来，用一双柔软的手捂住人们的眼睛，而那时，人们已没有力量掰开它的手，只能昏昏沉沉地带走由黑夜和灯光构成的最后印象。

窿子里没有时间。灯盏里的油行将耗尽，如豆的火焰越来越小。终于熄火了，只剩一股油烟在人们鼻尖上萦绕。

每个人都等待着。他们等待在窿子里。

赖全福万万没想到，他在盲窿口边放的炮，果然没有堵死整个窿子，李水淼和曾胖子发疯一般掏呀掏，不知掏了多久，居然从崩塌的石堆里挖出了一个洞。不过，他俩筋疲力尽，再加上憋气和饥饿，刚刚钻过去，不待爬到盲窿尽头，就昏死过去。

风把昏睡着的赖全福他们逗醒了。也许，是盲窿里的爆炸，震松了封堵在盲窿尽头的石堆，风通过盲窿，再钻过李水淼挖出的那个洞，突突地涌到了赖全福他们身边。

在烟尘不得散去的窿子里，风就像源头活水，给灼热以沁凉，给干涸以滋润，给枯萎以生机。风尽管是丝丝缕缕的，却也激活了一个个窒息的生命。

在浓浓的黑暗中，醒来的赖全福看见一双美丽的眼睛，正照耀着自己。他一激灵，挺直身子。他说："凤妹子，我怎么困着啦？你说有事告诉我，你快说呀。"

"我刚刚想说，你就困着了，摇都摇不醒。我以为，你再也不会醒眼了呢。"

"没听到你想说的事，我舍不得走。我们要一起走。"

　　"那好，我说。"李双凤摸摸身边的钟长水，他歪斜着身子，像睡着了，带着几分不甘，几分憋屈。她再用脚踢踢对面的陈达成，他毫无反应。尽管如此，李双凤还是犹豫了一阵子。

　　她攥住赖全福的手，终于道出了埋藏在心底的秘密："老赖，那时，在赣州，我上过钟龙祥的当。就是你们说的水蛇崽。所以，组织上叫我说清跟他的关系，我说不清。我怎么开口哟！我轻信了他。我幼稚可笑。太可笑啦！就因为他口音蛮像瑞金口音，就因为他脸盘方方正正，待人彬彬有礼，遇事沉稳老练，蛮像我想象中的地下党，就因为他开的绸布店靠近我们秘密聚会的地点，他老是巧妙地提醒我注意警察特务，我就相信他的绸布店是地下党的联络站，相信他是我们的人。那次，敌人在二女师校园里大搜捕，他来救我，我还当他是救命恩人呢。在绸布店的密室里，他紧紧搂抱我，我都没有反应过来，那时我太紧张啦。直到他动手动脚，我才晓得上了当……"

　　赖全福心头一颤，正怔地望着她。他不晓得，此刻这颗伤痕累累的心灵需要的是什么，而他又能给予什么。他已经为自己，为这个窿子里的所有人，包括李双凤，选择了死亡。死亡有着巨大的内容，涵盖了爱与恨、情与仇、善与恶、美与丑、忠贞与背叛、缠绵与决绝、宽容与忏悔，等等。

　　"你早就晓得是啵？你肯定嫌我吧？"

　　李双凤怯怯地问。但她毫不犹豫地松开手，猛地搂住他的脖颈，把脸紧紧贴在他脸上。

　　赖全福摇摇头。显然，自己从前对她不经意的轻慢，曾经让她不安。然而，爱已经被苦难所证明，并将被死亡进一步证明，还用得着解释吗？他在她脸上打了个啵。那个啵，粘在了她脸上。确切地说，粘在了她耳根边："凤妹子，那时你才十八岁。现在我们都很年轻呀。年轻让我们付出了代价。刚才我怎么会困着呢？我想到了金鸡堡的那些亡灵。我马上就要见到他们啦。我要向他们道歉，要不是我杀红了眼，要不是我带着一种情绪一股意气，那么冲动，我的三营不至于死那多人。那时白军主力已经调到莲花峰去了，我按兵不动，再等一等，可能上级的撤退命令就到了。邱冬梅书记问得对，为什么偏偏要整我呢？惩罚我应该呢。我选择死，也算是对牺牲的战友表示歉意。可是，我又拖累了你。凤妹子，怨我啵？"

　　"不，要是你不放炮，别人也……也会的！"她抚摸着他的脸盘，认真地说。

赖全福一愣，问："别人，你说钟长水？"

李双凤撩起衣襟抹抹潮湿的手，然后，掏出一只洋火盒。赖全福惊讶地接过一摸，洋火盒的鳞片被擦得破破烂烂，几乎失去了作用，而盒子里只剩下一根洋火。

"你？"

"趁你们把砂子往里面挑的时候，我也想点炮。可我蛮害怕，手发抖，总不听使唤，火点不着……只剩最后一根了，我就再也没有力量划掉它了……全福，我是女人嘞……"

赖全福热泪盈眶。他听到的不啻是自己亲人的心声，而且是一个战士的决心，这使一边在等待死亡、一边在审判自己的红军营长感到莫大的欣慰。

"凤妹子，窿子里有风，说明李水淼挖通了盲窿。我们过去，走不动，爬也要爬过去。我们要争取多活一天两天，还有好多话没说呢。我再跟你说说身上伤疤的故事。听厌了啵？"

"我来说把你听。叫醒长水和陈达成吧，没人拍巴掌，说得没劲。"

其实，风已经唤醒了他俩。风是调皮的孩子，就像把一根狗尾巴草塞进了他俩的鼻孔，撩得他俩痒痒的，打个喷嚏就醒了。

长水说："双凤，我打了个瞌困，梦到你们打啵呢。赖营长，姓赖的，我还梦到你追杀我，追杀我爹，要讨还礼金。你小看我啦，我会贪财，我会怕死？好笑！我逃到崖边，猛一转身，举起拉了弦的手榴弹。吓跑的是你！"

陈达成说："我也做了梦，梦到摁婆捉鸡婆。好笑啵？做个梦，我就想开啦，死就是摁婆，人都是要被摁婆捉到的，没做吊颈鬼，黄泉路上又有你们做伴，蛮好嘞。到了下面，你们会相帮我办个戏班是啵？我要寻一班标致的女鬼。我们村坊有个十七岁的妹子掉到井里做了水鬼，她叫红包鲜肉，你们听听这个名字就晓得，她生得几好哟，她打歌子也蛮好听。"

也不晓得在窿子里待了多久，他们四个都身子发虚，头昏眼花，连站也站不起来了。在赖全福再三的催促下，大家一道扶着窿壁慢慢向盲窿挪动。他们相互帮衬着，爬过李水淼和曾胖子挖出的那个洞，爬到昏睡着的他俩身边。赖全福费了很大的劲，把他俩的身体翻转过来，让他们仰面朝天。不，这里没有天，这里的天是花岗岩的窿顶。盲窿的窿顶上，甚至连石英岩的矿脉都没有。

赖全福试试他俩的鼻息，又为他俩擦了一把脸，尽管他的大手可能比别人的脸更脏。他喃喃道："莫怪嘞。让你们仰面朝天，体体面面地去死，也算对得起你们啦。"

他们摸索着继续往前挪动。到后来，他们几乎是爬向盲窿的尽头，爬向风源的进口。那里的风更加清新，还带着一阵阵芳香。那该是野菊花的香气吧？

此时，每个人都没有逃生的念头。生与死之间，还隔着厚厚的一堵墙。即便渴望生，谁也没有力气凿穿它了。他们都靠着窿壁安静地蜷缩着，享用着从石缝里透过来的风。黑暗中，四对眼睛格外明亮。黑暗把他们的身体脸庞都吞没了，只剩下眼睛。

长水愿意这样死去。当劳役队走向画眉坳时，他就萌生了死的念头，这个念头终于抽穗开花了。在这里，他祈望死神首先领走自己，这样，赖全福就可以从他安详坦然的死，看到一颗已被忏悔的泪水和赎罪的汗水淘洗干净的心灵了。他未能以轰轰烈烈的爆炸来表白自己，他只能从容地迎接生命的最后时刻。也许，这最好的表白方式。

他望着赖营长的眼睛，这双眼睛当真像林子深处的豹虎子呢。那么炯炯放光，那么威风凛凛。他说："姓赖的，你亲自炸窿子是信不过我，我蛮恼火。"

赖全福咳了几声，接着，轻轻而威严地命令道："叫营长！"

长水沉默了一阵，才嘟哝着说："营长，我好后悔没交代乌妹子，等发旺长大，叫他去给长根、长贵、长发他们拣金，还要帮长根寻一块风水宝地，我答应了他的。晓得发旺啵？就是长根的崽。我吊！长根在广东迷上了高颧骨的妹子，就是没钱娶。我老早要是告诉九皇女就好啦。我当真像枫岗的狗，见了贼，也不晓得吠。"

赖全福轻轻一笑："长水，长根听到啦。长根离我们蛮近。"

"到了下面，我第一个要寻的就是他！他摘了我园里的花，可他个崽变成了我的崽！他做的是无用功！"

李双凤说："人家的崽怎么变成你的啦？"

"九皇女把崽给了乌妹子。乌妹子是何人？在李渡，我做了她家的上门女婿，晓得啵？她是我老婆。"

赖全福大约是想笑，却猛然咳嗽起来。他的身子痛苦地抽搐着，依偎在身边的李双凤慌忙坐起来为他捶背。

这就是那个打铳佬出身的营长啊，他脸上用野兽肉堆砌起来的肉棱已经消失殆尽，一口血说地从口里喷出来。殷红殷红的血飞溅在李双凤手上，又从她指间滴落下来。

长水连忙提醒凤妹子，让他喝口水。地上有积水，窿壁上也有滴滴答答往下落的水珠子。

然而，赖全福咳个不止。也许是意识模糊了，他竟提出一个奇怪的要求："凤妹子，为我拣金……到拣金的时候，记到来，从脚到头放，取站姿，死掉我也要站起来……嗯？"

李双凤凄然一笑。此刻，谁也走不出这条窿子，等待他们的是一样的命运。

长水默默地琢磨着赖全福可怜的心愿。拣金，谁能为他拣金呢？他几次身负重伤，生命垂危，从没有提出这样的要求，参加革命谁不是把脑壳提在手里，随时准备丢在血火之中？此刻，他却记起了这充满迷信色彩的乡俗，其中有几多哀怨和不甘啊！

李双凤说："全福，我抱着你嘞。我来讲故事。讲你身上的伤疤。你听到吧。"

陈达成挪到她身边，说："红军妹子，你们坐过去，那边风蛮大，被我抠出了蛮大一个洞。"

长水已经没有泪水。烧灼般的饥饿感越来越强烈，眼前无数金星飞进。这时，李双凤的一声呼喊，为他注射了一针强心剂，他从一阵晕眩中清醒过来，晓得是赖全福不行了。他有一阵子没有听到赖全福咳嗽声了。他强撑着身子，爬向赖全福，使出最后的气力，撕心裂肺地呼喊了一声。失去战友的悲凉沁入骨髓，他垂下脑壳，嘴里不停地叨念"营长营长"。他摸索着抓住了两只手，一只是赖营长的，一只是李双凤的。他使劲摇晃着他俩的手，再次告诉赖全福："水蛇崽被我打死啦！他当真死掉啦！他中弹滚进孽龙潭，被鱼啃光了肉，被神蛇吞掉了骨头！"

长水似乎听到了营长的笑声。他划着一根洋火，想看看他的笑，是欣喜呢还是讥嘲。可是，他没有找到营长的笑容。营长的笑容被李双凤捧在手里，粘在脸上，含在嘴里。他只看到，那象征罪恶和耻辱的光头，已经被长出来的头发覆盖了。营长的头发，粗硬如针，上面落满了粉尘和细碎的矿渣，还糊着咳出来的鲜血。

有如春韭般的黑发，该在如此肥沃的土地上生根了吧？

在这大山的肚腹里，在这沉沉黑暗中，死是莫大的幸福。是的，最先死去的人，可以得到亲人、战友的哀思，而暂时活着的人却得忍受感情的折磨。李双凤忘情地把赖全福的脸揉在自己怀里，她的身子紧紧地缠绕着他，两颗心仿佛已经溶合在一起，再也分不开了。

李双凤身上居然还带着梳子。她记起了那把牛角梳。她开始为他梳理头发，轻轻的，就像怕惊醒他似的。接着，她要精心打扮自己，她接着从崖壁上滴落的水珠，为自己擦净了脸，又用湿手抹光梳了无数遍的秀发。她喃喃道："全福，我是你的人啦。我们今生今世都在一起……还有来生。"

最后，她让赖全福躺在黑暗的婚床上。她掏出了一对块钨。不是曾泰和送的，曾泰和送的那块太大。是她自己精心准备的，指头般大小，一块方方的，另一块是圆圆的。都很纯粹，一色的黑，没有粘一点石英。她把方的那块钨砂塞进了赖全福嘴里。自己含着圆的，侧身躺了下去。紧贴着她仰慕的英雄，怀抱着她钟情的男人。

钟长水用心感知到了这一切。他默默地挪动身体，往陈达成身边靠了靠。陈达成轻声问："他走啦？"

长水没有理睬。陈达成突然爬向他俩，说："双凤妹子，红军妹子，我身上还有煮熟的芋头，你快让他食掉。"

陈达成大约是摸到了赖全福变得僵硬的身体，过了好一会儿，他才带着哭腔说："红军妹子，你食吧。给你，你拿到来。"

含着一块乌金的李双凤，竟轻轻地哼起来，哼的是那撒把石灰大路上只等哥哥走过来。她循环往复地哼着那支山歌，就像哼着一支摇篮曲。

"妹子，你省到气力，莫再唱。我来打歌给你听。"陈达成哽咽着，果然哼起来——

哥哥上丘妹下丘，

> 两家眼界溜对溜；
> 盼到老天落大雨，
> 冲掉田塍共一丘。

　　大雨冲毁了田塍，两丘禾田融为一体。在为赖全福催眠的同时，李双凤终于也沉沉地睡去。他俩睡在彼此的怀抱里。

　　漫长的等待。对于钟长水和陈达成，死神却是姗姗来迟。令长水不可思议的是，陈达成竟将那个煮芋头塞进自己手里。陈达成有气无力地说："兄弟，我怕出去呢，我想要个完尸，晓得啵？出去，我会被村里的男人用锄头铁钯挖得稀烂。我感谢苏维埃政府呢。要不是政府按政策法令办事，我早就身首异处了。我身上带了芋头，是给红军妹子带的。我心疼女人。没法子，见到女人我就喜欢，就想打歌，我一打歌，女人就对我打飞眼。男人接到女人的飞眼，心怎么不痒哟！心一痒，肉也发痒，可痒归痒，我当真没欺负到哪个！政府都说我括号没搞到。到头来，还是死在女人身上。我贱嘞！"

　　一个芋头，对于一个决死的念头，简直是一种挑战，或者说，是一种嘲讽。然而，盲窿里一阵窸窸窣窣的响声，让钟长水恍然记起了曾胖子和李水淼。他们还没死吧？不然，窿子里怎会有动静呢？也许，他还将面对一场静默的搏斗，那种对抗不知要持续多久，也不晓得谁将赢得最后的胜利。

　　这时，钟长水毫不犹豫地吞掉了那个芋头，连皮带毛。接着，他张嘴去接滴落的水珠，伸长舌头去舔潮湿的窿壁。这样太不过瘾了。他索性掬起壁脚处的积水，连同泥沙，一捧捧往肚子里灌。

　　长水将整个身子横在窿子里，不时踢着地上的石块，弄出一点声响，意在警告里面的人不要轻举妄动。果然，那窸窣的响声消失了，能听到只是微弱的呻吟和喘气声。长水猜想曾胖子他们也和自己一样，所剩的时间不多了。他叮嘱自己坚持住，要坚持到最后死去，坚持到那两个土豪一命呜呼，他才可以放心去追赶他的营长。

　　陈达成哼哼唧唧的，像是摁婆捉鸡婆的调。哼着哼着，渐渐的，他没有了声息。

　　无边的黑暗中，只有一双眼睛顽强地支撑着，闪亮着。仿佛，那双眼睛是被窿子里的水滴滋润着……

不晓得这是第几天了，他惊异于自己旺盛的生命力。在一阵昏厥过后，钟长水又醒了过来。是更大的风把他唤醒的，还有一孔微弱的亮光，还有奇怪的遥相呼应的响声。近处，有人正在扒着堵死盲窿的石堆。远处的声音就像隔着墙的敲打声，空洞而缥缈，梦幻一般。

钟长水简直不敢相信自己被光线刺痛的眼睛。曾胖子没死，他就在自己身边。原来，他和李水淼爬过盲窿口后躺在地上，只是累了困了。他们在保存精力和体力，企望拖到最后，跨过横陈在窿子里的死尸，去寻找生的可能，而这种可能性就是发财的祥兆！贪欲和逃生的渴求，竟然给他以惊人的忍耐力。他竟战胜了顽强活到此刻的钟长水，他不仅越过了长水用身体构筑的防线，他居然还有力气去扒那堵阴阳相隔的屏障，而且，他看到了从那边透过来的光！那就是生的希望啊！

曾胖子绵软的身体匍匐在石堆上，一双手却是很不甘心，一点点地扒着，老半天才掏出一块石头。也许是再也扒不动了，或者是寄希望于那边的声响，他停了下来，而把整个脑壳都塞进了扒出来的窟窿里，似乎想变成一条虫子从这个窟窿里钻出去。

那边怎会有光呢？那微弱的光线，敲打的声响，该是一种营救的信号吧？

长水支撑起身体，再伸出手，一把拽住曾胖子的一条腿。他使出吃奶的力气，也拉不倒曾胖子。他往前挪了挪，索性抱住曾胖子的腰，再用力扯拽。曾胖子这才缓缓地倒下来。长水闻到一股浓烈的血腥味。一摸，曾胖子满头满脸的血。接着，长水听到了濒死者的呻吟和胡话，其中也夹杂着清醒的乞求："姓钟的，我们命大……福大……我们平分……平分……"

长水将手放在他鼻子前，那股微弱的鼻息渐渐断了。

都完结了吗？不，这不是结局！

竟也奇怪，这个渴望死的后生，在目睹了平静的和惨烈的死之后，在饱受饥饿和死亡的折磨之后，活下来的侥幸迅速占据了他的心灵。原来他祈望的死，只是一种表白，现在没有必要了！

长水开始留恋那清新的风，向往那微弱的光。他侧耳倾听着那边的声音。那不是幻听。那声音很真实，真实得就像越来越大的风，越来越亮的光。他似乎听到了一个女人的呼喊，那是喊惊叫魂般的呼号，带着哭腔，带着哀伤的韵律。

她是九皇女嘞！九皇女没跟红军走吧？

长水也把自己的脑壳伸进了曾胖子掏出的窟窿里。他叫了一声。再屏声敛息谛听那边的动静。那边，顿时安静下来。片刻之后，传来更加猛烈的敲击声。

不是错觉，不是梦幻，当真有人在那边挖着被堵死的盲窿。而且真的是女人。长水缩回脑壳，把手伸过去，竟然捉住了那边的手。那是一只血淋淋的手，女人的手。

他对着窟窿喊了声九皇女。那边没有回应。那边的回应是几近疯狂的劳动。只听得乱石哗啦啦地滚动，只听得那个女人的一声声惊叫。一定是她被不断塌垮的石头砸疼了。

幸亏上部有几块大岩石架在一起，生死屏障上，居然被人从中掏出了一个可以钻过去的窟窿。这时，长水才听出，这是乌妹子呢。真是不可思议，乌妹子竟出现在这里。

他钻进窟窿里。他身体的上下左右都是刀刃般的岩石棱角，然而，生的希望太诱惑人，生的希望令人不顾一切，忘怀所有。可是，他的身体就像被坚硬的箍子箍得死死的，根本就动弹不得。那头，乌妹子抱着他的脑壳，使劲地拽着。几乎能听到石块切割皮肉的声音，几乎能感到他咬牙忍痛的战栗。

乌妹子拖出了一具死尸般的身体。她久久地拍打着他，呼唤着他，最后用泪水浇醒了又一次昏迷的长水。

乌妹子带着水，带着薯包和芋包。她仿佛要在这里无休止地挖下去，直到找到长水，找到她心仪的男人。她把长水抱在怀里，喂给他水和食物，喂给他更多牵肠挂肚的唠叨。

她说："幸好九皇女带我进过上面的窿子嘞。幸好她告诉我有个竖井可以通到下面的窿子嘞。幸好我脑水蛮多。我抬头望着山上这两个窿口，猜呀猜，我猜到竖井下面说不到就是你们的窿子。我猜准了嘞。长水，你们的窿子怎么会炸塌呀？是白军探子搞破坏啵？"

长水呆呆地望着她。她的脸很真实，不是幻影，也不是九皇女，而是乌妹子。圆圆的脸上，那庆幸的笑容也藏着几分怨怼，几分不安。她撕开长水身上被划成布条条的衣衫，掏出巾子，小心翼翼地擦拭着他浑身上下的血痕。

"长水，白军打过来了。红军走的第二天，他们就打过来了。山上的寮棚全都被烧掉啦，打锤佬差不多跑光啦。九皇女跟红军走了。九皇女说，她不会走远，她寻到长发就会转来。"

"发旺呢？她没带走发旺啵？"

"没有。她说了要把旺崽留给我的。我舅舅带着他呢。等我们下山，带到旺崽回李渡去。枫岗钟家不认你。我们李家认你。你是上门女婿呢。你是我们李家人。"

长水伸展双臂，勾住她的颈脖，把她疲惫不堪的身子扳弯了，两双眼睛挨在一起，他看见她瞳仁里的自己了："乌妹子，你怎么晓得这里，你是怎么进来的？"

这时，乌妹子的笑容洋溢着几分得意，几分自豪。

还用问吗？她已经交代得很明白。她来自上面的民窿，来自竖井。满是污渍的脸盘，记录着她所经历的凶险。她背上的衣裳被划得破破烂烂，祖露出带着伤痕和血痂的肌肤。腿上流出的血粘住了裤腿，黑糊糊硬邦邦的一大片。

"长水，晓得啵？那天我从竖井往下爬，爬到一半，我脚没踩稳，跌下来。好在是屁股落地，我屁股肉厚，没事。我看这里堆了这么厚的乱石和矿渣，猜想一定连通你们的窿子。我挖呀挖，你看挖锥柄都挖断了。边挖边塌，我哪里挖得通哟。我就想，不能来蛮的，要来巧的。上面那几块大石头，互相架着，从中间掏，就不会垮塌。我就改用手来扒。当真管用。要是挖锥没断，我肯定还在傻挖。这是命啵？这把挖锥，我要带回去，供到来。"

乌妹子激动地叙说着。她是在白军占领画眉坳的第四天，假装上山来捡柴，偷偷溜进上面的民窿的。她舅舅的铁匠铺，现在正被白军催命般地逼着修理军械。而她在这里，已经挖了整整两天两夜。

长水问："你晓得我们被埋在窿子里？要是我们跟队伍走了呢？"

"那天夜晚好几个窿子被炸掉，我哪里困得着哟！红军是下半夜走的。我一直躲在石桥边上的芭蕉丛里看到来，晓得啵？没见你们几个，倒见九皇女站在石桥上期期艾艾，望着山上一直流泪，傻瓜也猜得到。我又不是傻瓜！"

钟长水仰天长啸："乌妹子，你不该来，你是来寻死嘞！你要是有事，发旺怎么办？还有，要是我死在里面，钻出来的是曾胖子李水淼怎么办？幸好他们都死在里面啦。"

"我相信你不会死掉！所有人都死掉了，你也不会！晓得为什么啵？你有崽呢。你会想到崽！还有，你说要帮长根他们拣金。你有好多事要做，你想死也不成！"

长水的心轻轻地战栗。对了，这就是他活下去的理由。一个多么冠冕堂皇的理由！他不是苟且偷生，不为带走窿子里的秘密，只是为了要替倒在战场上和埋葬在这个巨大墓坑的战友拣金啊！连赖营长在弥留之际也指望着李双凤替他拣金呢。

一想到双凤，长水心里难受起来。她是女人，她是不应该死的，当时，他是多么希望把她送进盲窿呀。倘若如愿，此刻，她就能获救了。不，她躺在赖营长的身边，紧紧地搂抱着他，或许她只是睡着了，或许她会在梦中醒来。风是怜爱她的，何况风里还有野菊花的芬芳呢。长水刷地坐了起来。

他说："乌妹子，李双凤可能会活着，我再进去看看。等下我钻进去，你把灯给我。"

乌妹子却不依。他身子太虚弱。而且，他是她使劲拽出来的，那头没人帮忙，他怎么钻得过去呢？见长水执意要进去，乌妹子宁愿自己去。

"乌妹子，你会害怕，晓得啵？里面死掉好几个人。"

"好笑！你忘记我在红军医院相帮做事是啵？"

乌妹子做事就是麻辣，一转身，就往盲窿里钻。她身子苗条又柔软，很轻巧地就钻了过去。长水通过那个窟窿，把油灯递给了她。同时递给她的是没完没了的叮嘱。

他侧耳倾听着里面的动静。里面传来乌妹子的声声惊叫，接着，便是她的痛哭。那撕心裂肺的哭声，含义再明白不过了。其实，结果本来就是毋庸置疑的，长水只是心存侥幸。他默默垂泪，心如刀绞。他又想起了那个吊颈箍。

过了好一阵子，乌妹子才钻出来。她紧紧抱着瘫倒在地上的长水，老半天不做声。他们脸贴着脸，手握住手，胸靠牢胸，连两条腿都纠缠在一起。就像李双凤和赖全福一样。

长水问："凤妹子真的……你没搞错？"

她的双手一阵哆嗦，像在使劲似的。她脸上凉了的泪水又变烫了。

"那两个人呢？我忘了叫你看看他们。"

乌妹子摇摇头。

"你没看？"

乌妹子点点头。似乎，她吓得不会说话了。

长水望着那个掏出来的窟窿，说："乌妹子，歇下子，等下我们要把这个洞填死。一定要封好，晓得啵？你当真蛮聪明，晓得带这么多薯包芋包和水来。歇下子，有了气力，我们两个人填，很快。"

乌妹子这才开口道："那两个男人死了。我在红军医院做事，哪天不见死人哟！"

"里面还有一个人嘞！那是顶坏的反革命！也不晓得他还有没有气，难说他会不会活转来。"

乌妹子立刻松开长水，站起来："那就更不能封洞。我再进去看看。刚才你怎么不说清楚。"

长水厉声喝道："莫进去！你还想救他是啵？你没心没肺呀！占领画眉坳的白军团长就是他弟弟！"

乌妹子瞪着愤怒的长水，满脸的委屈。

长水连忙收敛起自己的无名怒火，换成了平和的口气："乌妹子，他在顶里面，那段窿子蛮长，蛮危险！再说，李水淼和曾胖子心蛮恶嘞，他们一直想害死我们。我那次一枪射倒水蛇崽，没寻到他的死尸，我后悔死啦。现在，我们一定要把这个窿子封到来，不能让他俩活转来！他俩有一个活转来，我们就不得安生。"

这么一说，乌妹子就紧张了。她马上就行动起来，把那些掏出来的石块，一块块地往窟窿里填。长水继续歇了很久，又啃了几个薯包，觉着身上有劲，也干起来。乌妹子劝不住，便不断拉着他说话，趁机让他多歇歇。

乌妹子说："刚才我看到那个红军妹子蛮难过呢。她嘴巴贴着他耳朵，像在说事。用灯照照她，她脸上好像还带着笑，笑起了两个酒窝。当真。那酒窝会动。我以为她还有气。我听了听，她嘴里叽叽咕咕的，当真在说事。"

长水说："她歌唱得好。她嗓子比画眉子还好听。她在唱'撒把石灰大路上只等哥哥走过来'。她嘴里含着钨砂。要不，更好听。"

乌妹子说："哪晓得，我一摸，她脸上冰冷，手脚邦硬……我费了蛮大的气力，才把他们两个人的手掰到一起，让他俩左手牵到右手，右手攥牢左手。长水，这是红军妹子手里的。我拿来给你留个念想，是牛角的啵？"

长水望着牛角梳，泪如泉涌，竟不敢接过，只是哽咽着说："乌妹子，你帮我收好，等到……等到拣金……"

后来歇息时，乌妹子说的是银颈箍。她告诉长水，在红军准备撤离的那几天，镇上来了个手艺精湛的银匠师傅。她自作主张，把银颈箍化掉了，打了一只长命锁。长命锁蛮好看嘞，吊着六个小铃铛，是六六大顺的意思。每个铃铛上还有不同的花纹。有梅花，象征喜鹊登梅。有鹿雀，象征爵禄封侯。有松鹤，象征延年益寿。有蝙蝠，象征福如东海。有缠枝莲，象征瓜瓞绵绵。有万字纹，象征万福万寿。都是吉祥的寓意。

长水抹把泪，暗自叹道："那是个吊颈箍呢。"

然而，乌妹子的眉飞色舞，乌妹子的真诚期冀，还是感染了他。他问："发旺戴上啦？"

"我的旺崽蛮喜欢嘞。刚打好，让他试试，哪晓得他抓住长命锁不让师傅摘下来。他喜欢听响。我们的旺崽越来越乖，再也不是那个叫夜郎啦。只要食饱，他就能在百子桶里坐一天，不哭不闹，自己摇着长命锁听响。神啵？还有更神的事嘞。打长命锁那天，旺崽屙痢，一天屙了二三十次，屙得人都改形换相啦。哪晓得，一戴上它，就止住了，第二天脸色就好看了嘞。"

这时，她明澈的眸子分外动人。为了这双眼睛，为了那只长命锁，长水要好好地活着。当然，他不会忘记给战友拣金。他还得给长根寻块风水宝地呢。

直到把薯包芋包吃光，油灯里的油耗尽，长水才不得不停下手里的活计。盲窿被堵得死死的，再也不会有风有光透进去，所有的缝隙都被塞得严严的。

在黑暗中，乌妹子抢先往竖井上面攀爬。乌妹子当真蛮能干，胆大且心细。好像她也很熟悉这口竖井，其间虽惊叫了几次，却是有惊无险，很快就爬到了上面的民窿里。她在窿子里找到一盏油灯，还找来一根绳索。在乌妹子哇哇的逼迫之下，长水只好用绳索绑住虚弱的身体，然后，借助她的扯拽，艰难地爬上来。

经历了漫长的黑暗，长水终于看到了从窿口射进来的光。那光，刺得他眼睛生疼，泪水都流了出来。然而，他以巴掌为檐，忍不住在指间偷窥它。乌妹子搀着他，慢慢向窿口挪动。这时已是夜边，那团光亮其实是柔和的，就像九皇女白得晃眼的身体，就像乌妹子深情脉脉的眼睛，或者，就像发旺戴的那只银亮的长命锁。他一直在想象着那只长命锁。他的想象苦涩、辛酸又带着微微的甜，颇似秋天山上俯拾即是的某种野果。

窿口处的一堆碎石证明，这个窿子也差点被毁。大约是炸药量少的缘故，只崩塌半边窿壁。长水小心翼翼地爬过去，却见搭在窿口而被拆除的寮棚，被白军放火烧成了一堆炭。

长水感叹道："幸好这个窿口没有全部炸塌。要不，我跟你就阴阳相隔啦。我就是钻出了盲窿，还是要做鬼。"

乌妹子说："没事。就算它被堵死，我也会挖开来。莫小看我，我气力蛮大嘞。我能驮起一个牛高马大的伤员。"

"等到你挖通，我怕是已经变成一堆白骨。你帮我拣金还差不多。"

"长水，就是拣金，我也打硬心肝挖到底。一年不行，就挖三年，挖十年。等我挖不动了，旺崽也就长大啦，叫我们的旺崽接着挖。一直要挖到寻见你。"

"你认得我的骨头是啵？"

乌妹子愣住了。是的，她对长水的认识非常有限。她只记得长水像狗一样缠住三营，像崽一样紧跟着赖营长，像叫花子一样赖在李渡。她还记得，他念念不忘银颈箍的痴痴傻傻，刻骨仇恨水蛇崽的癫癫狂狂。然而，正是这些点点滴滴的感受，令乌妹子怦然心动，其中也包括元宵节那天鸡屁股带给她的感动。

乌妹子没有忘记带上断了柄的挖锥。这时她扬起挖锥，咯咯笑了："我不识得没事，它识得呢。"

整个画眉坳尽收眼底。眼底却是一片苍凉的景象。四面的山坡上，到处是一团团的废墟，一片片的焦土。不光是山上的寮棚都被付之一炬，林子也被烧得斑斑驳驳。砂窝子那边的山头，都过了火，剩下的树都变成了黑色的。已被洗劫一空的画眉镇，这会儿倒是热闹，满街尽是拥着女人或提着酒瓶的白狗子。那些女人是曾被画眉坳驱散的苍蝇，逐臭的苍蝇又飞回了画眉坳。几天之间，镇上变成另外一个世界，长水所陌生的世界。

连乌妹子也吃惊。她说："我上山那天，镇上店铺差不多都关掉了门，人也跑精光。才几天哟，他们怎么就回来啦？莫非白狗子打算常驻这里，他们也要挖砂?"

阴沉沉的天,很快黑了下来。晚风送来镇上的酒香和脂粉香,送来镇上的狞笑和尖叫。当然,还有铁匠铺的叮当之声。长水看见了那团通红的炉火,看见了被炉火映红的孩子脸。那是发旺呢。发旺当真老实,居然在锤声里睡着了。

乌妹子说:"打乱说!你孙悟空呀,能看到发旺?你是想崽了嘞。等再晚点,我们就下山。碰到白狗子盘问,你就说是我老公好啵?你是挑夫,帮老板做事,你下广东回来,要接老婆回李渡。"

长水沉思起来。是的,梦一般得以生还,此刻他所面对的就不是梦了,而是非常严酷的现实,严酷得让他不敢面对。红军走了,他爱着的妹子走了,曾经的生活远离了他,亲人和宗族抛弃了他。他就像一个被废弃的窿子。尽管乌妹子闯了进来,那么痴情地唤醒他,可他是因为找不到矿脉而被废弃的窿子啊。他内心空虚而孤独,眼里空洞而茫然。

突然,他说:"乌妹子,我不能下山。我要守到这里。李水淼怕是还没死。你想,跟他倒在一起的曾胖子,后来能活转来,还有气力挖洞。李水淼也就有这个可能。再说,曾胖子当真没了气?我没试过,我不放心。他们两个一直心怀鬼胎做美梦,晓得啵?"

乌妹子一愣,继而,咯咯地笑起来:"他们还能活转来,那就成精怪啦。好笑!就算活转来,他们能挖洞钻出来?"

"有这个可能呢。我要防到来。要不,我们就前功尽弃啦。你不晓得嘞,窿子是我们自己炸的!"

乌妹子大吃一惊:"你们?为何炸掉?"

长水发出一声辛酸的冷笑:"跟那几个土豪反革命同归于尽,用死来证明我们是红军!只有这样震天撼地的爆炸,才是证明我们的心是红的。再说,窿子里有……我们不甘心把窿子留给白狗子。"

"我还当红军撤离时,炸窿子发生了意外呢。红军把砂窝子里的蛮多窿子都炸掉啦。"

"炸掉好。炸掉那些窿子,等于摆下了迷魂阵,白军就寻不到这个窿子啦。"

"长水,你说什么哟,我听不懂。白军要寻这个窿子?"

钟长水发现自己失言了，支吾着打岔道："不是，不是，他们要寻的不是窿子，是……是一个人。占领画眉坳的白狗子团长，是李水淼的弟弟，晓得啵？中秋那天，他派了探子来，晓得他哥哥在劳役队。对啦，他肯定要寻李水淼！"

长水终于想到了一个绝妙的理由，留守这里的理由。见长水如此固执，乌妹子想，自己先下山探明情况也好，毕竟，在这短短的几天里，镇上形势变了呢。

乌妹子是留下挖锥离去的。钟长水手握半截木柄的挖锥，复又回到了民窿里。

这条民窿似乎还遗留着九皇女的气息。长水记得自己就是这里看到了她的背影，看到了她圆鼓鼓的肚皮。他蹲下去，放肆地大哭了一场，为那条油亮的马尾辫，为那只银颈箍。呜呜的哭声在窿子里久久回荡，窿子尽头传过来的，也是哭声。

前方的黑暗是一个巨大的墓坑，而这条窿子是通往墓坑唯一的秘密通道。他安静下来，谛听着来自窿子深处所有的声音。滴水的声音。落石的声音。哭声经久不息的回声。当然，还有竖井里古怪的响动，像是恶魔的狞笑，也像沉重的喘息，像是绝望的坠落，也像不甘的攀爬。长水牢牢攥着挖锥，紧张地分辨着死寂中的一切异样。他扼守着窿子，准备进行随时可能发生的厮拼。为了厮拼，他索性把油灯吹灭了。淹没一切的黑暗，渐渐的，也淹没了他的眼睛。

长水是在半夜里被乌妹子摇醒的。乌妹子带来一个令长水震惊的消息。白军探子捉到了劳役队的一个犯人，因为那人身体蛮好，红军没有放掉他，而让他随队做挑夫。他因摔伤掉队，落在白军手里。通过审问挑夫，李团长获知他哥哥仍留在矿山上，便下令明天一早搜山。生要见人，死要见尸。

钟长水第一反应就是寻找炸药。他喃喃道："要把这个窿子炸掉去，不炸掉，它是祸呢。"

然而，哪里有炸药哟！除了爆炸，没有任何办法能迅速封锁这个窿子。要封锁它，只能凭着自己的嘴，自己的身体！因为，他是唯一的知情者。

他拿定了主意。他冲着自己手里的挖锥哈哈大笑："乌妹子，这把挖锥当真要供到来，它是神器呢，它会给人神示呢。走，我们一起到砂窝子去。去寻你叔叔，李水淼是你远房叔叔，那里还有你远房的姑姑呢，叫李双凤，对啵？"

乌妹子怔怔的，好一会儿才醒过神来："我们李渡是大窠巢，我哪里认得那个死鬼哟。好，我晓得你的意思啦。"

"再想想，还有什么好办法。反正，不能让白狗子救出李水淼。我就怕万一连累你……"

"大不了一个死字！我下到竖井，就打算跟你死到一起。我们死过一次啦，还怕第二次？"

长水丢下挖锥，抓住了乌妹子的手。他的手怯怯地顺着她的胳膊攀援，试探着，终于鼓足勇气，捧住了她的脸盘。他的心激动得发慌。但是，乌妹子眼睛蛮光嘞，就像添了油又拨亮的灯芯，火舌陡然蹿了起来。她凶猛地紧紧抱住长水，凶猛的双拳狠狠叩打着他的背脊，凶猛的双唇一下子就摁住了他热烈蠕动的嘴唇，就像一只从空中俯冲下来的摁婆。

她果真是一只摁婆呢。她把长水摁倒在窿子里，挖锥硌在他的腰下，他麻木得不知疼痛。他只觉得乌妹子的身子像蛰伏了一个漫长的冬天的蛇，以积蓄了许久的青春活力，紧紧地缠绕着自己。她嘴里发出甜蜜的咝咝吟唱，麻酥酥的声音久久在长水的耳边萦纡："长水，我给你……你还没见过女人，是啵……万一你有事，不，你不会有事。我要帮你生个崽。你快点……"

长水只是一个劲抚摸着她。他的双手兴奋地在她身上游走，嘴里竟嘟哝道："我不能坑你。我死掉没事，你还要活下去。你要嫁人呢。莫忘掉发旺，你要带大发旺……你生气啦？"

乌妹子说："难怪蓄在你家园中的花，会被别人摘去！"

长水说："乌妹子，我晓得你的心，可我担心你往后的日子。万一我被白狗子杀掉，你又怀上我的崽，再加上发旺，你要苦一辈子嘞。莫生气。我就想看看女人，让我看下子，好啵？"

他坐起来，抓过搁在一边的油灯，仔细端详着乌妹子。乌妹子闭上了眼睛。她胸前急遽地起伏，像憋着一肚子的气。她问："好看啵？"长水没有做声。她又问："看够了啵？"长水哼了一声。

乌妹子忍不住抱怨起来："你当真是枫岗的狗嘞！现在我晓得九皇女怎会被长根搞到啦。要是长根还在，我也……"

这时，大约是长根的魂灵在蛊惑着他，或者是嘲讽着他，长水放下油灯，也像摁婆捉鸡婆一样，猛然把乌妹子整个摁住，叼着她的颈脖，似乎要把她囫囵吞进肚子里。那般凶猛，如刚才的乌妹子。

乌妹子拍打着他的肩胛，说："你蛮贱嘞！要骂，要拿长根作比。往后，你偷奸躲懒，我就搬出长根来。"

吭哧吭哧忙活了一阵子，长水从她身上爬起来，马上把她也拉了起来。提着油灯，握着挖锥，就要去砂窝子。乌妹子说："歇下子。离天亮还早嘞。"

长水不依。他要赶紧在砂窝子那边随便找一个被炸毁的窿子，然后，哭着喊着在那里挖个不停，制造一种假象，把搜山的白狗子引到那边去。李水淼是李渡人，而长水以李渡上门女婿的身份，为同在一起服劳役的远房叔叔收尸，于情于理都说得过去。

此时已是下半夜了，整个画眉坳一片黢黑。天上没有一点星光，镇里没有一盏灯光。长水牵着乌妹子，从半山腰直插砂窝子。因为，山脊上布有岗哨，山下更是戒备森严。而由山腰直插，没有路，而且要经过好几个窿口，每个窿口边都顺着山坡倾倒矿渣。人一踩上去，矿渣就哗哗地往下流动，就像一股股泥石流。时有大块的岩石往下滚，一不留神就会被砸伤。

长水领着乌妹子经过自己待了半年多的窿子。正是为了这个窿子的安全，他要往砂窝子的纵深处去，让敌人的注意力集中到他身上，集中到他编排的谎言里。白军团长不就是要寻找他哥哥吗？长水对此充满自信。

等到他俩来到砂窝子西边的山坡上，再找到一条被炸毁的窿子，天已经麻麻光了。长水在寮棚的废墟上翻寻了好一阵子，翻出几只锅碗和一堆没被烧光的衣物和破絮。他还捡到了一杆竹烟筒。他把它交给乌妹子，哈哈一笑："李水淼抽烟呢。你就说是你叔叔他老人家的，那个匪团长老早就出外读书，他晓得个鬼。再说，来劳役队不是做客嘞，容得犯人叼着水烟斗歇清闲？有个这样的烟筒就蛮好。"

乌妹子也咯咯地笑："等下子，我还要挤点眼泪水给那个死鬼是啵？我怎么挤得出来哟。"

"你想想赖营长和李双凤……说不到，双凤当真是你们李渡人，李渡也有蛮多叫凤的。"

接着，他们在窿口忙碌起来。这个窿口整个被炸塌了，连窿口上方的山坡也垮了一大片。如果白军团长确信他哥哥被埋其中，即便他下定决心要收尸，恐怕也难以达到目的。

搜山的白军是和漫天飘洒的毛毛雨一道来的。搜山的大网刚刚撒开来，白军发现山上有人，呼啦啦都朝一个方向涌了过去。也是，好些天了，整个矿山像阴森森的死亡山谷，连只飞鸟都看不见，尾砂坝下的坟场显得更加瘆人。此刻，砂窝子里一对号啕着的男女，让他们甚是好奇。

白军士兵团团围住了长水和乌妹子。稍加盘问后，他们立刻派人下山去报告团长。眨眼工夫，团长来了。

那团长像个读书人，长得蛮文气，带着高深莫测的微笑，他并不理睬钟长水，而是瞄着乌妹子的脸盘子，再三打量。大约觉得她的确像李渡妹子，便问："李水淼是你远房叔叔？你屋里是哪个房派？"

乌妹子揉着泪眼回答："华字派。我爷爷的爷，跟李水淼爷爷的爹是兄弟。这是水淼叔叔的烟筒呢。他被埋在里面啦。里面还有我一个远房姑姑，论辈分叫姑姑，她年龄只比我大几岁。"

说到李双凤，乌妹子又号啕起来。这时的号啕非常真实。团长疑疑惑惑继续问："你怎么晓得他们在这个窿子里？"

乌妹子把上身赤裸的长水拉到他面前，简单向他介绍了一番。她说，长水被抓去当红军，从金鸡堡战场上逃回来，受到红军的惩罚，进了劳役队。判了一年劳役呢。

团长哈哈大笑："逃兵没枪毙，红军真是菩萨心肠。"

乌妹子说："红军营长是他姐夫，叫赖全福。你听到说啵？赖营长包庇他，也犯了罪。他也在里面嘞。"

依然带着笑意的团长，猛然掏出手枪，顶在长水的脑门上："你怎么没在里面？是你点的火放的炮？"

长水说："我是逃出来的。这里发现了大矿脉，趁着红军慌慌张张要撤离，李水淼跟赖全福想往后合股开个钨砂公司，连名字都想好了，叫明星公司，李水淼屋里原先在这里开过公司，好像就叫明星。他们怕被红军带走，偷偷在窿口藏下炸药。他们准备点炮的时候，我拼命往外跑。我怕死嘞。你看我身上，几多伤哟，就是被炸飞的石头砸的。"

团长冷笑起来："为了公司，他们不要命？你撒谎要记得编圆来。"

　　长水急了："你不晓得嘞。窿子里面连着窿子，像魔窟一样，可以钻到别的窿子里，从别的窿口出来。他们没想到嘞，他们一放炮，提醒了红军。红军蛮恼火，把旁边那些窿子一起炸掉了。他们出不来啦。我怕死，才保住了命。这多天，他们怕是已经没了气。闷不死，也会活活饿死。"

　　乌妹子赶紧号啕，又是叔叔又是姑姑的。而长水则疯狂地挥舞着挖锥，刨着堵死窿口的乱石。

　　团长却显得很平静。他一把抓住乌妹子："认得我啵？李水淼是我哥哥，我叫李水鑫，你也该喊我做叔叔。你男人当过红军，叫他下山自新，交五块银元做自新费，我们就不追究啦。可是，从今天起，让他带些人，给我挖开这个窿子！"

　　乌妹子震惊了。这可是半边山嘞！

　　然而，白军团长李水鑫丢下是比山更沉重更冷峻的一句话："我生要见人死要见尸！"

第十九章　长命锁

钟长水沮丧极了。

这是搬起石头砸自己的脚呢，是聪明反被聪明误。现在，他每天领着十多个打锤佬，挖着被封堵的窿子。两个荷枪实弹的白狗子，牢牢地看着他们，稍稍歇息一下，白狗子便把枪栓拉得咔咔响。李水鑫也时时上山来巡视。他既不动怒，也不悲伤，只是冷冷地在一边望着长水。偶尔的，他会对长水笑一笑，那笑，让长水忐忑不安。也不晓得他是窥破了长水的心机呢，还是包藏着别的什么祸心。

一连挖了五六天后，长水心里发躁了。见李水鑫再次来巡视，他迎上前去，抱怨道，半边山炸松了，边挖边塌，等到扒开窿口，里面的死人怕是骨头都烂掉啰。

哪晓得，李水鑫这次倒是笑得豪爽："想讨工钱是啵？等打到砂子，我会给。我先要见尸！我又寻来了二十个打锤佬交给你，从现在起，你们给我轮班挖，我再给你五天时间！听到啵，五天！你看棺材都打好了。五天之后，那口棺材要装人！至于装哪个，就看你的啦。"

果然，山下有一伙打锤佬在白狗子的押解下，簇拥着一口刷了黑漆的棺材，正往山上来。长水不禁倒吸了一口冷气。

长水说："巴掌大的地方，人多没用，摆不开嘞。莫说五天，五十天也难办。窿口塌下来的土石看得到，窿子里面还不晓得塌了几长，没数嘞。"

李水鑫说："我不管。你说劳役队在这条窿子里，我相信你。而且，我给你机会证明自家没打乱说。要人要钱，要什么我都答应。我蛮讲道理吧？就算你哄骗我，我也仁至义尽了，世上有杀人送棺材的啵？没有。能挖窟埋人就蛮好。"

棺材停放在窿口的坪地上，棺材盖敞开着。李水鑫嘭嘭地敲打了几下，说："蛮厚。盖板底板和两边的侧板，都是整板，没有一条缝。这样的杉木蛮难寻，树可能有一抱粗，至少是长了五十年的树。棺材盖更加，那该是百年老树。当真是装上死人跑不掉。"

长水却挑剔道："三年后要拣金，就怕棺材不烂，人也不烂，捡不到金哟！里面也窄了一点，装你哥哥正好，我进去就嫌挤，我肩膀宽。再说，也不够长，顶天立地的，塞得满满当当，蛮难过。还有，这棵树结疤蛮多，树心生了虫，看到啵？有虫眼虫屎呢。就怕树虫会蛀骨头，老早要是打点桐油灰就好。"

李水鑫反唇相讥："树虫会蛀人骨头？骨头不怕沤不怕霉不怕蛀，晓得啵？要不，拣金拣个鬼呀！"

这时，长水带着哭腔说："五天当真挖不开嘞，你干脆现在就把我装进去。有这么好的寿材，我雪喜欢。"

李水鑫说："莫急，既然抬来了，总是要装人的。"

红军撤离后，画眉坳的打锤佬有的参加红军走了，有的当了游击队，还有不少人逃回家去作田。然而，白军也动起了钨砂的主意，在镇上开收砂站，以低廉的价格收购钨砂，再贩卖到广东去。获知这一消息，逃离矿山的打锤佬又陆续回到矿山谋生。现在来的这一拨，正是如此。显然，这个李团长如此迫不及待地巴望着挖出这个窿子，其实是垂涎于其中的大矿脉。如此看来，这支白军部队一时半会是不可能走的。等到挖开窿子一切揭晓，恼羞成怒的白军说不定会把整个矿山翻个底朝天，那样，很难说藏有钨砂的窿子能不被发现。长水不免紧张起来。只能走一步看一步了。

为了加快进度，白狗子把打锤佬分成几组，轮班昼夜不停地作业。寮棚重又搭建起来，三十多个人挤在一张通铺上。不过，白狗子只管催工，歇班时往来却是自由。

天黑时分，乌妹子抱着发旺守候在石桥边，迎着长水。像逃生下山那天一样，长水接过发旺，又在他的脸蛋上拧了一把，并骂道："你爹讨到食来没碗装，晓得啵？你爹变鬼也舔蜡烛梗，晓得啵？他的魂把你娘勾走啦。"

发旺笑了，双手在长水脸上乱抓一气，在他怀里乐得直蹦跶。长水说："你是傻瓜崽啵？骂你爹呢，你还乐？"

· 277 ·

乌妹子白了长水一眼："莫乱说。旺崽这么亲你，懂事呢。记到来，他是我们的崽！"

在路上，乌妹子告诉长水，今天他舅舅因为向白狗子讨要工钱，被毒打了一顿，遍体鳞伤的，正躺在床上生闷气呢。他舅舅年过半百了，至今还打单身，半辈子攒下的几个钱，被他看得比命重。长水不得不交的自新费，就是向他老人家借的。要不到白军欠下的工钱，他便心疼长水借的五块大洋了。乌妹子交代长水，回家见到他，嘴巴要甜一些。

进了铁匠铺，乌妹子赶紧把煮好的一碗酒酿蛋，递到长水手里，要他给舅舅端去。

廖师傅哼哼唧唧地躺在黑暗中，连油灯也舍不得点。长水点着灯，仔细将他身上的伤处察看了一番，便要去请郎中，却被廖师傅制止了。他嘟哝道："都是皮肉伤，养养就会好。请郎中要钱，你有钱啵？你还是要我出钱。"

人家话里有话呢。长水立即表态道："守到金山还会讨饭呀！我要留下来挖砂，舅舅你放心，自新费和我们三个人在你这里食住的钱，我很快就会还给你。我去请郎中，钱你先垫，算到我头上好啵？"

廖师傅非但不依，还讥嘲道："莫哄我，你自家的小命还不晓得在哪个手上呢。你自新，白军相信你，游击队会放过你？游击队没走呢。你莫坑了乌妹子哟。乌妹子说，已经怀到了你们的崽。你作孽嘞。你拿什么养这多崽！"

长水大吃一惊，赶紧把碗塞给他，就去找乌妹子问个究竟。乌妹子把长水拖到门外，让他摸摸自己的肚皮。乌妹子说："我的崽在里面说事嘞。他问，娘呀，你怎么找个这傻的爹哟。这个爹有家难回，要钱没钱，要人没相。"

长水问："什么意思？"

乌妹子说："你当真蛮傻。我不说怀上你的崽，他肯收留你，肯让我嫁给你？我一来画眉坳，他就想托媒婆把我嫁掉。我这一说，就是生米做成了熟饭，他没法子啦。我们现在只能像蚂蟥一样叮牢他，要不然，怎么办？说起来，我舅舅也蛮善，他再心疼钱，我领养发旺，人家也没做声。我们现在是食他的命呢。"

长水恍然大悟。他喃喃道："我晓得，我晓得。我要还给他。哪天我去寻温火生算账，叫他把那几块银元吐出来，再扒开他的心看看，到底是白皮红心还是白皮黑心!"

可是，长水哪有机会离开画眉坳哟。听说李水鑫限令长水他们五天挖开
窿子，乌妹子马上说："长水，我们带旺崽赶快逃走好啵?"

长水说："逃走容易。可我不能让那个狗团长寻到我们那条窿子，晓
得啵?"

"这多天，他哥哥还没死呀? 那他就成了精怪。"

长水说："李水淼烂得只剩一堆骨头，我都不能让李水鑫寻到!"

"可你哄他去砂窝子挖窿子，到头来，你会丢命的。你丢掉命，白军还是
搜山，说不到还会寻到松树窝去。"

这是一个无奈的结果。长水说："乌妹子，要是我死掉，你再苦再难都要
把长根的崽带大。还有，你要帮我生个崽。"

乌妹子说："还要帮侬还自新费! 你心蛮狠! 就为了李水淼那个死鬼，你
划得来啵? 你怕白军发现松树窝的窿子是啵? 那个窿子里有什么名堂?"

长水支支吾吾，声称自己担心白军进去还会糟蹋赖营长和李双凤的尸体，
他俩勾头拢颈睡着了呢。

进屋吃晚饭的时候，端起饭碗的长水仰天长叹："要是游击队打过来就好
啦。赶不走白狗子，打得狠，也可以断了他们挖砂的念头。"

乌妹子用米汤喂着孩子，磨转脸，犹豫了一会儿，还是忍不住告诉长水，
九皇女带着游击队就在画眉坳一带活动呢。九皇女在日间化装成卖菜的，随
着邻村妇女来过镇上，为的是看看儿子。九皇女特别叮嘱乌妹子，这件事一
定要守口如瓶，对幸免于难的长水也不能说。

长水激动起来："她没走啊，那就好那就好! 叫她带游击队来打一下，挨
了打，白狗子就会着慌，就会去对付游击队，这才有可能保住那条窿子。"

乌妹子怔怔地看着他，少顷，不解地问道："窿子要紧，还是九皇女他们
的命要紧?"

而长水在激动之余，心里却难受起来。九皇女为什么要对自己保密呢?
也许，她打硬心肝要跟自己划清界限。也许，她对自己的苟且偷生心存疑惑。
也许，她已经晓得自己跟乌妹子的关系。而此刻，他最关心的还是九皇女找
到长发没有。

他迫不及待地追问乌妹子。乌妹子摇摇头。长发牺牲了。整个三营在红

军撤离之前，就已经不复存在。而九皇女带着由打锤佬组成的游击队，掩护挖砂中队撤到零都，挖砂中队跟着大部队转移，九皇女和游击队则回到了画眉坳。

长水刷地站起来："晓得她在哪里啵，我要赶紧寻到她来。"

乌妹子说："好笑！画眉坳这么大，山这么多，李水鑫长着狗鼻子连个死尸都寻不到，你还想寻大活人？"

饿了的发旺可能是等急了，哇的一声大哭起来。乌妹子赶紧用米汤堵住他的嘴。乌妹子说："我的旺崽蛮可怜嘞，从生下来只食过两个月的奶。那段日子，九皇女忙着去卖砂，奶子胀得痛，奶水都挤掉了。这边呢，孩子没奶食。这是个大肚汉呢，夜里都要喂两三次米汤。"

长水猛地夺下乌妹子手里的米汤，说："让他饿。饿哭了，你就出去喊惊。老早在窿子里，我都听到了这个叫夜郎的哭声。九皇女还听不到？听到，她不心疼？她会打跳脚下山来。"

乌妹子却不忍心。她亲着直撇小嘴的发旺，抱怨道："你看旺崽晓得你动他的歪心，他恨你呢。你就想不出别的办法呀，非要欺负不会说事的细崽是啵？"

长水倒是果断，二话不说，就把那碗的米汤给泼掉了。不仅如此，乌妹子煁在饭甑里的米汤，也被他搜了出来，倾倒在自己肚子里。长水抱起发旺，拨弄着他颈脖上的长命锁，说："发旺，你从前是夜啼郎，你再当两天夜啼郎好啵？哭凶点，你娘就来看你啦。天黑啦，快哭吧，攒劲哭！"

哪晓得，刚才还直撇嘴的发旺，到了长水怀里却是开心，小手紧攥长命锁，摇晃着，扯拽着，咿咿呀呀地在跟长水对话呢。乌妹子说："旺崽告诉你，这是用银颈箍打的呢，上面有福禄寿喜，丁财两旺呢，这是保佑他长命百岁美满康健呢。"

长水盼着他哭。长水掰开他的小手，作出一副凶狠的表情。发旺抓着长水的脸，仍然不哭。

长水便躲过乌妹子的视线，暗暗在他屁股上掐了一把，同时，吼道："乖崽，快哭！再不哭，我就打。想讨打是啵？"

乌妹子说："你急什么！天刚刚黑，就等不得啦？你想九皇女是啵？听到说，九皇女想嫁长发没嫁成，你蛮难过是啵？这伢崽经不得饿，饿了就会哭。

你等不得？"

　　说着，乌妹子扑上前，就要抢夺孩子。而长水则不依，抱着孩子仍是呀个不停。这时，发旺终于大哭起来，是被他俩吓哭的。

　　长水暗暗庆幸，便迫不及待地交代乌妹子到镇街上去喊惊。乌妹子瞪着他斥道："好笑！伢崽哭两声就去喊惊呀？你演戏都不会演。"

　　"那好，就让他哭久一点，哭猛一点。"长水怒目圆瞪，并把孩子的屁股拍得啪啪响，还一个劲地汹汹喝喝。

　　乌妹子看得心疼，嗔埋道："你当真吓掉了他的魂。他还小呢，哪里经得住你这样吓唬。"

　　可是，哭着哭着，发旺竟睡着了。乌妹子赶紧把孩子接过去，小心翼翼地放在床上，轻轻抹去孩子脸上的泪水。长水蛮恼火，冲着乌妹子直瞪眼。乌妹子劝慰道："屙泡尿，他就会饿醒。你莫急，等到来。夜深人静，九皇女才听得到。"

　　长水说："还不急呀，我只有五天时间，过了今夜，剩下四天。三十多个打锤佬轮班在挖窿子，他们有经验，也许一两天就会挖开。我怎么向李水鑫交代？"

　　然而，长水的担心是多余的。果然如乌妹子所言，半夜时分，发旺饿醒了。饿了的发旺，哭起来就不善了。那嗯啊嗯啊的啼哭，一阵紧似一阵，持久而猛烈。好像这孩子有长根的灵魂附体，好像这孩子得到哪位尊神的神示。这啼哭让画眉镇记忆犹新，让光头的铁匠师傅心有余悸。他嘭嘭地拍打床板，吆喝乌妹子。他指桑骂魂地告诫乌妹子："这个崽被鬼捉了晓得啵？"

　　铁匠师傅所说的鬼·指的大约就是钟长水。

　　乌妹子几乎是被长水撵到街上去的。乌妹子扯开嗓门喊道："发旺呀，鸡吓狗吓人吓，快归来困哟！旺崽呀，东南西北到处吓了，快归来困哟！"

　　乌妹子的呼喊不仅惊醒了镇里镇外的住户，也吵得白狗子纷纷从梦中爬起来，跑到镇街上作虎狼吼，还有气得拉枪栓威胁的。可是，守在一回回哭得岔过气去的孩子身边，长水还嫌乌妹子声音太小呢。长水说："从前你的嗓子好比叫鸡公，现在怎么变成了鸭公？"

　　乌妹子眼泪汪汪地回答道："好！明天夜晚我敲锣，把锣敲破来。"

喊惊的呼号是那么真实而清晰，就像鞋锥子，一下下扎在九皇女的心头上。

九皇女带领的游击队，白天藏在南华山深处的林子里，夜晚便悄悄潜入画眉坳的窿子里。队伍虽然只有二十多个人，十多杆枪，却一直在寻找机会袭扰敌人。红军撤离时，邱冬梅书记的指示非常明确，要尽最大的努力，保住红军藏下的钨砂，红军不久后一定还会回来。可是，这一任务极其艰难，驻扎此地的白军竟然做起了钨砂生意，他们的注意力开始集中在矿山上。游击队的袭扰，几乎不可能阻止他们开矿。所以，九皇女夜夜鸟瞰着画眉镇的灯火，既不敢轻举妄动，也无计可施。毕竟寡不敌众啊。

然而，砂窝子山坡上的灯光，令她欣慰。通过乌妹子，九皇女晓得长水从藏砂的窿子得以逃生，并把白军引到了砂窝子里。她既感动，又担心。既担心长水的计谋很快就会败露，更担心长水最终因为怕死而出卖红军的秘密。不是怕死，他怎能从死神的肚腹中逃生呢？他在那条盲窿里又做了什么呢？

乌妹子凄厉的呼号，回荡在群山之间。似乎越来越焦灼，越来越迫切。她的嗓子撕裂一般，声音都变了。她站在石桥上，分明是对着这架大山嘶喊呢。

这已是喊惊的第二夜。熬到下半夜，九皇女再也忍不住了。她全然不顾队员们的反对，决定只身下山。

她从满是矿渣的山坡上滑下去，在铁匠铺对面涉过羊角水。上了岸，就是铁匠铺的后院。透过门缝，她一瞄，惊呆了。长水正掐着发旺的小屁股呢。她一推门，闯了进去，对着长水就是一个响亮的耳光，打得长水眼冒金星。

长水捂着脸说："打得好！你总算出来啦！"

而九皇女夺下发旺，就撩开怀，把个奶头塞进孩子嘴里。可是，她哪里还有奶水哟，奶水早就缩了回去。

叼住奶头的发旺，撇着小嘴吸了吸，说地又啼哭起来。九皇女哄着拍着，瞅见那被掐红的小屁股，她用目光狠狠地剜着长水，咒道："长根会来寻你，长根会掐断你的颈脖子。你等到来！"

乌妹子还在外面呼喊。长水急切地说："我们想法子叫发旺夜啼，是为了喊你来晓得啵？"

紧接着，长水把自己引开白狗子的动机和目前的处境告诉了九皇女。九皇女一听，也紧张起来。她不停地问长水："你说怎么办？"

长水说："你现在就带游击队去赶走那些打锤佬。"

九皇女说："现在赶走，他们白天还是要被白狗子抓来。"

长水沉思片刻后，又说："你们到旁边找两条窿子去放炮，把窿子炸掉。我就说那两条窿子跟正在挖的窿子相连，敌人就会死盯在那里。就怕他们搜山搜到藏砂的窿子，晓得哎？"

"哪里去搞这多炸药呀？我们每人也只有两颗手榴弹。"

"那就想办法捉到李水鑫！"

九皇女一边哄着孩子，一边搜索枯肠。长水想出了捉拿李水鑫的几种办法，都不足取，却启发了九皇女。是的，在力量对比悬殊的情况下，想要保守窿子里的秘密，只有扳倒那个执意死要见尸的敌团长。而扳倒他，最好的办法就是将他暗中收购挖砂的行为公之于世，他的上峰一定会大发雷霆。因为，即便他跟上头沆瀣一气，他们私自倒卖钨砂的行为也是见不得阳光的。一旦败露，李水鑫便成了替罪羊。

九皇女的想法渐渐有了眉目。她熟悉卖砂的过程呢。她要将把画眉坳李水鑫部大量收购钨砂的告示满世界贴了去，特别是要贴在登贤县城和前往赣州的重镇江口。这样，不费一枪一弹，就可以撵走李水鑫了。

长水连声叫绝。他说："皇妹子，你脑水当真蛮多！狗团长的师长军长看到告示会活活气死来。他们的部下占着山头当起了老板，他们的眼睛会出血！"

九皇女说："你以为他们没份呀？说不到他们才是大老板，李水鑫只是个小伙计。可青光白日下，他们屁股上有屎，哪个敢给人看？再说，别的白军部队晓得，也会眼红。眼红了，就会狗咬狗。"

长水说："这件事要快，越快越好。李水鑫的限期只剩三天，我怕不出三天，窿子就会挖开。一挖开，李水鑫就晓得是我哄他。杀掉我倒不要紧，我早就有去死的心。就怕他来个大搜山，万一搜出那条窿子……你晓得那条窿子啵？赖营长就是为了那条窿子牺牲的。还有李双凤。他们搂抱在一起……你没见嘞。等到红军打回来，我带你进去看看。我们去给他们拣金。我会把他们葬在一个棕箱里，让他们来世再做夫妻……要取站姿，赖营长说了，剩下一堆白骨，他也要站到来……"

长水哽咽着说。九皇女也在默默流泪。撤离时，听说藏砂的窿子突然爆炸，邱书记和泰和子就做出了一致的判断。他们都相信，一定是赖全福点燃了窿口的炸药。撤离矿山的路线，果然如邱书记预料的那样，一路上充满凶险。挖砂中队几次跟进剿的白军遭遇，损失蛮大，那个喜欢九皇女的副队长也牺牲了。年轻的书记妹子感慨万端，当初要是能如愿用上赖营长、由他来指挥转移就好了。到了雩都，邱书记还向人要了一撮黑老虎，遥对画眉坳，化给了赖全福。

外面，乌妹子的呼喊渐渐近了。镇街上，响起白狗子的怒骂声，听得出，那伙白狗子还扑过去纠缠她，好在有人拿她当疯婆子，那伙饿狼才作罢。

的确，出门喊惊的乌妹子真像个疯婆子。头发蓬乱，满脸脏污，身上尽是发旺的屎尿，打老远就能闻到一阵阵腺臭味。

乌妹子一进门，见到九皇女，说了声你总算来啦，念叨着我的崽呀我的崽呀，就要抢过孩子。九皇女连忙躲闪，嫌她身上太臭。可乌妹子根本不管不顾，转身就去厨房端来了米汤。

发旺果然是饿的。抽抽搭搭地灌下一大碗米汤，他安静下来。乌妹子也发现了被掐红的小屁股，心疼得不住嘴地骂长水。长水说："你喊得吓死人，他也要哭狠一点。要不，白狗子还不生疑呀？"

乌妹子对九皇女说："你再不来，我的崽还要受罪。说不到，长水会咬下他一块肉。"

九皇女望着长水，犹豫片刻，还是忍不住开了口："乌妹子告诉你了啵？长发死得蛮惨，身上没一块好肉，中了好几枪，白狗子还不放过他，用刺刀把他戳成了马蜂窝。长水，你要记到来，白狗子是蛇蝎心肠。晓得你勇敢，我当真蛮高兴。你有乌妹子喜欢，我也高兴。"

长水说："白军已经打过来，还没听到水蛇崽的音讯是啵？我说了，他肯定死啦。他是被我打死的，死在蟄龙潭里！"

九皇女点点头，目光却落在发旺的长命锁上。一只银颈箍，改变了长水的命运，也改变了他们之间的关系。长水已经并继续在用生命证明自己，此刻回想起来，真是令人百感交集。九皇女眼里湿润了。融入爱的银颈箍，现在化成融入太多祈愿的长命锁，它能为孩子带来好运吗？

她把孩子交给乌妹子时，乌妹子贴着她的耳朵说了一句话："记到来，今生你好生去寻个大英雄，来世我当真把长水还给你。"

九皇女笑了笑，毅然转身出了后门。她将趟过小溪上山去。长水送她下到码埠。黑暗中，泪眼相对。或许，那就是相约来世的心愿。

长水说："到了山上，你点根洋火好啵？记到来，往后我要留在这里挖砂。我要搞到钱来，帮长根他们拣金。我要多搞钱，给你们游击队。有事寻我，你就在山上点火晃两下。我会夜夜盯到山上看。"

也不晓得等了多久，连眼皮也不敢眨一下的长水，终于看到了半山腰那忽地一现的火光。而这时，乌妹子悄悄站在他身后。

乌妹子像是在自言自语："被我抢了先呢。要不，等到今天，她还会嫁给你。她老早就应该是你的。"

整夜烦躁不安的画眉镇在快天亮时，因为那个叫夜郎哭累了吃饱了，而沉沉睡去。乌妹子紧紧搂着长水，在他耳边嘀咕着："我给你生个崽好啵？你是独子呢。"

长水大睁着双眼，毫无反应。乌妹子再三撩拨他，他也不动弹。乌妹子生气了，摸黑找出了九皇女的辫子，塞进他怀里："我晓得，你想她。你就搂到她困！"

尺把长的一截辫子令长水热血沸腾。他猛然从床上爬起来，骑到乌妹子身上，嘴里喃喃道："怕我死掉是啵？帮我留到种是啵？好嘞，我们来生崽。我们今天好好做田，好好下种。"

长水忙碌起来。这一回，长水非常认真。他晓得，乌妹子看透了自己的心思，也洞悉自己的处境，她怕失去自己呢。窿口边的那口棺材在等着他。凭着九皇女的主意，企图在三天内扳倒李水鑫，并不容易。那么，他现在的劳作就跟长根当初对待九皇女一样，也是为自己料理后事。

这时，长水更加深切地感受到了乌妹子的好。她用全身心在迎接他。她紧闭眼睛，伴随着身上的一阵阵颤抖，嘴里一直在嘟哝："长水，我们有崽了。我听到他敲门进家，上了床。他在床上爬来爬去，他在舔我的手指头呢。他把指头当奶头啦。他在吸我，吸不出奶，他又咬了我一口。你的崽蛮狠嘞。长水，男人要争一口气。这几天，该怎么对付李水鑫，你拿定主意来。你有崽啦，莫怕。崽会保佑你。你还有神器保佑，挖锥呢？"

长水把挖锥留在了山上。确切地说，是放在那口棺材边。天大亮后，长水拖着疲乏不堪的身子，和另一班打锤佬换下了晚班的那拨人。此时，坍塌的山坡已被清理出来，窿口现出了原形。就是说，把窿子里的乱石挑出来，就可以进窿了。

李水鑫又来巡视了。这回，他对进度蛮满意。他交代随身的勤务兵，明天要准备好鞭炮纸钱和香烛。当然，他自己也会准备好足够的眼泪。他揉着眼，走到窿口前，垂下了脑壳，像默哀似地呆立了一会儿。接着，他瞄瞄棺材，冲长水冷笑一声。

长水不免心慌意乱。看样子，里面炸塌的地段并不长，如此夜以继日地忙活，即使消极怠工，最多两天也可以清理出来，而九皇女的行动哪能那么快就奏效哟！他抱着挖锥，绞尽脑汁想着对策。

李水鑫一转身，正遇见上山来的乌妹子。乌妹子提着竹篮，哭丧着脸，也不招呼他，直往窿口扑。

李水鑫愣愣地望着她。她跪倒在窿口边，一边号啕，一边从篮子里抓出一沓沓纸钱，再用石块在地上划个圈，点燃几张纸钱。她耐心地把一张张纸钱交给火，让火慢慢把纸钱化烬。打锤佬都停下了手里的活计，围观在她身边。殷勤的，竟然蹲了下来，帮着她拨火添纸。

乌妹子这样哭丧道："水淼叔叔吔，你死得好惨哟。我的崽夜夜被你吓得叫夜，我喊惊都没用嘞。你死了这久，在下面没钱用是吧？我每天花钱给你好吧？你好生收到来，莫被野鬼抢去。我昨夜做梦也梦到你，你当真蛮惨嘞。没个完尸，人都炸烂了嘞。你骨头被炸得变成了花石，哪里还有人样哟！你说来世怎么再做人？我多化点钱给你，有钱能使鬼推磨呢。"

乌妹子的哭丧情真意切而抑扬顿挫，竟然感动了好几个打锤佬，他们唏嘘不已。都说这个妹子蛮孝顺。有个殷勤的后生，索性把殷勤进行到底，说是人炸烂了当真跟矿渣一样，便跑到倾倒在山坡上的乱石堆里，顾自翻寻起来。

哪晓得，那后生果然翻出一条血肉模糊不成形的胳膊。他失声惊叫。长水和那些打锤佬连忙冲过去看个究竟。大家你一脚我一脚，把那段残肢从乱石堆里拨拉出来。长水一手捂住鼻子，一手抓起它，冲着李水鑫晃了晃。

李水鑫瞠目结舌。他也不近前来，只是呆呆地看着。老半天，才爆发般地大吼道："你们给我再寻！你们瞎了眼，连人跟石头都分不清。给我把每根

· 286 ·

骨头每块肉都寻到来！"

长水暗自庆幸。这大概还是挖锥在显现神力吧？

所有的打锤佬都被叫来了。他们把乱石堆扒开来，细细地寻找可能埋在其中的属于人体的残枝败叶。经过一天的翻寻，收获虽不大，但那些零星的部位也可以证明它们并不属于某一个人。

李水鑫面对这个结果，不得不完全相信了长水的说法。于是，他不再催进度了，而要求打锤佬们睁大眼睛来辨认清楚，莫再把尸骨当矿渣倒掉。

窿子是在第八天清理出来的。这天一大早，李水鑫和他那个团撤出了画眉坳。进驻的，是白军的另一支队伍。只有一个连的兵力。李水鑫甚至没有机会上山辨认他哥哥的尸骨，可见他走得非常狼狈。就是说，九皇女的计谋奏效了。

两个人的零碎肢体，被打锤佬大致分成了两堆，正等着李水鑫来辨识呢。既然他顾不上，长水只好随便把某一堆尸骨盛进棺材里，让乌妹子再为"叔叔"哭一回丧。

那两个人是谁，不晓得。也许是打锤佬意外丧命于此。长水从山下捡了些板材，另外钉了一口棺材，把剩下的那堆尸骨也一并葬了。

李水鑫为哥哥准备的香烛纸钱，正好孝敬了那两个无名冤鬼。这天，砂窝子里的鞭炮炸得惊天动地，滚滚浓烟顺风飘到画眉镇，再弥漫开来，久久不散。

硝烟把发旺呛得直哭。在这个夜晚，发旺又成了夜啼郎。而且，他的啼哭和以往不同。被抱在怀里，他使劲往外挣，非要出门不可。到了街上，他却哭得更凶猛。那狼嚎般的啼哭和乌妹子喊惊的凄厉呼号，交汇在一起，显得特别夸张，叫人毛骨悚然。

而铁匠铺对面的山坡上，毫无动静。长水倚着后门，整整翘望了一夜。浓重的黑暗里，竟没有一星光亮。

它应该有一团火的问候呀。

发旺不仅夜啼，白天也闹开了，而且闹得蛮凶。即使睡着，也会时时惊醒。一睁眼，就要乌妹子抱出门。到了街上，任何热闹也难吸引他。他手指镇口，要远去呢。不依他，他就发急，使劲地哭，拼命地挣，甚至撕扯乌妹子的头发，撕扯自己颈上的长命锁。

连着好些天这样没来由地哭闹，孩子瘦得更像一只猴子，乌妹子睡不好吃不香，也没了人形，脸色蜡黄，目光呆滞。她烦躁而无奈，背起孩子，扎好背带，既不哄也不恼，顺着他的指向一直走啊走，走出了画眉镇。他的指向是登贤县城的方向。这条中间铺着石板的大路，在南华山里蜿蜒三十里，再穿过枫岗，连通县城。乌妹子说："你想去县城是啵？好，今天随你！"

怕是走了十多里路，发旺还不肯让她回头。发旺竟把长命锁的带子拽断了，扔进了路边的禾田里。

乌妹子再也憋忍不住了，气得松开背带，把他扔进了路边的禾草堆里，捡起长命锁，扭头便往回走。她喃喃道："我没见过你爹那死鬼，听到说也是这样的鬼脾气。被鬼捉了是啵？那你就去做鬼崽子！"

乌妹子走出老远，终是不忍，连忙回头复又抱起他来："莫哭！我今天当真送你去县城！你莫不是想你爹了啵？他葬在李渡呢。我们去李渡好啵？"

走了一段路，乌妹子说："我的崽吔，长水才是你爹嘞！你爹为了你，在挖砂搞钱呢。打锤佬几苦你晓得啵？你还吵得他夜夜没得困，没良心嘞。"

乌妹子一路数落着，不觉间，竟走到距离画眉镇二十多里的羊溪村。这时该食昼了。她走进一户人家想歇脚，哪晓得，一坐下来，刚刚在她背上困着的发旺又醒了。不过，这回他没有哭闹，而是好奇地紧盯着屋主人。

这是一个中年女子，胖胖的圆脸显得蛮和善，眼皮却有些水肿，嘴角边的微笑也是强挤出来的。乌妹子认出了她，她经常到画眉镇上去卖菜，偶尔的，还会到铁匠铺里来讨口水喝。乌妹子说："胖子嫂，我的旺崽跟你有缘呢，这些天吵得人死，见到你不做声了。"

胖子嫂替乌妹子解开背带，抱起发旺，啪啪地亲了几口，说："乖崽呀，你晓得事嘞。要不，怎么说崽是娘身上掉下来的肉？相隔再远，娘崽也连心嘞。你想看娘是啵？我抱你去寻娘，你来晚了吧。"

乌妹子懵了："你说什么？九皇女在你家？"

胖子嫂进屋提了个布袋子，便领着乌妹子往后山去。一走进那片遮天蔽日的樟树林，乌妹子心里就明白了八九分。古樟林旁边的山窝子，是这个村庄的坟山呢。顿时，乌妹子的眼泪哗哗流下来："九皇女怎么啦？你快说呀。"

九皇女在登贤县城被铲共团抓住了。她带着几个游击队员一道混进城里，

第十九章　长命锁 ◀

正是为了张贴画眉坳李水鑫部收购钨砂的告示。他们分头行动之前约定，傍晚时分在东门会合，一道出城。可是，九皇女为了买只长命锁，竟在城里寻遍了两条街，才找到银器店。就在她买下长命锁出店门的时候，被两个家在枫岗的团丁认了出来。他们虽不晓得她现在的身份，却了解她既是红属也当过共产党的乡干部。他们不由分说地逮住她，送到团部去邀赏。经过一番拷问，三县铲共团团长见她长得蛮标致，便要留下做小婆子。九皇女死活不依，那帮畜生就天天轮番折磨她，几天之后，他们把她当死尸扔到城外的乱葬岗。那几个一直在城里打听九皇女下落的游击队员，找到鼻息尚存的她，把她送到了胖子嫂这里。胖子嫂收下她，也收下她买的长命锁，它和条条缕缕的破衣烂衫一样，沾满了她的血肉。它仿佛就是她的一根筋骨。然而，九皇女的伤势太重，只撑了三天，便死了。

乌妹子简直不敢相信眼前的事实，尽管，九皇女的新坟就矗立在脚边，坟前的香烛还冒着青烟。而且，发旺几乖哟。胖子嫂把他放在地上，摁住他的脑壳，让他给娘磕头。他居然那么老实地任由别人摆布。他还在胖子嫂手把手的指导下，在坟前插了三支线香呢。接着，他就坐在地上玩起泥土来，一把把的泥土，通过他的小手，添在这座陌生的新坟上。是的，对于这片祖坟山，这座新坟是陌生的。

"胖子嫂，你说九皇女买长命锁？发旺有长命锁嘞。"

乌妹子冲着胖子嫂晃晃自己手里的长命锁，然后，扑通给九皇女跪下了："九皇女吧，你莫不是嫌这只长命锁不好看是啵？你告诉我呀，我可以请银匠师傅打过。打过，又不是蛮大的事。你为长命锁丢了命，叫我怎么活命哟？"

胖子嫂说："她花了两块银元买来那只长命锁，等下你带走。"

乌妹子拜了三拜，继续追问道："九皇女吧，我晓得啦，你嫌这只长命锁是颈箍子打的是啵？你怕它晦气是啵？你看看，你老早戴着颈箍子，什么事都没有。你摘掉它，出了几多事哟！要是还戴到来，也许你就能逢凶化吉。金银能辟邪呢。我给旺崽打的长命锁，你上次看了也说好，你忘掉了是啵？"

胖子嫂把乌妹子拉起来，再抱起发旺。在下山的路上，她不无责怪地说："乌妹子，前几天我到画眉镇，叫你舅舅转告你，赶快带发旺来看看他娘。怎么拖到今天哟？早两天，九皇女也就可以安心闭眼啦。想等你们来见个面再葬，又怕惹事，晓得啵？"

乌妹子大吃一惊。舅舅怎么不告诉自己呢？仔细一想，自从红军撤离矿山后，舅舅就像变了一个人。原先，发现乌妹子喜欢劳役队里的长水，他也没有阻拦。可是，当失踪几天的乌妹子领着长水回来后，他兜头就给长水一句："你怎么没死呀！"接着，他疑神疑鬼的，再三向乌妹子打听他俩逃生的经过。为了那五块大洋的自新费，乌妹子还跟舅舅大闹了一场。乌妹子说："我帮你们师徒三人烧饭洗衣的工钱还没给我呢，不给就算了，我借我还，好啵？"最后，是长水具名打的借据。说他是吝啬鬼吧，他对九皇女和发旺却是慷慨得很。从前九皇女外出去卖砂，每回舅舅都要硬塞几块银元给她，说是带在身上以防万一。发旺吃的蛋，也是他买的。乌妹子百思不得其解。

胖子嫂也是红属，老公和儿子都参加红军走了。平时她人缘好，连村里唯一的一户地主也说她是活菩萨。所以，白军打过来时，全村人都替她瞒着，都说她老公带儿子在赣州做生意。那帮白狗子眼看着她把自家仅存的一只蛋鸡杀了，还打开猪圈刨出一只坛子，掏出其中几块银元，买了酒肉犒劳他们。他们打着饱嗝，也啧啧赞叹她的好，不再深究。其实，胖子嫂正是利用自己的人缘作掩护，在帮助游击队做事呢。乌妹子通过她家厨下松毛柴堆里的一捆铁器看出来了。

那是柴刀、挖锥和铁钯。虽然是常见的农具或挖砂工具，可是，一个农妇为何定制这多铁器？而且，不经意地看这些铁器，似乎没有什么异样，仔细琢磨，就能发现，铁钯的齿要长一些，柴刀和挖锥为安装把柄留的孔也大一些长一些，适合装上更粗更长的木柄。乌妹子看得出来，这些铁器都是出自舅舅之手。于是，她断定，舅舅与胖子嫂有着密切的关系。

胖子嫂忙着蒸蛋喂发旺，乌妹子坐在灶前，边添火边猜测。乌妹子忍不住道破了："胖子嫂，我舅舅常来你屋里是啵？"

胖子嫂扬起脸来："嗯。他打单身熬不过，想给你找个舅娘呢。我们村上倒是有个寡妇，蛮般配，可她是个富农婆子。"

乌妹子笑了："她肯下田，肯挖砂，还是富农呀？"

胖子嫂瞥见了从柴火堆里露出的铁器，连忙拎起来扔进墙旮旯里，再用一捆捆柴草遮挡严实。她说："乌妹子，你看到啦，我也就不瞒你，免得你瞎猜。九皇女是我姐姐的女。外甥女有事相求，我哪能不管？他们蛮可怜嘞，日间夜里都在山上钻来钻去，穿没穿的，食没食的，就靠柴刀铁钯跟白狗子斗。也不晓得红军会不会转来……"

乌妹子问："我舅舅跟你们也是一伙的吧？"

胖子嫂白了她一眼："什么叫一伙？人家都是后生妹子，要我们呀？我们是相帮。我们拥护共产党和苏维埃，哪个穷苦人不拥护哟！"

"你说，我舅舅为何不把九皇女受伤的事告诉我？害得九皇女临死也没见崽一面。九皇女哪里闭得上眼哟！"

胖子嫂想了想，说："你屋里多了一个人。可能是怕那个人晓得。当时，他就含含糊糊的。那个人是红军的犯人，他怕那人通敌吧？我也说不清，问你舅舅去。"

食昼后，胖子嫂找出九皇女用生命买来的长命锁，挂在发旺的颈脖上。发旺蛮喜欢嘞。抓住它，一个劲地摇晃。这只长命锁是椭圆形的，闪闪银光里，正面是麒麟送子的纹饰，背面是平安康泰四个字，下面吊着三个小铃铛。要比乌妹子打的那只简单得多，然而，这是来自生身母亲的祝福，最纯净，最真挚。

回头又是二十多里路，到家时已是傍晚。这一路，发旺乖得很，居然趴在乌妹子背上睡了一路，解开背带时，他哭了几声，眼也没睁开。乌妹子把他放在床上，自己就坐在床边，看着孩子沉沉入梦。当真蛮奇怪嘞。从到他娘坟前起，他就变乖了。这会儿，他安安静静，尽管像受了多大委屈似的，一直在撇嘴。乌妹子喃喃道："旺崽，我也是你亲娘，晓得啵？"

舅舅把她从里屋唤了出去。舅舅说："你带崽出去一整天，把我急死啦，寻遍砂窝子也没见人。"

乌妹子气咻咻地问："九皇女要死了你都不告诉我呀？她临死见不到自己的崽，闭不上眼嘞。你说你心里想何事？"

"你带发旺去见她啦？她死啦？"

"死了三天，已经下葬啦。"

顿时，廖师傅老泪纵横。泪水浸湿了他脸上那几块刚刚结痂的疤。铁匠铺从前的邻居是收砂站，他曾经天天看着九皇女进进出出的，打心眼里喜欢那个妹子，他其实是把九皇女当做干女儿来疼爱的。九皇女一有空闲，也常串门，她喜欢坐在门口看打铁。他们师徒一停歇，她就会立刻端上凉茶递上巾子。廖师傅望着九皇女常坐的板凳，唏嘘道："皇妹子年纪轻轻，可怜嘞。她食了几多苦哟，死得又这么惨！"

"舅舅，你一直心疼九皇女，可胖子嫂来，你为何不告诉我？不说清楚，我心里不得安宁嘞！你也一样。"

"好。我说给你听。钟长水跟九皇女从小就相好，你没心没肺的，肯定会把九皇女的事告诉他，他晓得，能不去看她吗？你不晓得嘞，这些天等你困着了，他就出去站在码埠上，傻傻望到对面山上，一直等到大天亮。"

乌妹子哼哼着，嘴边泛起了笑意："我晓得。长水在等游击队的暗号，他们商量好的。"

廖师傅回答她的是冷笑："你只知其一，不知其二。其二是什么？游击队能对他这样的人放得下心？"

"他们觉得长水是哪样的人？红军的犯人？他已经受到惩罚，判了劳役，还不够？再说，人家一直拿自家当红军。捡到一条命回来，他还不怕死嘞，绞尽脑汁跟李水鑫斗，这才把李水鑫赶跑！"

舅舅说："莫跟我吼。怕是九皇女也担心他嘞。在战场上，他都敢贪污战友卖命的伙食钱，要是红军回不来，天晓得他会动什么脑筋。游击队在矿区的任务，是要保住红军的秘密。这样的知情者，游击队会把他留到来？"

乌妹子恍然大悟。她急忙为长水分辩道："长水就是拿了三块银元去买颈箍子。那还不是为了向九皇女表心意？九皇女把自家许给四个后生晓得啵？他怕别人抢走她！他蛮倒霉嘞。"

"乌妹子，说心里话，屁股上有屎是洗不干净的，我也嫌他看不起他嘞，我还怕他偷走我攒的钱，干脆把那些钱全都给了九皇女，我是捐给游击队买枪买药。不赶走白狗子，我们没好日子过。你看看，到如今，给白狗子打了几多东西哟，分文没得，还挨了几次打。这些狗拖的天收的！"

说着说着，舅舅就扯远了。乌妹子赶紧追问道："你是说游击队不相信他？"

"鬼才信！莫说游击队不信，九皇女怕是也疑心嘞。窿子里到底发生了何事，哪个亲眼见到？别人都逃不出，他怎么能逃出？往后的事就更加说不清。"

乌妹子叫起来："九皇女告诉我有竖井，竖井把上下两条窿子连起来了。是我去把长水救出来的！九皇女晓得这件事，她为何不告诉游击队呢？"

舅舅沉默了片刻，说："红军的秘密晓得的人越少越好。九皇女绝不会告诉游击队的其他人。这样，长水晓得九皇女要死了，肯定会去看她，哪个都拦不住。他一去，说不到游击队会来蛮的。说不到，连九皇女也会对他来蛮的。你跟长水困到一起去了，我怕长水出事，往后你可怜嘞。"

乌妹子简直不敢相信自己的耳朵，舅舅闪烁其词的解释，竟道破了一种可能。这就是，为了保全红军的秘密，游击队甚至九皇女本人都拿长水当做后患了。红军究竟在这座矿山里藏着什么秘密哟！虽然，长水没有明说，舅舅也是含糊其辞，但乌妹子还是隐隐约约猜到了。秘密就在庞大的墓坑里，它不是谁的尸骨，而是一笔巨大的财富。

照舅舅说来，他隐瞒九皇女的消息，便是担心长水的安全了。的确，长水要用足够的时间才能证明自己。也许，要等到红军回来。也许，要等一辈子。毕竟，他是红军秘密仅有的几个知情者之一，而且，他才是真正的知情者。

钟长水是天断黑后回来的。长水一进门就奇怪，发旺今天这么乖呀。舅舅摸着光头给乌妹子使了个眼色，尽管他已经反复交代她，决不能透露九皇女的死讯。乌妹子接住舅舅的眼神，强作笑脸，给他们的碗里斟满了谷烧。

长水问："天天钻窿子，日子也记不得啦。今天有酒喝，是什么节？"

乌妹子说："我碰到你们窿主，他说这两天就要出砂。出了砂，我们就有钱啦。拿到钱，你把借舅舅的钱还掉来。"

长水端起酒碗便敬舅舅。那碗酒，他是一口灌下肚的。这一餐，他喝了三大碗。乘着酒兴，他一副踌躇满志的样子，说了好多打算要办的事。他要去找温火生算账，要去帮长根他们拣金，要在画眉镇上做一栋屋，让乌妹子和发旺过上好日子，还要带着老婆孩子回枫岗，告诉爹和所有钟姓人，他改了姓，姓李啦，从此，他是李渡李氏的上门女婿！

第二十章　献花形

　　长水和乌妹子在元宵节那天喝了交杯酒。这就算是招郎仪式了。乌妹子一直想等到爹来，可是，肚子却等不得。她爹参加县游击大队，转移到信丰油山一带去了，生死不明。于是，舅舅做主，做两道好菜，上一壶米酒，就算正式成了亲。

　　乌妹子当然记得要炖整鸡。她把鸡头留给自己，把个带着几根羽毛的鸡屁股夹到了长水碗里。她摸着自己的肚皮说："龙头凤尾呢，这个是崽，明年给你生个女，好啵？"

　　席间，廖师傅让坐在百子桶里的发旺喝了一小口米酒，不禁感伤地叹道："旺崽呀，你是精怪嘞。这么老实，想爹想娘是啵？你爹你娘在上面嘞，他们也在喝酒嘞。"

　　饭桌搁在铁匠铺的一角，墙边的条案上，自打大年三十起，就供着米饭米酒和花生果子。光顾此处的魂灵，对于乌妹子和舅舅，有发旺的亲生父母。对于长水，则还有赖营长和李双凤。直到此时，长水还未得知九皇女的确切情况，但他晓得是凶多吉少。他依然夜夜仰望对面的山坡。因为他的仰望，那面山坡居然偶尔地会出现一星光亮。乌妹子说，那是鬼火。舅舅则对乌妹子说，他发痴了嘞。这也是舅舅催促他们赶紧成亲的另一理由。

　　长水倒是灵醒，舅舅话里有话嘞。他逮住了话头："他娘在上面？九皇女当真没在啦？"

　　情知自己露了口风，廖师傅连忙改口："你们是他爹娘，我说你们坐在桌上喝喜酒。我让旺崽沾沾喜气。旺崽快有弟弟啦，想个名字吧，发字辈是钟姓的，莫叫发，李姓好像叫瑞，他们应该是瑞字辈。发旺改个名，叫瑞旺。他弟弟叫瑞……瑞红，要得啵？"

乌妹子想了想，否定了。这样的名字叫出去，被铲共团听到，脑壳该搬家了。她的意见是发旺叫顺了，不必改。从前苏维埃政府反对搞封建迷信，排字辈也是封建迷信呢。她给发旺生下弟弟来，也带个发字，叫发红蛮好听，都是红红火火的意思。

乌妹子再三问闷头喝酒的长水，长水说："带红字，你就不怕白狗子铲共团？现在的天下姓白呢。叫发皇吧。"

乌妹子劈手给了他一下，骂道："牙黄口臭！发黄是人的名字吗？是倒霉的名字！"

长水说："你不识字晓得个鬼！我说的皇，不是黄颜色的黄，是天皇皇地皇皇九皇庙的皇！"

乌妹子和舅舅面面相觑。长水念念不忘九皇女嘞！那也是九皇女的皇！乌妹子端起酒碗，和长水碰了碰，一仰脖，竟把满满一碗酒倾倒下肚了。她怀着的孩子，不会被灌醉吧？

"长水，九皇女不在啦！"

乌妹子再也忍不住了。她呜呜地哭起来。

长水却是出奇的平静。他转身朝向后门，把自己的一碗酒缓缓地倒在地上。好像九皇女的下落早就在他的意料之中，好像他早就获知了这个消息。

他的平静令乌妹子吃惊，也让她不安。她抹抹泪，赶紧从里屋拿来了九皇女交给她的布包包，打开来，取出九皇女的那截马尾辫。她说："长水，你哭吧。你们相好这多年，你心里难过要哭出来。你不哭，我蛮怕。九皇女死得蛮惨嘞。铲共团逼她做小，她不依，那些狗拖的就折磨她……我想告诉你，又怕你出事，晓得啵？"

长水接过辫子，久久地抚摸着。他问："什么时候的事？"

"蛮久。十一月间吧。"

此刻，他的心情极为复杂。他刻骨铭心记挂着的妹子，以牺牲名誉为代价爱着的妹子，直到临死，还不信任他呢。就在年边上，一个打锤佬把九皇女交代游击队的话，替九皇女捎给了长水。那个打锤佬长得虎背熊腰，比赖全福更壮实。他贴着长水的耳朵威胁道："你当哑巴顶好，晓得啵？这是一个妹子要我转告你的。"长水委屈极了，当即回敬道："我舍得命，还舍不得舌头？你叫她来拿我的命吧，我没二话说！"那人冷冷一笑："画眉坳到处都长着她的眼睛！"

为什么啊？就因为那个颈箍子，那三块银元？就因为自己还活着？如果这样，生还不如死掉。是的，长根死了，她为他生下了孩子。长发死了，她竟然不相信那个事实，割掉了辫子，发誓要嫁给他。而自己活着，竟是活在她的猜忌和警告里。她把发旺交给了乌妹子，等于是交给了长水，她又怎能不信任长水呢？甚至把发旺的长命锁也换掉了。这时，长水猛然发觉，乌妹子的舅舅也是九皇女的一双眼睛呢。这双眼睛正警惕地打量着自己。

是的，这个铁匠师傅就像游击队的耳目，在监视自己，监视着镇上的一切动静。他不仅关心镇上出现的陌生面孔，镇上白军的动态，更关心长水及跟长水要好的每个人。现在，他不再坐在铁匠铺里等生意，常常担着挖锥钢錾等工具上山去卖，再把需要修理的活计揽下来。而他真正的用意，似乎在了解长水跟哪些人要好，就像在提防长水和别人合谋。

这么一想，长水不禁恼羞成怒。他憋忍着，决定要在这个醉生梦死的元宵之夜，耍耍舅舅。

画眉坳的打锤佬大多回家过年去了，剩下的，不是外省人，就是发财心切的。雇佣长水的窿主，是广东佬。驻守画眉坳的白军，正是陈济棠的部队，也是以广东佬居多。这会儿，长水的窿主正和白军连长在镇上喝酒，哇啦哇啦的广东腔吵翻了天，好像白军中所有的广东佬都来了。

长水说："乌妹子，你们李渡添丁户今天要割鸡，到了夜晚要游灯。我们也算添丁户嘞。我去游灯。"

乌妹子说："崽还没落地嘞，莫急。"

长水说："游灯是为了告知天地神灵，我们屋里添丁进口啦，祈求它们保佑。我早点告知，没坏处。"

说着，他掖着那截辫子和长命锁，起身找出另一盏油灯，那是挖砂用的竹筒灯。他添满油，换了根灯芯，点燃了。只能用它来代替灯笼。他要像真正游灯那样，去告知溪水、禾田和山冈，今晚他和乌妹子成了亲，他就要做爹了。他的崽就在娘肚子里，已经快三个月了。今年早禾大熟时，他的崽就会呱呱落地。

廖师傅沉下脸来，喝道："你喝多了是呃？一个人去游灯？你不怕白军哨兵一枪毙掉你呀？"

乌妹子也拦不住。长水嘿嘿冷笑着出了门。经过酒馆门前，他进去给窑主和白军连长敬了一杯酒。他语无伦次地告诉他们："我要做爹了嘞。去游灯啵？你们广东佬不晓得游灯。游灯是保佑五谷丰登，有食有穿。"

那些广东佬哈哈大笑，都说这个打锤佬是个醉汉。长水并没有醉，尽管他步履踉跄，东倒西歪。他乜斜着眼，瞟见舅舅手握柴刀，悄悄跟在后面。

他穿过镇街，到了石桥上。已经枯黄的芭蕉叶被风吹得沙沙响，那些凤尾竹也在风中瑟瑟发抖。在这里，九皇女喂饱了世上的野鬼，才保住了他的命啊！九皇女自己怎么能忘记，怎么会怀疑他的幸存、他活着的目的和动力呢？

长水把用颈箍子做成的长命锁扔下了桥，这是一只吊颈箍呢。接着，他就着油灯的火苗，把辫子还给了九皇女。那么乌黑的长发，被火舌一舔，只不过是一股焦臭味。一阵冷风，把它的气息吹得干干净净。风里只剩下酒香。

他上了山。他走向砂窝子，由南至北转了一圈后，再折向从前属于红军劳役队的几个窑子。他逐一造访了那些窑口。在自己和赖营长待过半年多的窑子前，他跪了下来。元宵夜的月亮，冷冷地照着那坍塌的山坡，堵死的窑口，也照着他哀伤绝望的脸。他喃喃道："赖营长，还是你有福，你的凤妹子陪着你嘞。你当真叫赖全福。你们没死嘞，你们是鸳鸯成对莲花并蒂困着啦。一觉醒来，就是来世。来世你们也分不开嘞。"

油灯从地上站了起来。油灯往山脊上爬去。山顶有站岗的白军士兵，他们拉响了枪栓。长水大吼一声："莫开枪，我是游灯的！"

两个哨兵很是好奇，便逮住他再三盘问。长水说："我做了爹，添丁要在元宵夜游灯，是我们登贤的风俗。游灯要走遍本村本镇的地界，才能保佑子孙晓得啵？"

哨兵说："画眉镇地界这么大，游到天亮也走不到头，你会累死。"

长水说："为了子孙享福，爹娘累死也甘心。"

哨兵点头称是，便由着长水去了。长水在山脊上游走。跟梢的廖师傅快要爬到山顶时，脚下一滑，骨碌骨碌滚了几丈远，摔得鼻青脸肿，还扭伤了腰。他只好作罢，下山站在石桥上，目不转睛地紧盯着天边的一盏灯火。

天麻麻亮时，回到铁匠铺，只见长水笑脸相迎，双手撑腰的廖师傅才恍然，他是在耍自己呢。

哪晓得，吃过早饭，长水执意要去金鸡堡找温火生算账。这一去得好几天。廖师傅傻了眼，不晓得该怎么对付他。而乌妹子则惶惶然，她认定舅舅把长水惹恼了，长水会撇下自己和孩子，一去不复返。长水说："你肚里有我的崽，发旺也是我的崽，我不回来，去当和尚？我杀过人，哪个庙里敢收我？温火生害惨了我，我要掏他的心看看，到底是红是黑。不看，我硬是咽不下这口气！"

廖师傅说："长水，你莫出画眉镇。九皇女临死前打信来，想见发旺，我都没有告诉你们。为何，就怕你为见九皇女不顾一切。你看看，我脑壳摔了几个包，胳膊腿上都擦破了皮，还扭到了腰。我跟到你游灯是怕有人要捉你。何人，我也不晓得。"

长水说："九皇女游击队的人呗。你跟他们有联系，还不晓得？"

游击队的人不假。可九皇女死了，那些人是什么心思呢？为何九皇女叫你当哑巴？

云山雾罩一般的谜，把长水绕糊涂了。但他决心已定："有鬼捉就让它捉！我做鬼也要去把那个贪心鬼捉到来！不捉到温火生，我只能做个屈死鬼。"

乌妹子暗暗掐了发旺一把，是想让这夜啼郎用哭声纠缠住长水，哪晓得，发旺非但不哭，竟抓起胸前的长命锁，冲着长水直晃，还亲亲地喊了一声"爹爹"。

他端详着发旺的长命锁，愤愤地对乌妹子说："不寻那个姓温的，我就还是枫岗的狗！"

廖师傅无奈了，掏出两块银元，并反复叮嘱他，走路要走大路，莫轻易相信什么游击队，游击队有还乡团铲共团扮的，真正的游击队里也有叛徒。特别是，千万莫被人好话哄走。

这么一叮嘱，乌妹子心里更不是滋味了。她背上背一个，肚里装一个，还是送了好几里路才折返。

果不其然，长水没有走出二十里外的羊溪村，就有事了。村口一户人家门前的坪地上，坐着三个正月里走亲的男人。他们一见长水，很是惊喜，一起扑上前去，硬是把他拉到八仙桌旁，摁坐在条凳上。卷好的黑老虎递了上去，热腾腾的擂茶端到了面前。为首的叫老黄。老黄说："你叫钟长水，你爹叫钟龙兴，是啵？胖子嫂，快去山背把龙兴叔叫来。”

屋主人胖子嫂从屋里出来，瞄了长水一眼，说：“是你呀。你是画眉镇上铁匠师傅的外甥女婿，我去卖菜见过你两三次。”

黑而又瘦的老黄冲她做了手势，然后，压低嗓门告诉长水，九皇女牺牲了，他接替九皇女当游击队队长。这个村子群众基础好，又邻近画眉坳，来往商贩很多，游击队拿它当联络点最安全。

长水问：“我爹怎么到这里来啦？”

老黄狡黠地一笑：“等你们父子见面再说。没见面，你还当我打乱说。今天碰巧啦，本来还想寻机会嘞。怪啵？九皇女临死前想崽，崽就来啦。你爹念崽，你也到啦。”

长水皱起了眉头。这话听着蛮别扭呢。他仔细打量着这三个男人。他们衣衫褴褛，蓬头垢面，就跟从窿子里钻出来的打锤佬差不多。一个个好像饿伤了，一边剥着花生往嘴里填，一边悄悄抓一把塞进衣袋里。一壶擂茶，眨眼之间就喝光了，连每只碗都被舔得干干净净。

抽了几根黑老虎后，胖子嫂搀扶着钟龙兴来了。长水刷地站起来，迎上前去，哪晓得，他得到的是一个响亮的耳光。钟龙兴瘦得改形换相，且颤颤巍巍的，但那个巴掌却是毫不暧昧十分有力，打得长水眼冒金星，老半天回不过神来。钟龙兴骂道：“你作孽！莫喊我作爹！你被黜族啦，把钟姓还给我！你去姓狗姓猫去。”

老黄赶紧上来劝道：“龙兴叔，你是我们的副队长嘞。长水马上就是我们的队员，你不能这样待你的战士晓得啵？快坐下，消消气，我们要商量事嘞。”

长水愣愣地盯住老黄，不晓得他葫芦里卖的什么药。老黄让胖子嫂上了一壶米酒，便给钟龙兴父子各斟了一碗。他说：“长水，快敬你爹一杯！他不仅是你亲爹，还是真正的共产党员。我们发现他的时候，他躺在山洞里，只剩下最后一口气，他饿了十多天嘞。十多天没食到一颗米，可他身上有二十多块银元！他满山寻游击队，寻了大半年。他想把银元给游击队买枪。”

钟龙兴顾自抿了一口酒后，纠正道：“我要留到革命胜利后，给长根、长发和那些战死的枫岗英雄建庙，给他们塑金身，打神轿，正月间让他们看大戏。”

老黄说:"对对。龙兴叔了不起嘞!宁肯自己饿死,也不动身上的银元。长水,敬你爹呀。你当过红军,打仗比我们有经验,你加入我们吧。等你加入,我们这支游击队就如虎添翼啦。我们有一个大的计划,可以把画眉坳翻个底朝天!"

长水端起碗来,却不敢给爹敬酒。爹根本就不拿正眼瞧他,眼角眉梢尽是不屑的轻蔑,顾自抿着抿着,已把一碗米酒喝得精打光。长水有些羞恼,也把那碗酒倒下了肚。

长水说:"我要去金鸡堡。"

钟龙兴眼睛一瞪:"做何?"

"寻温火生算账!"

"他死啦。全家都死啦。你也晓得有些罪错不可饶恕?莫怪别人嘞,自家种的苦果自家尝。"

老黄又给他俩斟上酒,自己也倒了一碗,举起来,便是一声号召:"来,我们一起干!干掉,我们就去挖砂。我们先当打锤佬,搞到钱来,武装我们的队伍,再大干一场。我吊!现在靠这几根烧火棍,只有挨打的份!"

长水不由地联想到九皇女的警告和舅舅的告诫,警觉起来。他说:"你们没挖过砂,不晓得嘞,搞钱要命来换。挖了半年一年,没见出砂的蛮多。那样,你们还叫游击队?等红军打回来,怎么交代?"

老黄笑了:"长水,你装憨嘞。九皇女带我们到处贴告示,我就猜到啦。红军肯定在砂窝子的哪条窿子里藏了钨砂。你是劳役队唯一留下来的人,你会不晓得?"

长水低下头:"我是红军的犯人。犯人是什么,是敌人,我跟那些土豪反革命关在一起,我被剃过阴阳头,晓得啵?"

这番话,正戳在钟龙兴的伤心处,他猛然把一碗酒浇向长水。长水的脑壳变成了酒酿蛋。

老黄与胖子嫂假扮夫妻,挑着脚板薯和芋头,闯到画眉镇来了。胖子嫂卖菜总是喜欢蹲在铁匠铺门前。

廖师傅并不认识老黄。可有胖子嫂掩护,他晓得这肯定是游击队的人。胖子嫂亲亲热热地同廖师傅打个招呼,既没道明来意,也不介绍老黄,恰好乌妹子去溪边洗衣回来，她便倚门和乌妹子聊起来。老黄坐在铁匠铺的门槛上，手里卷着烟，眼睛直盯着乌妹子的肚子和背上的孩子。

炉火正红。铁匠师傅从炉膛里钳出一把挖锥，放在铁砧上，只见徒弟挥舞大锤，而师傅灵巧地转动着钳子。随着叮叮当当地敲打，一时间，火星四溅。

连着抽了几根烟后，老黄进门来。他要定做一批挖砂工具，包括大锤手锤长钎钢錾，而且，要得蛮急。五天行啵？不行，那就七天。七天还不行，八天总可以吧？

廖师傅放下钳子，说："白军和铲共团、还乡团都在挖砂卖砂。他们全在我这里订货。耽误他们，我就没脑壳食饭啦。你做做田卖卖菜蛮好，何苦到这里抢食哟。几多打锤佬钱没搞到，倒是把命丢在了这里。你没见嘞，死都没个好死。"

老黄哈哈大笑，接着说"你晓得我跟哪个合伙啵？跟钟长水，你的外甥女婿。我们一起做老板。"

由此，廖师傅断定这人就是游击队的黄队长。九皇女被捕后，登贤县委即下令让这位副队长接任队长。九皇女被救回时，托胖子嫂转告廖师傅。她忧心忡忡地说，老黄这个人有好人带，他就是好人，有坏人跟着，他就是坏人。这时，那支成分复杂的游击队已开始闹内讧，大部分人不服老黄，扬言要投奔县大队。于是，九皇女选择了一个最可靠的队员，以打锤佬的身份潜伏在矿山上。游击队最重要的任务就是为保住红军藏下的钨砂而不断袭扰敌人，而现在，钟长水的心，钟长水的嘴，成了完成任务的关键所在。九皇女交代廖师傅要配合那个队员行动，而不要跟游击队其他人发生任何联系。

廖师傅说："有窿主雇了他。他哪里有钱当老板哟。他们一家三口，马上是四口了，食的是我的嘞。还想当老板，好笑！"

老黄说："长水去做事了，我也懒得上山去寻他。拜托你转告他，我已经来定做家什啦。合伙挖砂的事，就这么办。叫他寻好窿址来。我姓黄。"

老黄的态度是强硬的。看来，他蛮有心计，真是拿长水的爹当人质了。他在逼迫长水就范。

廖师傅笑道："你要是当真姓黄，我就放心啦！"

老黄一乐："姓还敢作假呀？祖灵会恼火！"

说着，他大大咧咧地穿堂而出，到后院去看了看，再回到廖师傅身边，拍了他一下："廖师傅，你这栋屋蛮烂。搞到钱，做过吧。挖窿子要炸药，镇上有卖吗?"

廖师傅出门指向西头："你到那家土杂店去问问，早先它专卖炸药。现在管得紧，私自贩卖炸药是要杀头的。打锤佬好像都是通过那家老板，再到白军手上去买。"

趁着老黄离开的空当，胖子嫂示意乌妹子在门外盯着他，自己拉了廖师傅一把，两人赶紧进了铁匠铺。

胖子嫂说："老黄变坏了嘞。他说红军永远回不来啦。他说报纸上登了，红军已经在湘江边被国民党的部队剿灭了。这阵子，他哪里有心思打游击哟，天天跟他的几个狗腿子商量，怎么搞到红军藏下的钨砂。他们说，红军不光是藏了钨砂，还藏了蛮多黄金白银，还有打土豪搜来绸缎珠宝。怎么办?"

廖师傅说："青光白日做梦！白狗子会让一帮游击队混到矿山上来?再说，长水也不会听他的。长水犯傻，还有我在，九皇女还安排了人在这里。"

胖子嫂说："可长水他爹在老黄手上。他爹蛮糊涂嘞，游击队其他人不是不服老黄吗?他爹还帮到老黄说事，要大家团结一心。我想去寻县委的人，可县委在哪里哟?"

廖师傅也无奈了，毕竟他只是九皇女的眼线。他喃喃道："还是要寻到来，要赶紧寻到来。"

老黄很快就回来了，喜滋滋地说那里有炸药呢。

老黄和胖子嫂是在昼边回去的。临走时，老黄摸摸发旺的脸，对着乌妹子笑道："九皇女的崽蛮像长水。这个崽就是我们的崽。我们要好生带大他，绝不能让他受苦遭罪。"

老黄丢下的一句话，让长水他们琢磨了半夜。长水和舅舅不停地卷烟、抽烟，屋子里烟雾缭绕，熏得乌妹子直咳嗽。乌妹子认定那句话是威胁，既然他们能把长水爹搞到手，拿他当砝码来要挟长水，那么，在长水不合作的情况下，他们肯定要变本加厉。说不定，老黄瞄上了发旺。

长水说："几拨人盯牢了我，我怎么活命呀?我们不能待在这里了，搬到李渡去吧。我去做上门女婿。"

乌妹子却忧心忡忡，她家的屋被还乡团烧掉了，还乡团还贴出告示要取她爹的人头。那颗人头价值不菲,值三十块银元。

长水沉默了好一阵子后,突然冲着舅舅发火了:"九皇女到死都信不过我是啵,叫你们一个个盯牢我?"

舅舅挠挠光头,尴尬地笑笑:"现在她可以放心啦,你嘴巴蛮牢。也怪不得她,你……"

"我是犯人。我贪污了伙食费。我见钱眼开心蛮贪。还有,我害死别人逃出来,想独吞里面的钨砂。是啵?"

舅舅递给长水一根烟。各自点燃烟后,他说:"九皇女蛮聪明嘞。她这样做,可能有两个目的。一是对你放心不下,当时窿子里发生了何事鬼晓得。任务重要,她肯定要多个心眼。二是保护你。她为何买过长命锁?我想了蛮久,才想清楚。她是做给老黄看呢。让他晓得,你是犯人,跟反革命一样,是敌人。红军的秘密会被敌人发现吗?听到说,自打游击队晓得劳役队有人逃生,她每天都在咒你。"

"九皇女不说,别人哪里会晓得我?"

"那时李水鑫在逼命。为了赶紧扳倒他,游击队到处贴告示。她不说到你,哪个会服她?游击队那些人,都是蛮打蛮冲的大老粗。我是看到九皇女的面子,帮他们做点事。长水,你莫怨九皇女,她在地下会保佑你。"

长水说:"她保佑得了我,保佑不了我爹嘞。我爹脑壳里缺根筋,还帮到老黄说事。老黄到底还是游击队,他总不会杀我爹吧?我爹是大革命时期入党的老革命!下次他再来,我就明说,把我爹带来再打商量。我干脆把他们引到李水鑫挖的窿子里,耗死他们去。"

画眉坳一带山上的窿子,难以计数,就像一个个老鼠洞。即便老黄他们混入矿山,长水与之周旋并不困难。可是,他爹在老黄手上。那个屡屡被区苏县苏捆绑了去的乡苏主席,脑子里当真缺根筋呢,当真相信了老黄那冠冕堂皇的谎言,以为老黄的目的是搞钱买武器壮大游击队。更让长水不安的是,老黄显然又拿发旺在威胁自己。一旦他们来到矿山,这个威胁距离自己就更近了。

长水对乌妹子说:"要不,你带发旺到枫岗去?"

乌妹子说:"我把孩子抱走,老黄会疑心。你怎么蒙骗他?"

接下去的日子,他们把希望寄托在胖子嫂身上,巴望着她能够找到县委。

可是，几天后，胖子嫂来卖菜，并没有带来县委的消息，带来的竟是一个个死讯。五次反围剿失败后，不得不向西突围的红军，浴血奋战，突破了国民党军队在湘江设下了四道封锁线，却付出了惨重的牺牲。邱书记死了，曾泰和死了，那个朱连长也战死了。一个从贵州逃回来的红军挖砂中队伤员，亲眼目睹了那一次次壮烈的牺牲。

大概是红军失利的消息纷至沓来，而县委又下落不明，连胖子嫂也把希望转移到老黄率领的游击队身上，她居然相信老黄觊觎红军藏下的钨砂真是为了壮大游击队，也不晓得老黄给她灌了什么迷魂汤。卖了菜，她竟不肯走，为了等到长水收工回来好说服他，竟留宿在铁匠铺。

长水已经拿定了主意。所以，胖子嫂和他交谈三言两语便结束了。长水说："叫老黄改个姓吧。姓黄姓洪都犯忌，他来做乌老板，姓了乌，好梦就黄不了。"

哪晓得，老黄的梦想很快就黄了。他和三个队员还为此丢了性命。老黄犯了个致命的大错误。他不晓得，白军对开窿挖砂必需的炸药控制得很严。一方面，他们要暗中经营钨砂生意，就必须提供炸药给打锤佬；另一方面，他们又得防止炸药落在游击队手里。那家土杂店炸药的进货出货，都得经过白军的审批和查验，订货和卖出时还要标明买主的姓名窿址。老黄本来是去土杂店打听有无炸药，哪晓得，他头脑发热，当场就要订货，而且一口气订了五箱，声称十天后带人来取货。至于必须登记的姓名和窿址，他则是胡乱报的。后来，白军在查验时，一看那个陌生的姓名，便生疑了。需要炸药的窿主都登记在出货的账上呢。于是，他们断定这是游击队，从头几天开始，便在土杂店周围布下伏兵，还放松了进出画眉镇的盘查，张开网等着他。

到了第十天，老黄领着人来到画眉镇外。见镇口的白军岗哨懒洋洋的，对那些打锤佬模样的人，既不搜身，也不盘查，路边墙上还贴出了大量收购钨砂的告示。老黄不知是计，竟把自己当做矿山的主人，大摇大摆径直闯进了土杂店。

白军来了个瓮中捉鳖。经过一番严刑拷打，老黄和他的队员仍是牙关紧锁，死活不肯招供。白狗子恼羞成怒，把他们四个人捆作一团，并在老黄嘴里塞上炸药，然后划着了洋火。这时，有个浑身筛糠的队员供出身份，因而保住了小命。老黄和另外两个队员倒是宁死不屈，结果被炸得血肉横飞。

那个叛徒马上领着白军直扑游击队驻地。幸好游击队大部分队员在老黄下山时便投奔县大队去了，只有两个人留在山洞里看着钟龙兴。钟龙兴正在为自己没能说服大家懊恼呢，哪晓得白军已经封死了洞口。钟龙兴他们凭几颗手榴弹抵抗了一阵，最后都饮弹身亡。

钟长水在当晚就晓得了老黄的死。廖师傅懊悔不迭，屡次端起饭碗又放下，喃喃自责道："我见他们从门前过，要是喊住他们就好啦。鬼晓得老黄这么冒失呀，不接上头，买了炸药往哪里搬哟！幸好没等他们搬到我屋里来，白狗子就下了手。要不，我们都要死！老黄是贪财呀，财不是好东西嘞，钱能壮胆，钱也能夺命！我就是讨厌他贪财，懒得搭理他。哪晓得他定了炸药哟！他也不问问我。上次我不该说土杂店。他们死得蛮惨嘞，三个人都变成了肉渣渣。他们不怕死，蛮像共产党。他们到底是何样人呀，我硬是看不清。"

长水得知出了一个叛徒，就晓得爹是凶多吉少，眼泪啪嗒啪嗒落掉进了饭碗里。

直到闹哄哄的小酒馆安静下来，乌妹子才回来。她挺着个大肚子去帮忙端盘子，是想从白军官兵嘴里探消息。那些醉汉认为画眉坳的红军游击队已被彻底剿灭，果然欣喜若狂地透露了搜捕游击队的全部情况。从他们夸大其辞的炫耀中，可以得知，钟龙兴被他们当做带有两个警卫员的"匪首"枪杀了，胖子嫂的家作为游击队的联络点，已被烧毁，胖子嫂却下落不明。而那个叛徒，则被从山洞里掷出的手榴弹炸死了。

乌妹子对长水瞒下了他爹的死讯。白狗子把他爹和那两个队员的尸体吊在羊溪村外大路边的树上，就等着人去认尸呢。乌妹子却告诉长水，你爹他们投奔县大队去了。

长水凄然一笑："我眼皮在跳。连胖子嫂都被老黄蒙住了，我爹还会怀疑他，去投奔县大队？老黄他们哪有那多钱买炸药？肯定是我爹把留到给长根他们建庙的钱拿出来了。"

长水提着灯就要出门，乌妹子死死地拽住他，廖师傅劝又劝不住，便手握大锤横在门口，怒喝一声："你敢跨出这个门槛，我一锤打断你的腿来！"

也是，这时候出镇去寻找爹，等于是往火坑里跳。白狗子肯定张着网在诱捕游击队的人。他马上就是两个孩子的爹了，他还要给赖营长、长根他们拣金嘞。

乌妹子说："明天我去寻！"

长水说："你没见过爹的面。"

乌妹子苦笑道："崽像爹。"

哪晓得长水竟吼起来："我不是他的崽，他也没我这个崽！"

好些天后，胖子嫂突然出现在铁匠铺。她衣衫褴褛，面黄寡瘦，夜半敲开门一跨进门槛，就瘫倒在铁匠师傅的怀里。她是饿的，也是伤心至极，她已得到丈夫和儿子的死讯。掺着泪水吞下一碗冷饭后，她告诉长水："你爹也死啦。"

长水望着油灯发愣。胖子嫂又说："你爹和九皇女都埋在我们羊溪村的山上。你爹死后第二天夜晚，我叫了几个人偷偷把他从树上放下来。那时他嘴里叽里咕噜的，像说事呢。"

长水阴沉着脸，依然不做声。

"难怪我去寻，没见到人。长水，爹没在啦。听到啵？"

乌妹子摇摇他，顾自窸窸窣窣地掩面而泣。

胖子嫂说："你爹蛮可怜嘞。上次，老黄他们在山上发现他的时候，人快没气了。都当他死了，挖了个坑要埋人嘞。可他手上抓住一个布袋子，怎么也扯不开。袋子里有银元。用力一扯，把他扯醒了。十多天，他粒米没进，留到银元要建庙，好笑啵？哪晓得，到头来银元打了水漂，都被老黄哄去买炸药了。炸药没买到，赔上了几条命！"

长水的泪水夺眶而出，却是悄无声息的。

生下发皇后，乌妹子的奶水蛮旺。每每给发皇喂奶，只要乌妹子一撩开怀，正在一边玩着的发旺总要扑到乌妹子身边来，用一双脏手好奇地拨弄着那只闲着的奶头。

乌妹子任由他拨弄着。这个崽蛮可怜嘞。乌妹子问："旺崽，想食奶啵？"

说着，便腾出一只手，把发旺拢拢紧，端起一只奶子就往他嘴里送。发旺已经会说事了，可是他并不开口，只是一个劲地摇脑袋。也不走开，依然拨弄着奶头。

胖子嫂留在了铁匠铺，这阵子跟廖师傅住到一间屋里去了。胖子嫂说：

"发旺怕羞嘞，挤到碗里绐他喝。"

哧哧的，挤出来的奶水射了发旺一脸。发旺咯咯笑着跑开了。于是，胖子嫂端着半碗奶，追呀追，一直追到石桥边才捉住他。碗里的奶却几乎漾光了。

两年后，乌妹子生下第二胎，还是崽。这时，发旺依然喜欢看乌妹子喂奶，不过，再也不会去拨弄她的奶头了，只是站在她面前，紧盯着那对肥硕的奶子，那对颜色很深的乳晕。

乌妹子一直都没在意。奶孩子的妇女都这样呢。

那是热天的昼间，食过昼饭，她把竹床搬到铁匠铺门口，搂着细崽歇昼。那儿通风呢。她敞开了怀，袒露出一对大奶子，任由细崽发全吸吮着，自己却睡着了。

几乎整个画眉镇都在一片蝉鸣中歇昼。只有发旺忙碌着。他频频进出于后门，从溪边的草丛里采来黄色的小花，一把把撒在乌妹子的奶子上，捉来好些蚂蚁，放在她的双乳间。可是，蚂蚁并不听从他的使唤，都逃跑了。于是，他捉来了两只蚂蚱，捏着它们的腿，让它们给那对高耸的奶子磕头。也许，在他的眼里，那是两座坟茔呢。

蚂蚱蛮听话。蚂蚱不停地对着那两座坟深深鞠躬。频频磕头的蚂蚱，把长长的细腿都拗断了。蚂蚱再也不能起跳不能飞了，只能慢慢地爬。它们在乌妹子胸前爬呀爬，在那盛开黄花的土地上爬呀爬。

乌妹子睁眼一见胸前的情景，连忙又眯缝着眼。她不愿惊扰发旺。或者说，她想看看这孩子究竟动的是什么心思。可是，发旺接下去的行为就不可思议了。他从饭甑里抓来一把米饭，撒在她的胸前，也不晓得他是要喂蚂蚱呢，还是祭奠谁们。

乌妹子忍不住了，猛然伸手捉住了发旺。发旺吓了一跳。一个愣怔之间，他逮住乌妹子的胳膊狠狠咬了一口。

乌妹子惊叫着跳起来。发旺却没有逃跑，而是一动不动地站在她身边，委屈地撇着嘴，目光却是倔强的，敌意的。那目光让乌妹子不寒而栗。她紧紧地抱住了他，喃喃道："我的崽啊，你说事呀，你想说什么就说，好啵？你是娘的崽呢，娘一样心疼你呢。弟弟小，食不得饭，要食奶。你小的时候也是食奶，晓得啵？"

发旺仍然不做声，任由乌妹子捧住了自己的脸。不过，这时他眼里有泪。那泪也倔强的，只在眼里打转，就是不肯掉落。

红军走后两年，国民政府发出布告，称钨砂乃国防物资，私人不得经营，并在赣南几座钨矿成立钨业管理事务所，以便统一地点、统一价格、统一收购钨砂，所有民窿挖得的钨砂都必须卖给他们在当地设下的收砂站。画眉坳的民窿慢慢多了起来。

这时，长水成了真正的打锤佬。人们都管他叫钟师傅。钟师傅识得矿苗，断得哪条矿脉能出涌货。所以，他在画眉坳蛮出名，先后有好几个窿主雇请他，哪个开价高，他就跟哪个。不过，他走到哪里，那个虎背熊腰的打锤佬都会跟着他。那个打锤佬正是姓熊。老熊几乎和钟长水形影不离。

食了夜，待全家都困下后，乌妹子把发旺的事告诉了长水。吧嗒吧嗒，几根黑老虎的屁股都烧光了，长水才说："这个崽是精怪呢。他莫不是想他亲爹亲娘啵？"

乌妹子一听，便抹泪了："我对他比对发皇、发全还亲，还做不得他的亲娘呀？你没见他两只眼嘞，盯到我来，就像钻子一样。好笑啵？他喜欢盯到我的奶，吓得我不敢喂奶啦。"

长水说："屁大的伢崽，晓得个鬼。他把奶盘当做两座坟嘞！"

乌妹子骂道："牙黄口臭！你夜夜搂到坟包困觉呀！你睁开眼看看，两个崽养得像小牛牯样，全靠我的奶水呢。"

长水神情严肃地长叹一声："旺崽当真是精怪呢。他是催我去给他爹娘拣金呢。那两只蚂蚱就是他自己，他在跪拜爹娘呢。"

关于拣金的诺言，长水还没有兑现。他一直为此耿耿难眠。其实，他拼命搞钱，就是为了这个目的。现在，他已经攒了蛮多钱，该去为所有的战友拣金了。

第二天傍晚收工后，长水把老熊领到了铁匠铺。乌妹子按照长水的吩咐，准备了一桌酒菜。在这几年间，老熊已经成了铁匠铺的常客，每每有他到来，胖子嫂总忘不了在桌上另备一双碗筷。那是留给九皇女的呢。九皇女依然是他们的游击队长。

待乌妹子斟上酒，长水举起碗来，紧盯住老熊，说："老熊，你我这几年在一条窿子里卖命，老早就是生死兄弟，可我们有一句话没说破，今天就说破来。九皇女叫你，叫你们每个人，盯牢我，小心我，怕我贪财起黑心，是啵？"

老熊和廖师傅、胖子搜面面相觑。接着，老熊凝视着那只属于九皇女的空碗，坦然地点点头。

长水说："这多年过去，你们还不信我。我晓得，现在你们更担心。我在拼命搞钱，哪个窑主开价高，我马上跳槽，气得窑主打跳脚咒我见利忘义。九皇女没在了，游击队早就没见了影，天晓得红军何年何月才能打转身……"

老熊正色打断他："没影？远在天边，近在眼前。我就是游击队！"

长水一笑："没错。可我不晓得，你到底能拿我怎样。要是我……你当真下得手吗？"

老熊顾自喝了一口酒后，用低沉的声音回答道："那就看你要做何事啦！要是出卖红军的秘密，我就对你不起啦。我说到做到。你也晓得，我从小讨厌作田，么事都做过，石匠、篾匠、铜匠，看过风水，当过保镖，赶过猪牯，做过屠夫。我就是握着杀猪刀去参加游击队的。寻到游击队时，杀猪刀上还血滴滴落，我刚杀掉一个土豪嘞。"

这时，老熊的冷笑里似乎也充满血腥。长水不由地倒吸一口冷气。他犹豫了片刻后，端起碗来："干！"

老熊却没有响应，而是逼视着他："说，你想做何事？"

长水顾自一饮而尽，抹着嘴说："你一说风水就来劲，我也喜欢听你说。我顶关心的是葬地的风水，这多年你没注意？为何？我要给长根、给九皇女他们拣金呢，还有我爹。还有赖营长和李双凤。我答应了长根的，要给他寻块风水宝地，保佑他子孙万代爪瓞绵绵。"

老熊警惕起来："你的意思是说要走？"

"我攒劲搞钱就是为了给他们拣金。我要先到枫岗去寻好葬地来，再到金鸡堡、李渡，还有长发呢。我都不晓得长发埋在哪里。"

这几年，光头的廖师傅日日见老，两个出师的徒弟都走了，他也就没再招学徒。不再掌钳后，他的手哆嗦得连筷子也攥不住了。廖师傅说："你有两个崽嘞。说不到，乌妹子肚子里又有啦。长水，你黜了族，还敢回枫岗？哪个搭理你哟？想到祖坟山上寻葬地，好笑！"

长水几乎叫起来："我归我，他们全是枫岗人！叶落归根，哪个敢作梗！

不行，我买地！我有钱嘞！"

廖师傅担心的是长水一去不复返，而老熊唯恐他耍花招。在画眉坳，老熊几乎把他盯死了，每天一钻进窿子，接触的就是那么几个打锤佬，他想跟别人勾结也不容易。他该不会以此为借口，跑到枫岗、跑到登贤县去出卖红军的秘密吧？

老熊哈哈笑着喝下自己碗里的酒。他说："说到风水，我就有事说。我跟过三僚师傅学呢。要不是红军说那是封建迷信，我今天就是赫赫有名的风水先生了。地之美者，则神灵安，晓得啵？什么叫地之美者，葬地要有生气，避死气。就是说，来龙有势，发脉悠远，屏障罗列，远近有致，四局分明，八龙有异，穴场分明，穴形多样，山水环绕，四面拱卫。长水，你请我这个风水先生吧，我跟到你去。"

长水并不情愿。因为，对长根、对九皇女、对爹、对赖营长他们，他心里有太多的话。其中包括了爱与恨、怨与悔、屈辱与不甘，包括了太多的五味杂陈的泪水。他还指望有机会单独面对长根，好好诅咒他一番呢。诅咒他那曾装着邪念的脑壳，诅咒他那曾疯狂得失去理性的每块骨头。然而，长水晓得，老熊就是自己的尾巴，他一定会紧跟住自己。为了证明自己，长水只能默默地点头。

哪晓得，老熊忽然说，这事还得报告九皇女，看她同不同意。他掏出一块银元，说正面就是去得，反面去不得。

正要抛掷，老熊又改变了主意："长水，你说九皇女没死，夜夜都在对面山坡上给你打信号，是啵？那好，我们到后院看到来，有光，就是同意。"

一个个都离桌出了后门。脚下是哗哗的溪水，眼前是黑黢黢的矿山。几双眼睛紧盯住黑暗的深处。最先发现光亮的是乌妹子，乌妹子失声惊叫。廖师傅嘟哝道："没脑水的女！发邪了吧。西边有寮棚有灯，当然有光。往东头看，老早游击队是躲在东边的那片山上。"

乌妹子说："说的就是东山嘞。那光还在晃晃动，蛮奇怪嘞。那是九皇女的魂啵？"

那团光不像从前一闪即逝，而是越来越亮。像一盏刚添满油的灯，或者像一颗星。胖子嫂也惊诧不已。那里就是羊溪村的后山呢，当年游击队就藏在那座人迹罕至的大山上。

　　老熊果然跟着长水上路了。老熊是兴国人。一路上，老熊滔滔不绝，卖弄的都是风水故事。

　　他说，兴国均村有座状元墓，均村潘氏四修族谱记载，墓主人为福建汀州人氏，任吉州教谕，熟读诗书，尤精堪舆。他在卸任还乡时，途经均村的五里隘，看中了此处风水宝地，便让家人驱牛食禾，故意惹起事端，和当地农民发生争执后，他舍身自缢。他的崽遵父嘱，与当地农民交涉，得以将亡父葬于那里。正因为父亲葬于福地，得山川之灵气，崽终于考中状元。那处风水宝地好在哪里呢？墓地在小山窝中，墓前有案山，墓后是靠山，故在山下看不到坟墓，是一处藏风聚气的好地方。站在墓前，视野非常开阔，后面的靠山如椅圈形，两边山坡成为自然砂手。山下的盆地两河汇流，在墓前呈半圆形流过，但见两腿水来，不见水走，两水交汇处不远便是水潭。右边有令旗峰，真如令旗舒展，墓前朝山重重，其中第四重的山顶为方形，颇似乌纱帽。而龙脉从三县交界处的大山曲折而来，气势非凡。

　　长水不喜欢这个故事。长水说："长根那个德性还敢让他戴乌纱帽？让他当到官来，整个登贤县的妹子都会受欺负。长根一脉单传，我说帮他寻风水宝地，是想让他保佑发旺，保佑发旺子孙满堂。"

　　老熊说："那好，去寻到献花形来。我从前跟师傅到过枫岗，我记得师傅在寻龙捉脉时说过，你们枫岗后龙山东边的山窝就是献花形。你没听到说？"

　　长水说："那片山林是水蛇崽屋里的。我吊！我们进枫岗要小心，他屋里的人捉到我，会剥我的皮。这久啦，也不晓得枫岗被白狗子糟蹋成何样。"

　　老熊依然兴致勃勃，说起了另一个故事。故事发生地也在兴国，有个村庄原先属于李姓和邓姓。相传清雍正年间，吉安曾氏兄弟逃荒流落到那里，给李邓二姓打长工。有一天，曾氏兄弟在放牛时，老大睡着做了一个梦，梦说他困的地方是一块风水宝地，死后葬于此处，其子孙后代必定兴旺发达。老大死后，其子孙圆了他的好梦，从此，曾姓祖坟青烟缭绕，子孙后代人丁兴旺，原来的李邓二姓反而日渐衰没。老大的葬地正是献花形山。山形酷似妇人两腿分开端坐，呈献花状。老大的墓就落在妇人的肚脐眼上。形肖女体的献花形胜地，是阴阳二气相交感的地方，有交媾之区，有孕育之穴，生气行乎地中，发而生乎万物。葬者得生气，能让遗体受荫，而人受体于父母，彼此间能得到气的感应。所以，父母遗体受荫，子孙也能受荫。

长水憋着一肚子火。长根是条骚牯呢。为他选个献花形，岂不是叫他做鬼也风流？不过，从老熊嘴里出来的穴形名称几乎都是将军座、宰相穴、天子地，什么生龙口、卧虎形、雄鸡鼓翼形、白蛇吐珠形，等等，指向多是平步青云、飞黄腾达的梦想。长水对这些嗤之以鼻。其实，也是心有不甘。

无奈之下，长水说："老熊，到了枫岗，你看好来，就寻你说的献花形。长根也蛮可怜嘞，从小没爹娘，就让他困在他娘的肚皮上吧，让他娘搂紧他来。"

可是，长水带着老熊在枫岗周围的山上转了两天，也没敢进村去。村口汉帝庙的火砖墙上赫然刷着一行大字："活捉钟长水，赏大洋五十！提来狗头，赏大洋三十块！"

石灰水刷下的白字上，溅满了牛粪和黄泥，却依然杀气腾腾。而且，自打红区失守，水蛇崽的大婆子就成了女魔头，她不仅指挥还乡团日夜严守村庄，还在村子的四角建起了碉楼。更让长水不可思议的是，枫岗的狗全都变成了恶狗。他和老黄试图在半夜里摸进村，找妹妹长好打探情况，硬是叫枫岗的狗给撵了出来。接着，全村的狗对着后龙山彻夜狂吠，直到天亮。

而李渡的狗则全部变成了野狗。因为李渡驻扎过红军医院，为了威逼群众交出藏匿的红军伤病员，白狗子血洗了李渡，烧毁了大半个村庄。传说，当时在枪声里、火光中，全村的狗哀嚎着落荒而逃。

长水在牛吼河边遇到了一条哀怜的黄狗。它瞎了一只眼，腿是瘸的。天色已暮，它依偎着一个长满野草的土包。长水认定那是长根寄金的地方。长水竟不愿走近了。他对老熊说："反正回不了枫岗，就让长根先困在这里吧。他有个伴呢。"

怯怯起身的黄狗，嗯嗯地呻吟着，复又蜷下去。它耷拉着长长的舌头，舔尽了一朵野花上的夕照……

尾 声

　　钟长水携家带口回到枫岗的那天，正赶上地委土改工作队召开公审大会，审判的对象是水蛇崽大婆子及还乡团匪徒。贫苦群众纷纷上台控诉，拳头像暴雨一般落在水蛇崽大婆子身上。她竟敢喊冤呢。可每喊一声，激起的是更猛烈的怒吼。她老公作恶多端民愤极大，她自己也是血债累累。她唆使还乡团、勾结国民党特务和警察残酷迫害红军家属和回乡的红军失散人员，十多年间，直接和间接死在她手上的群众多达十七人，其中包括长水的两个妹妹，甚至连长贵家那憨憨傻傻的薯包子也未能幸免。这婆子却声嘶力竭地跟众人争辩起来。

　　长水举着手锤冲上去，一把揪住她的头发，大吼一声："该杀的！我还活到嘞，你拿五十块大洋来！"

　　工作队的几个同志扑上去，拖的拖，抱的抱，七手八脚把长水弄到一边，并夺下他的手锤。队长说："你就是钟长水同志呀。我们早就在悬赏告示上认识了你，你的脑壳蛮贵哟！"

　　公审大会后，水蛇崽大婆子等人是在后龙山东边的山坳里被枪毙的。枫岗的男女老幼浩浩荡荡地上了山，人人拍手称快。长水也被人流裹挟了去。绕过后龙山，他觉得不对，急忙拽住队长叫道："那里是风水宝地呢，不能让这些罪大恶极的反革命死掉都占到风水！"

　　队长冷笑着说："我晓得，你革命蛮坚决。我在《红色中华报》上拜访过你们'抢打轿众后生'，果然跟瑞金'八兄弟'、会昌'四房之独子'齐名。打青石寨，杀水蛇崽，血战金鸡堡，听村里的老人说，后来你当红军探子，红军长征时没跟上部队，失散了。一见到你，我就想，枫岗的农会主任就是你啦，没想到，你也搞封建迷信？"

走进山坳，长水惊呆了。这里竟然葬着水蛇崽！大大的一座墓，坐落在山冈上，墓前两侧砌有拱形青石，似一对虎爪，坟墓上方左右各栽一块石雕，犹如虎目，墓后山坡上的望碑，俨然就是猛虎额头上那威风凛凛的"王"字。这是卧虎形呢。

更让长水不可容忍的是，水蛇崽的葬地四面均有青山环绕，山冈隆起在盆地中央，靠山显得稍远，可是，墓地朝向重重叠叠、状若蟠龙的大山，阳光下，岚气里，那山势在明明暗暗的变化之中起伏腾跃，煞是生动，真如虎跃龙腾一般。

几声枪响过后，长水逢人便问："几时寻到了水蛇崽的死尸？在哪里寻到的？"

长发的爹抠尽眼屎，这才认出长水。他告诉长水，这是水蛇崽的衣冠冢。接着，就追问儿子的下落，追问那些钟姓子弟的下落。都牺牲了啊！可他们的尸骨在哪里呢？

问着问着，老泪纵横的眼睛便涌出了太多的疑问："你们怎么分开的，三营当真打光啦？你爹逼着族中长老把你黜族，说你当逃兵辱先，背地里又说黜族是蒙骗土豪反革命，你其实是红军探子。你到底是逃兵还是探子？是探子，长征怎么没在前头探路，反倒落在后面？这多年你拖家带口躲在哪里？九皇女为何没做你老婆？"

幸好，汉帝庙栉风沐雨，巍然屹立。墙上的悬赏告示就是钟长水的履历表，就是他光荣的证明书。还有，土改工作队不知从哪里搜罗来的《红色中华报》，老熊临死前为他写下的证明。

为了躲避众多窿主的纠缠，让老熊彻底放心，长水干脆邀上老熊，举家去了从前挑盐到过的筠门岭。老熊乐得呢，他说他也怕得烧锅痨。随着日本侵略军的长驱直入，逃反的百姓从南昌、赣州蜂拥而至，三省交界处的山区小镇成了遐迩闻名的繁华边城。他俩在那里合伙开了一家南货店。苦熬苦盼，解放的枪炮声都听得清了，老熊却等不得，在凶猛的咳嗽声中，他斟字酌句，撕掉好几张纸，为钟长水写下每一笔都似波浪线、都打着寒战的文字："未发现钟长水同志有叛变及危害革命之行为。"老熊的评价，客观严谨得几近吝啬。

尾 声 ◀

长水当上了村农会主任。不过，他当主任做的第一件事，就是带领全村贫苦群众挖掉了水蛇崽的那座空坟。本来，他还要一鼓作气，把水蛇崽大小婆子及其他钟氏爪牙的坟墓全部清除出祖坟山的，不料，因遭到钟氏大部分群众的强烈反对而未能如愿。

果然，厚土之下的柏木棺材里并无骨骸，只有一堆金银细软，其中包括几只吊颈箍。

银颈箍当真是吊颈箍呢。两只圆圆的箍子，改变了长水的一生。那是他不敢坦言的一生啊！

他掳走那几只银颈箍，把它们丢进了灶膛里，用松毛柴烧，用劈柴烧。可是，一只只都变了形，却没有烊化。

工作队的队长暴跳如雷。队长命令农会的两个副主任把主任绑了起来，要往区政府送。长水的罪名有三条，一是宣传封建迷信，二是制造宗族房派矛盾，三是私吞大土豪的浮财。

乌妹子闻讯，强拉硬拽地把队长带到了自家厨下，从灶膛里扒拉出那几只面目全非的箍子。她说，这是害死人的吊颈箍，哪个想私吞，就送给他私吞好啵？

队长听多了苦大仇深的控诉，想来银颈箍后面肯定是钟长水两个妹妹的血泪史，便下令放人。不过，他要和这位钟主任作一番促膝长叹。然而，正是那夜咄咄逼人的谈话，把长水吓住了。队长问："听说你经常上山看地，还挑唆群众去挖反动分子的坟，你怎么会热衷于封建迷信呢，你是农会主任，还是风水先生？还有，你在群众中放话说要重建福主庙，你心里的福主是哪个？连贫苦群众都晓得，人民群众真正的福主救星是共产党是人民政权。你的思想觉悟让我们怀疑你是不是真正的革命战士，晓得啵？"

那段耻辱的经历成了钟长水的心结。他先是支支吾吾，后来索性一言不发，只顾抽烟。整夜，他的语言就是一根根黑老虎。黑老虎的烟雾把队长的脸熏黑了，也把长水自己心底的一切秘密熏黑了。关于红军藏砂的篷子，关于赖营长和李双凤，关于九皇女和长根……他害怕队长那刨根究底的眼神和发躁暴怒的样子。

长发的爹活到了人民公社成立。长发爹在生命的最后一年里，竟做了发

旺的师傅，在教发旺吹唢呐呢。他说："旺崽呀，枫岗的唢呐要失传啦，看你骨头蛮懒，评工分还没妇女多，你该娶亲生崽啦，怎么供家糊口哟？学门手艺吧。"

其实，读过几年书，爱梳小分头、爱穿白色力士鞋的发旺也不算懒，只是做什么都心不在焉。犁田时，想着怎么铸犁头。割松脂时，琢磨着怎么炼松香。他当过县政府的通讯员，当过工人，还到供销社站了几天柜台，工资都少得可怜，想想还是作田佬能撑饱肚子，又回来做社员。不过，他吹唢呐却是专心。早早晚晚的，总在村口汉帝庙旁的古樟下练，呜呜啦啦的，嚎丧一般。只怕汉帝菩萨也不安呢。

最不安的，就是钟长水。他对乌妹子说："你的崽发邪啦，不，他是公鸡打鸣狗打花，发骚啦。你赶紧托媒婆去帮他寻一个母的！"

乌妹子却道破了长水的心病："长发爹一辈子也没吹过几次唢呐，剩下几口气不留给自己，倒留给唢呐，还收个到三不着两的徒弟。当真蛮古怪嘞！"

更古怪的是，能够完整吹几支曲子后，发旺常常在屋里冷不防地对着爹娘来一支《结心草》或《洞房》。两个腮帮子鼓得一戳就会爆，一对眼珠子瞪得一震就会落。那是喜庆欢快的唢呐曲，却令长水的心瑟瑟发抖。他终于忍不住了："我的崽吔，想说何事，你就开口。你师傅老糊涂啦，他说事听不得嘞。"

除了那把同样老迈的唢呐，不知长发爹究竟还向他传下了什么。发旺也不说，不，他的语言就是那一支支曲子。他仍然是个叫夜郎呢。直到有一天，发旺捧着枯黄发脆的族谱问爹，"黜"字是什么意思。那个字出自钟长水名下，"辱先，黜"。那是三个力透纸背的黑字。那三个字比族谱上任何字迹都更黑，然而，却黑不过钟长根名下的问号。问号正新鲜。问号是用钢笔画下的。

长发爹至死也不肯闭眼。长水看到了那双眼睛，人已咽气，巴着眼屎的目光仍熠熠生辉，那是更深刻的疑问啊。

画眉坳的心腹里，不死的灵魂在呼唤着钟长水的名字，九皇女和长根他们也在金鸡堡、在李渡村、在羊溪村，在他们寄金的那些地方，翘望着他呢。这时，他已丢掉了村上的任何职务，他的职务只是封建迷信的头子。还有，越来越多的人开始怀疑他真的是红军逃兵，不少红军失散人员被当做逃兵对待正受着歧视呢。好在那条悬赏告示依然清晰可辨，组织上虽不断批评，却没有太为难他。然而，长发爹的目光，发旺手里的唢呐和族谱，时时在拷问他。

等到大儿媳归门，乌妹子竟让成天魂不守舍的长水去了远离唢呐声的地方。国营南华山林场正在招临时工呢。林场距离画眉坳不远，是矿山的前庭或后院。乌妹子说："你人在枫岗魂在广东。我没你爹好佬，绑不住你，只好让你下广东。你就把林场当广东吧。林场蛮好，有食堂，一个月工资十五块，下面两个崽讨老婆就不愁啦。"

从四乡招收的临时工，分别做了伐木工、育林工和育苗工。钟长水则自愿选择了人人推辞的护林员。护林员生活孤独且责任重大。他的岗位在海拔一千米的山巅上，在林梢上的瞭望台里。这座山峰正是南华山的主峰。

在这里，远远近近的山峦起伏连绵，如万马奔腾，自天而降，形成气势雄伟的来龙之势，并有层峦叠嶂护卫主脉，意味着生气强大。南华山主峰下面，有一座山冈，被群峰怀抱着，前面是羊溪蜿蜒、朝山重重、案山分明，后面是靠山雄峻、茂树修竹、花木扶疏，这般形局该是献花形呢还是别的什么吉祥象形？

钟长水认定这里就是风水宝地。老熊在命悬一线之际，咳得喘不过气来，却强撑着画了一张图。这里正如他的图示。

钟长水成了默默无闻、忠于职守的护林员。每天，他忙忙碌碌，穿行在密林里，眺望在林梢上。然而，到了夜深人静，他就是一只地老鼠，打着手电筒，扛着尖锥，去为过去的岁月拣金。首先在他看中的风水宝地上落户的，是九皇女和爹。因为他们寄金的地方很近。

他捧着九皇女，抱着九皇女，踉踉跄跄走在黑黢黢的山林里。九皇女很轻很轻，九皇女轻得就像一只银颈箍。他用了好几刀草纸，把九皇女擦拭得铮亮。他哽咽着告诉她："皇妹子吧，水蛇崽当真死啦！连他的坟都被我挖掉了嘞！他死无葬身之地嘞！他还想占到风水宝地发后人，他的阴谋破产啦！"

九皇女躺在棕毛箱里。长水送给九皇女一枚金戒指。从筠门岭回乡时，盘掉南货店，他买下两枚戒指，另一枚箍在乌妹子指上。他却找不到九皇女的手指，只好让她含着。

棕毛箱是来林场时带的，一共两只。一只盛衣物，一只盛鞋。都是乌妹子打的。

直到爹也躺进了棕毛箱，长水才恍然大悟。他喃喃着告诉爹："爹啊，乌妹子晓得我的心嘞。这是你媳妇为你做的屋嘞。爹，莫怪崽不孝，祖坟山上不干净，水蛇崽屋里的鬼魂也在那里，怕你魂灵不安，我把你安葬在这里。葬你到祖坟山，我也怕别人追问往事，我怕耻嘞……当红军当成了犯人，我脸皮再老也怕耻嘞。你在这里几好哟！我日夜看得到，你一抬头，我一低头，俩爷崽就相见啦……在山上当护林员，一日到夜，一年到头，我抬不得头嘞，晓得啵？"

长水是在五一节那天请了三天事假，去为长根拣金的。放了一挂鞭炮后，他嘴里不停地嘟哝："长根，你这打短命的！我要寻到你的寿来，我要把你的寿丢给狗食，黄狗呢？老早有一条黄狗在这里，想谋你的寿嘞，晓得啵？"

长根哪里还有寿哟！长根已化为一抔黑土，一群黑蚁。那个土丘变成了一个巨大的蚁巢。一锄头下去，山蚂蚁炸窝一般喷突出来，顺着长水的双脚，爬了一身。直到把长根的筋骨重又安葬完毕，长水身上还痒痒着。牛吼河边的山蚂蚁，被他带到了南华山主峰的瞭望台上。

长水没让长根和九皇女挨着。他把九皇女身边的葬地留给了自己。在他看中的风水宝地上，他留好了赖营长和李双凤的葬地，自己的葬地。他让长根躺在一块巉岩的后面，距离九皇女怕有十多丈远，这样，长根想偷看九皇女也不容易了。

长水对着那座新坟说："你的崽跟你一样好佬嘞，讨老婆才四年，生了三个崽，你做了爷爷晓得啵，你子孙发了嘞！记到来，你困的棕毛箱是乌妹子打的，你在下面要好生保佑她。她是我肚里的虫，晓得我想做何事。头几天叫发旺来看我，带来一箱咸鱼腊肉，一箱干菜干果，一箱衫裤鞋子。她为的不是送东西，是送棕毛箱嘞。枫岗的棕树年年被她剥光棕毛，棕树也会哭嘞！"

长水没有告诉长根，那天发旺到了瞭望台里，放下作一担挑的棕毛箱，转身爬到瞭望台的屋顶上，对着苍茫的群山呜啦呜啦吹了好久的唢呐。

接下去，长水该去请来赖营长和李双凤了。然而，这却是极其艰难的。从红军时期到如今，画眉镇周边的地形地貌完全改变了。镇上，沿着羊角水，两岸都建造了火砖的瓦房。因为大炼钢铁，画眉坳一带山上的树全被砍了个精光。盲目寻找铁矿以及开采花岗石，更是把山体破坏得面目全非。长水站在瞭望台上，吃力张望着，辨认着。他找不到砂窝子和松树窝了。

一晃又是好多年。那天，林场武装基干民兵演习，冲上了南华山主峰。他夺过民兵营长的望远镜。望远镜无情地把历史一页页揭开来，那些血与火的日子一齐涌现在眼前。他看见了跪在四十八座新坟前的年轻的自己，看见了向着西天祈祷的九皇女，看见了躺在李双凤怀里的赖营长，看见了那两个窿口，一个是吞没自己的窿子，一个是自己逃生的窿子，隐隐约约的，似有似无……

钟长水把望远镜紧紧搂在怀里。民兵营长倒是慷慨，索性做好人，把望远镜送给了他。他是令人尊敬的老红军呢。再说，护林员也应该配备望远镜。

正是凭着望远镜，钟长水把画眉坳一带搜索了无数遍。在确信自己找到了当年那两条窿子的遗迹后，他成了真正的地老鼠。

钟长水好不容易才找到当年洗砂的地方。那蓬芭蕉树早已不复存在，几簇凤尾竹砍了又生，依然蓬蓬勃勃。他呆立在石桥上，眯缝着老眼，仰望着对面的高坡，想象九皇女站在山坡上的神态，想象乌妹子手握挖锥的姿影，这才敢确认那个窿口。窿口被坍塌的岩石封死了，石缝中生长着一蓬蓬茅草，迎着秋风瑟瑟地吟唱，荆藤和野葛胡乱地牵扯成一幅门帘。

于是，那里经常出现一星神秘的光亮。那光亮与天气有着密切的关系，总是出现在潮湿的季节，落雨的日子。那时不会发生火情。

撬棍、手锤和钢錾一点一点地啃噬着冷峻的大山，如豆的灯光顽强地向山的心腹里渗进去，渗进已被埋没的岁月。

赖营长和李双凤依然熟睡在其中。他俩手握着手，脸贴着脸，眼望着眼，嘴里各含一枚块钨，一方一圆两枚块钨闪闪发亮。正如乌妹子所言，他们左手握右手，右手牵左手，李双凤面对赖营长侧躺着。不过，当时她的嘴贴在赖营长耳朵上。而钟长水看到的赖营长却侧转了身子。是什么力量让已经停止呼吸的他，摆出这样的造型？钟长水心里发慌，窿子里还有歌声回荡呢。

既像陈达成的嗓音，又像李双凤的歌喉。唱的仍是那支摁婆捉鸡婆。也许是为了壮胆，长水也乱吼起来。一吼，他胆子就大了——

> 过了一山又一窝，
> 看到摁婆捉鸡婆；
> 捉走鸡婆不要紧，
> 只怕鸡公没老婆。

长水说："赖营长吡，你有个好老婆嘞。你是困在老婆怀里走的，晓得啵？你的凤妹子陪到你嘞。我说把你听到来，我让你们变成土都在一起。我寻到了风水宝地，你们来世肯定子孙满堂！"

他俩的骨殖盛在一只大大的棕毛箱里。乌妹子是以换床新棉被的名义，叫难得回家一趟的长水把箱子扛来的。当时，乌妹子红着眼睛说："长水，你我日子也不多了嘞。我老早跟九皇女说过，下辈子把你还给她……这辈子没到头，你莫着急好啵，等到跟我过完再说……"

长水只是憨憨地点点头。终日沉浸在往事中，他变得越来越沉闷了。回到瞭望台，取出箱子里的棉被，竟见那把牛角梳。他禁不住涕泪双流。自己的所思所想所作所为，都在乌妹子的意料之中啊！

牛角梳让长水记住了李双凤的秀发。他把属于两个人的骨殖细细地擦拭干净，精心地复原他俩赴死时的造型。在棕毛箱里，他俩依然是面对面地侧躺着，脸贴脸，眼望眼，两双手左右相握。李双凤披上了自己的秀发。长水为她梳了梳，然后，把牛角梳塞到赖营长手边。赖营长，你要记得帮你的妹子梳头哟！

为了那支歌，为了煮芋头和牛角梳，长水把陈达成的骨殖也拣去了，和赖全福他们葬在同一座山冈上。长水说："括号没搞到吡，叫你的那班标致女鬼赶紧排戏，等我去看你们的开锣大戏好啵？"

安葬赖营长和凤妹子的时候，棕毛箱已经放置在墓坑里，他忽然想起一支歌："哥哥百年变水牛，妹作竹鞭又来唤。"他转身便去砍了一根山竹，放进箱子里，交给了李双凤。他说："双凤吡，你叫醒营长好啵？叫醒他，莫去当打铳佬啦，让他变水牛，跟你去作田。作田蛮好嘞。当年闹红，我们就是盼着打倒土豪有田分。"

为给战友拣金，钟长水用了二十多年的光阴。那几座坟茔就这样耸立在一位护林员的望远镜里。而不散的粉尘和硝烟，死亡的气息和灵魂的呼唤，积淀在漫长岁月，积淀在无数个夜晚，竟然凝结成两块肺叶状的石头！

钟长水死在瞭望台里，死在海拔一千米的高度。接到噩耗，炸断胳臂、仍在住院的发旺不顾家人劝阻，跟着弟弟一道赶去了。他们的爹已被人抬下山，停放在林场办公楼的门廊上。钟长水的身子萎缩得像个半大的伢崽，蜡黄的脸上布满深深的皱纹和干枯的胡碴，塌陷的眼窝里却埋藏着护林员生活的全部秘密。掩藏不住的痛苦，则通过紧抿的双唇、紧绷的双颊，鲜明地展示在儿子们眼前。

痛哭一阵后，发旺的两个弟弟死死揪住林场的老场长："我爹是劳改犯啵？你把他丢在高山顶上，二十多年，像和尚一样，当和尚还有个伴嘞！你蛮狠心，你们欺负他老实！"

揪紧的衣领勒得场长透不过气，憋得脸呈猪肝色。场长一动不动，眼里却涌出愧疚而冤屈的老泪："我晓得，他是老红军，当年还乡团出五十块大洋买他脑壳。林场有蛮多老红军，像他一样，要不是因伤因病因战斗失利脱离部队，他们就是将军……场里岂敢不关照哟！可你爹蛮拗烈。看他年岁大啦，场里多次要给他换岗，他不肯嘞。"

是的，钟长水太固执啦！因为固执，他子孙满堂竟无人送终，竟抱着望远镜在地上躺了一天才被人发现，才被冲上山的问罪之师所发现。二十多年不曾起势的山火，在他死的那天从山坳田头的草皮堆蔓延开去，扑向山林，冲着这莽莽苍苍的群山，气焰熊熊地宣告：一双忠于职守的警惕的眼睛永远闭上了。扑灭山火后，暴跳如雷的场长立即带人上山找钟长水算账，这才悟出火的含义。

发旺示意两个弟弟放开场长后，问道："我爹留下什么话没有？"

场长说："他每月才下来一次，领工资买些米油盐，难得见一面。头两个月，上面来了政策，说老红军现在年事已高，绝大多数住在经济比较贫困地区，收入低，生活普遍存在困难，需政府给予适当补贴。场里再三电话通知他下山办手续，他一直不来。场里就跟县民政局核实，民政局说登贤籍红军将士名单上有他，还查到一张证明，证明他没有叛变及危害革命的行为，可以认定为红军失散人员，每个月二十五块抚恤金呢。再劝他，他总算下了山，没想到，他坚决不办红军失散人员抚恤证，要办烈属的证。烈属抚恤金少得多，才九块。"

发旺疑惑了，问："我家烈士一大堆，我爷爷，姑爹和姑姑，都是。那个证呢？"

场长摇摇头，接着告诉他："上个月，有天半夜一点多钟，他打电话来，可我听到的尽是咳嗽声，咳得蛮吓人，后来他也没说事，就挂断了。我不放心，派人上山去察看，他硬说是打错了电话……"

发旺再三追问场长："我爹为何咳嗽，是受寒，还是一贯咳嗽？"

场长答不上来。人们对他太陌生了，钟长水独自生活在另一个世界，一个人的世界。

来接爹回家的儿子们，当然要带走爹的全部遗物。他们爬上高高的山巅。留在瞭望台里的遗物，让他们多少窥见了爹的生活情状和神秘踪迹。

那里有钟长水最亲密的伴侣，一只调到最大倍数的望远镜。场长说，他准是想家。儿子们摇头，家太远，用望远镜绝对看不到。他们爬到瞭望台的平顶上试了试。朦朦胧胧的远处，似乎有一线银亮，那该是牛吼河吧，还有一片褐色，像一只匍匐的大鸟，大概就是枫岗村。但是，远处如梦，只是主观臆测而已。真正能看清的，是一条状若羊角的山溪，溪水蜿蜒在斑驳而苍老的群山之间。望远镜仿佛正是对着前方的画眉坳钨矿调的焦距，矿山小镇，尾砂坝，尽收眼底。甚至，那里每面山坡上的每座寮棚，每个黑黢黢的窿口，都分外清晰。

接着，儿子们在床下找到了手锤、撬棍和钢錾，还有几个沤烂的手电筒，一些金虎牌电池。发旺围着石砌的平顶屋转了一圈，居然发现一大堆丢弃的废电池，尸白色的锌皮已沤烂，散发出刺鼻的恶臭。爹夜晚到底在做何事哟，多么漫长的黑夜才能消耗如许多的光明？

儿子认定爹的秘密在一只白茬的杉木箱里。他们四下寻找钥匙，把石砌的瞭望台每道墙缝抠了一遍，结果很无奈，便砸开了箱子。

衣衫里掩埋着一只霉点斑斑的铝饭盒。饭盒上竟戳了眼，挂上两把小锁，饭盒盖打不开了。发旺只好用手锤敲掉锁。珍藏在饭盒里的，正是烈属抚恤证。然而，翻开红色塑料皮，竟见"烈士夫"三个黑字。钟长水的三个儿子大为震惊。

是的，钟长水有老婆有儿孙，谁这么稀里糊涂认定他是烈士夫呢？老场长慌忙告诉说，为红军失散人员落实政策的工作，由乡镇政府审查，县政府批准，林场与乡镇平级。当年林场不是招了好多失散老红军做临时工吗，本意是保护、照顾受到歧视的他们。"文革"时期，有些地方还拿他们当逃兵、叛徒批斗呢。办公室的小周也是好心，生怕乡镇忘记长期在外的他们，便悉数造册上报，反正有民政部门汇总把关，乡镇和林场重复上报的，自然会就一头。事实上也是如此，虽然大多数老红军乡镇也上报了，但仍有少数人亏得林场上报才不致遗漏。可是，钟长水不肯当红军失散人员，硬要当烈属。小周告诉他，失散人员补贴多。钟长水说，我不要钱就要证，老早当农会主任，我见过那个证。小周便问烈士的姓名及抚恤对象与烈士的关系。小周毫不犹豫地在表格里填上"烈士夫"。结果，民政局发的抚恤证，如了钟长水的心愿。

生怕发旺怪罪小周，老场长说："小周是上海知青，刚刚顶职回上海。场里的老红军都念着他的好呢！哪个晓得你爹有老婆哟？他是关心你爹，反正县里要审查的，县里肯定查到了红军女烈士曾九皇女，这个名字我好像在哪本书上见到过。要怪就怪县民政局没到枫岗去核实，他们也忙不过来呀，我们登贤百姓哪家不是红军的亲戚哟！"

因为抚恤证，儿子们不肯让娘去见魂归故里的爹。他们哭着跪在娘脚下，乌妹子用哭诉和儿子们的哭声对峙着。她的哭诉很奇怪，不是本地哭丧的腔调，倒像哼着山歌似的："长水吧，一个纽眼安个纽，一个秤杆一个砣，别人死了这多年，你一直在心里拿她做老婆，是啵？死鬼吧，谁人造孽没你般造孽嘞……你听到来，到了下面，你戴顶笠婆没箬叶，困床草席没席皮，草鞋钢绳吊脚趾……"

这是诅咒呢。儿子们到底还是拗不过娘，只好搀扶她进了屋旁临时搭起的棚子，让娘见爹最后一面。乌妹子扑向黑森森的棺材，一把揭去钟长水脸上的白布，将抚恤证狠狠摔在他胸前："你做鬼也蛮风骚哟，还打了结婚证嘞！我跟你夫妻一辈子也没个证！你去做上门女婿？那个妹子从前害得你们后生个个流涎，现在她还蛮标致，没有哪个跟你相争啦！就怕阳世的证，到了阴间没用，你好生求到阎王爷来！"

她尽情嘲讽着，猛然撸下自己的金戒指，塞进他口中："你拿去，给她戴上！就说我乌妹子把老公还给她啦，我老早跟她说过，来世让你们做夫妻，没想到，你等不得嘞，好好好，你们现在可以归亲入洞房啦……"

盖棺的那一瞬间，发旺却把抚恤证和金戒指取了出来。发旺的理由是，现在是为爹寄金呢，真要给爹，等到拣金安葬，再让爹带走吧。

寄金那天，县长带着好多干部也来给钟长水送葬了，不仅送来花圈挽幛和十多床毛毯被面，还送来了五百块钱奖金。这是表彰老红军钟长水呢。发旺他们这才晓得，披露红军秘密的竟是自己的爹！

那时候，矿山制造出来的奇迹和神话，引诱着数以千计的农民由四乡麇集于画眉坳，沿着山坡搭起上百座寮棚，不分昼夜地向千疮百孔的大山索取财富。发旺和两个弟弟也卷入上山挖砂的狂潮，他们选择了一条废弃多年的窿子。其实，那就是当年九皇女和乌妹子都进过的窿子，是他们的爹逃生的窿子。红军埋藏的财富就在那条窿子的侧边下方，距离那么近！可是，他们毫不知情。他们盲目地向着大山的心腹掘进，因为倾尽家财而希望渺茫，合伙挖砂的三兄弟开始闹分裂了。发旺卖掉自家养的两头猪，买来两箱炸药。他祈望这一次能炸出一条大矿脉，能出涌货，能把三个小家庭紧紧拢在一起。他抖抖索索地点燃导火索后，竟没有迅速掉头跑开，那时一定有什么邪祟在掌控着他。结果炮响了，他丢掉了一条胳臂。

县长面对独臂的发旺，抹着泪，感慨道："你爹不愧是老红军，老红军就是思想境界高啊！你们不晓得吧，这两年，你爹多次想向县里报告。县委县政府多个部门，还有林业局、公安局和钨业公司，都接过同样的神秘电话。有个老人报告说，砂窝子里的松树窝可能有红军长征时藏下的钨砂，可别人一问他姓名住址，他就恼火，一恼火就咳嗽，随后丢下一句'信不信随你的便'，慌忙放掉电话。所以，大家都没在意。这次蛮好，他找到我，先是再三发毒誓，哄人雷打天收。接着说出了藏砂的具体地点。怕我不信，他又亮出自己的身份。他说，政府再不动手，红军的钨砂就会被民窿挖出来。我到现场去看过，你们挖砂的窿子，跟红军藏砂的窿子挨得最近。他是急了啊!"

县长猛然记起汉帝庙的砖墙，便叫发旺领着去了。这时的汉帝庙，梁栏腐朽不堪，屋顶整个坍塌下来，庙里没膝的茂草下尽是瓦砾，四围的砖墙也分别向里向外倾斜着，然而，砖墙却是始终不倒。火砖砌的庙墙仿佛是为了那行文字才顽强撑持下来。人们纷纷扒开墙上的藤萝，悬赏告示完全裸露出来。县长陷入了沉思。也许，他在揣摩钟长水的内心秘密吧?

临走时，县长承诺要为发旺免除住院医疗的全部费用，并为发旺装假肢。后来，卫生局的确也多次主动联系发旺，可发旺拒绝假肢。他晃着那只空袖筒进县城访矿山，就像举着一杆旗帜，一面招魂幡。

为钟长水拣金之前，发旺再次去了钨业公司。公司总经理瞟瞟面前的空袖筒，叹道："发旺呀，你又来翻老账，是想找矿上索赔吧?你们是民窿，自家当老板，公司只管收砂呢。"

小小的棕毛箱，无论如何也盛不下那两块肺叶。两块肺叶形的石头，被钟长水的三个儿子带回家去，用蓑衣裹好藏在柴草屋里。而站立在箱子里的爹，则被供在祖厅的神龛上。

拣金之后的再行安葬，又拖延了一些时日。儿子们执意要追索爹的历史，乌妹子再也无法守口如瓶了。她用颤抖的声音说："崽吔，人活一张脸，你们的爹怕耻嘞，他撑到临死才敢说出红军藏砂的事情。可他用了一辈子来洗清罪过，来证明自家嘞。我说出来，你们要记到心里，千万莫到外面乱说，让他在下面挺直腰身，站到来……"

乌妹子挑挑拣拣地回忆着往事，时时这样叮嘱儿子。关于九皇女的故事，关于长子发旺的身世，她却一直瞒着，直到发旺出门几天后恍恍惚惚地回家来。

回到家的发旺进门便扒掉衬衣，赤裸着上身，那截残臂分外扎眼。他扑通跪在娘脚下，泪流满面："娘，还有好多事你没说!爹为何对那个曾九皇女没齿不忘?你晓得爹的心事，暗里相帮他，是啵?爹没良心嘞，你跟他患难一生，他也不顾你的尊严，临死还要办个证！"

乌妹子久久抚摸着发旺残臂的断面。她再也憋忍不住了："我的崽呐，莫说爹，他知羞怕耻嘞。我为何叫你爹去林场？一解放，碰到搞运动呀，开会呀，上头寻他说事呀，他就丧魂落魄，生怕别人晓得他当过红军犯人。就为了两个吊颈箍嘞！哪天安葬，记到来，莫给他圆的东西，这个戒指也不给他啦。旺崽，去寻到你爹安葬赖营长他们的那块风水宝地来，就让你爹葬在九皇女身边……九皇女是你亲娘呢……"

钟长水办抚恤证，不图定量补助，为的就是一个名分。也许，这名分早就镌刻在他心里，任何人再也抹不掉了。

发旺刷地站起来，一把抓过衬衣，用牙咬住衣领就往身上套。娘要伸手相帮，却被他甩脱了。他艰难地套上衬衣，再一一扣好扣子。衬衣瘦了些，可他把最上面的扣子也扣好了，勒得颈脖上青筋鼓暴。他仿佛在跟这件衬衣搏斗。

当晚，落了一场雷阵雨，雷雨来时，伴有六级以上的大风。竟也奇怪，村口那阅尽世事的古树古庙，仿佛就为了熬到此时才肯老去。古樟被雷劈去半边枝丫，汉帝庙凄然兀立的砖墙也在风雨中轰然倒塌了。钟长水的名字支离破碎，躺在一大堆残砖之中。

第二天，发旺对着那堆残砖吹了半天的唢呐，喜庆的《结心草》被他吹得像哭丧似的。

该为钟长水举行二次葬了。南华山主峰下，杉林竹海的连绵丘陵怀抱着一座古木苍松的山冈。穿过一片蓊郁的古树林，向阳的南坡上，钟长水亲手垒起的几座坟茔掩映在灌木丛中，它们都没有墓碑。但是，凭着坟丘的大小和外貌，乌妹子很容易就辨识出来了。

体量最大的那座坟，用厚厚的草皮垒出两个坟头，它无疑就是赖营长和李双凤的合葬墓，坟边尽是野菊花呢。长水爹的坟更好认，坟头上草皮层层叠叠，垒得最高，坟丘上下线香梗子密布，坟周边围了一圈大麻石，也许象征着墓主人儿孙绕膝吧？长根与九皇女隔着一块巉岩。长根坟前有一只被拱翻的空碗，一定有什么野物为红烧肉而来。九皇女的坟后，是一片油茶林，其间还夹杂着两簇凤尾竹和一丛芭蕉，坟两侧留有较为宽敞的空地。转到东坡去，又见两处已被砍去灌木杂草的空地。

族中长老趟过荆丛，在那两处圆形的空地上直视前方，对发旺说："这是葬地呢。你爹看过风水，选中了这里。就依你爹吧。"

乌妹子却不允。她的拒绝没有理由。她坐在九皇女坟边的石头上，顾自整理着一篮篮的香烛纸钱和鞭炮，还有薯包芋包和橘子。大概是准备分发给这里的所有亡灵吧，大概正好想到长贵和长发吧，她喃喃道："长贵、长发呃，莫怪长水好啵，他看好了葬地，寻不到你们，他心意到了嘞。"

族中长老领着钟长水的儿子继续寻找葬地。西坡上还有三座坟。发旺过来问娘："要不，把爹葬到那边去，那里风水也蛮好，还有伴，免得爹在下面太孤独，他孤独了一辈子。"

乌妹子弯腰正要把盛橘子的篮子拖近来，手一抖，篮子侧翻了，橘子顺坡滚去，滚到九皇女坟前。

乌妹子盯着地上的橘子，确切地说，她的目光是盯住了九皇女身边的空地。儿子们迅速把橘子捡了回来，她的目光却栽在坟边了。她抓起一个橘子，闭上眼睛，朝着前方随手一扔。橘子滚呀滚，跳呀跳，跳过草蔸树根，不前不后，不偏不倚，恰巧停在九皇女左侧身边。九皇女一伸手，就抓得住。男左女右呢。

儿子们瞠目结舌，都不敢做声，也不相信那只橘子会是娘的心思，娘的表态。

乌妹子双手撑膝站起来，慢慢地挪到九皇女坟前。她掏出抚恤证，轻轻地放在坟上。接着，她招呼道："旺崽，这是你亲娘嘞。快跪倒来，磕头喊娘吧。"

发旺却用独臂搂住了乌妹子，嚎啕大哭起来。发旺的泪水淋湿了怀里的一头白发，一脸皱纹。乌妹子抹抹脸，已经瘪下去的嘴一撇，硬是挤出了一个微笑："崽呃，莫为我难过，我说过，来世把长水还给你亲娘。我想得开，我是闹红过来的女人，晓得啵？几多妹子熬成婆婆，也没等到老公转来，我蛮知足嘞。登贤城里乡下到处有红军烈士纪念碑，碑上砖缝里的草长得蛮好，我们女人就是一蓬蓬草，老公变成了碑，也生生死死打硬心肝跟到去。过了百年，我就到你爹坟边做一蓬草吧……"

钟长水真正成了烈士夫。他和九皇女紧紧依偎。好比一个纽眼安个纽，一个秤杆一个砣。好比大雨冲掉田埂子，两丘禾田并一丘。好比花生好食泥里生，泥里并蒂泥里亲。好比老鼠穿墙打个洞，洞房外面看新娘。是的，因为新坟今后需要不断添土，这时的坟丘小小的，钟长水更像藏在竹林里窥探澡屋子的某个后生，或者，像徘徊在洞房门前的忐忑不安的新郎。

钟长水取的是站姿呢。从此，他将面对羊溪水、面对画眉坳站立着。要是他能回头，就可以昂首挺胸地仰望高高的瞭望台。在山顶上的二十多年，他可是一直垂着脑壳哟！

来世他注定是顶天立地的后生。他揣着那个红本子呢，再也没有谁敢跟他相争啦。而且，按照乌妹子的反复叮嘱，棕毛箱里没有放置任何圆形的随葬品。

儿子们把属于爹的一对石头般的肺叶埋在这座新坟前。这是两块会呼吸的石头。

独臂的发旺默默地沉思：爹啊，当年你活下来，莫非就是为了用血肉之躯铸造这样的墓碑？

后记：请记住赣南

请记住赣南。

上世纪三十年代，中华人民共和国在那片土地上进行了伟大预演。毛泽东、朱德指挥的红军，连续粉碎国民党军队（第二次国内革命战争时期，以国民党军队为主反对苏联和中国共产党的军队，被称作"白军"）的三次"围剿"，使得赣南、闽西根据地连成一片，形成了以瑞金为中心的中央革命根据地（即中央苏区）。1931 年 11 月，中华苏维埃共和国宣告成立。直到红军长征，中央苏区先后存有五年多的时间。赣南人民为创建、保卫中央苏区和苏维埃政权，付出了巨大牺牲。当时，二百四十万人口的赣南，就有三十三万多人参军参战，有名有姓的烈士达十万多；参加长征的八万红军中，赣南籍战士三万多人。我曾在诗歌里写道："在赣南/任何一位白发苍苍的老人/都可能是昔日的战士/或者，红军的亲戚。"是的，每位赣南朋友对我提起往事，就像述说自己的亲历、自己的家史；红色的故事，就像客家人随时可以端出来待客的擂茶和米酒。

请记住钟长水。

他不在烈士名单之中，不在长征队列之中，甚至，也不在红军失散人员的花名册里。他不是甘愿做"烈士夫"吗？而且，他不是哪个人，是一群人，一群佃农、木客、铁匠、打锤佬以及其他。近年，瑞金有台采茶歌舞剧《八子参军》经常为游客演出，该剧取材于农民杨显荣一家八个儿子参加红军并全部牺牲的真实故事。我观看过三遍，每一次都在它的主题曲中热泪盈眶。那支山歌唱的是："哥哥出门当红军，笠婆（斗笠，方言让它变成了贴身又贴心的女人）挂在他背中心。流血流汗打胜仗，打掉土豪有田分。"仿佛，这一刻我才顿悟革命对于普通百姓的意义所在。由此，我联想到许多的牺牲。能够统计的牺牲只是生命和财产，而更多的牺牲恐怕是无法估量的，比如情感、尊严以及内心的安宁和幸福，比如钟长水穷尽一生的自我救赎。钟长水是一个淳朴、实诚、"认死理"的小人物，他不懂信念为何物，可是，信念在他身上又是那么具体可感。我相信，钟长水们才是赣南土地上最广大的一群。我愿意贴近他们，贴近他们的鼻息以完成我的写作。所以，这部小说写到了赣南客家的民俗，人物语言中用了像"留到"、"活到"之类的口语。语言和民俗都是人们的精神家园，民俗还是一方土地的精神履历表、性格说明书。面对国民党军队的五次大"围剿"，中央苏区为什么能存在于赣南五年之久？种种原因之外，我固执地认为，这也与客家人血脉相袭的性格基因有关。要知道，客家先民从中原颠沛流离迁徙至此，虽远离了动乱和战火，却面对着恶劣的生存环境。千百年来，客家人在寻找家园、开辟和保卫家园的生生不息的抗争中，铸就了顽强坚忍、重情重义、乐观豁达等诸多优良品格。这些品格成为血雨腥风中的赣南百姓的精神支撑。

请记住赖全福。

我坚信他的存在。早在二十多年前，铁山垅钨矿的一位文化人为我讲述了红军采矿的故事。那时的钨，就是红军急需的药品、被服和武器；就是苏维埃政权重要的经济支柱。红军曾组织五个中队的一千多人采挖钨砂，并成立中华钨矿公司。无疑，对于红军挖砂队来说，钨矿是反"围剿"的另一个战场。然而，在这个战场上，这个阵营里，有一支奇异的队伍。关于他们的故事，闪烁在后人的唇齿之间。故事是破碎的，含混的，不确定的，甚至是小心翼翼的。和罪与罚相关的那些词语，比最深的窿子更幽深；而忠诚就像嵌在花岗岩中的一道矿脉，需要依靠掘进、爆破和淘洗，才能被发现。传说，红军长征前矿山上曾有一次惊天动地的爆炸；传说，解放后人们在窿子里发现了一组由尸骸塑造的群雕，或坐或站或蹲，有些人手里还紧握挖砂工具，比如大锤和钢錾。我震撼于那些历史碎片。我用想象粘合那些材料，虚构了这个故事。这是一个漫长的过程，是我由震惊到思索直至理解历史的过程。历史并非都是运筹帷幄或大义凛然，并非都是慷慨悲歌或泣血咏叹。严酷的历史，有时会让人默默垂泪，苦涩难言，隐痛难忍。赖全福和李双凤大约就是涌动在历史眼里的两滴清泪吧？

请记住九皇女，记住乌妹子和赖花香，记住那些不缠足、不束胸、吃苦耐劳且精明强干的客家女性。当年的劳动妇女把保卫红色政权的斗争和自身解放的命运紧紧联系在一起，所以，在挣脱封建束缚、赢得社会地位和人格尊严之后，她们敢于以不可思议的激情拥抱革命，敢于为之付出难以想象的牺牲。从上世纪八十年代初至今，我听到了太多的关于她们的故事。曾经一度，我和朋友打算合作写一部反映女红军、女苏干命运的长篇报告文学，可是，这一计划最终因采访的困难而流产。她们接踵老去，记忆纷纷飘零，有的则不愿触及心灵深处的痛。后来，我献给她们的只有组诗《赣南母亲的群雕》。关于赣南女性在反"围剿"、扩红、支前和生产劳动中的作为，民间记忆太庞杂，苏区史料太厚重，姑且摘录我的几段诗句吧—

"女兵意味着/众多缠脚的布带/被女人搓成绳索/缚住了游荡千年的/幽灵/众多青丝/被女人割刈/编织成献给新纪元的花环"；"曾经有过如此盛大的婚礼/一千个土长生/就这样悲壮地走远/一千个观音妹/就这样从容地嫁给了/艰辛的岁月和不屈的信念"；"村庄是男人留下的阵地/村庄是女人毕生的战场"；"能把苦难做成种种美食的女人/叫做母亲/能把注定做不成美食的苦难/悄悄吞咽的/女人/叫做母亲"；"你的名字/是一个人的墓碑或许多人的/纪念碑/你的名字是纪念碑上鎏金的/大字/是附着在字迹上的岁月/你的名字偶尔被风吹上碑顶/成为一蓬青草"。如此等等。女人是水，水是气脉所在。这部小说写的主要是男人，其气运则因女人而生成。

请记住注定将远逝的文化记忆。

几年前，我在赣南的钨矿拍下这样一张照片：前景是简陋的选矿厂，四面开敞的草棚下，一张张淘床正为披沙拣金而忙碌着；中景是一座草木稀疏而墓碑林立的坟山；远景则是高大雄峻的尾砂坝，像一面遮蔽所有背景的灰色幕墙，也遮蔽了所有墓主人的生活历史。尾砂坝迅速增高，而关于钨矿的记忆却在迅速湮灭。如今在矿山，很难找到能言说往昔的老人了。别人讲的，不会比我已知的更多。钨矿已经改制。从前的国营钨矿尚且顾不得珍藏它独

特的历史和文化，还能指望已改制的企业吗？所以，我在笨拙地述说这个红
色故事时，企望尽可能地收藏关于历史文化的一些民间记忆。这是尾砂坝警
示我的。我想告诉读者，即便在矿山，历史也并非这寸草不生的尾砂坝。历
史有血肉有肌肤有气息有表情。历史的记忆和情感中，蕴藏着丰富的可以观
照现实的精神价值，它比乌金更金贵。

刘 华

2012.3 月于赣南